Von Hans Blickensdörfer

Endstation Mexiko
Die Baskenmütze
Bonjour Marianne
Der Schacht
Die Söhne des Krieges
Salz im Kaffee
Alles wegen meiner Mutter
Wegen Mutter gehn wir in die Luft
Pallmann
Keiner weiß wie's ausgeht
Weht der Wind von Westen
Schnee und Kohle
Champagner im Samowar

Hans Blickensdörfer
Der Arzt von drüben
Roman

Schneekluth

CIP-Titelaufnahme der Deutschen Bibliothek

Blickensdörfer, Hans
Der Arzt von drüben: Roman/Hans Blickensdörfer
München: Schneekluth, 1988
ISBN 3-7951-1064-5

1.–3. Auflage

ISBN 3-7951-1064-5

© 1988 by Franz Schneekluth Verlag, München
Satz: H. Mühlberger GmbH, Gersthofen
Gesetzt aus der Garamond-Antiqua
Druck und Bindung: Bercker Graphischer Betrieb GmbH, Kevelaer
Printed in Germany 1988

Einer geht baden

Der Mann, der durchs sandige Ufer des märkischen Sees im Norden Berlins watet, macht einen unlustigen, halb unschlüssigen Eindruck. Der Morgen ist noch jung, und nicht hoch genug steht die Sonne, um die Kühle der Nacht aus dem Wasser zu treiben. Er ist in der Frühe dieses Werktags auch der einzige am Strand, weil die Ferien schon vorüber sind, und das ist so einkalkuliert in seinen Plan.
Bloß diese verdammte Kälte nicht. Mit einer Gänsehaut sträubt sich der trockene Rücken gegen das Wasser, aber bei jedem Schritt steigt es höher über die Badehose. Als er anfängt zu schwimmen, bellt sein Dackel im Auto ein bißchen zu laut. Zwei Zentimeter Luft hat er ihm an den beiden Seitenscheiben gelassen, aber jetzt bereut er diese Tierliebe, weil man ihn wohl hören kann am anderen Ufer.
Und das ist nicht günstig für sein Unternehmen. Drüben ist Sperrgebiet; man kann es zwar schwimmend erreichen, aber es ist verboten. Nur am Ufer, wo er Wagen, Hund und Kleider zurückgelassen hat, darf gebadet werden. Da, wo er hin will, gibt es militärische Geheimnisse, und von weittragender Bedeutung in des Wortes wahrstem Sinne sollen sie sein.
Er hat sich überreden lassen, den Kundschafter des Westens zu spielen, was nach Lage der Dinge nur mit Spion übersetzt werden kann und ein Hasardspiel von verfluchter Gefährlichkeit ist.
Denn heller Tag ist es ja, und nicht einmal Ferngläser werden sie brauchen, um ihn über die Entfernung von 350 oder 400 Meter heranschwimmen zu sehen ans verbotene Ufer.
Aber sie wissen nichts vom Plan. Wissen nicht, daß er so

weit gar nicht schwimmen wird. Unterwegs – doch erst, wenn er mehr als die Hälfte geschafft hat – wird er untergehen. Wenn es sein muß, wird er vorher sogar schreien, damit sie ihn aus Seenot retten. Aber mit Sicherheit werden sie ihn da schon durch die Ferngläser im Blick haben.

Den Ohnmächtigen wird er spielen, und sie werden ihn nicht ersaufen lassen, sondern hineintragen ins Innere ihrer Festung, das kein Neugieriger sehen darf.

Und dann wird er im rechten Moment die Augen aufmachen und feststellen, ob dieser wichtige Punkt des Flugabwehrrings von Ostberlin noch mit konventionellen Waffen arbeitet oder schon mit Raketen. Die nationale Volksarmee der Deutschen Demokratischen Republik soll einen Halbtoten wieder sehend machen und ihn dann als harmlosen und unbescholtenen Bürger ihres Landes zurückschicken, weil es ja durchaus vorkommen kann, daß sich einer beim Schwimmen überschätzt.

Plötzlich kommt ihm der Plan, den sie mit ihm ausgeheckt haben, von so hirnrissiger Einfalt vor, daß er umkehren möchte. Von völliger Harmlosigkeit ist die Rede gewesen, und die eigene Einfalt haben sie auch den Bewachern des Objekts unterstellt.

Objekt gehört zu den Lieblingswörtern der Geheimdienstler. Allerdings scheren sie sich einen Dreck um ihn, das Subjekt Günther Tressel, das sie in eine Gefahr hineinjagen, die niemand abzuschätzen vermag.

Auch von der Strömung ist nicht die Rede gewesen, mit der er jetzt, da er sich der Mitte des Sees nähert, zu kämpfen hat. Weil er jämmerlich gefroren hat, ist er die Sache zu schnell und mit zu viel Kraft angegangen. Nun wird er abgetrieben, als er sich zum Ausruhen mit hohlem Kreuz auf den Rücken legen will.

Er ist ein guter Schwimmer, versiert in Brust- und Freistil, und mit knapp über dreißig auch jung genug für das Unternehmen. Aber seit er nur noch einen Lungenflügel hat, ist er nicht mehr über eine solche Distanz ge-

schwommen, und er spürt die Luft knapp werden im Kampf mit der Strömung.
Und schwer werden Arme und Beine. Umkehren? Über die Mitte ist er schon hinaus, und der Weg zurück ist der längere. Der gefährlichere auch, weil die Kraft schwindet.
Elend langsam macht ihn die Strömung, und dazu kommt eine Brise auf, die ihm weiße Schaumkronen ins Gesicht treibt. Wasser schluckt der aufgerissene Mund, der nach Luft schnappt, und der Wind packt ihn frontal und so heftig, daß aus dem Schwimmen ein verzweifeltes Strampeln auf der Stelle wird, das alle Kraft aus ihm saugt.
Das letzte, was er wahrnimmt, sind Männer in Uniformen, die Feldstecher auf ihn richten. Dann trägt ihn das Wasser nicht mehr. Zwei oder dreimal reißt er noch die Arme hoch, ehe die Ohnmacht kommt, die er hat simulieren wollen, um gerettet zu werden.

Die drei Männer im Motorboot, das heranprescht und mit einer harten Schleife die Gischt mannshoch aufspritzen läßt, geben nicht viel für sein Leben, als sie ihn an Bord gezogen haben. Eiskalt fühlt er sich an, und das bläulich-weiße Gesicht ist das eines Ertrunkenen. Einer von ihnen versucht es im schaukelnden Boot sofort mit Mund-zu-Mund-Beatmung, aber es ist kein Erfolg zu sehen. So schnell sie gekommen sind, rasen sie zurück. Kein Pulsschlag ist zu spüren, aber das kann am Motor liegen, der vom Vollgas gepeitscht wird. Die Ärztin des Objekts muß her, und sie steht schon am Ufer, als der Kiel in den Sand schleift.
Eine Minute später liegt er auf einem Schragen in der Sanitätsbaracke, und es wäre durchaus im Sinne der Erfinder des Plans, wenn ihm dies bewußt wäre. Aber ganz weit weg ist er. So weit, daß auch die junge Ärztin, obwohl sie einen schwachen Pulsschlag fühlt, wenig Hoffnung hat.
Aber moderne Geräte hat sie, weil bei einem wichtigen

Objekt wie diesem nicht gespart wird. Und sie weiß, daß hier mit Mund-zu-Mund-Beatmung nichts mehr geht, weil die Bronchien voll Wasser sind. Intubieren muß man, und schon ist sie zur Stelle mit dem Schlauch, der in die Luftröhre geschoben wird und das Wasser mit der Druckflasche absaugt. Dann wird Sauerstoff eingepumpt, und der Mann öffnet die Augen. Sein Brustkorb hebt sich. Die Volksarmisten schlagen einander auf die Schulter und gratulieren der Ärztin, weil sie ein Wunder vollbracht hat. Ein junger Soldat legt dem Geretteten die Hand mit scheuer männlicher Zärtlichkeit, die Tressel sein Leben lang nicht vergessen wird, auf die Stirn.
Der Feldwebel aber, der die Aktion geleitet hat, kennt seine Vorschriften. »Wir müssen ihn verhören. Geht es gleich?«
Die Ärztin schüttelt den Kopf so energisch, daß das schulterlange schwarze Haar vorschwingt zum Stupsnäschen. Sie sieht aus wie eine Studentin in den Anfangssemestern.
»In ein paar Stunden vielleicht. Erst kommt er ins Bett mit dieser starken Unterkühlung.«
»Schon gut«, sagt der Feldwebel. »Dann mache ich meine Meldung, und nach dem Mittagessen sehen wir weiter.«
»Wenn Sie nicht intubiert hätten«, sagt Tressel, als er mit der Ärztin allein ist, »wäre alles zu spät gewesen. Ich verdanke Ihnen mein Leben.«
In den braunen Augen blitzt Überraschung. »Sie kennen die Methode?«
»Ich bin Arzt, Lungenfacharzt sogar.«
»Wo?«
»In Berlin an der Charité.«
Es gibt, und das hat nicht nur mit Professor Sauerbruch zu tun, kein berühmteres Krankenhaus in der DDR, und jetzt ist die Überraschung perfekt. Ganz groß werden ihre Augen, und wie ein ungläubiges Kind sieht sie aus. Aber auch wie ein ungewöhnlich hübsches, und als er

nach ihrer Hand greift, spüren beide, daß es mehr als eine Geste der Dankbarkeit ist.
Sie hat ihn von weit hergeholt. Stolz mischt sich mit Verlegenheit und einem undefinierbaren Glücksgefühl, über das sie nicht reden könnte, selbst wenn sie es wollte.
Er liegt jetzt in einem groben Wollhemd unter zwei Decken, aber sie hat ihn nackt gesehen mit der großen Narbe an der linken Brustseite.
»Sie haben nur noch eine Lunge?«
Er nickt. »Das hat meine Chance auf die Hälfte reduziert und Ihre ärztliche Leistung verdoppelt. Ich weiß nicht, wie ich Ihnen danken soll.«
Wieder greift er nach ihrer Hand, und sie zieht sie nicht zurück. Aber seinen Augen weicht sie aus und widersteht auch der Versuchung, sich auf den Rand des Feldbetts zu setzen.
»Wie... wie konnten Sie so unvorsichtig sein mit nur einer Lunge? Und überhaupt!«
»Was heißt überhaupt?«
»Sie mußten doch wissen, daß hier Sperrgebiet ist.«
Sein Schulterzucken deutet Hilflosigkeit an, die um Vergebung bittet und die er einstudiert hat für das Unternehmen. »Ich bin mit dem Auto am See vorbeigekommen und hatte plötzlich Lust zu schwimmen. Und als ich drin war, wollte ich mich testen, einfach wissen, was ich noch leisten kann, wenn Sie das verstehen.«
»Nicht ganz, ehrlich gesagt.« Sie schüttelt den Kopf, so daß das schwarze Haar nach vorne schwingt, und geht, die Arme auf dem Rücken verschränkt, durch den Raum.
»Sie hätten in Ufernähe bleiben müssen, wie es auf den Schildern steht!«
Wieder das Schulterzucken. »Als ich merkte, daß ich mich überschätzt hatte, kam die Strömung, und plötzlich war der Weg nach hinten weiter als der nach vorne. Den Rest kennen Sie.«
»Das ist«, sagt sie und hört mit ihrem Rundgang auf, »kein Verhör. Aber man wird es Ihnen nicht ersparen und

Sie nachher das gleiche fragen. Und ausweisen müssen Sie sich natürlich auch.«

»Kann ich mir denken.« Zum erstenmal lacht er, und sie findet, daß er es wie ein Lausbub tut, der Äpfel geklaut und nicht das Gefühl hat, es könnte jemandem schaden. »Aber greifen Sie einem nackten Mann mal in die Taschen!«

»Nackt hergefahren sind Sie ja wohl kaum.« In den braunen Augen blitzt Ironie.

»Am Ufer steht mein Auto. Allerdings hinten in den Büschen, und ich weiß nicht, ob man's sehen kann von hier. Darin sind meine Kleider und Papiere und ein Hund, der das alles bewacht.«

»Man wird sich das«, sagt sie, ihren Rundgang wieder aufnehmend, »alles ansehen. Sie müssen jedenfalls so schnell wie möglich zurückgebracht werden. Man merkt, daß Sie keine Ahnung haben, auf was für einem heißen Pflaster Sie hier stehen!«

Wenn du wüßtest, denkt er. Und hofft, daß die Männer, die ihn verhören und zurückbringen werden, ebenso denken wie sie.

»Jetzt«, fährt sie fort, »werden Sie erst einmal etwas Warmes essen und trinken.«

»Ein heißer Tee würde reichen.«

»Nichts da! Es ist sowieso Essenszeit, und vor zwei Uhr kümmert sich keiner um Sie.« Fast hätte sie »außer mir« hinzugefügt. Aber das versagt sie sich ebenso wie den Hinweis, den ihr der Feldwebel draußen vor der Tür gegeben hat. Der Mann, der eigentlich tot sein müßte, aber wieder einen sehr lebendigen Eindruck macht, darf die Baracke auf keinen Fall verlassen.

Sie hat schnippisch geantwortet, daß sie das selbst wisse, aber jetzt weiß sie auch, daß er gar kein Spion sein kann, weil er Arzt an der Charité ist. Nur – was kann ein Feldwebel schon wissen vom Format dieser Leute?

Ein sportlicher Typ ist er eben, den die Lust zum Schwimmen gepackt hat und der auf Verbotsschilder

pfeift, weil er kein Herdenmensch ist. Ist man nicht umgeben von ihnen, und tut es nicht gut, wenn einer aus der Reihe tanzt und dann darüber lacht, weil es eben vorkommen kann, daß man sich verschwimmt?
Und ist es nicht ein wunderbares Gefühl, ihn gerettet zu haben? Seit einem halben Jahr ist sie hier und hat sich mit einem gebrochenen Finger und ein paar Erkältungen gelangweilt. Und wenn sie Ruhe gehabt hat vor den Männern, denen das Kartenspielen in der Freizeit zum Hals heraushängt, weil sie etwas ganz anderes im Sinn haben, dann ganz einfach deshalb, weil der Politoffizier des Objekts ihr Mann ist und ihr diese Stelle verschafft hat.
Berlin ist nicht weit. Eine Stunde mit dem Auto – darum haben sie ihre Stadtwohnung behalten. In Berlin Mitte. Keine Viertelstunde zu Fuß bis zur Charité, wo der Mann arbeitet, den sie gerettet hat. Nicht den geringsten Zweifel gibt es, daß er jetzt einen Sarg bräuchte, wenn sie nicht schnell gehandelt hätte und mit allen Mitteln, die zur Verfügung standen.
Die junge Ärztin Marion Weißner, gerade 26 geworden, wird von Gefühlen gepackt, die von professioneller Genugtuung geprägt sind und doch entschieden darüber hinausgehen.
Das Mittagessen und den heißen Tee bringt sie ihrem Patienten selbst, und die Art, in der er zugreift, zerstört ihren letzten Hoffnungsschimmer.
Wäre ja möglich gewesen, daß der Magen rebelliert und nichts annimmt. Oder daß der einzige Lungenflügel seine Beruhigung braucht nach der Belastung.
Ein Fieber, denkt Marion Weißner, wäre der tauglichste Grund, ihn hierzubehalten, aber es müßte hoch sein und jeder Nachprüfung standhalten. Doch der Patient bringt nur simple 37,4 und den Puls eines Mannes, der einen kleinen Spaziergang hinter sich hat. Man wird ihn schleunigst entfernen, und er wird noch froh sein können, wenn es so kommt. Denn bei einem Verdachtsmoment gibt es andere Aufenthaltsräume als die Sanitätsbaracke.

Aber das kann sie sich nicht vorstellen. Ein Arzt der Charité und das Interesse für militärische Objekte sind ein so grotesker Widerspruch, daß selbst Kommißköpfe das einsehen müssen.
Ihr Mann, der Major, ist leider auf Dienstreise. Oder auch zum Glück. Er hat feinere Antennen als Kommißköpfe und hätte die Wellenlänge ermessen können zwischen ihr und dem Mann, den sie gerettet hat.

Aber dieser Mann ist kein Supermensch. Die Müdigkeit packt ihn nach dem Essen, weil er weit hinausgegangen war über die Grenzen seiner organischen Belastbarkeit, aber sie packt ihn nicht als Tiefschlaf, sondern als einer dieser Dämmerzustände, durch die das Unterbewußtsein zuckt.
Da ist wieder der See. Die Strömung zuerst, die ihm die Kraft und die Luft raubte, und dann der Wind, der das Wasser hochpeitschte und in seinen Mund trieb.
Und dann die Ohnmacht. Visionen kommen zurück, die in sie eingebettet waren. Und ganz deutlich hat er die Augen seines Onkels vor sich mit ihrer fast unwirklichen Gefühlsvielfalt, die von hellster Heiterkeit bis zur dunkelsten Hoffnungslosigkeit reichte.
Jener Tag in Karlsruhe 1953 kam zurück, der Tag an dem er seinen Onkel Karl David Eisemann zum erstenmal gesehen und an dem begonnen hatte, was nun seinem, Günther Tressels Leben, fast ein Ende in einem märkischen See gesetzt hätte.
Der Tod, das spürte er jetzt, wo die Kälte von ihm wich und er seine eigene Wärme hineinatmete in die wollenen Decken, war ihm so nahe gewesen, daß sich sein Leben in Sekundenschnelle wie Phasen eines Films in ihm abspulte.
Und jetzt, im Halbschlaf, diesem eigenwilligen Erwecker des Unterbewußtseins, stand wieder dieses wissende und warnende Gesicht wie damals in Karlsruhe 1953 vor ihm, und auch die Worte kamen zurück, beschwörende Worte, mit denen ihn der Alte hatte abschrecken wollen:

»Gestehen Sie, Herr Eisemann! Gestehen Sie, Eisemann! Gestehen Sie, Jude! Ach was, gesteh, Saujud, dreckiger!«
Karl David Eisemann war Jude, Deutscher und Europäer. Es war ganz ungewöhnlich, daß ein solcher Mensch den Krieg überstanden hatte, ohne ausgewandert zu sein. Und wie er ihn überstanden hatte, war ein Wunder.
So, wie es ein Wunder war, daß Günther Tressel, der alle Ratschläge des Alten in den Wind geschlagen hatte, hier in dieser Sanitätsbaracke gepflegt und verpflegt wurde. Kein Wunder war es indes, wie ihm glasklar wurde, als ihn nach der Mittagspause die Geschäftigkeit des militärischen Objekts am märkischen See aus dem Halbschlaf riß, daß man ihn so schnell aufgefischt und gerettet hatte unter verrückten, aber auch durchaus zeitgemäßen Umständen durch Marion Weißner, Ärztin in einem ostdeutschen militärischen Objekt, an dem westliche Geheimdienste so heftiges Interesse bekundeten.
So unverdächtig wie möglich mußte er sein. Schlaue geheimdienstliche Grundsätze sind das, und wenn sie auch etwas von der Einfalt pfauenhafter Eitelkeit haben mögen, so gehören sie doch zur Ideologie, und wenn der Genosse Zufall mitspielt, der in der DDR so heimisch ist wie überall, dann kann sogar ein Himmelfahrtskommando wie das, das der Doktor Günther Tressel unternahm, zu einem relativ glücklichen Ende kommen.
Allerdings nicht unbedingt im Sinne des Erfinders.

Dieser Günther Tressel, der mehr als genug gehabt hatte vom geheimdienstlich zugeteilten Wasser, hatte nun genug von allem, was mit Spionage zusammenhing. Der Onkel war ihm erschienen, und das Bild war von einer Eindringlichkeit gewesen, wie sie drastischer nicht hätte sein können.
Im Feldbett der Sanitätsbaracke des militärischen Objekts, für das er kein Fünkchen Interesse mehr empfand,

schwor er sich, all seine künftigen Tätigkeiten auf die ärztliche in der Charité zu beschränken. Nein, zu konzentrieren. Nicht nur, weil es besser klang, sondern weil es besser war.
Für weitere geheime Schwüre ließen sie ihm keine Zeit. Vielmehr mußte er höllisch aufpassen, seine Geheimnisse mit der Naivität des Hobbyschwimmers zu kaschieren, der untergeht beim idealistischen und deshalb tumben Versuch, seine Ausdauer zu morgendlicher Stunde in kaltem Wasser zu testen.
Getestet wurde er, weil man militärische Objekte dieser Art nicht wie einen Selbstbedienungsladen betrat und schon gar nicht verläßt wie einen solchen. Der es tat, war ein Hauptmann in Begleitung des Feldwebels, der ihn aus dem Wasser gefischt und der Ärztin übergeben hatte.
Es erwies sich als günstig für ihn, daß auch die Ärztin zugegegen war und nicht zögerte, die Narbe seiner Lungenoperation zu zeigen, ein recht eindrucksvoller Beweis für die Tatsache, daß Spionage kein Ziel dieses naiven Schwimmers gewesen sein konnte.
Für eine solche Mission, das war logisch, hätten die sich drüben keinen Krüppel ausgesucht. Und auch keinen Arzt aus der Charité.
Aber das war erst nachzuprüfen. Man mußte hinüber ans freie Ufer, wo er Auto und Klamotten gelassen hatte. Wenn er sich ausweisen konnte, hatte man ihn los – wenn nicht, würde er in den Knast fahren müssen.
Aber nicht im eigenen Auto. Deshalb nahmen sie nicht das Motorboot, mit dem sie ihn herausgezogen hatten, sondern den Jeep, und es wurde eng, weil auch der Hauptmann und der Feldwebel mitfuhren über die gesperrte Uferstraße.
Für die Ärztin war kein Platz, und ohnehin war das jetzt nur noch eine dienstliche Männersache. Aber unter einem Vorwand hatte sie ihn, als der Motor schon lief, noch einmal in die Baracke geholt. Bekleidet mit Sandalen, Badehose und einer langen braunen Wolldecke sah er aus

wie ein Mönch. Nicht lange indes, weil sie sich mit einem Ungestüm an ihn drängte, das ihm den Atem nahm. Brust und Schenkel spürte er vor einem kurzen, aber heftigen Kuß.
Und gleich darauf den Stich in der Magengrube: »Sei froh, daß nur ich dabei war, als du im Halbschlaf gesprochen hast!«
»Was?«
»Ungereimtes Zeug, aber auch brisantes! Von gestehen und von Raketen hast du gefaselt, und wenn sie das wüßten, säh's böse aus für dich! Geh jetzt und sei vorsichtig! Sie hupen schon.«
Ehe er die Klinke drücken konnte, wurde die Tür aufgerissen. »Ihr glaubt wohl, wir haben unsere Zeit gestohlen!« rüffelte der Feldwebel. Er kam keine Sekunde zu früh. So, wie Marion keine Sekunde zu spät gekommen war, als er auf dem Schragen lag.
Auf dem holprigen Feldweg, der den Wagen hüpfen ließ, daß sich die Männer festhalten mußten, hatte er Mühe, seine Gedanken zu sammeln. Sie ahnte alles, aber sie hatte ihn geduzt und geküßt, und alles war von der gleichen Unwirklichkeit wie diese Fahrt mit den Uniformierten, die eine andere Pflicht erfüllten als die ärztliche und dennoch Hilfsbereitschaft zeigten im Rahmen, der ihnen gesteckt war.
Sie wurden von einem kläffenden Dackel empfangen, dem jetzt die hochstehende Sonne den Aufenthalt im heißen Auto vergällte. Tressel mußte ihn beschwichtigen, ehe er sich ausweisen konnte mit Papieren, die makellos waren und Zufriedenheit auslösten bei den Beschützern des militärischen Objekts.
Er durfte sich anziehen und gute Wünsche mitnehmen für die Heimfahrt.

Er nahm mehr mit. Dankbarkeit gehörte dazu, die sich mischte mit fast in Haß umgeschlagener Abneigung gegen Geheimdienste, die ihn schulterzuckend abgehakt hätten,

wenn er jämmerlich ersoffen wäre. Und er freute sich, nichts mitzubringen von dieser Mission. Null komma nichts. Nicht den geringsten Erkundungsversuch hatte er gemacht und war fest entschlossen, dem Kontaktmann in Westberlin nicht nur dies zu sagen, sondern ihm auch das Ende seiner Agententätigkeit zu verkünden. Sollten sie sich doch ein U-Boot nehmen, wenn sie unbedingt wissen mußten, ob Raketen oder konventionelle Kanonen an einem märkischen See standen!
Und da war Marion. Ohne sie hätte der See ihn erledigt, und er würde jetzt nicht nach Berlin fahren mit einem Gefühl, das dem Normalbürger nicht geschenkt wird, selbst wenn er hundert wird.
Genau hier, man konnte es drehen, wie man wollte, lag die Diskrepanz. Dem illegalen Abenteuer verdankte er Marion, und nur weil er einen verrückten Auftrag angenommen hatte, war er hingeschwommen; zu ihr.
Lust, in einem Dorfgasthof zu feiern, kam ihn an. Aber er bezähmte sie, wohl wissend, daß auch der Charité-Ausweis kein Promilletöter war. Nur Parteibonzen mit Chauffeur konnten sich Feste dieser Art leisten.
Doch dafür waren sie linientreu und spionierten nicht. Er mußte lachen, als er das dachte, und kraulte mit der rechten Hand seinen zufrieden knurrenden Dackel am Hals.
Er nahm sein Abendessen zu Hause und trank zum Erstaunen seiner Frau eine ganze Flasche Wein dazu, ehe er ihr in groben Zügen von seinem gescheitert-geglückten Unternehmen erzählte und seinen feierlichen Entschluß kundtat, die Agententätigkeit zu beenden.
Da wurde auch sie fröhlich, ohne zu ahnen, daß Resignation hinter der Fröhlichkeit steckte.
»Es wäre schön, wenn wir damit aufhören würden«, sagte sie und goß sich auch ein Glas Wein ein. »Es wird zu gefährlich, Günther, und ich habe immer das Gefühl, daß du nicht vorsichtig genug bist. Von der Überquerung des Sees hast du mir überhaupt nichts gesagt, und es war Wahnsinn, den Ertrinkenden spielen zu wollen!«

»Aber es ist doch gutgegangen.«
»Ja, aber das war Glück, und ich bin froh, daß du das begriffen hast und daß wir aufhören.«
Dieses »wir« war berechtigt. Waltraud Tressel tippte das in die Maschine, was er Stimmungsberichte nannte und in Westberlin Kontaktmännern übergab. Noch zirkulierte man frei in der mauerlosen Stadt, und Tressels einzige Vorsichtsmaßnahme bestand darin, daß er das kassiberähnliche Material, durch eine Zellophanhülle geschützt, im Mund transportierte. Wenn Gefahr drohte, konnte er es sofort verschlucken.
So weit war es noch nie gekommen, aber nun war ihm zuviel Wasser in den Mund gedrungen. Ohne ein schier unfaßliches Glück hätte er lebend ein Abenteuer nicht bestanden, dessen Risiko unvertretbar war.
»Morgen«, sagte er mit einer Zunge, die schwer geworden war vom Wein, »fahre ich hinüber und mache Schluß!«

Es war eines dieser Agentenmeetings, wie sie im Buch stehen und über den Bildschirm flimmern. Eine Kneipe in der Nähe des Kurfürstendamms, nicht zu belebt und nicht zu leer, nicht zu schick und nicht zu schäbig. Der westliche Kontaktmann war versehen mit allen vereinbarten Erkennungszeichen, trug eine blaue Krawatte mit weißen Tupfen, las die »Berliner Morgenpost« und trank Kaffee. Sein Durchschnittsgesicht war bemerkenswert langweilig.
Aber mit Sicherheit war er bedeutender als alle, denen Tressel üblicherweise seine »Stimmungsberichte« ablieferte. Denn nun hatte er den bedeutendsten Auftrag seiner illegalen Tätigkeit hinter sich. Es war zehn Uhr, und um zwölf begann sein Dienst in der Charité.
Er bestellte ebenfalls Kaffee, obwohl er einen doppelten Kognak vorgezogen hätte bei dem, was zu sagen war.
Nichts und viel zugleich war's. Und der Kontaktmann, dem beigebracht worden war, seinem nichtssagenden Ge-

sicht Gefühlsäußerungen zu versagen, bekam große Augen.
Das »nichts« bezog sich auf Tressels Wahrnehmungen im »Objekt«. Er hatte nichts gesehen und so, wie sich die Dinge entwickelt hatten, auch nichts sehen wollen. Indes sagte er, daß es nicht möglich gewesen sei, weil er dem Tod nur mit knapper Not entgangen war, und mit einer Ausführlichkeit, die den anderen nervte, schilderte er die Nöte, in die er geraten war.
Bis der Kontaktmann an seiner getupften Krawatte zupfte und mit kaum unterdrückter Ungeduld sagte, daß das zwar alles bedauerlich sei, doch beweise seine Anwesenheit schließlich seine Rettung. Und im übrigen müsse ihm doch wohl irgend etwas aufgefallen sein bei der Besichtigung des Geländes.
»Es gab keine Führung«, knurrte Tressel.
»Mann Gottes, aber Sie haben doch Augen im Kopf!«
»Wenn Sie meinen, daß ich mit offenen Augen in die Scheiße gelaufen bin, haben Sie recht!«
Seinem Gesprächspartner war das zu laut. »Leiser!« zischte er, und es war in der Tat nicht der vornehme Agententon an einem öffentlichen Ort.
Tressel reagierte, und der andere mußte schon die Ohren spitzen, um das Unfaßliche zu vernehmen: »Ich höre auf. Geben Sie das, bitte, an geeigneter Stelle weiter.«
Der andere zuckte zusammen, weil solche Worte noch weniger branchenüblich waren als laute Töne. Aber da es nun einmal keinen öffentlichen Agentenstreit geben darf, verlangte er vom Ober die Rechnung mit der Miene eines Mannes, der Wichtigeres zu tun hat, als morgens zwischen zehn und elf Kaffee zu trinken. Sie kostete den bundesdeutschen Steuerzahler acht Mark und fünfzig Pfennige, aber was der Doktor aus Ostberlin geliefert hatte, war nicht einmal das wert.
»Sie hören wieder von uns«, sagte der Westler beim Aufstehen, und Tressel fragte sich, ob der Unterton ärgerlich oder drohend war.

Er blieb noch ein Weilchen sitzen. Nicht nur, weil noch Zeit war bis zum Dienstbeginn, sondern weil Agenten nicht nur getrennt kommen, sondern auch getrennt gehen. Das sind, dachte er, so festgefügte Regeln, daß man sie daran erkennen kann.

Als Stationsarzt hatte er viel Arbeit nach dem freien Tag, den er sich genehmigt hatte. Der Gedanke kam ihm, daß die Station vergeblich auf ihn gewartet und vielleicht nie mehr etwas über ihn erfahren hätte, wenn ihn nicht Volksarmisten einer Kollegin übergeben hätten, als für ihn keine Sekunde mehr zu verlieren war.
Sie rief abends um acht an. Man kann nicht sagen, er hätte damit gerechnet. Gehofft vielleicht, oder geträumt, um es richtiger auszudrücken.
Ob man sich wohl sehen könne? Am besten gleich, weil sie in Berlin, ihr Mann aber zum Objekt zurückgekehrt sei.
Von Spätdienst wollte er reden, von Unabkömmlichkeit für die nächsten Stunden zumindest, aber er brachte kein Wort davon heraus, freute sich nur und sprudelte es heraus, weil er alleine in seinem Dienstzimmer war.
Beide vermieden die direkte Anrede. Sie übernahm die Initiative wie am Vortag, als es eben darauf angekommen war.
Warten mache ihr nichts aus, und schlafen könne sie sowieso nicht. Und es müsse etwas gefeiert werden, und sie habe auch einen Vorschlag.
Er erwies sich als praktisch und einfach: Lokale seien ungeeignet für eine solche Feier, und auf Leute, die Spätdienst hätten, würde man dort sowieso nicht warten. Es sei denn, man führe noch hinüber nach Westberlin. Aber wozu?
»Ich werde einfach in meiner Wohnung warten. Ist das recht? Spätdienst geht ja in der Charité nicht bis in die Frühe, oder?«
»Im allgemeinen nicht«, sagte er und ließ sein Grinsen

durch den Draht laufen. »Ich muß nur wissen, wo ich hin soll.«
»Haben wir was zu schreiben?« Die indirekte Anrede kullerte in die Muschel mit einem hellen Lachen, das sie ganz nahe heranrücken ließ.
»Kann ich ja zu Fuß machen«, sagte er, als er die Adresse notiert hatte.
»Eben. Und ich warte gern. Es gibt Dinge, die kein Arzt vernachlässigen darf, wenn er den Beruf ernst nimmt.«
Es war eine Anspielung auf das, was sie geleistet hatte an ihm, aber sie war ohne die geringste Spur von Aufdringlichkeit.
Das Wunder, dachte er, als er auflegte, geht weiter.
Eine Stunde später, und das war früher, als er im Sinn gehabt hatte, verließ er die Charité. Es war zu verantworten, weil der Lungenspezialist kein Unfallchirurg ist, dem die Nacht unaufschiebbare Notfälle ins Haus weht.
Trotzdem vermeldete er seiner Frau telefonisch einen solchen. Er tat es ohne Skrupel, weil er wußte, daß sie ohne die Ärztin Marion Weißner nie wieder eine Nachricht von ihm erhalten hätte.
Also mußte auch sie ihr dankbar sein. Daß es Unterschiede in der Dankbarkeit gibt, war eine andere Sache.
Die Beschwingtheit seiner Schritte bewies es.

Marion war überrascht, als er schon kurz nach elf läutete. Doch überrascht war er auch. Sie trug eine smaragdgrüne Bluse über einem ährenfarbenen Rock, der Beine freiließ, die in Schaftstiefeln verborgen gewesen waren, und überhaupt hatte die Uniform, wenn er sie jetzt betrachtete, ihre weiblichen Reize verhüllt wie ein bis zum Kinn hochgezogener Jutesack.
Sie schien, ihm beide Hände entgegenstreckend, seine Gedanken zu ahnen, aber dies war nicht mehr die Sanitätsbaracke, in die sie ihn vor dem Abtransport aus dem Objekt hineingezogen hatte. Der Händedruck war kürzer als ihr schneller Abschiedskuß in einer Situation, die

gefährlicher nicht hätte sein können, und er umarmte sie, ihre Lippen suchend, mit einer Kraft, die beiden den Atem nahm.

Er sah das Abendessen auf dem Tisch, kalte Platten, die warten konnten wie der Wein, und er spürte, daß die junge Frau, die sich an ihn drängte, das gleiche fühlte wie er. Die erste Umarmung schien zurückgekehrt, aber es war kein Feldwebel da, der die Tür hätte aufreißen können.

Fast so schnell lagen sie im Bett wie er gestern in den Jeep hatte steigen müssen, und eine Welle, in der sich animalische Gier mit fragloser Selbstverständlichkeit mischte, schlug zusammen über ihnen. Keiner hatte diese Intensität zuvor erlebt, aber beide spürten, daß alles andere unnatürlich gewesen wäre.

Später, als sie den Kopf in seine Achsel bettete und seine Finger die dunkle Spitze ihrer festen Brust streichelte, fing sie zu reden an, aber er wollte sie, den Anfang einer Rechtfertigung spürend, gleich unterbrechen.

»Wozu, Marion? Wir haben beide das gleiche gewollt und gewußt, daß es geschehen würde.«

Sie hob den Kopf von seinem Oberarm und richtete sich halb auf. »Ich war es, die es nicht erwarten konnte, und ich verlange, daß du mich anhörst.« In die braunen Augen trat ein Ausdruck, der jeden Widerspruch verdrängte.

»Ich höre«, sagte er und blickte an ihren Brüsten vorbei zur Decke. Die Frage nach dem Grund seines Auftauchens im »Objekt« war fällig. Und verdammt wörtlich war es zu nehmen, dieses Auftauchen. Aber anderes sagte sie, ließ alle Neugier beiseite und sprach von der Rettung, die ihr nicht möglich erschienen war bei ihrer geringen Erfahrung. Er, der erfahrene Kollege, müsse doch genau verstehen, was es bedeute, in so aussichtslos scheinender Lage einen Menschen wieder ins Leben zurückzuholen. Beschenkt sei sie sich vorgekommen, und mit wahrer Urgewalt sei dann der Wunsch über sie gekommen, das Ge-

schenk zu besitzen. Ob wohl auch Mutterinstinkt mitspiele? Vielleicht könne er's sagen?
»Zunächst«, sagte er und zog sie wieder herunter zu sich, »bin ich kein großer Kollege, sondern ein ganz normaler, und zweitens bin ich der Beschenkte. In jeder Hinsicht. Mit mir wär's aus gewesen, und wenn du von einer Urgewalt sprichst, die uns wieder zusammengeführt hat, so lasse ich sie nur gelten, wenn du sie auch mir zubilligst. Wir haben tausend Gründe, uns zu lieben und zu feiern, und ich weiß das nicht erst, seit ich neben dir liege!«
Sie drängte sich an ihn, und das Glitzern ihrer Augen wurde zum Feuer, als wieder alles um sie versank.
Es war zwei Uhr vorbei, als sie am Tisch über seinen Appetit staunte, ehe er, da sie keine Anstalten dazu machte, das Thema anschnitt, das noch zwischen ihnen stand.
»Warum willst du nichts über meinen Besuch im Objekt wissen? Du hast mir doch gesagt, ich hätte im Schlaf von Raketen gefaselt?«
»Hab ich das?« Sie hob die Schultern mit einem Lächeln, das er nicht zu deuten vermochte, und hob ihr Glas: »Laß uns trinken aufs Leben.«
»Das ich dir verdanke!« Mit hellem Ton stießen die Gläser aneinander, und die Bewegung ihres Armes war so schnell, daß die Kerzen in ein hüpfendes Flackern gerieten.
Hastig fast schien sie ihm, als ob es etwas abzuschütteln gäbe.
Und ebenso schnell kam die Erklärung: »Es ist nicht wichtig, warum du dort aufgetaucht bist, sondern daß du hier bist!«
»Aber ich bin...«
»Laß das«, sagte sie, und braune Augen, die nicht mehr lächelten, und Finger, die fahrig wirkten, beschäftigten sich mit einer Zigarette, als ob es nichts Wichtigeres gäbe.
»Willst du mich belasten mit Dingen, die mich nichts angehen und überhaupt nicht interessieren?«

Das war deutlich genug, und er begriff jetzt auch, daß es klug war. Nicht mit einem x-beliebigen Mädchen war er ins Bett gegangen, sondern mit der Frau des Mannes, der das Objekt überwachte, in das er eingedrungen war. Es ging um Köpfe und nicht nur um Karrieren, und sie hatte es schneller begriffen als er.
»Du weißt, daß Raketen dort stehen.«
Er hatte es geahnt, doch erst jetzt wußte er es.
Das war das Geheimnis des Objekts in einer Nußschale. Er brauchte nur hinüber zu dem Treff nach Westberlin fahren, der ihm angekündigt, oder, deutlicher gesagt, befohlen war, um wieder Liebkind zu sein bei Leuten, denen er die ganze Drecksarbeit hingeschmissen hatte.
Aber er wollte nicht mehr. Deshalb würden sie auch nichts erfahren von diesem Zusammentreffen und diesem Gespräch.
Jetzt war er es, der lächelte. War es nicht der klassische Fall für Roman und Film? Eine schöne und ungemein kenntnisreiche Frau im Bett, die nicht einmal gefragt werden mußte, um die Kardinalfrage zu beantworten?
Vielleicht, dachte Günther Tressel, bin ich doch der geborene Karriere-Spion.
Laut aber sagte er: »Du hast recht. Ich habe weder Grund noch Lust, den Menschen, der mein Leben gerettet hat, zu belasten oder gar zu gefährden. Bleiben wir bei meinen Schwimmübungen, die mir die, auf die es ankam, abgenommen haben. Nachdem... nachdem alles auf dich angekommen war.«
»Wir leben«, sagte sie, ihr Glas hebend, »in seltsamen Zeiten. Aber ich habe ein unbegrenztes Vertrauen zu dir.«

Man kann nicht sagen, daß die Ärztin Weißner das Leben des Arztes Tressel umgekrempelt hätte. Aber sie veränderte es. Ließ ihn Hintergründe von Handlungen erkennen, in die er hineingeschlittert war, ohne nach den Ursachen zu forschen. Sie gingen zurück bis in die Jugend, bis in den Krieg und auch zum Onkel Karl David Eisemann,

und es war seltsam genug, daß ihm der jüdische Onkel in dem Augenblick erschien, da ihm der Tod näher gewesen war als das Leben.
Sie gingen auch zurück in die ersten Nachkriegsjahre, die ihn, weil Krieg gewesen war, die linke Lunge gekostet hatten, ohne ihm die Freiheit zu bringen, auf die er gehofft hatte nach den Jahren, die ihm, wie Millionen anderer, die Jugend gestohlen hatten. Daß die Russen in Ostpreußen seine Eltern aus Gründen, die er nie in Erfahrung bringen konnte, erschossen hatten, kam hinzu. Vielleicht waren die Jagdgewehre schuld, die noch im Hause waren. Es bedurfte damals keines besonderen Anlasses zum Schießen in Ostpreußen.
Gehofft hatte er auf eine Freiheit, wie sie im Westen entstanden war, nachdem die Amerikaner Lebensmittel und Demokratie eingeführt hatten. Und es war auch ein imponierender Kraftakt, mit dem sie die Blockade Westberlins mit ihren Rosinenbombern neutralisiert hatten. Da hatten Ulbricht und seine Moskauer Befehlshaber alt ausgesehen.
Eigenartigerweise plagte ihn indes kein Westdrall. Das hing zusammen mit dem Glück, den Wunschberuf erreicht zu haben, wiewohl dies, wie man sehen wird, nicht komplikationslos gegangen war. Auch daß er ihn in der Charité ausüben durfte, machte ihn glücklich, weil sie nicht nur den Stempel trug, den ihr berühmte Ärzte aufgedrückt hatten wie die Professoren Hufeland, Koch, von Behring, Bergmann, Brugsch und Sauerbruch, sondern ihn auch rechtfertigte. Die Charité genoß überdies das Wohlwollen der Partei.
Das war von großer Bedeutung, aber es bedeutete dennoch nicht alles. Wenn auch die Protektion erfreulich war, so konnte sich doch nur der Opportunist bedingungslos darüber freuen.
Es war die schrankenlose Allmacht der Partei, die den Individualisten Tressel störte, weil er dem Credo anhing, seine Anstrengungen nicht ihrem Wohl, sondern dem der Kranken zu widmen.

Am 8. Mai 1945 hatte er die Befreiung von der braunen Diktatur erlebt. Aber es war eine neue gekommen, anders gewiß als die nationalsozialistische, aber durchaus vergleichbar in ihrer Rigorosität. Die Ähnlichkeit zwischen den Methoden Hitlers und Stalins konnte selbst schlichten Gemütern nicht verborgen bleiben. Der Vergleich zwischen den Machthabern in Ostberlin mit denen in Moskau zeigte augenfällig deren jeweilige Macht über die Massen, die nur manipulierbar waren, wenn ihnen jedes demokratische Grundrecht verwehrt blieb.
Natürlich räumte der Arzt Tressel, gewohnt daran, daß die genaue Diagnose den wirkungsvollen Heilversuchen vorausgehen muß, ein, daß ein Stalin seinen Ulbricht brauchte, so wie ein expandierender Großunternehmer seinen Filialleiter, der seine Vorstellungen mit schrankenloser Ergebenheit durchsetzt. Zumindest in der kritischen Anfangszeit.
So geht die Welt, und nichts fällt dem Diktator leichter, als willfährige Vasallen zu finden.
Man durfte, und darüber war sich der Doktor Tressel von der Charité ebenfalls klar, auch nicht vergessen, daß die Deutschen die Sowjetunion überfallen hatten in dem hirnrissigen Glauben, sie trotz ihrer endlosen Weite besiegen zu können. Kommunistische Emigranten wie Ulbricht hatten da größere Klarsicht bewiesen als so mancher Zeitgenosse, der sein altes Parteiabzeichen und seine militärischen Auszeichnungen abgelegt hatte und nun im Bonner Bundestag saß.
Dem Charité-Doktor war das Ostberliner Hemd näher als bundesdeutsche Bratenröcke. Und es ripste und juckte ihn, weil er nicht selbstgerecht genug war, um über seinen Privilegien zu vergessen, daß seine Mitbürger eine neue Diktatur gegen eine alte eingetauscht hatten.
Seit dem Erlebnis mit Marion Weißner, das er einer Verkettung glücklicher Umstände und Marions spontaner und bemerkenswert fachkundiger Hilfsbereitschaft verdankte, war das alles viel transparenter für ihn. Auf die

einzige Art, die ihm möglich schien, hatte er opponieren wollen gegen ein die Menschenwürde mit Füßen tretendes System.

Aber nun kam ihm das alles eher lächerlich als sinnvoll vor. Dieses geteilte und doch offene Berlin mit seinen emsigen Agenten, die ameisenhaft hin- und herkrabbelten zwischen West und Ost und sich einbildeten, Wichtigkeiten zu transportieren und auch noch buchstäblich im Mund, wie er es selbst getan hatte, dieses Berlin spuckte soviel Belanglosigkeiten über die offenen Sektorengrenzen, daß seine Auswerter dem Irrsinn näher sein mußten als verwertbaren Erkenntnissen.

Der jüdische Onkel Karl David

Kriege hören nicht auf mit dem letzten Schuß. Ihr Endergebnis besteht nicht nur aus Siegern und Verlierern, wie bei sportlichen Wettkämpfen. Daß in den Friedensvertrag des Ersten Weltkriegs die Munition für den Startschuß zum Zweiten gelegt wurde, muß hier so wenig erwähnt werden wie die Ruck-zuck-Verwandlung des Gefreiten Hitler in den Oberbefehlshaber der Streitkräfte. Ein von wenig Besonnenheit diktierter Friedensvertrag planierte seinen Weg.

Erwähnt werden muß indes der sehr außergewöhnliche und sehr einsame Kampf des deutschen Offiziers Karl David Eisemann, lange nachdem 1918 die Waffen geschwiegen hatten. Denn er führte dazu, daß sein Neffe Günther Tressel, lange nachdem 1945 der letzte Schuß gefallen war, beinahe als bundesdeutscher Spion in einem märkischen See ertrunken wäre. Erst viele Jahre später, 1982 war's, als Günther Tressel seinen Onkel auf einem kleinen badischen Friedhof beerdigt hatte, fiel ihm bei der Durchsicht des Nachlasses der Durchschlag eines Briefes von Karl David Eisemann aus dem für die deutschen Juden so schicksalsträchtigen Jahr 1938 in die Hand. Aus ihm erfuhr er Dinge, über die der Mann, der 87 Jahre alt geworden war, ohne Deutschland zu verlassen, nie gesprochen hatte. Überhaupt hatte sein Onkel, und das fiel ihm erst jetzt richtig auf, nie mit Selbstmitleid, sondern stets mit ansteckendem und offenbar unzerstörbarem Optimismus aufgewartet.

Dieser Brief nach Amerika aber zeigte einen anderen Karl David Eisemann, den der Neffe noch nicht kannte.

Karl David Eisemann   *Karlsruhe, den 9. Oktober 1938*
Amtsgerichtsrat a. D.   *Kaiserstraße 104*

Meine liebe Tante,
Einem besonders glücklichen Zufall verdanke ich Deine Adresse, so dass ich in der Lage bin, Dir unmittelbar zu schreiben. Ich lernte in dem hiesigen jüdischen Restaurant Frau Aron aus Kreuznach kennen, die vor einiger Zeit in Washington bei ihrer Schwester, Frau Emma Kalter, 3025-15th St. N. W. Apt. 31, zu Besuch weilte. Die beiden Damen waren so liebenswürdig, mir Deine Adresse anzugeben. Da ich in den letzten 25 Jahren keine Gelegenheit hatte, meine auf der Schule erworbenen englischen Sprachkenntnisse frisch zu halten, erlaube ich mir, diesen Brief in deutsch zu schreiben. Ich hoffe, dass es Dir keine zu grosse Mühe macht, ihn zu verstehen. Wenn Du mir in englischer Sprache antwortest, kann ich Deinen Brief gut lesen, zumal ich jetzt mit Eifer die englische Sprache lerne.
Wie ich von Frau Kalter erfuhr, hat sie bereits mit Dir gesprochen, Du weisst daher wenigstens etwas von meiner Existenz. Ich bin der Sohn von Leopold Eisemann aus Binau, der bereits im Jahre 1903 verstorben ist. Seine Brüder David, Moses und Hermann, die, wie mir meine Großmutter in Binau oft erzählte, in jungen Jahren nach U.S.A. ausgewandert sind, habe ich nie kennen gelernt. Bei ihren Besuchen in der alten Heimat dürfte ihnen die Zeit gefehlt haben, meine Mutter und mich aufzusuchen.
Ich selbst bin bei meinen Grosseltern mütterlicherseits in Strassburg im Elsass aufgewachsen, wohin meine Mutter bald nach dem Tode meines Vaters ebenfalls zog. Nach dem Besuch der Schule bezog ich im Jahre 1913 die Universität zum Studium der Rechtswissenschaft. Durch den Krieg erlitt mein Studium eine mehrjährige Unterbrechung. Während der ganzen Dauer des Krieges war ich Soldat an der Front, seit 1916 als Artillerieleutnant. Während ich heil

davonkam, fiel mein einziger Bruder Paul im Alter von noch nicht 19 Jahren im Juni 1918 an der Westfront.
Mit Kriegsende wurde Strassburg französisch, ich konnte mein Studium nicht beenden und ging nach Baden, unserer alten Heimat, zurück. Nach Ablegung der Staatsprüfungen trat ich in den Justizdienst ein, weil ich mich mehr zum Richter-, als zum Anwaltsberuf hingezogen fühlte. Meine Laufbahn wurde vorzeitig unterbrochen. Im Frühjahr 1933 wurde ich nach dem Umschwung der Verhältnisse in Deutschland aus dem Staatsdienst entlassen. Ich war damals 38 Jahre alt. Den Gang der Dinge konnte man damals nicht voraussehen. In erster Linie aus Rücksicht auf meine Mutter, die hier in Karlsruhe wohnt und sehr an mir hängt, auch meiner Hilfe bedarf, habe ich mich entschlossen, hier zu bleiben.
Ich bin nicht untätig geblieben und war zunächst Buchhändler, sodann als Buchhalter tätig. Das Geschäft, in dem ich über drei Jahre beschäftigt war, ist inzwischen in andere Hände übergegangen, der Inhaber ausgewandert. Ich habe auch augenblicklich eine vorübergehende Beschäftigung bei der Jüdischen Winterhilfe, Du wirst aber begreifen, dass auch ich wie so viele andere eine gründliche Änderung für mich ersehne, zumal bei dem ständigen Rückgang der Zahl der hier lebenden Juden keine Aussicht mehr besteht, eine meiner Vorbildung und meinen Kenntnissen entsprechende Beschäftigung zu finden.
Ich bin mit meinen 43 Jahren noch nicht zu alt, um in Amerika ein neues Leben zu beginnen. Ich glaube, die nötige Spannkraft, Anpassungsfähigkeit und den nötigen Willen zu haben, um mir in veränderten Verhältnissen nochmals eine Existenz aufbauen zu können. Die Schwierigkeiten, die überwunden werden müssen, schätze ich nicht zu leicht ein. Der gute Wille, und, wie ich vielleicht hoffen darf, die Hilfsbereitschaft der Verwandten wird mir aber die Erreichung des Ziels erleichtern. Auch meine Frau, die sechs Jahre jünger ist als ich – wir sind seit 13

Jahren verheiratet –, wird sich leicht in neue Verhältnisse finden und nicht untätig bleiben. –
Die Einwanderung nach U. S. A. ist augenblicklich infolge des grossen Andrangs leider nicht in kurzer Zeit zu bewerkstelligen. Die Anmeldungen bei den Amerikanischen Konsulaten übersteigen die Einwanderungsquote um ein Mehrfaches. Doch hoffen wir, in nicht allzu ferner Zeit zur Einwanderung zugelassen zu werden. Jeder Monat, den wir länger hier in Europa zubringen, ist verloren. Wir können die uns verbleibende Zeit am besten dazu verwenden, die Sprache zu erlernen. Meine Vorkenntnisse gestatten mir, im Wege des Selbstunterrichts viel zu lernen, gründlich erlernt man aber die Sprache nur im Lande selbst.
Liebe Tante, Du wirst wohl wissen, dass die Einwanderung nur beim Vorliegen eines als ausreichend beurteilten affidavits bewilligt wird. Ich nehme an, dass Frau Kalter so liebenswürdig gewesen ist, über diesen Punkt mit Dir zu sprechen. Du darfst mir glauben, dass es mir schwer fällt, im ersten Augenblick, in dem wir uns kennen lernen, mit der grossen Bitte an Dich herantreten zu müssen, uns durch Stellung des affidavits die Einwanderung nach den Vereinigten Staaten zu ermöglichen. Die Verhältnisse rechtfertigen aber diesen Schritt. Wenn Du Dich entschliessen kannst, entweder allein oder mit Deinen Kindern und Neffen die Bürgschaft zu stellen, wären wir Dir von Herzen dankbar. Nach dem jetzigen Stande der Dinge hängt unsere Zukunft nur von Eurer Hilfsbereitschaft ab. Ich weiss, dass Dir bekannt ist, dass unsere heutige Lage durch die Verhältnisse bedingt ist. Der Einzelne hat nicht die Macht, sein Schicksal anders zu gestalten. Wenn wir drüben in Amerika Fuss fassen können, beginnen wir ein neues Leben.
Ich habe nun, meine liebe Tante, in diesem Briefe bisher nur von mir gesprochen. Du kennst nun in grossen Zügen mein bisheriges Leben und meine Absichten für die Zukunft. Ich möchte nun keinesfalls haben, dass sich unser

Briefwechsel allein auf meine Einwanderungsabsicht und die Frage der Bürgschaftsstellung beschränkt. Mir läge viel daran, wenn Du mir auch Näheres über Dich selbst und die Deinen sowie über die anderen Verwandten schreiben würdest. Meine Grossmutter in Binau, bei der ich in den Jahren vor dem Kriege in den Ferien zu Besuch war, hat mir oft von Euch erzählt, sie war aber damals bereits sehr alt, Genaues konnte ich daher nicht von ihr erfahren. Sei also so gut und schreibe mir, wenn es Dir die Zeit erlaubt, ausführlich von Dir, Deinem seligen Manne, meinem Onkel, und von Deinen Kindern. Ich glaube, dass Du mir nur Gutes von Euch wirst mitteilen können, und ich freue mich darüber.

Nun ist mein Brief recht lang geworden und Du wirst Schwierigkeiten haben, ihn zu lesen, denn wahrscheinlich erhältst Du nicht oft Post aus Deutschland. Mache Dir bei der Antwort keine grosse Mühe und schreibe Englisch, ich verstehe genug, um Briefe zu lesen. – Ich lege dem Brief noch ein Bildchen von mir bei. Findest Du, dass ich wie ein richtiger Eisemann aussehe? Die amerikanischen Eisemänner sehen wohl anders aus.

Ich würde mich sehr freuen, bald von Dir und den Deinigen zu hören, und verbleibe mit herzlichen Grüssen
Dein treuer Neffe
Karl David

Günther Tressel liest den Brief zweimal und dann noch ein drittes Mal. Nie hat der Onkel über die Zeit zwischen 1933 und 1939 geredet, schon gar nicht von Auswanderungsplänen. Einfach verdrängt haben muß er die seelische Not, die aus diesen Zeilen spricht. Von der Kriegszeit, in der er aktiv geworden ist, hat er mehr erzählt, und Tressel begreift jetzt, wie sehr das dem Naturell des Onkels entsprochen hat.

Er war kein Herdenmensch und deshalb nicht domestizierbar.

Und sehr eigenartig abgespielt hat sich seine einzige

Flucht, von der Tressel nur verschwommene Vorstellungen hat, weil Eisemann sie als Mißgriff betrachtet und deshalb keiner ausführlichen Erwähnung für würdig befunden hat.
Indessen ist sie es, und man wird sehen, warum.
In diesem Februar 1933 ist der Rhein zwar noch sauber, aber die Brücke, die von Kehl nach Straßburg führt, heißt noch nicht Europabrücke. Noch ist der kleine Grenzverkehr auf ihr nicht abgewürgt, aber er wird asthmatisch, weil Adolf Hitler in Deutschland die Macht übernommen hat.
Es ist ein schwerer Schlag für den 38jährigen Karl David Eisemann, Amtsgerichtsrat in Karlsruhe. Bis zum Schluß hat er Hoffnungen genährt, hat mit größerer Weitsicht der Deutschen gerechnet, zu denen er sich, wie er bewiesen hat, zählt und zählen darf. Im Gegensatz zu den meisten seiner Landsleute spürt er den tyrannischen Diktator kommen, und er spürt das nicht nur mit der sehr sensitiven Antenne des Juden. Denn im Elsaß ist er aufgewachsen, in dieser verfluchten und gebenedeiten Region, dem Zankapfel der Deutschen und Franzosen, wo die Leute ein sehr feines Gespür für politische Veränderungen haben.
Ein viel feineres als die Leute in Berlin und Paris.
Das weiß Günther Tressel. Er, der gebürtige Ostpreuße, hat auch eine jener großen Gratwanderungen hinter sich, die aufgeschlossen machen für die Nöte anderer in exponierten Provinzen.
So ist es Tressel klar, daß Karl David Eisemann die Hürden Rheinbrücke, Grenze und Visum nicht mit einem Satz genommen haben kann.
Es gibt, ganz nahe bei Karlsruhe, die grüne Grenze bei Weißenburg, das jetzt Wissembourg heißt. Er weiß, daß der Onkel hinübergegangen ist, aber viel mehr weiß er nicht.
Und 1933, als er zehn ist, weiß er nicht einmal, daß er einen jüdischen Onkel hat. Darüber wird in der Familie

im ostpreußischen Elbing nicht gesprochen, und die Entfernung zwischen Elbing und Karlsruhe ist riesig. Nahezu die weiteste, die sich denken läßt in Deutschland.
Das Elsaß aber liegt vor der Karlsruher Tür. Und der jüdische Staatsanwalt braucht nicht lange, um zu begreifen, daß er diesem Staat bald nicht mehr wird dienen dürfen. Einen Katzensprung nach Straßburg wird er machen und dann abwarten. In Sicherheit. Und einen sicheren Weg wird er nehmen bei Weißenburg. Das läßt sich alles in der Nacht mit leichtem Gepäck zu Fuß machen. Warum an der Rheinbrücke und im Zug ein Risiko eingehen?
Mit seiner Frau Erika bedarf es keiner großen Diskussionen. Sie spürt die Gefahr für ihren Mann und ist überzeugt von der Vernunft seiner Pläne. Sie bleibt vorläufig in Karlsruhe, und die Nazis können ihr nichts anhaben, weil sie Arierin ist.
Seltsames Wort. Man hat es nie gehört vor Hitler. Aber es ist ungemein beruhigend, wenn man es vom Stammbaum schütteln kann.
An diesem milden Februartag des Jahres 1933 geht Karl David Eisemann mit leichtem Gepäck durch vertraute Straßburger Straßen und Gassen, und er fühlt sich fast wie ein Heimkehrer, obwohl er hier gar nicht erwünscht ist. Aber er spürt nicht nur Frühlingsgeruch in der Luft, sondern auch einen Hauch von Freiheit, und er weiß, daß die Tür, an die er klopft, sich öffnen wird. Er ist ein kleiner, fast schmächtiger Mann, aber der Schritt ist leichter geworden, seit er die Grenze überschritten hat.
Die Gefahr einer Polizeikontrolle? Pah, dies ist ein freies Land, das lebt und leben läßt und seine Bürger nicht in Uniformen steckt, um sie in Marschkolonnen auf die Straße zu schicken.
Es tut gut, keine braunen Uniformen und keine Fahnen zu sehen. Dafür sieht er am Münsterplatz eine Gruppe von Soldaten mit blauen Mänteln und den gleichen Wickelgamaschen, die die Poilus im Ersten Weltkrieg trugen. Sehr

fortschrittlich kommt ihm das nicht vor, aber dafür weiß er, daß die Maginotlinie, wo sie vermutlich stationiert sind, der modernste Festungsgürtel ist, mit dem sich je ein Land geschützt hat.
Da beißt auch Hitler keinen Faden ab, und außerdem hat er ja nur eine kleine Reichswehr. Man darf sich sehr sicher fühlen in Frankreich, und man tut es auch.
Cafés und Brasserien sind voll, denn es ist die Stunde des Apéritifs, die den Tag ausklingen und den Feierabend anklingen läßt. Man schöpft Atem wie der Bauer, der zwischen Stall- und Küchentür steht, und der illegale Reisende, der noch nicht der alte Eisemann ist, sondern ein vergleichsweise junger Mann, spürt keine Angst, sondern Zugehörigkeit.
Bloß, er kann nicht einfach hineinspazieren in ein Café und teilhaben, weil er keinen Franc in der Tasche hat. Außerdem knurrt sein Magen, der nicht saufen, sondern fressen will. Längst hat er die kleine Hartwurst und das Brot verdaut, die im Köfferchen waren.
Trotzdem bleibt er den Soldaten auf den Fersen, die unter der Rosette mit den farbigen Glasscheiben hineingehen ins Münster. Er hört, daß sie aus dem Süden kommen, weil sie die Nasale kaum andeuten und das »R« rollen. Kann sich quasi hineinschalten in sie wie ein Autofahrer, der den Gang wechselt. Den alemannischen Straßburger Dialekt beherrscht er wie alle, die um ihn herum sind.
Warum nicht auch durchs große Portal gehen wie die Soldaten? Er folgt ihnen, aber nicht vor bis zum Altar. Weit hinten kniet er sich in eine Bank und betet, weil er zu danken und zu bitten hat.
Gelungen ist eine Flucht, mehr nicht. Wie wird es weitergehen in einem Land, das er betreten, das ihn aber nicht gerufen hat?

Vom Münster aus hat er nur noch einen ganz kurzen und sehr geschichtsträchtigen Weg. Da, wo der Platz aufhört, den der gewaltige Turm neben dem Stumpf des rechten

überragt, springt ein altes Eckhaus aufs Pflaster vor, das ihm in seiner Jugend immer als das schönste und edelste aller Straßburger Patrizierhäuser vorgekommen ist.
Es ist die Maison Kammerzell mit ihren wie Perlen aneinandergereihten Butzenscheiben, und in der aus unruhigen Wolken tief über den Münsterplatz streichenden Abendsonne blinkt ihr matter Glanz perlmuttfarbig auf. Wie eine Begrüßung empfindet er's, und es ist der Moment, in dem er weiß, daß er auch begrüßt und nicht abgewiesen werden wird.
Dann um die Ecke die Rue des Orfèvres. »D'Goldschmidtgaß« hat sie zu seiner Zeit geheißen, aber außer dem Namen hat sich gar nichts geändert. Er weiß noch sehr genau, daß es die Elsässer nicht so genau genommen und die Gasse der Goldschmiede mit souveräner Eigenständigkeit hinten mit »dt« geschrieben haben.
Denn wer ständig mit dem Wechsel seiner Nationalität beschäftigt ist, der ist kein Griffelspitzer.
Knappe zweihundert Meter mag das Gäßchen messen, in dem einst die Straßburger Goldschmiedekunst zu Hause war. Auf das erste langgestreckte und feudale Haus folgen kleinere, oft schmalbrüstige, aber allen haftet solide Gediegenheit an.
Am »Globe d'Or« bleibt er kurz stehen. Zu seiner Zeit ist es das Haus »Zur Goldenen Weltkugel« gewesen, und über der Tür, die eher eine schmale Pforte ist, steht die Jahreszahl 1739. Da haben sie noch nicht einmal an die Französische Revolution gedacht. Die ist 1789 gewesen.
Dann nur noch drei Schritte, und er steht vor seinem »Grab«.
Freilich nur bildlich genommen. Denn über der großen Tür zur »Winstub« steht nichts anders als »Débit de Vins au Saint Sépulcre«, und darunter, etwas verwaschen, »Hailich Graab«.
Das Heilige Grab also. Die Straßburger haben's nie anders genannt, aber sie haben immer mit der Zeit gehen und deshalb den Franzosen »des Inneren« die Überset-

zung anbieten müssen. Die kommen übrigens sehr gerne, weil Tradition allemal anzieht, und das Hailich Graab genießt eine Sonderstellung im Zentrum der Stadt am Oberrhein, wo sich die Winstubenwirte die Hände reichen können, ohne zehn Meter weit gehen zu müssen.
Karl David Eisemann muß nur noch zwei oder drei Schritte gehen. Nach einer vergleichsweise kurzen, aber auch wieder unendlich langen Reise. Denn nun ist er ein Wanderer zwischen zwei Welten.
Lust packt den kleinen Mann mit dem Köfferchen, einfach und schwungvoll einzutreten in die große Gaststube, wo alle, die drinsitzen, Haus- und Siedlungsrecht beanspruchen dürfen.
Warum denn er nicht? Ist er vielleicht nicht hier aufgewachsen wie die anderen, die mit Lust in den wundervoll saftigen Schinken im Brotteig beißen oder ins knusprige »Wädeli« vom jungen Schwein, Spezialitäten des Hauses, die mit trockenem Riesling hinuntergespült sein wollen?
Aber der große Eingang ist zu gefährlich für den kleinen Mann mit dem Köfferchen. Oh, er könnte sich einfach an einen der Tische setzen, die ebenso an Boden und Wand festgezurrt sind wie die Bänke. Verrückbare Stühle gibt es im Heiligen Grab nicht. Vielleicht ist es deshalb, weil es so heißt und man sich auf dem Friedhof auch nicht aussuchen kann, neben wem man liegt?
Aber wer lebt, denkt. Er denkt darüber nach, weshalb ihm heilige Gewohnheiten im Hailich Graab nicht heilig sein können. Vielleicht würde ganz einfach einer aufstehen und ihm mit den Worten auf die Schulter schlagen: »So, sid Ihr au mol widder do?«
Das wäre gar nicht lustig, und so ziemlich das letzte, was ihm jetzt passieren dürfte.
Den privaten Weg muß er nehmen. Den sicheren. Aber ist er wirklich sicher?
Er drückt auf die grün gestrichene schmale Haustür, die

sich drei Meter weit links von der runden Pforte der Gaststube befindet, und zu seiner Erleichterung – für die er jetzt keine Worte finden könnte – öffnet sie sich.
Es sind Klingeln da, denn das Haus hat drei Stockwerke über der Wirtschaft. Klingeln? Kann man das in seiner Lage überhaupt?
Er weiß es nicht, weil die Tür nachgibt.
Und so geht er wie ein Schlafwandler die schmalen Treppen hoch. Die Hoffnung, die in ihm steckt und hochsteigt gleich jeder Stufe, die er nimmt, läßt ihn vergessen, daß er ein Wanderer zwischen zwei Welten ist.
Es ist ein ganz und gar außergewöhnlicher Zustand, und er spürt nicht, wie feucht die Hand ist, die das Köfferchen trägt.

Es war ein seltsamer Zufall, daß zur gleichen Zeit, weniger als hundert Kilometer ostwärts, an der Wohnungstür des Obersteuerinspektors Rudolf Helldorf geklingelt wurde. Einlaß begehrt der SA-Mann Spiegel, und man kann gar nicht nein sagen, weil er Braunhemd, Koppel und Schulterriemen trägt und dazu Schaftstiefel, die derart glänzen, daß man sie als Rasierspiegel benutzen könnte. Deshalb hat der zehnjährige Walter Helldorf den SA-Mann Spiegel mit seinem runden Glatzkopf auch den Rasierspiegel genannt. Natürlich hat er's erfahren, obwohl der Vater es streng verboten hat, seit der »Führer« an der Macht ist. Man muß den Spiegel wie Glas behandeln, an dem man sich schneiden könnte, wenn es bricht, und der Spiegel weiß das und genießt es.
Er wohnt als Untermieter in einer Mansarde, aber er weiß auch, daß er nicht mehr lange auf die unter ihm liegende Wohnung warten muß, weil die Sterns nach Amerika auswandern werden.
Die Sterns sind Juden und haben drüben Verwandte, die sogar reich sein sollen.
Der SA-Mann Spiegel hat bis jetzt noch nichts, aber er hat viel vor und etwas zu sagen im Haus hat er auch schon.

Er steht im Wohnzimmer, ohne daß man ihn hereingebeten hat. Die Mutter zuckt hinter seinem Rücken die Schultern, und der Vater legt die Zeitung weg, die er immer liest, wenn er vom Amt kommt und aufs Abendessen wartet. Mit dem Spiegel hat er früher höchstens drei Worte auf der Treppe gewechselt, ohne dabei stehenzubleiben.
Doch nun ist eine neue Lage entstanden, die den deutschnationalen Beamten Helldorf irritiert und den Nationalsozialisten Spiegel auf eine Weise erfreut, die vorder- und hintergründig zugleich ist.
»Vorsicht bei dem«, heißt die Parole, die der Vater in der Familie ausgegeben hat.
Jetzt setzt er die Lesebrille ab und will auf einen Sessel deuten, aber der SA-Mann sitzt schon drin, ehe das Zeichen kommt.
Nein, er will gar nicht stören. Will nur sagen, daß er auf dem Weg zur Versammlung ist und den Herrn Helldorf fragen, ob er nicht auch mal mitkommen will? Nicht gleich, selbstverständlich nicht. Große Zeiten kündigen sich an, und da kann es nicht schlecht sein, Parteigenosse zu werden. Ganz leise, als ob er gar keine dicken Wurstfinger hätte, trommelt er auf den Tisch.
»Ein Schnäpschen?« fragt der Vater, und als der SA-Mann Spiegel nicht abgeneigt ist, nickt er dem zehnjährigen Walter zu: »Hol in der Küche den Obstler und zwei Gläser.«
»Auf den Führer«, sagt Spiegel und kippt das Glas mit einem Zug. Helldorf tut das gleiche, sagt aber nichts und schenkt wie aus Verlegenheit nach.
Nach dem zweiten Glas spricht Spiegel vom deutschen Lebensraum, der größer werden muß, wenn's Arbeit und Brot für alle geben soll.
Dagegen hat Helldorf nichts einzuwenden, aber es paßt ihm nicht, wenn's vom Spiegel kommt. Der hat auf seinen Führer warten müssen, um Arbeit zu bekommen, weil sie ihn aus der Buchhaltung seiner Firma wegen Un-

terschlagungen hinausgeworfen hatten. Jetzt muß der Chef mit seiner Rache rechnen. Das spürt man, wie man die neue Zeit spürt.
Dann reitet der SA-Mann sein Steckenpferd Lebensraum. »Schauen Sie sich doch bloß die Franzosen an! Setzen sich mit ihren Stinkärschen im Elsaß und in Lothringen fest. Reine deutsche Provinzen, mein Lieber! Aber der Adolf wird's ihnen schon zeigen!«
Vielleicht, denkt Helldorf, will der da mal Gauleiter oder so was werden. Laut aber sagt er: »Ganz so ist es ja nun auch wieder nicht, Herr Spiegel. Der Westfälische Frieden von 1648 hat das Elsaß zu Frankreich gebracht, und deutsch ist es erst wieder nach dem Siebziger Krieg geworden, den mein Großvater mitgemacht hat und der Ihre vielleicht auch. 1918 haben es dann wieder die Franzosen vereinnahmt, weil wir den Weltkrieg verloren haben.«
»Ja, wer sagt denn, daß wir uns damit abfinden müssen?« In den Glupschaugen des SA-Manns Spiegel lauert Provokation. Schließlich will er herausbekommen, ob der Mann bloß ein Schlappschwanz ist oder ein Gegner des Führers.
Der zehnjährige Bub, der seine erste elsässische Lektion erhält, weiß vom Elsaß nicht viel mehr als vom »Führer«, aber er kennt die Abneigung seines Vaters gegen den SA-Mann und spürt, daß es Streit geben kann.
Aber es gibt keinen. Der Vater erkennt die Gefahr um so mehr, als der SA-Mann auf dem Weg zu einer Versammlung ist und demnach gleich Gelegenheit haben wird, dort alles brühwarm aufzutischen. Denn, so denkt er, der Freiraum des Bürgers verkleinert sich in dem Maße, in dem sich das Geschrei der Braunen nach Lebensraum verstärkt.
Immerhin ist er Weltkriegsoffizier gewesen, als der SA-Mann Spiegel Hemd und Hose noch in einem Stück getragen hat, und der Versailler Vertrag wurmt ihn oft genug. Krieg und Gefangenschaft haben ihm auch genug

von seiner Jugend gestohlen. Und dann hat man sich aus der Inflation herausschaufeln müssen. Schieber und Unternehmer mögen besser durchgekommen sein, aber als Beamter hat man auch kein Risiko eingehen müssen und die Notverordnungen des Reichskanzlers Brüning geschluckt. Man kennt seinen Platz und will seine Ruhe. Und in diesem Augenblick will man sie ganz besonders vor dem SA-Mann Spiegel haben.
Aber der scheint gar nicht an seine Versammlung zu denken, sondern an das, was er von früheren Versammlungen her weiß.
Deutschland ist ihm einfach zu klein, und er springt von Westen nach Osten. »Denken Sie doch an den Korridor und an Danzig! Diese Schande! Und an die Oberschlesier! Samt Kohle und Stahl holen wir sie heim, genau wie die Elsässer!«
Nach dem nächsten Schnaps, denkt Helldorf, holt er ganz Polen. Aber er sagt nichts und schenkt auch nicht nach. Aus der Küche kommt das Klappern der Teller, und er zieht seine Uhr aus der Westentasche, weil er noch keine am Arm trägt.
Der SA-Mann Spiegel steht auch tatsächlich auf, weil ihm endlich seine Versammlung einfällt. »Dienst ist Dienst«, sagt er, »aber wir werden noch Zeit finden, um uns über diese Dinge zu unterhalten.«
Er schlägt die Hacken seiner schimmernden Stiefel zusammen, hebt den rechten Arm und kräht »Heil Hitler!«
Helldorf bleibt sitzen und nickt. Noch ist die neue Zeit so jung, daß man sich das leisten kann. Aber der andere wird es sich leider leisten können, nach Mitternacht im Treppenhaus SA-Lieder zu grölen, ohne daß sich das jemand verbittet. Das ist vorbei.
Obwohl es an diesem Abend Fleisch gibt, was unter der Woche eine Ausnahme ist, kaut Helldorf ohne Appetit, und unwirsch fertigt er seinen Sohn ab, der noch etwas über das Elsaß hören will. Die in solchen Fällen

bewährte Augensprache der Mutter bringt auch den Jungen zum Schweigen.

Ganz anders ist die Lage zu dieser Stunde am runden Tisch in der Wohnstube, die über dem Heiligen Grab zu Straßburg liegt. Nach einem üppigen Hors d'Oeuvre mit feiner elsässischer Charcuterie und Gänseleber schneidet der Wirt, den an diesem Abend kein Stammgast interessiert, den saftigen warmen Schinken in Brotteig auf, und Karl David Eisemann, der neben dem Hünen fast wie ein Zwerg wirkt, ißt wie ein Riese. Mehr als zwölf Stunden sind vergangen, seit er das letzte Stück Schwarzbrot mit dem Zipfel einer Hartwurst zerkaut hat.
Und längst hat der Riesling aus Ammerschwihr die Zunge gelöst und ihn in eine dieser euphorischen Stimmungen versetzt, die aus dem Wellental der Melancholie hinaufführen zu Höhen, in denen sich die kühnste Phantasie entzündet.
Es ist geschafft. Der Freund, der große Freund aus den schweren Tagen, hat seine schützende Glocke über ihn gestülpt. Was zählen da noch die Nazis, was zählt das Zittern im Grenzgebiet, wo die deutschen Häscher noch eine Chance gehabt hätten, ihn einzufangen wie den Schmetterling, der in unstetem Flug aus dem Dunkel den Weg zum Licht sucht?
Sie können es beide nicht ahnen, aber was hier geschieht, ist ein Vorgriff auf eine noch weit entfernte europäische Zukunft, zu der sie indes als Individuen unterschiedlicher Nationalität nicht berechtigt sind.
Aber Menschen sind sie, und sie entlehnen die Berechtigung, einander in die Arme zu fallen, einer Zeit, die viel schlimmer war als das Heute, wo man in Straßburg lebt wie Gott in Frankreich – und auch in Deutschland, wie der Wirt vom Hailiche Graab meint – sicherlich ganz menschenwürdig.
Falls man nicht Jude ist. Das ist etwas anderes, das begreift er – halbwegs. Aber nichts wird so heiß gegessen,

wie's gekocht wird. Da kann er nicht nur als Gastronom mitreden, sondern auch als Mensch mit Lebenserfahrung.
Und mit elsässischer dazu. Oft genug ist man der Puffer zwischen zwei großen Ländern gewesen, einmal dem einen, dann wieder dem anderen gehörend. Das war zwar nicht die normalste Sache der Welt, aber auch nicht unbedingt die unvorteilhafteste. Von der Gastronomie her hatte es sogar etwas für sich.
Aber erst einmal muß er diesen unverhofft durchs Fenster hereingeflogenen Schmetterling beruhigen.
Haben sie einander nicht oft genug gebraucht, um sich Mut zu machen in den Tagen der wahnsinnigsten Schlacht, in die Menschen je hineingetrieben wurden? Aber was heißt Mut? Ein gegenseitiges Helfen und Aufrichten war's gewesen im Inferno vor Verdun, wo Karl David Eisemann und der Elsässer Charles Lauck die deutsche Uniform und den dazugehörenden Stahlhelm trugen. Denn deutsch war das Elsaß seit 1871, als beide noch gar nicht geboren waren.
Also hatten sie für den Kaiser gegen die Franzosen zu kämpfen. Nahmen das Fort Douaumont und verloren es wieder. Und mit dem Fort Vaux war's das gleiche.
Immer weit vorne in den Gräben waren sie gelegen als Artillerie-Beobachter, die das deutsche Feuer auf die wichtigsten strategischen Punkte lenkten. Sie sprachen den gleichen alemannischen Dialekt vom linken Rheinufer, und der Elsässer war der Wachtmeister des Leutnants Eisemann.
Aber nicht nur Franzosen haben sie getötet. Wenn die Telefonverbindung nach hinten abriß und damit die Zielangaben, hat die deutsche Artillerie auch eigene Landser erwischt, ehe sie ihre Wut hinausbrüllen konnten.
Furchtbares haben sie gemeinsam erlebt und überstanden, Karl David Eisemann, der zufällig nicht nur Deutscher, sondern auch Jude war, und der Elsässer Charles Lauck, der zufällig gerade Deutscher war.

Jetzt ist der eine immer noch Elsässer, aber wieder Franzose – und der andere nur noch Jude.
Auf jeden Fall ist der Wirt vom Heiligen Grab ein praktischer Mann. Das weiß Eisemann aus der Kriegszeit, und er weiß auch, daß er nicht hier vor ihm stünde, wenn diesem Mann nicht die Fähigkeit gegeben wäre, im rechten Moment das Richtige zu tun. Damals, vor Verdun, hatte er es den praktischen Instinkt genannt. Oder das Gegenteil von hirnlosem Heldentum.
Manchmal hat er den kleinen Leutnant Eisemann mit einer Hand – als ob er nicht mehr wöge denn ein Hase – am Kragen gepackt und in einen Granattrichter geworfen, und keine Sekunde später hat es da, wo sie gestanden hatten, eingeschlagen. Und es kam auch vor, daß er es nicht sehr genau nahm mit Befehlen, die ihm sinnlos erschienen, dieweil den Leutnant ein schlechtes Gewissen packte. »Glaubst du«, pflegte er dann zu sagen, »ich laufe in eine hoffnungslose Scheiße hinein, bloß, weil ein Arschloch dahinten auf seinem Feldherrnhügel meint, es wäre gut für ihn?«
So haben sie Verdun überlebt, wenn auch nicht ohne Kratzer.
Und jetzt, nachdem die Frau die Dessertteller abgeräumt hat, sitzen sie beim Riesling und rauchen. Und Karl David Eisemann sieht wie damals den Beschützer vor sich, und die dicken Steinwände des alten Hauses sind der solideste aller Schutzwälle.

Dünn und hellhörig hingegen ist das Treppenhaus, durch das der SA-Mann Spiegel zur selben Stunde unsicheren Schrittes hinaufstolpert und alle Bewohner mit seinem Lieblingslied weckt. »*Als die gold'ne Abendsonne sandte ihren letzten Schein, letzten Schein, zog ein Regiment von Hitler in ein kleines Städtchen aaeiin, zog ein Regiment von Hihitler in ein kleines Städtchen ein.*«
Das letzte »ein« brüllt er nicht langgezogen, sondern

kurz. Brutal schneidend soll's durchs Haus hallen, um diesen Schlafmützen zu zeigen, daß da einer heimkehrt, der das Haus jetzt im Griff hat. Wer's nicht hören will, wird's bald fühlen, auch dieser Helldorf, der immer noch glaubt, als Beamter an der Partei vorbeizukommen. Auf den Knien wird er noch hineinrutschen. Das walte Adolf! Überhaupt diese Beamten. Sogar – und man hat in der Versammlung darüber gesprochen – Juden bilden sich ein, im Staatsdienst bleiben zu können. Aber ein gewisser Amtsrichter Eisemann hat die Zeichen der Zeit begriffen und die Kurve gekratzt. Seine Frau sagt, sie wisse nicht, wo er sei, aber natürlich lügt sie. Wen juckt's? Jeder Jude, der verschwindet, tut der Volksgemeinschaft gut, und wenn er so blöd ist, sich irgendwo auf dem Land zu verstecken, wird man ihn schnell aufgabeln. Keinen Volksgenossen wird dieser saubere Herr Richter mehr beim Wickel kriegen, und seine Alte soll bloß nicht auf eine fette Pension hoffen! Kann in die Fabrik gehen oder putzen. Arbeit schafft der Führer für alle, sogar für Arierinnen, die sich einen Juden genommen haben.
Der Hitler ist halt eben gerecht, und der SA-Mann Spiegel sieht, als er die letzte Stufe zur Mansarde genommen hat, in der er nicht mehr lange schlafen wird, die Leiter seiner Karriere vor sich, deren erste Stufen er so flugs genommen hat.
Schön zu wissen, daß die des Herrn Eisemann zusammengebrochen ist. Würde wohl gern auf den Weltkriegsoffizier und sein Eisernes Kreuz pochen, der Jud! Der Kaiser, der's ihm verliehen hat, sägt im holländischen Exil Holz, aber der Führer baut Deutschland auf. Ohne jüdische Blutsauger und Parasiten. So ist's in der Versammlung gesagt worden, und so wird's gemacht.
Als er die Stiefel auszieht und sie auf den »Völkischen Beobachter« von gestern stellt, weil es ihm nicht gelungen ist, den ganzen Schneematsch, der an ihnen hängt, gleichmäßig im Treppenhaus zu verteilen, pfeift er die »Wacht am Rhein« vor sich hin. Und ahnt nicht, daß sich auf

dessen anderer Seite der geflüchtete, aber eigentlich noch gar nicht abgesetzte deutsche Beamte Karl David Eisemann in einer ganz ähnlichen Mansarde zur ersten Ruhe im fremden Land legt.

Praktisch gesehen steht die Wacht am Rhein am linken, am westlichen Ufer. Der Maginotlinie steht weder ein Westwall noch eine Armee gegenüber, und wenn die Franzosen die Geschütze ihrer Bunker ausfahren würden, könnten nur ein paar oberrheinische Bauern mit ihren Schrotflinten dagegenhalten.
Das wissen die Leute in Paris. Aber ihnen geht das Gespür ab, das die Elsässer haben, und natürlich auch deren Zweisprachigkeit. Denn in Straßburg kann man nicht nur die Reichssender Stuttgart, Koblenz und Trier, sondern auch deren kleineren Bruder Freiburg empfangen. Und da es ist, wie es immer war, gibt es in der größten elsässischen Stadt nicht nur Leute, die mit bedingungsloser Untertänigkeit die Pariser Regierung anhimmeln. Es gibt nämlich auch manche, die den neuen deutschen Volkstribun bewundern. Zwar fehlt seiner Sprache alles, was sie dort hinten in Paris Esprit nennen und mit dem sie so gut zu kokettieren wissen. Witz hat er auch nicht gerade, dieser Führer. Aber den braucht nicht jeder, und das ist im Elsaß nicht anders als überall. Man hat sowohl den Vorteil, den Mann zu verstehen, wie den, ihn nicht ernst nehmen zu müssen. Doch hinter dieser heiseren Stimme steckt etwas, das fasziniert und zum Hinhören zwingt. Das nehmen elsässische Antennen, wenn sie nach der deutschen Seite gerichtet sind, auf.
Es wird nicht viel darüber geredet. Mal sehen, was er macht. Krieg will er wohl kaum; er hat ja nichts zum Schießen. Aber Arbeit und Brot, das ist verständlich. Die Deutschen haben keine fröhlichen Jahre hinter sich. Da kann man sie verstehen, ohne ihren Hitler gleich bewundern zu müssen. Und selbst hat man ja genug, auch wenn es allerlei zu meckern gibt, was man rouspetieren nennt,

weil das Verballhornen ein beliebter elsässischer Brauch ist. Enfin, redde mr nimm' devun!

So ähnlich sind die Reden, die im Hailich Graab geführt werden, da, wo die Winstub ist. Es finden sich mehr Männer ein, vor allem am Vormittag, weil der Frühschoppen keine Frauensache und im übrigen die hailichste Sach im Hailich Graab ist. Viele finden eine Stunde Zeit dafür und manche noch viel mehr, und nicht selten kommt es vor, daß eine Hausfrau resolut und gar nicht leise hereinstürmt und ihren Alten beim Kragen packt, weil er jeden Zeitbegriff verloren und die hailich Zeit des Mittagessens vergessen und versoffen hat. Dann feixen sie an den anderen Tischen, aber es gibt auch welche, die erschrocken aufstehen und heimrennen.
Man kann zwar von einem Reservat der Männer sprechen, aber von keinem heiligen. Für den Flüchtling Karl David Eisemann ist freilich kein Platz in der Winstub, das hat ihm der Wirt gar nicht erst klarmachen müssen, auch wenn neugierige Ohren nicht an seinem Dialekt mäkeln könnten.
Aber man hockt im Hailich Graab eben zu sehr aufeinander. Nicht einmal Stühle oder kleinere Tische für Einzelgänger gibt's; lange Bänke nur, die in den Boden genagelt sind, und wenn der Mann, der an der Wand sitzt, aufs Pissoir muß, was unvermeidlich ist nach zwei Schoppen Riesling oder Sylvaner, müssen sechs oder acht aufstehen und ihn hinauslassen.
Solche Tuchfühlung kann sich der Flüchtling Eisemann nicht leisten. Diskutieren und trinken müßte er mit den Männern. Da würden Fragen nicht ausbleiben an einen, der plötzlich auftaucht aus dem Nichts. Und doch kann man nicht den ganzen Tag in der kalten Mansarde sitzen. Die warme Wohnstube ist aber so sicher nicht, auch wenn tagelang außer den Wirtsleuten niemand die Treppe heraufkommt.
Er hat sich gefragt, ob er den Helfer spielen soll. Nicht

den Garçon, der serviert und gelegentlich sogar den warmen Schinken in Brotteig aufschneiden darf, wenn der Patron anderweitig beschäftigt ist, nur den Commis eben für Besorgungen und andere kleine Dienstleistungen. Einen Hauch von Nützlichkeit würde das dem Amtsrichter außer Diensten geben und ihm die Zeit vertreiben.
Er hat mit dem Wirt darüber gesprochen. Als Freund und Kriegskamerad. Ein Männergespräch. Charles Lauck hat gemeint, es müßte gehen. Sie haben, auch wenn's lang her ist, andere Dinge zusammen gedreht.
Aber er hat mit der Frau sprechen müssen. Man ist nicht mehr unter Männern wie im Krieg. In einer Wirtschaft ist die Frau wichtiger als sonstwo im zivilen Leben, und sie kennt ihre Rolle.
Sie ist von Anfang an gegen den illegalen Pensionsgast gewesen. Hat ihn mit skeptischem Auge betrachtet, weil sie keine Scherereien haben will, und außerdem ist er ihr eine Spur zu sehr »Schwob«, was, wie in der Schweiz, elsässischer Sammelbegriff für die Deutschen ist. Da kann ihr Mann sagen, was er will, und von Waffenbrüderschaft will sie schon gar nichts wissen, weil das ein alter Hut für sie ist. Sie weiß auch, daß der Isema, wie er in elsässischer Mundart heißt, viel mehr ein Schwob ist als ein Elsässer. Warum haben er und seine Mutter, mit der er in Straßburg gelebt hat, ja, wo er aufgewachsen ist, 1918 nicht für Frankreich optiert? Schwobe eben, die nichts haben wissen wollen von den Franzosen. Aber jetzt sind sie plötzlich wieder recht, und das wiederum ist Madame Lauck gar nicht recht.
Daß er Jude ist? Gut, das mag im Moment über dem Rhein drüben nicht die beste Visitenkarte sein, aber hat er nicht selber gesagt, daß ihn der Hitler gar nicht aus dem Amt gejagt hat? Hüten wird der sich, einen hohen Staatsbeamten abzusetzen, der auch noch Offizier gewesen ist im Weltkrieg! Daß er in ihr Haus eingedrungen ist, hält Madame Lauck für eine Panikreaktion, und das hat ihm ihr Mann klarzumachen, basta!

Dieser Art sind die Reden, die sie in der Wohnstube führt, wenn sie das Hailiche Graab für die Nacht abgeschlossen hat. Die Eheleute sind viel nüchterner als so mancher Gast, der die ganze Breite des Gäßleins braucht, das zu den Straßburger Zeiten vom Isema d'Goldschmidtgaß geheißen hat.
Was hat er in der Rue des Orfèvres zu suchen? Nur Scherereien wird's geben, und der Wirt soll sich ja nicht unterstehen, ihn auch noch als Commis zu beschäftigen. Der Isema hört in seiner Mansarde nichts davon, aber er sieht jeden Tag das Gesicht der Wirtin und spürt fast körperlich die Abneigung, die sie gegen ihn hat. Wär's besser, wenn er zahlen könnte? Natürlich wäre eine volle Brieftasche mit gültigem Geld besser als die paar Goldstücke, die er als Notgroschen eingesteckt hat. Dennoch, der Unterschlupf, der ihm da gewährt wurde, ist keine Frage der Bezahlung. Viel Wasser ist den Rhein hinuntergeflossen, seit er und der Wirt die gleiche Uniform getragen haben, und die alten gemeinsamen Erlebnisse sind kein immerfort bindender Kitt.
Der Wirt vom Hailich Graab hat sich, wie es Brauch und Recht ist im Elsaß, arrangiert. Man lebt gut und kommt auch gut zurecht mit der Kundschaft aus dem Inneren Frankreichs, die nicht kleinlich ist beim Genießen der Spezialitäten des Hauses, die sich aber schnell échauffieren könnte über den Deutschen in der Mansarde.
Da hat die Frau nicht ganz Unrecht. Ganz gewiß nicht. Darum nagt diese eigenartige Zwittersituation des Karl David Eisemann an allen Beteiligten. Er ist ein Deutscher und denkt auch deutsch, im Gegensatz zu den Wirtsleuten Lauck, die wohl auch ein bißchen Zwitter sein mögen. Doch sie kennen ihren Platz und haben Recht und Gesetz auf ihrer Seite.
Aber Eisemann hat seinen Platz verlassen und kann keinen neuen finden. War es tatsächlich eine Kurzschlußreaktion, wie es ihm der Wirt jetzt auch beibringen will? Immerhin schreibt seine Frau, mit der er über Deckadres-

sen Verbindung aufgenommen hat, daß alle Juden ihre Geschäfte weiterführen, ganz zu schweigen von den Beamten, denn was wäre das für ein Staat, der es wagen würde, seine treuesten Diener auf die Straße zu setzen?
In den ersten Tagen ist es Eisemann noch gelungen, das Groteske seiner Situation mit Humor aufzuwiegen, der ihm angeboren ist, und dann konnte es sein, daß ihm der Wirt auf die schmale Schulter geklopft hat wie damals, als sie in der feuerspeienden Hölle vor Verdun gelegen sind. Aber jetzt ist der eine ein freier Mann, der sich ums Geschäft kümmern muß, und der andere ein Unfreier, für den es kein Geschäft gibt. Wie ein Parasit kommt er sich vor, und daß das keine Einbildung ist, zeigt ihm die Frau offener als der Mann.
Depressionen schleichen ihn an, und schnell merkt er, daß der Alkohol, an dem es nicht mangelt in diesem Hause, kein Mittel dagegen ist.
Die Hälfte der Flasche Kirschwasser, die er im Keller geklaut und im Schrank versteckt hat, schüttet er weg.
Und plötzlich stellt er, der Büchernarr, mit Verwunderung fest, daß er an den Tagen, die nun länger werden, keine Bücher mehr lesen kann. Nur noch Zeitungen nimmt er zur Hand, und wenn er die aus Paris und London will, geht er selbst zum Kiosk am Kléber-Platz oder zum Bahnhof.
Es ist nicht so gefährlich, wie es wäre, wenn er sich in der Gaststube vom Hailich Graab zu Leuten setzte, die neugierig werden könnten.
Im Strom der Passanten gelingt ihm manchmal die Metamorphose: Die Verwandlung in einen Normalbürger der Stadt, in der er aufgewachsen ist. Aber schon wenn es ihn juckt, in eine der großen Brasserien zu gehen, wo es Einzeltische und Stühle gibt, auf denen man sich hinter der Zeitung verstecken kann, kommt der leise Stich, der hochsteigt von der Grube des Magens in seinen Kopf, der keine Gelassenheit findet.
Und er kann auch nicht einfach sein Taschengeld verpras-

sen. Charles Lauck, der Freund aus Tagen, die gefährlich waren, aus anderem Grund, steckt ihm zwar mehr davon zu, als seine Frau weiß, aber der Mann tut genug für ihn, und es widerstrebt ihm, nicht verdientes Geld auszugeben.

Eines Abends steht er in der Mansarde vor ihm. Es ist die Zeit, in der es genug Arbeit gibt in der Gaststube, aber auch die Stunde, in der die Frau beschäftigt ist und nicht stören kann. Er trägt eine Flasche Wein unter dem Arm und holt zwei Gläser aus dem Schrank. Und noch ehe er umständlich einschenkt, weiß Eisemann, was er will. Und Lauck hält sich auch gar nicht mit Vorreden auf.
»Du solltest zurückgehen, Karl. Französische Papiere kannst du nicht bekommen, und drüben läuft alles ganz normal. Keinem Juden wird ein Haar gekrümmt.«
»Wenn du das aus der Zeitung hast, kannst du's deiner Großmutter erzählen!« Eisemann sagt es aggressiv und kippt den Riesling mit einem Schluck hinunter, wie sie's früher im preußischen Offizierskasino gemacht haben. Bloß, daß er das Glas nicht stramm vor den dritten Jackenknopf hält, sondern es aufs Tischlein haut, daß es wackelt.
»Blödsinn!« sagt Lauck. »Erst gestern hab ich mit einem Grenzgänger gesprochen.«
»Grenzgänger! Wen lassen sie heute schon rüber! Solche Leute würde ich mir sehr genau angucken, mein Lieber! Könnte auch ein Spitzel gewesen sein, meinst du nicht?«
»Quatsch! Ich kenne den Mann.«
»Und wenn sie ihn auf meine Spur gehetzt haben?« Ärger und Angst vermischen sich in Eisemanns schmal werdenden Augen.
»Du siehst Gespenster, Karl. Und jetzt hör mir mal gut zu: dieser Hitler ist ein Schreihals und sicher kein Freund der Juden, das gebe ich zu. Aber er weiß sehr genau, daß es genügend einflußreiche Leute gibt, die es nicht zulassen werden, daß verdiente und gescheite Leute wie du aus ihren Ämtern vertrieben werden.«
»So, das weiß er? Und woher weißt du's?«

»Weil es reine politische Vernunft ist!« Lauck schenkt Wein nach und hält ihm Zigaretten hin, aber Eisemann, der mit den Händen redet, wenn er sich aufregt, kann jetzt keinen Glimmstengel zwischen den Fingern brauchen.
»Ihr habt leicht reden und seid immer auf der Seite, wo sich's am besten lebt!«
Doch gleich spürt er, daß er das nicht hätte sagen sollen und daß Zorn kein guter Ratgeber in seiner Situation ist. Lauck bläst ihm aus schmalen Lippen Rauch ins Gesicht, und es ist nicht der Wein, der ihm das Gesicht rötet.
»Du willst mir Opportunismus vorwerfen, weil ich Franzose geworden bin und mein Geschäft behalten habe? Ich lebe hier, weil ich hierher gehöre, merk dir das, und jetzt brauchst du nur zu sagen, ich hätte dich zu deinen geliebten Deutschen hinübergeschickt!«
Die Hände des anderen hören zu fuchteln auf und fallen auf den Tisch, daß es aussieht wie eine Kapitulation.
»Entschuldige, so hab ich's nicht gemeint. Ich weiß, was ihr tut für mich.«
»Vergiß es.« Auch Laucks Stimme wird ruhiger. Zum Streiten ist er nicht heraufgekommen und natürlich auch nicht zu einem Rausschmiß. Schließlich hat man lange genug miteinander in der Scheiße gesessen. Aber die Frau hat recht. Wenn man die Sache mit Vernunft betrachtet, ist keine reelle Chance für den geflüchteten Kostgänger in Sicht. Wenn er zu den Behörden gehen würde, könnte man dort leicht nachprüfen, daß er nie ein Hehl aus seiner deutschfreundlichen Gesinnung gemacht hat, und seine Mutter schon gar nicht. Schlechte Karten für ein Asylgesuch wären das, und es muß ihm auch gar nicht gesagt werden, weil er klug genug ist, es zu wissen.
Aber es ist so: Karl David Eisemann wäre ja durchaus bereit, dem Staat unter Hitler weiterhin zu dienen. Nur kann er dieses Land nicht mehr lieben, weil Hitler die Juden haßt – mehr als der alte Freund aus den Kriegstagen ahnt.

Aber wie sollst du's ihm beibringen? Er hat ja recht, wenn er sagt, daß bisher noch kein jüdisches Kaufhaus geschlossen und kein Beamter entlassen worden ist. Und nie hat er so deutlich gespürt, daß er wie ein von Panik gepackter Hase vor dem Freund sitzt.
Wie soll er ihm klarmachen, was er kommen sieht?
»Phantasie«, sagt Lauck, »hast du schon immer gehabt. Aber jetzt blüht sie zu üppig.«
Es ist ein Stichwort, das der Jurist aufgreift und zu einem Vergleich formt: »Weißt du, wie ich mir vorkomme?«
Der andere zündet sich eine neue Zigarette an und zuckt mit den Schultern.
»Ich komme mir vor wie einer, der mit dem Auto bei Rot über die Kreuzung gefahren ist und dann von der törichten Idee gepackt wird, seinen Fehler wieder gutmachen zu müssen.
»Wie meinst du das?«
»Ganz einfach: der Idiot rollt rückwärts wieder in die Kreuzung hinein und wird umgefahren.«
»Jetzt phantasierst du aber wirklich!« Der Wirt füllt die beiden Gläser mit dem Rest der Flasche und haut sie auf den Tisch, daß Wein überschwappt. »Ich will dir mal was sagen, du Hosenscheißer: an einen Weltkriegsoffizier mit dem Eisernen Kreuz traut sich dieser Gefreite nicht ran. Was glaubst du, was dem der alte Hindenburg erzählen würde!«
Eisemann trinkt und nimmt jetzt auch eine Zigarette. Aber er schaut dem Rauch nach, der sich zum winzigen Mansardenfenster emporkringelt und antwortet erst nach dem dritten Zug.
»Mit Ausnahme der Tatsache, daß Hindenburg ein alter Mann ist, stimmt nichts an deiner Rede.«
»Und du bist aufgeblasen! Wie ein Richter spielst du dich auf! Aber du bist ja auch einer!«
Eisemanns Adamsapfel fängt an zu zucken. Blut steigt zum Kopf hoch. Jetzt bin ich es, der zu weit gegangen ist, denkt Lauck und legt ihm die Hand auf den Arm. »War

doch nicht so gemeint, Karl! Kein Mensch schickt dich zurück, und ich hab auch eine Idee.«
»Eine Idee? Warum kommst du erst jetzt damit?«
»Hm.« Lauck hebt die Hände. Sie kommen Eisemann vor wie Waagschalen, in die sein Schicksal gelegt wird. »Es ist wegen des Geschäfts und der Frau, Karl. Es gibt Leute, denen du aufgefallen bist und die zu reden anfangen. Das Graab ist leider nicht so hailich, und verschwiegen ist es schon gar nicht.«
»Also doch Rausschmiß. Ich hab's mir gedacht nach deinem langen Anlauf!«
»Quatsch! Wir sind«, sagt er und läßt ein Auge blinzeln, »weder unmenschlich noch dumm. Solltest du eigentlich wissen, denke ich.«
»Spuck's aus!«
»Also da wäre ein Bauernhof in den Vogesen, fast tausend Meter hoch und weitab vom nächsten Dorf. Ideales Versteck, verstehst du, und da ist ein guter Freund von mir.«
Aber auf Begeisterung stößt der Vorschlag nicht. Eisemann sieht wieder dem Rauch nach, der durch die Ritzen des Dachfensters seinen Ausweg findet.
Und wo ist, denkt er, meiner? Laut aber sagt er: »Ich werde zurückgehen.«
»Nach... nach Karlsruhe?«
»Wohin sonst? Ich höre doch nichts anderes, als daß der Adolf gut ist zu den Juden.«
Lauck fährt sich mit der Hand übers Kinn, als ob er seine Verlegenheit wegkratzen könnte. »So hab ich's nicht gesagt und auch nicht gemeint. Aber du solltest doch über die Vogesen nachdenken. Ist weit unten im Süden, ganz nah an der Schweizer Grenze.«
»Und jetzt brauchst du nur noch sagen, daß die Schweizer auf mich warten und mir den roten Teppich auslegen!«
»Sie sind neutral und gewähren Asyl.«
»Ja, wenn du genug Geld mitbringst! Ich will dir sagen,

was ich von der Schweiz halte: Sie ist die Rechenmaschine Europas.«
»Du solltest dir«, sagt der Wirt und blickt auf die Uhr, »die Sache durch den Kopf gehen lassen. Und laß dir ruhig Zeit. Ich hab leider keine mehr. Es ist Betrieb unten, und die Frau braucht mich.«
Eisemann nickt. Im Augenblick dringt mehr herauf aus der Gaststube als das dumpfe Murmeln der Zecher. Sie haben das Trinklied »Chevaliers de la table ronde« angestimmt.

Günther Tressel wußte nichts von dieser letzten Straßburger Nacht seines Onkels, als er 1982 vor dessen Schreibtisch saß, um ihn leerzuräumen. Leichter tat er sich mit den maschinengeschriebenen Briefen dokumentarischen Charakters als mit den Aufzeichnungen in der steilen, haarfeinen Handschrift, die er selbst noch in der ersten Volksschulklasse gelernt hatte, ehe die Sütterlinschrift und dann die lateinische eingeführt worden waren.
Es war ersichtlich, daß Karl David Eisemann nach wenigen Wochen wieder zurückgekehrt war nach Karlsruhe, doch merkwürdig genug waren Entdeckungen wie diese: Er hatte sich tatsächlich darum bemüht, in Straßburg als politischer Flüchtling anerkannt zu werden. Aber 1933 war es wohl noch zu früh für ein solches Ansinnen, und außerdem hatten ihn die französischen Behörden mit kühlem Nachdruck darauf hingewiesen, daß die Deutschfreundlichkeit seiner Mutter schon vor 1918 bekannt gewesen sei.
Mehr überraschte Tressel ein Brief der chinesischen Botschaft aus Paris: China war bereit, Eisemann aufzunehmen. Er hatte nie darüber gesprochen, aber an den Brief war ein Zettel mit seiner steilen Schrift geheftet: »Was soll ich als deutscher Jurist jüdischen Glaubens in China anfangen?«
Das war seine letzte Aufzeichnung aus der kurzen Straßburger Emigration. Es folgten ein paar nach der Rückkehr in Karlsruhe geschriebene Notizen, aus denen vor-

sichtige Hoffnung klang. Doch schon fand sich da, datiert vom 6. Juli 1933, ein vergilbter und abgegriffener Brief des Karlsruher Landgerichtsdirektors Winter. Eisemann mußte ihn oft in der Hand gehabt haben.

Karlsruhe, 6. Juli 1933
Sehr geehrter Herr Kollege!
Nach langem Harren, das nicht ohne Hoffnung war, sind Sie nun doch von dem schweren Schlag betroffen worden, aus dem Richterdienst ausscheiden zu müssen. Es drängt mich, Ihnen meine aufrichtige menschliche Teilnahme an diesem bitteren Geschick auszusprechen. Ich werde mich immer gerne an die Zeit unseres beruflichen Zusammenwirkens erinnern, in der Sie durch Ihr Wissen und Ihren Arbeitseifer mir ein wertvoller Mitarbeiter waren, den ich gern wieder in meiner Kammer begrüßt hätte. Das Schicksal hat es anders gewollt!
Es fällt schwer, einen solchen Brief zu schreiben, wenn man kein Wort des Trostes weiß. Aber ich konnte Ihnen diesen Ausdruck meines Mitgefühls nicht vorenthalten und möchte die Hoffnung daran knüpfen, dass es Ihnen gelingen möge, sich eine neue, Ihren Fähigkeiten entsprechende Lebensstellung aufzubauen.
Mit kollegialem Gruss
Ihr ergebenster
gez. Winter
LG-Direktor

Was Tressel als nächstes in die Hand nahm, war das mit Reichsadler und Hakenkreuz geschmückte »Arbeitsbuch«. Es hatte die Größe eines Reisepasses, sah wie ein solcher aus und enthielt keinen Hinweis, der seinen Besitzer als Juden ausgewiesen hätte. In der Rubrik »Staatsangehörigkeit« stand »Deutsches Reich«. Lediglich Fachleuten mögen zwei Zahlen die mißliche Lage des Besitzers erhellt haben: Berufsgruppe 27; Berufsart h 4.
Und dann elf schriftliche oder gestempelte Eintragungen,

die begannen mit »Julius Maler, Druck- u. Webwaren-Großhandlung, Karlsruhe i. B., Seminarstr. 7–9. Art der Beschäftigung: Buchhalter und Korrespondent«.
Es waren die ersten drei Arbeitsjahre des Karl David Eisemann unter dem neuen Regime. Sie dauerten vom Juli 1934 bis zum August 1937, Jahre, in denen er mit seiner Frau ein bescheidenes und vergleichsweise ruhiges Leben hatte führen können.
Aber beide wußten, daß die große Zäsur nahte. Langsamer wohl als an andere schlich sich ein mit Akribie geschürter Judenhaß an sie heran. Freunde, die als sicher gegolten hatten, machten sich rar, um schließlich ganz auszubleiben. Und wenn sie überhaupt eine Begründung wagten, dann war's immer die gleiche: »Ihr wißt, daß wir zu euch halten, aber wir müssen auch an uns denken.«
Tressel wußte es, weil er 1937 immerhin schon sechzehn Jahre alt war und in Ostpreußen genug Beispiele von gleicher Art erlebt hatte. Und er blätterte weiter im Arbeitsbuch seines Onkels, das an seinen vier Ecken die kleinen Hakenkreuze trug, als ob er durchaus zu denen gehörte, für die es der Nachweis stolzer Pflichterfüllung war.
Die Eintragungen gingen weiter am 1. März 1938: »Jüdische Winterhilfe, Karlsruhe, Kronenstr. 62. Art der Beschäftigung: Buchhalter.
Dann am 1. Januar 1939: »Hilfsverein der Juden in Deutschland e. V., Beratungsstelle Karlsruhe, Kriegsstraße 154. Art der Beschäftigung: Berater.«
Und weiter: »Oberrat der Israeliten Badens, Sachbearbeiter vom 1. August 1939 bis 22. Oktober 1940.«
Letzte Eintragung: »Abwicklung der jüdischen Organisationen in Baden, Karlsruhe. Art der Beschäftigung: Leiter. Tag des Beginns der Beschäftigung: 23. Oktober 1940.«
Der Rest des 32seitigen Arbeitsbuchs war leer, und leer war auch das Lächeln des Neffen. Dieses fast winzig zu nennende Energiebündel von einem Onkel hatte in einem praktisch selbstgewählten und von den Nazis tolerierten

und sogar – wenn auch mäßig – bezahlten Beruf durchgehalten bis zum Kriegsende, bis zu dem Zeitpunkt also, an dem keiner mehr einen Stempel in sein Arbeitsbuch drücken konnte.
Aber es gab Lücken im Arbeitsbuch, und Tressel kannte die kritischste Stelle im ungewöhnlichen Leben des Karl David Eisemann, jenen heiklen Punkt, der eigentlich »the point of no return« gewesen wäre.
Denn 1938, nach der »Reichskristallnacht«, schien jede Hoffnung für ihn verloren. Lokale Nazigrößen, die sich aus unterschiedlichen, aber stets komplexbehafteten Gründen nicht an ihn herangewagt hatten, kamen wie Ratten aus Löchern, die sich unter dem klirrenden Glas geöffnet hatten. Karl David Eisemann wurde ins Konzentrationslager Dachau gebracht.
Tressel wußte, daß sie ihn nach wenigen Wochen entgegen jeder Praxis wieder entlassen hatten und daß dies ausschließlich der überwältigenden Energie seiner nichtjüdischen Frau Erika zu verdanken war. Ein Teufelsweib hatte er sie genannt, das keine Angst davor hatte, sich mit Teufeln herumzuschlagen.
Aber erst jetzt kam ihm der Brief der Erika Eisemann in die Hand, mit dem sie die Sache eingeleitet hatte, ehe sie nach Dachau fuhr, um, als ob es nichts Einfacheres auf der Welt gäbe, einen jüdischen Häftling herauszuholen:

Erika Eisemann, Karlsruhe, den 12. November 1938.
Karlsruhe, Kaiserstr. 104.

An das Geheime Staatspolizeiamt
Hier.
Bei den Judenverhaftungen am 10. d.Mts wurde auch mein Ehemann, der 43 Jahre alte Amtsgerichtsrat a.D. Karl Eisemann, festgenommen und, wie meine gestrige Erkundung bei der Gestapo ergab, ins Konzentrationslager Dachau verbracht.
Da ich weiss, dass mein Mann selbst nicht darauf hinwei-

sen wird, will ich in Kürze einige Gesichtspunkte zur Beurteilung des Falles niederschreiben:
1. es handelt sich um einen Kriegsfreiwilligen, der den Krieg vom Anfang bis zum Ende mitgemacht hat, Offizier (Leutnant), mit dem E. K. II und dem Zähringer Löwenorden (neben anderen Orden) ausgezeichnet wurde und nach dem Krieg noch im Baltikum freiwillig Vaterlandsdienste tat; er ist also kein Drückeberger. Uebrigens hat er auch seinen Bruder mit 19 Jahren als Kriegsfreiwilligen vor dem Feinde verloren und ist Sohn einer Mutter, die wegen Deutschfreundlichkeit aus dem Elsass ausgewiesen wurde;
2. als Kriegsfolge hat mein Mann bei an sich zarter und schwächlicher Konstitution (59 kg Körpergewicht) ein Herzleiden, das ihn zu strenger körperlicher Arbeit ganz untauglich macht; er kann Anstrengungen nicht aushalten, da er zwar willensmässig, nicht aber körperlich dazu fähig ist;
3. es sind aussichtsreiche Beziehungen zu Verwandten in Nordamerika angeknüpft, welche voraussichtlich in aller Bälde zum Ziele führen werden, damit die Bürgschaft für die beabsichtigte Auswanderung geleistet wird; die Nummer bei dem Konsulat in Stuttgart ist auch bereits erteilt, die Bürgschaft kann täglich eintreffen, die Auswanderung danach unverzüglich verwirklicht werden.

Ich bitte, die Gesundheit meines Mannes sachkundig zu prüfen und die obigen Gesichtspunkte bei der Entscheidung über sein weiteres Schicksal gerecht abzuwägen. Es ist doch wahrlich hart genug, wenn ein solcher Mann Amt und Brot verloren hat. Sein Entschluss zur Auswanderung wird sich bestimmt in Kürze verwirklichen lassen.

Ich selbst bin arischer Abstammung, auch ich habe die Heimat (im Masurenland) im Krieg verloren und deshalb ein weiteres Anrecht, gehört zu werden.

Es wird mir nicht verargt werden können, wenn ich an die Gerechtigkeit und Menschlichkeit appelliere und die Bitte vorbringe, meinen Mann nach Hause zu entlassen.
Erika Eisemann

Drei Tage, nachdem sie diesen Brief abgeschickt hatte, stand Erika Eisemann vor der großen Pforte des Konzentrationslagers Dachau. Sie tat's nicht als demütige Bittstellerin und trug auch kein Büßergewand. Der Posten brauchte keine Brille, um zu erkennen, daß sie hübscher und eleganter war als die Frau des Kommandanten. Aber er wußte auch, warum er hier stand und daß dies kein Sanatorium mit Besuchserlaubnis war. Er schüttelte den Kopf. Doch er hatte nicht mit dem Raffinement und der Entschlossenheit der Frau Eisemann gerechnet. Mit ihrem mutigen Auftritt machte sie ihn unsicher. Und die alte Militärregel tat wieder einmal ihren Dienst:
»Wenn Sie mich nicht sofort zum Kommandanten führen, werden Sie es bereuen. Ich werde erwartet!«
Der Kopf, der jetzt gerade gehalten wurde, wußte, daß er schnell wieder ins Wackeln geraten könnte, wenn die Frau die Wahrheit gesprochen hatte und das Tor geschlossen blieb. Und sie blitzte ihn so resolut an, daß er schulterzuckend zum Tor ging und öffnete.
Drei Minuten später stand Erika Eisemann vor dem Kommandanten des Konzentrationslagers Dachau.
Und dem besorgte sie's wie dem Posten. Nicht ganz so grob freilich. Feiner sozusagen, mit dem Gespür der klugen Frau für den rechten Ton. Noch konnte man sich solches leisten, weil der Krieg erst in Vorbereitung und eine Gaskammern-Endlösung noch nicht in Sicht war, sondern höchsten in den Schubladen von Schreibtischen, vor denen Täter in spe saßen.
So bekam, nach dem Posten, der Kommandant sein Fett ab. Oh, sie klatschte es ihm nicht um die feisten Backen, sondern rieb's ihm eher wie eine behutsame Kosmetikerin ein, und das Argument vom Vaterlandsverteidiger in der

Hölle von Verdun, die dem Kommandanten nicht unbekannt war, obwohl er damals noch kurze Hosen getragen hatte, verfehlte seine Wirkung nicht.
Außerdem hatte er den Brief der Frau Eisemann gelesen und ihn nicht in den Papierkorb geworfen. Ein Gefühl, das er nicht definieren konnte und das übriggeblieben war von der Kampfzeit, in der Kompromisse nötig waren, um die Macht zu erzwingen, sagte ihm, daß dieses Weib mit Vorsicht zu genießen sei.
Natürlich wäre sie auch im Bett, das roch er, ein Genuß gewesen. Warum also kein Kompromiß, zu dem er durchaus berechtigt war 1938, im Jahre des Vor-Unheils? Es kann sich immer auszahlen, wenn du die Adresse hast und Wohltäter bist.
So holte Erika Eisemann ihren Mann ab und fuhr mit ihm zurück nach Karlsruhe.

Doch sie fuhren in den Krieg hinein, denn Hitler wollte nicht nur der Beherrscher Europas, sondern auch der Vernichter des »Welt-Judentums« werden. Die Pläne für die Auswanderung der Eisemanns nach Amerika hatten sich zerschlagen. Leute vom Schlage des früheren SA-Manns Spiegel, der nun zur SS gegangen war und sich nicht aufhalten ließ beim Erklimmen der Karriereleiter, rieten Erika, sich scheiden zu lassen. Aus den Ratschlägen wurden allmählich Drohungen und Erpressungsversuche. Und sie wußte, daß sie ihren Mann nicht ein zweites Mal aus dem KZ würde holen können.
Also durfte er nicht hinein. Doch dazu gehörte nicht nur Glück, sondern auch die Intelligenz und der feine Instinkt des Mannes, der viel früher als andere Hitlers wahnwitzigen Machthunger erkannt hatte und weder der freiwilligen Aufgabe seines Straßburger Exils nachtrauerte, noch die zerstörten Hoffnungen auf Amerika bejammerte.
Vielmehr befaßte er sich sehr intensiv mit einer Sache, die er Nazi-Psychologie nannte. Unter den Leuten, die mit

mehr oder weniger Macht ausgestattet waren, fand er drei Sorten heraus: die dummen Brutalen, die opportunistischen Profiteure und jene, die zwar auch ihren Vorteil nicht verschmähten, aber mit ein bißchen Menschlichkeit darauf achteten, daß dies nicht unbedingt auf Kosten anderer geschah.

Das war eine bemerkenswerte Erkenntnis, mit der es sich arbeiten ließ. Beim unvermeidlich gewordenen Umgang mit der Geheimen Staatspolizei lernte er die Komplexe gewisser Leute kennen, deren nunmehrige Stellung eigentlich juristische Kenntnisse verlangt hätte. Den Juristen Eisemann wagten sie nicht so zu überfahren wie den kleinen Mann von der Straße. Denn noch war der Krieg in seinem für Deutschland überaus erfolgreichen Anfangsstadium.

Eisemann nützte in jener Position, die sein Arbeitsbuch auswies, die Zeit der Siegesfanfaren zur Rettung vieler Juden. Da jüdische Selbsthilfeorganisationen geduldet wurden, mußten sie sich auch selbst verwalten, unter Aufsicht von Nationalsozialisten, versteht sich, die dazu wieder verantwortliche jüdische Verbindungsleute brauchten.

Er wurde ein sehr wichtiger Mittelsmann, und unverhofftes Glück kam auch dazu. Denn das Judenreferat der Gestapo Karlsruhe wurde von einem Mann gelenkt, der vernünftiges Denken gegen hirnlose Unvernunft setzte und im Rahmen der Möglichkeiten, die ihm gegeben waren, auch Menschlichkeit bewahrte.

Bei der Bestandsaufnahme und Verwaltung verbleibenden jüdischen Eigentums drehte er zusammen mit Eisemann manches Ding, das die Aufmerksamkeit der Partei nicht vertrug. Damit wurden wiederum Mittel frei, die ausreisewilligen Juden zugute kamen.

Deren bevorzugtes Ziel war nach der Besetzung Frankreichs die nahe und neutrale Schweiz. Indes mußte Karl David Eisemann schnell erkennen, daß er sich noch sehr schmeichelhaft ausgedrückt hatte, als er in seinem kurzen

Straßburger Exil das Land der stolzen Eidgenossen die Rechenmaschine Europas genannt hatte.
Denn die Schweiz gab Asyl nur gegen Geld. Juden, die keines anzubieten hatten, brauchten gar nicht anzuklopfen, und oft genug mußte Eisemann daran denken, daß er selbst nicht vergeblich ans Hailich Graab geklopft hatte. Doch er war ja nicht darin verschwunden, sondern, als ob es Fügung und Bestimmung für ihn gewesen wäre, auf die andere Seite der Nahtstelle geraten, um sie zu öffnen für möglichst viele, ehe der große Diktator und Feldherr an die gnadenlose Endlösung heranging, die sich abzuzeichnen begann, so wie die Niederlage Deutschlands, nachdem Hitler seinen wahnwitzigen Rußland-Feldzug begonnen hatte.
Es gab Tage, an denen Eisemann über die Doppelgleisigkeit seiner Situation lächeln konnte. Er, der Jude, der keinen Davidstern tragen mußte, hatte ein Dauervisum für die Schweiz in der Tasche, das zwar auf die Stadt Basel beschränkt war, aber für jeden, der sich Volksgenosse nennen durfte, ein unerreichbares Traumpapier bedeutete. Und natürlich durfte er weder darüber reden noch über den Zweck seiner Reisen, die bis ins letzte Kriegsjahr hinein andauerten.
Kaum jemand wußte, daß es den täglichen D-Zug nach Basel gab, und noch weniger bekannt war, daß er vielfach von Schweizer Geschäftsleuten benützt wurde, die Geschäfte mit den Nazis machten. Und daß es Männer gab unter ihnen, die bei der Heimkehr erst in Lörrach das Parteiabzeichen mit dem Hakenkreuz unter dem Augenzwinkern der Gestapo vom Revers verschwinden ließen. Karl David Eisemann war nicht der einzige seltsame Passagier, der im Badischen Bahnhof von Basel ausstieg.
Natürlich wußte er auch, daß es Augen gab, die seine Wege verfolgten. Es waren immer die gleichen, aber ein leichtes wär's gewesen, die Aufpasser zu düpieren und unterzutauchen.
Doch dann hätten keine Juden mehr durch dieses Loch

schlüpfen können. Verpflichtung war's ihm, es offen zu halten, und seine Belohnung waren nicht Tabak und andere Nützlichkeiten, die man ihm zusteckte, sondern die erfolgreichen Missionen.

Doch mit der Dauer des Krieges steigerten sich die Grausamkeiten zum Inferno. Anfang 1944 hatte er sein schlimmstes Erlebnis. Mit seinem Karlsruher Gestapo-Vorgesetzten mußte er nach Nordrach im Schwarzwald reisen, um ein von der Rothschild-Stiftung unterhaltenes Sanatorium für jüdische Lungenkranke zu räumen.

Räumen bedeutete den Abtransport nach Auschwitz. Bedeutete die Gaskammer. Eisemann und sein Chef wußten es. Übrigens haben viel mehr Deutsche davon gewußt, als es 1945 den Anschein hatte.

Eisemann meldete seinen Besuch telefonisch an, und das war eine verabredete Warnung.

Die beiden kamen in ein totes Sanatorium. Ärzte, Schwestern und Kranke hatten vorhandenes tödliches Gift dem von Auschwitz vorgezogen. Eisemann und sein Chef trafen keinen lebenden Menschen mehr an, und an diesem Abend haben sich der Jude und der Mann von der Gestapo sowohl sinnlos betrunken als auch ein entscheidendes Gespräch geführt.

»Im Moment«, sagte der eine, »kann ich dich noch schützen. Aber das dauert nicht mehr lange. Wir müssen ein sicheres Versteck für dich suchen.«

Sie fanden es in einem verlassenen Bunker des Westwalls und richteten es ein. Vergaßen auch nicht Lebensmittel für viele Wochen. »Ich ginge gerne mit dir«, sagte der Mann von der Gestapo, »aber es ist zwecklos. Denk manchmal ein bißchen an mich, wenn du da drinsitzt.«

Und 1945, als Hitlers letztes Frühjahr im Land am Oberrhein zu blühen begann, war es soweit. Ehe die Russen in Berlin die Rote Fahne auf den Reichstag setzten, verschwand Karl David Eisemann in seinem Westwallbunker, so, wie er einst im Hailichen Graab hatte verschwinden wollen.

Es hatte sehr schnell und über Nacht gehen müssen. Und sein Dienststellenleiter von der Gestapo chauffierte ihn persönlich, weil diese Fahrt keinen Chauffeur, ja nicht einmal einen hörbaren Atemzug vertrug. Ein paar Stunden zuvor war ein Fernschreiben von Himmler gekommen, in dem stand, daß der Jude Karl David Eisemann sofort zu erschießen sei.

Als sie ihn mit der Verspätung, die der Dienststellenleiter angeordnet hatte, abholen wollten, wußte seine Frau Erika, die ihm hastig den Koffer gepackt hatte, von gar nichts. Und die Gestapo-Herren gingen nicht nur schulterzuckend, sondern sogar vergleichsweise höflich aus dem Haus. Sie hatten jetzt andere Sorgen, und einer verabschiedete sich sogar mit betonter Freundlichkeit sowie mit der Bemerkung, daß er, wie die gnädige Frau sicher wisse, sehr menschlich zu jedem Juden gewesen sei.

Karl David Eisemann aber saß in einem betonierten Erdloch des Westwalls, das nie sinnvoller genützt worden war. Er mußte lächeln bei dem Gedanken, daß er, plötzlich jugendliche Elastizität spürend, mit dem Fahrrad in weniger als einer Stunde im Hailich Graab zu Straßburg sein und mit dem alten Freund ein Fläschchen leeren könnte. Aber unten in der Winstub, nicht in der Mansarde, bitte sehr! Doch es kamen auch Stunden der Angst. Was wäre, wenn plötzlich Leute, getrieben von ganz anderen Angstgefühlen, bei ihm eindringen wollten?

Ganz anders war alles als in der Mansarde vom Hailich Graab. Hätten sie ihn dort gefunden, wäre ein zivilisiertes Verhör fällig gewesen ohne andere Konsequenzen als eine Freifahrt über die Rheinbrücke. Zugegeben, nicht gerade einladend, aber letztlich auch nicht viel anders als die Rückkehr über die grüne Grenze.

Aber wenn jetzt gar jemand seine Spur aufgenommen hatte? Wenn Gestapo-Fritzen, die sowohl sein gutes Verhältnis zum Chef des Judendezernats kannten, als auch ihre eigenen beschissenen Chancen, ungeschoren davonzukommen, von einer letzten makabren Rache träumten?

Solche Gedanken verdüsterten das einsame Leben im Bunker, und da sein Licht von Kerzen kam, weil er keinen Strom hatte und das Transistor-Radio noch nicht erfunden war, drang von draußen, wo die Sonne schien, nichts in sein betoniertes Loch, und du kannst dir kein Zeitungsabonnement in den Bunker 954 leisten.

Lang wurden die Tage, die er nicht von den Nächten zu unterscheiden vermochte, aber im Wechselbad von Angst, Euphorie und Halbschlaf überstand er sie. Logisches Juristendenken half mit. Mit jeder Stunde, die verging, mußte sich der deutsche Zusammenbruch nähern. Und eines Morgens hörte er das Rasseln von Panzerketten. Durch seinen Ausguck erkannte er die Panzer in den milchigen Schwaden der Frühnebel, die aus dem Rhein stiegen, als französische. Er trat vor den Bunker und hob die Hände wie zur Umarmung.

Aber sie verstanden es falsch, und er mußte sie oben lassen, weil sich zwei entsicherte Maschinenpistolen auf ihn richteten.

Und auch sein Lächeln, in dem sich das Groteske der Situation spiegelte, mißdeuteten sie. Karl David Eisemann, der Befreite, wurde wie ein Gefangener zur Vernehmung geführt.

Und sein Arbeitsbuch mit dem Reichsadler, das sie nicht lesen konnten, war ihnen ebenso verdächtig wie das gute Französisch, das er sprach.

Sie glaubten, einen Spion erwischt zu haben, zu dessen Verhör sie, die Frontsoldaten, gar nicht berechtigt waren. Der Soldat, der sich im Jeep neben ihn setzte, legte seine Maschinenpistole so über die Knie, daß ihr Lauf Eisemanns Hüfte streifte.

Wenn das Ding losgeht, dachte Eisemann, ist es der verrückteste Schuß des Kriegs, und er lachte nicht mehr.

Er lachte auch nicht in der Dorfschule, die ein provisorisches kleines Hauptquartier zu sein schien und in der

ihn zwei Offiziere verhörten. Einer hatte kalte, stechende Augen über einem Menjou-Bärtchen und spielte nicht sehr verheißungsvoll mit der Reitpeitsche. Immerhin konnte er deutsch lesen und damit die Eintragungen im Arbeitsbuch. Aber sie wogen nicht mehr schwer, als der Soldat die Pistole auf den Tisch legte, die sie bei Eisemann gefunden hatten. Die Lippen unter dem Menjou-Bärtchen wurden schmal und pfiffen.
»Seit wann haben die Nazis denn Juden mit Pistolen ausgerüstet, mon cher?«
Fast hätte Eisemann wieder gelächelt, weil die 08 tatsächlich von seinem Gestapo-Chef stammte, und er sah gar keinen anderen Ausweg, als die Wahrheit zu sagen.
Aber das war dem anderen zuviel, und ganz nahe ließ er die Reitpeitsche an Eisemanns Nase vorbeipfeifen. »Jetzt brauchen Sie uns bloß noch zu erzählen, der Nazi hätte sie im Bunker versteckt und mit den guten Lebensmitteln versorgt, die wir gefunden haben.«
»So ist es«, sagte Eisemann und zuckte mit den schmalen Schultern.
»Schluß jetzt!« brüllte der Capitaine. Das können Sie Ihrer Großmutter erzählen!« Und nach einer Pause, in der er die Peitsche weglegte und sein Bärtchen streichelte: »Wir haben aber bessere Gesprächspartner für Leute wie Sie. Das ist ein klarer Fall für das Deuxième Bureau, und deshalb haben Sie jetzt eine Freifahrt nach Straßburg, und zwar sofort!«
Über das Deuxième Bureau brauchte Eisemann keine Aufklärung. Es war die französische Version der Gestapo, nicht von gleicher schergenhafter Unmenschlichkeit zwar, aber Geheimdienst eben und daher nicht gerade die angenehmste Adresse, die man in Straßburg für ihn hätte finden können.
Der Mann, der mit Hilfe eines menschlichen deutschen Gestapo-Chefs sowohl viele Juden gerettet als auch selbst überlebt hatte, war den französischen Geheimdienstlern suspekt. Selbst die Echtheit seiner Papiere bezweifelten

sie. Erst als er seinen Penis vorzeigte, wurden sie freundlicher, und zum erstenmal glaubte Karl David Eisemann an die Nützlichkeit der Beschneidung.
In diesen Tagen begriff er auch, daß nicht nur helle Köpfe in den Geheimdiensten arbeiten, welcher Nationalität sie auch immer sein mochten.

Günther Tressel, sein Neffe, fand beim Ausräumen des Schreibtischs mit seinen altmodischen Schnitzereien einige Notizen darüber. Er legte sie zur Seite, als es läutete. Das mußte ihm gelten, weil vermutlich keiner zum toten Onkel wollte.
Es war Helldorf. Walter Helldorf, ein Journalist, den er kennengelernt hatte, als er eine Kur im Schwarzwald machte, und der sich bei dieser Gelegenheit mit dem 85jährigen Onkel angefreundet hatte. Eisemanns Erzählungen hatten bei ihm großes Interesse geweckt, aber es war nie zu den Aufzeichnungen gekommen, die Helldorf vorgeschwebt hatten, und jetzt war es zu spät.
»Ein Jammer«, sagte Helldorf, als er sich in den Großvatersessel neben dem Schreibtisch fallen ließ. »Ein Zeitzeuge von dieser Bedeutung! Ich werde mir nie verzeihen, daß ich dieses Leben nicht aufgezeichnet habe!«
»Auch ich mache mir«, sagte Tressel, »Vorwürfe. Ich erfahre jetzt so vieles über den Mann, ohne den ich nicht hier im Westen wäre. Hier, sehen Sie.« Er griff nach einem quadratischen Kästchen und ließ den Deckel aufschnappen: »Großes Verdienstkreuz am Bande. Habe nichts davon gewußt, weil er sich immer lustig gemacht hat über Orden. Ehrungen waren das letzte, mit dem man ihm kommen durfte. Sehen Sie...«
Aber Helldorf, der ein feines Ohr für Wesentliches besaß, unterbrach ihn. »Sagten Sie, daß Sie ohne ihn nicht hier im Westen wären?«
»In der Tat. Dieser Mann hat immer anderen geholfen und damit schließlich sich selbst. Aber das ist eine lange Geschichte, und immer wieder erfahre ich Neues. Hier«,

er zog ein gefaltetes Papier unter dem Kästchen hervor, »das ist das Manuskript der Rede, die er 1961 nach der Verleihung des Bundesverdienstkreuzes hielt. Wenn Sie's gelesen haben, wissen Sie ein bißchen mehr über ihn.

Ansprache des Vizepräsidenten Eisemann am 14. 7. 61 nach der Überreichung des Großen Verdienstkreuzes am Bande:

Meine sehr verehrten Damen und Herren!
Als ich im Frühjahr 1948 in denkbar formloser Form meinen Dienst als Präsident des Verwaltungsgerichts Karlsruhe antrat – nach Aushändigung der Ernennungsurkunde durch den Herrn Präsidenten des Landesbezirks Baden – nahm ich in meinem Dienstzimmer Platz, woselbst ich einen alten, strohgeflochtenen Stuhl und ein windschiefes Regal, auf dem einst wohl Marmeladengläser standen, aber keinen Schreibtisch vorfand – schwante mir bereits, daß es bei meinem dereinstigen Ausscheiden aus dem Dienst nicht so glimpflich abgehen würde. Und nun, da der Tag herangekommen ist, an dem ich förmlich verabschiedet werde, sind meine bangen Erwartungen insofern übertroffen worden, als mir nicht ein bescheidenes Begräbnis dritter Klasse, sondern ein solches erster Klasse bereitet wurde. Man hat so freundliche und anerkennende Worte über mich, den Dahingegangenen, gefunden, daß ich in Verlegenheit geriet und das Lampenfieber, das mich ergriff, weil ich doch auch noch zu reden verpflichtet bin, sich ungemein steigerte.
Da ich heute noch nicht in Wirklichkeit, sondern nur in übertragenem Sinne bestattet werde, bin ich nicht nur physisch imstande, sondern auch altem Herkommen gemäß verpflichtet, auch meinerseits eine Rede beizusteuern. Ich werde mich, wie ich dies auch während meiner richterlichen Tätigkeit zu tun mich bemüht habe, kurz fassen, zumal dieser Saal in wenigen Stunden nicht dem zu Verabschiedenden, sondern dem tätigen, dem streiter-

füllten Leben wieder zur Verfügung stehen muß. Ich begann das Studium der Rechtswissenschaft bereits im Herbst 1913, konnte es aber erst im Jahre 1921 beenden. Dazwischen lag der Erste Weltkrieg, an dem ich von 1914 bis 1918 teilnahm. Mit seinem unglücklichen Ausgang sah ich mich veranlaßt, meine damalige Heimat, die französisch geworden war, zu verlassen, da mir als deutschem Staatsangehörigen zunächst ein Weiterstudieren verwehrt war. Und ich war doch schon 24 Jahre alt geworden und glaubte, beinahe zu alt zum Studium zu sein. Auf den Gedanken, als Vertriebener mit staatlicher Hilfe das Studium zu beenden, bin ich nicht gekommen, vielmehr verdankte ich es der aufopfernden Unterstützung durch meine Mutter, die früh Witwe geworden war, daß ich den erstrebten Beruf ergreifen konnte. Nach bestandener zweiter Staatsprüfung wurde ich Anfang 1924 in den Justizdienst übernommen und wurde 1925 zum Staatsanwalt und 1929 zum Amtsgerichtsrat ernannt. 1933 wurde ich wegen politischer Unzuverlässigkeit entlassen. Da ich aus meinem Herzen nie eine Mördergrube gemacht habe, waren dem Justizministerium nicht weniger als 34 Denunziationen über meine »staatsfeindlichen« Äußerungen zugegangen. Das Dritte Reich überstand ich, weil mir das Glück hold war und ich mich der tatkräftigen Hilfe unerschrockener Freunde erfreuen durfte.
1945 wurde ich wieder in den Justizdienst aufgenommen. Ich hatte darauf verzichtet, mich als Mann des Widerstands aufzuspielen oder mich an die Rockschöße der Besatzungsmacht zu hängen. Eines damals begangenen Fehlers muß ich mich heute noch allerdings schuldig bekennen: Allzulange habe ich mich dazu mißbrauchen lassen, in der sogenannten Entnazifizierung mitzuwirken. Entnazifizierung ist ein Widerspruch in sich. Entweder ist man ein Nazi oder man ist es nicht. Diejenigen, die Verbrechen begangen hatten oder Nutznießer des Systems waren, zur Verantwortung zu ziehen, war notwendig. Harmlose Mitläufer und kleine sogenannte Amtsträger,

die zudem häufig nur gezwungen mitmachten, wegen ihres politischen Irrtums zu unfreiwilligen Märtyrern zu stempeln, war dumm. Ich habe die Betroffenen nur nach ihrer tatsächlichen, nie nach ihrer formellen Belastung beurteilt. An den Folgen der Entnazifizierung leiden wir noch heute. Zahllose wirklich Schuldige entzogen sich der Verantwortung oder gelangten sogar im neuen Staat wieder zu Amt und Würden. Dies vor Ihnen auszusprechen, war mir ein Bedürfnis.
Im Frühjahr 1948 trat ich zur Verwaltungsgerichtsbarkeit über, bei der ich nun meine berufliche Tätigkeit beende. Im Februar 1960 wurde mir die Ehre zuteil, Vizepräsident dieses Gerichtshofes zu werden. Leider war mir nur eine kurze Tätigkeit beschieden, und ich habe wahrlich keine Bäume ausreißen, sondern nur nach dem alten, bewährten Verwaltungsgrundsatz handeln können: Quieta non movere, d. h. das Ruhende nicht in Bewegung setzen. Darf ich Ihnen sagen, daß die kurze Zeit, da ich hier tätig sein durfte, die schönste meines Berufslebens war? Unter Ihrer Leitung, sehr verehrter Herr Chefpräsident, herrscht das, was man heutzutage ein ausgezeichnetes Betriebsklima nennt.
Über die freundlichen Worte der Anerkennung, die Sie, meine sehr verehrten Herren, hier ausgesprochen haben, bin ich erfreut und beschämt zugleich; denn ich glaube nicht, sie verdient zu haben; ich war stets nur bestrebt, das zu tun, was ich für meine Pflicht gehalten habe. In meinem Falle ist der verwaltungsgerichtliche Grundsatz über die Verhältnismäßigkeit der Mittel außer Acht gelassen worden; denn meine Leistungen standen in keinem Verhältnis zu den Ehrungen, die mir heute zuteil geworden sind.

»Gute Rede«, sagte Helldorf, als er das Manuskript gelesen hatte. »Wenn ich auch nicht viel von Orden halte, so erachte ich das Bundesverdienstkreuz doch für ehrenvoller als manches Ritterkreuz. Ich fürchte nur, daß nicht viele so denken.«

Tressel nickte und schloß den Kasten. Es kam Helldorf vor wie der Schluß eines Prozesses, der ad acta gelegt wird, und es würde auch keine Revision mehr geben.
Der Tote soll ruhen, sein Neffe aber nicht.
Deshalb stieß er nach:
»Jetzt wo wir beide vor der Pensionierung stehen und so unendlich viele junge Leute keine Ahnung von den Zeiten haben, in denen wir in ein seltsames Leben traten, sollten wir beide den Faden weiterspinnen, meinen Sie nicht? Ihr Onkel hat auch einiges erzählt über Sie.«
»Sie scheinen überhaupt mehr über mich zu wissen, als ich ahne. Und deshalb müssen Sie auch wissen, daß ich nicht rauchen sollte.«
»Stimmt. Sie haben nur noch eine Lunge.«
»Manchmal habe ich das Gefühl, Sie könnten ein Geheimdienstler sein.«
Helldorf lachte unbeschwert. »Ich bin, wenn Sie's genau wissen wollen, so ziemlich das Gegenteil davon. Aber um Sie zu überzeugen, brauchen wir vermutlich mehr als diesen Abend. Wie wär's, wenn ich Sie tatsächlich in Ihrem schwarzwäldlichen Refugium besuchte?«
»Was heißt hier Refugium? Ich brauche mich nicht zu verstecken, wenn Sie kommen!«
»Das weiß ich allerdings! Nein, Sie brauchen sich nicht zu verstecken. Aber ich will wirklich mehr wissen. Das hängt nicht nur mit Ihrem Onkel zusammen, sondern mit europäischer und deutsch-deutscher Geschichte.«
»Genügen Ihnen die Historiker nicht? Ist diese jämmerliche Geschichte nicht hundertmal abgehandelt worden von neunmalklugen Professoren? Denken Sie nicht, ich würde einen Beichtvater brauchen oder einen Ghostwriter!«
»Weder noch, lieber Doktor.« Helldorfs Lächeln hielt stand, und so ging das Gespräch weiter.
»Man kann davon ausgehen«, sagte Tressel übergangslos, »daß ich immer noch Arzt in Ostberlin wäre, hätte es meinen Onkel nicht gegeben. Und ich kann auch darüber reden. Die Frage ist nur, ob ich will.«

Krieg und Ende der Jugend

Will er? Er findet in dieser letzten Nacht im Haus des Onkels keinen Schlaf. Schemenhaft taucht das Straßburger Münster auf, das so nahe am Hailich Graab liegt, daß es darüber und übers Haus Kammerzell seinen Schatten werfen kann. Was wäre geworden aus Karl David Eisemann, wenn ihn die Franzosen damals aufgenommen hätten? Und was wäre aus Günther Tressel geworden, der damals gerade die erste Gymnasialklasse in Elbing hinter sich hatte?
Elbing, Ostpreußen. Wie viele Menschen, hier in Karlsruhe, denkt Tressel, wissen überhaupt, daß es das je gegeben hat? Und gar in Straßburg, in das die Europabrücke hineinführt? Elbing. Sechzig Kilometer von Danzig, hundert Kilometer von Königsberg entfernt, 80 000 Einwohner, seit 1945 unter polnischer Verwaltung und in Elblag umgetauft. Industrie- und Handelsstadt am Frischen Haff.
Günther Tressel weiß viel mehr darüber, weil er da geboren ist. Aber über seinen Onkel Karl David Eisemann, der Staatsanwalt und dann Richter im unendlich weit entfernten Karlsruhe ist, weiß er in seiner Elbinger Zeit gar nichts. Gerade so viel, daß Eisemann, es muß 1926 gewesen sein, die Christine Erika Robatzek geheiratet hat.
Aber es ist nicht nur die für deutsche Verhältnisse gewaltige Distanz, die ihn nichts erfahren läßt vom Onkel. Die Eltern, keine Nationalsozialisten, aber vorsichtig genug, um Probleme mit ihnen aus dem Weg zu gehen, erwähnen ihn nicht. Fast zur Unperson machen sie ihn in der Familie, aber ein Zehnjähriger hat andere Sorgen, als über einen am anderen Ende Deutschlands lebenden Onkel nachzudenken.
Nach 1933 häufen sich in Elbing die Gründe, die jüdische

Herkunft des Karl David Eisemann zu verschweigen. Karlsruhe ist zum Glück so weit, daß der im Jungvolk zum Fähnleinführer aufsteigende Günther Tressel nichts vom immer peinlicher werdenden Familienproblem erfährt.
Oh, er ist kein SA-Mann Spiegel. Keiner, der mit der Partei oder ihrer Hilfe Karriere machen will. Aber zur Jugend, die an den Führer glaubt, zählt er sich schon. Und in Elbing gilt er als einer der Schneidigsten. Er hält sein Fähnlein in Schwung, und vielleicht wird er sogar Jungstammführer. Für die Familie ist es klar, daß dem Jungen der Schock, einen jüdischen Onkel zu haben, erspart bleiben muß.
Aber er wird nicht Jungstammführer, sondern macht am 3. September 1939 mit der Mehrzahl der Klasse als Kriegsfreiwilliger Notabitur. Im Gegensatz zu den meisten mit dem eindeutigen Berufsziel, Arzt zu werden. Voraussetzung für die Studienerlaubnis ist die Ableistung des Reichsarbeitsdienstes; aus dem Lager in der Nähe der Grenze marschiert er schon nach drei Tagen hinter der kämpfenden Truppe her mit Gewehr und Spaten in den Polenfeldzug.
Die Trümmer, die noch rauchen, und die Not der Menschen machen ihn nachdenklich. Einer, der Arzt werden will, geht nicht gleichgültig an der geschundenen Kreatur vorüber. Er hat tatsächlich geglaubt an die Notwendigkeit von Hitlers Kampf um Lebensraum, aber das hier sieht anders aus, als er es sich vorgestellt hatte.
Doch das vergißt er, als er nach dem Arbeitsdienst zum ersten Semester an die Danziger Universität geht. Quasi im Hörsaal erlebt er den Frankreichfeldzug und den Höhepunkt von Hitlers Macht. Noch gibt es keinen Grund, an der Genialtiät des großen Feldherrn zu zweifeln.
Und fast als amüsant empfindet er das Wechselspiel zwischen Studium und Wehrdienst, als sie ihn 1941 zur Flak einziehen.
Schneller als die medizinische Grundausbildung läuft die

militärische ab. Das Schießen auf Flugzeuge empfindet er als sportliche Jagd, als etwas ganz anderes als das, was er in Polen erlebt hat. Außerdem können sich Flieger mit dem Fallschirm retten, wenn sie Glück haben.
Aber immer mehr spürt der Soldat Tressel die ärztliche Berufung. Auch bei der Luftwaffe werden Sanitätseinheiten gebildet, und Medizinstudenten sind willkommen. Er meldet sich, nicht ohne den Hintergedanken, auf diese Weise später für weitere Kriegssemester zugelassen zu werden – und wird versetzt in ein Sanitätsausbildungs-Bataillon bei Paris.
Kein übler Wechsel, wenn man bedenkt, daß sich's im Frühjahr 1942 noch recht gut leben läßt im Städtchen Meaux. Und Paris ist nah mit einem Leben, das pulsiert, als ob kein Krieg wäre. So jedenfalls kommt es dem ostpreußischen Provinzstädter vor.
Freilich, die Kompanie, die da zusammengestellt wird, ist ein seltsamer Haufen. Ein haarsträubendes Gebilde vor allem für den Hauptfeldwebel, der, gewöhnt an den Umgang mit normalen Rekruten, vor Rätsel gestellt wird, die er für undenkbar gehalten hat.
Bei den Medizinstudenten kommt er schon mit den bewährten Methoden ans Ziel. Obwohl auch da einige Renitente sind, denen man den Marsch blasen muß. Aber das kriegt ein erfahrener Spieß in den Griff. Doch woher soll er die militärische Zauberformel nehmen, um katholische Pfarrer und Mönche zu behandeln? Sie sind zwar tauglich für den Dienst in seiner Sanitätskompanie, aber gänzlich unempfänglich für den preußischen Drill. Beschissene Traumtänzer nennt er sie, weil sie beim Exerzieren, das außer der bewährten Zack-zack-Regel keine andere kennt, womöglich nachdenken über dessen Sinn, den sie gar nicht begreifen können.
Der Spieß ahnt nicht einmal, wie nahe ihn dieser Gedanke an die Wahrheit heranbringt.
Die Studenten der Medizin bringt er allerdings an den Rand des Wahnsinns, weil ein nicht funktionierendes Ex-

erzieren ein Strafexerzieren nach sich zieht, das Stunden dauern kann. Das ist so sicher wie das Amen in der Kirche.
Deshalb fangen sie an, Mönche und Pfarrer in rüder Soldatenart zu verfluchen. Beim Kommando »Stillgestanden« klappen die ihre Hacken zusammen, daß es scheppert, als ob jemand ganz langsam ein Pfund Erbsen auf ein Blech schüttet. Keine drei schaffen es gleichzeitig, und der allerletzte ist meist der Augustinermönch Pater Peter. An die Vierzig mag er schon sein, ein Opa für die Studenten und ein Trauma für den Spieß und seine Unteroffiziere, weil er es beim Nachhinken fertigbringt, das unschuldige Lächeln eines braven Soldaten Schwejk aufzusetzen. Es ist überdeutlich, daß er die Macht des Militärs überfordert, denn härtere Strafen als Latrinenreinigen und Ausgangsverbot kann sie nicht verhängen, weil Strafwache für Pater Peter im besetzten Feindesland ein zu großes Risiko für die ganze Einheit bedeuten würde. Einmal hat er auf Wache einem besoffenen Clochard die Beichte abgenommen. Im Normalfall wäre das ein Wachvergehen fürs Kriegsgericht, aber der Kompaniechef hat ihn nicht einmal in den Arrest gesteckt, sondern ihn nur vom Wachdienst dispensiert.
Gelegentlich gelingt es Pater Peter, Ausgang zu bekommen. Dann ist er sogar bereit, seinen Wein im Bordell zu trinken. Im unteren Teil gleicht es einem Bistro mit viel falschem Leder und Spiegeln, und die Mädchen, die hauchdünne und sehr durchsichtige Schleier tragen, animieren zu durchaus erschwinglichem Trinken.
Pater Peter, der nie einen süffigen Roten verschmäht, geht gern hin, und da er viel besser Französisch spricht als exerziert, kommen immer Mädchen zu ihm an den Tisch, wenn das Geschäft nicht gerade auf Hochtouren läuft. Aber nie sitzt eine auf seinen Knien wie bei anderen Landsern, und es gelingt auch keiner, ihn nach oben über die Treppe zu ziehen, neben der die Puffmutter sitzt und Buch führt. Simone ist ihr bestes Pferd. Sie kommt leicht

auf zwanzig Striche am Abend, wenn die Landser Löhnung bekommen haben.
Wenn die Landser von der Treppe herunterkommen, müssen sie sich »sanieren« lassen von einem Soldaten ihrer Kompanie, den sie den Sanitätsgefreiten Neumann getauft haben, und wenn die Stimmung an den Zahltagen steigt, singen sie das entsprechende Lied. Aber er muß sich auch schlimme Beschimpfungen anhören, wenn er ihnen die höllisch brennende Spritze in die empfindliche Öffnung ihrer männlichsten Stelle jagt. Erhaltung der Wehrkraft nennt man das, weil die Behandlung des Trippers noch sehr unzulänglich ist und die Betten knapp sind in den sogenannten Ritterburgen, wo er ausgeheilt wird. Und anschließend gibt's keinen Genesungsurlaub, sondern drei Tage Arrest.
Es ist die einzige Strafe, die Pater Peter nicht zu fürchten hat.

Und als es 1943 Winter wird, ist sie gebannt für alle. Nicht auf die angenehmste Art indes, denn sie werden von Frankreich nach Rußland verlegt und bekommen Gelegenheit zu zeigen, was sie außer dem Exerzieren gelernt haben. In die klirrende Kälte des Hungerburger Kessels vor Leningrad werden sie hineingeworfen. Tressel, der einige Semester Medizin studiert hat, wird Feldwebel und als Hilfsarzt eingesetzt; der Dr. phil und Obergefreite Pater Peter wird »Narkotiseur« und zeigt bemerkenswerte Fähigkeiten.
Unverändert bleibt indes Tressels Einstellung zum Krieg, und wenn er sich nicht schon in Frankreich das erworben hätte, was sie in der Kommißsprache einen »Jagdschein« nennen, wären Arreststrafen viel zu wenig für die Reden, die er zwischen den Operationen führt. Es müssen immer wieder Arme und Beine amputiert werden, denn bei vielen Verwundungen gibt es wegen der eisigen Kälte keine andere Wahl. Und den Medizinstudenten Tressel fragt keiner nach seiner Qualifikation.

Aber nicht immer wird operiert. Gelegentlich wird Tressel auch einem Stoßtrupp zugeteilt, und für einen besonders erfolgreichen wird ihm das Eiserne Kreuz verliehen. Um die Genfer Konvention, die für Ärzte das Rote Kreuz vorsieht, kümmert sich niemand.
Es gibt einen kleinen Umtrunk, doch Pater Peter, der nicht nur sein Anästhesist, sondern auch sein Freund geworden ist, macht nicht mit.
»Weißt du, daß du ein Kreuz für Mord trägst?«
Es gibt Murren und Knurren, und einige werden nachdenklich. Aber gestritten wird nicht.
Und dann ist Weihnachten. Pater Peter will eine Messe halten und dazu den Wein holen, den er in seiner Hütte versteckt hat. Aber Tressel ist dagegen.
»Es geht auch ohne Wein, Peter. Gerade jetzt ist der Russe gefährlich, weil er weiß, daß wir sorgloser sind und feiern wollen!«
Bewiesen wird das am Heiligen Abend mit einer beunruhigenden Zahl von Verletzten, die im Schulhaus abgeladen werden, wo sie mit dürftigstem Gerät ihre »Operationssäle« eingerichtet haben. Sanitäter, die Bahren hereinschleppen, begegnen anderen, die alte Benzintonnen hinauskarren, die gefüllt sind mit Gliedmaßen der Verwundeten.
Zwischen den Operationen trinken Tressel und der Pater den Bohnenkaffee, der ihnen zusteht, aus den Deckeln ihrer Kochgeschirre. Er ist heiß und stark und verscheucht nicht nur die Müdigkeit, sondern auch ein bißchen den Gestank von Karbol, Äther, Eiter, Schweiß und Petroleum, dessen trübes Licht sie schon am frühen Nachmittag brauchen.
»Kaffee hilft uns mehr als dein Wein«, sagt Tressel zwischen zwei Schlucken zum Pater.
»Nein, ich gehe ins Dorf, wenn ausgesägt ist.«
Tressel zuckt mit den Schultern und nimmt einen erfrorenen, violettschwarzen Fuß ab. Als harmloser Steckschuß nur ist die Wunde zu erkennen, aber der Mann ist zu

lange in der eisigen Kälte gelegen. Filzstiefel hätten den Fuß vielleicht gerettet.
Der Pater hat die seinen, wie viele andere auch, einem Toten ausgezogen, und als sie den letzten Mann vom Schragen gehoben haben, wäscht er sich die Hände in einer alten Blechschüssel und zieht die Stiefel an. »Ich geh jetzt den Wein holen.«
Tressel gibt keine Antwort und wäscht sich die Hände in der gleichen Brühe.

Den Pater finden sie eine Stunde später, keine hundert Meter vom Schulhaus entfernt im Schnee. Ganz klein ist der schwarzgefleckte Granattrichter, ein 7,62-Kaliber höchstens und ein Irrläufer dazu. Man schießt mit so etwas nicht auf einen Mann, auch wenn er im Mondlicht zu sehen ist. Roter Wein hat sich mit seinem gefrorenen Blut gemischt, und die starre Hand umklammert noch den Hals der zersplitterten Flasche.
Als sie den Toten ins Schulhaus tragen, weiß Tressel, daß seine Jugend vorbei ist. Der Hals der Flasche kommt ihm wie ein Fanal gegen den Krieg vor, und plötzlich weiß er auch, daß der Pater nicht den Wein, sondern den Tod gesucht hat. Warum hatte er ihn gefragt, ob er, Tressel, sich die Weihnachtspredigt zutraue, falls er nicht könne?
Er wird es tun. Muß es tun. Aber es gibt keine Bibel im Schulhaus. Er geht in die Kälte hinaus, ohne sie zu spüren, und das Lukas-Evangelium fällt ihm ein. Alles, an das er sich erinnert, sagt er vor dem großen Christbaum, den sie im Wald geschlagen haben.
Friede auf Erden und den Menschen ein Wohlgefallen. Es ist sehr still im Schulhaus, als er mit diesem Satz aufhört, und auch draußen ist die Christnacht ganz ruhig. Der letzte Schuß, den die Russen abgefeuert haben, hat den Pater getroffen.
Sie haben ihn auf die Bank eines Klassenzimmers gelegt, aber vorher hat ihm ein schneller Sanitäter die Filzstiefel ausgezogen.

»Es war«, sagte Tressel zu Helldorf, »nicht nur das Ende meiner Jugend. Das Ende der Hitlerjugend hatte schon vorher stattgefunden in den Hütten, in denen wir Knochen sägten und ich begriff, daß es weder süß und ehrenvoll ist, für das Vaterland zu sterben, noch daß die Fahne, die uns voranflattert, mehr als der Tod ist. Nein, es ist auch der Anfang des Begreifens unserer verdammten völkischen Vorstellungen gewesen. Zur Herrenrasse hatten sie uns hochstilisiert, und nie vergesse ich den Stabsarzt, der mich mit bösen Glupschaugen anbrüllte, als ich einem verwundeten Russen half. Damals bin ich zum ausscherenden Feldscher geworden und habe erfaßt, daß dieser verdammten völkischen Deutschtümelei nur mit einer ganz anderen Operation beizukommen war.«
Sie saßen, es war Sommer 1987, auf einer Bank vor der saftigen Blumenpracht einer Schwarzwaldwiese, die sich in wilder Üppigkeit ausdehnte bis zum Waldrand, der aussah wie ein vorgeschobener Balkon der sanften Bergkuppen, die im bläulichen Dunst zu ahnen waren.
Bei mir, dachte Helldorf, sind diese Gedanken schon ein Jahr früher in Stalingrad gekommen, aber es hat nicht viele gegeben, mit denen man darüber reden konnte. Und wenn, dann war es ein ohnmächtiges Reiben winziger Rädchen, die sich weiterdrehen mußten. Was wissen die heute von der verheerenden Wucht eines Allmachtapparats, der die Dummen zu Riesen und die Klugen zu Zwergen machte! Und zeitlos ist das gewaltige Übergewicht der Dummen.

Und als ob er seine Gedanken ahnte, fuhr Tressel fort: »Ich war einundzwanzig geworden und marschierte seit zehn Jahren im Gleichschritt. Jungvolk, Arbeitsdienst, Kommis. Der Wunsch, Zwang loszuwerden und einmal eigene Entscheidungen treffen zu können, wuchs, und die Ohnmacht wuchs mit. Und immer schwieriger wurde es, den richtigen Partner fürs richtige Gespräch zu finden. Die Spitzel wurden raffinierter, und ein falsches Wort genüg-

te, um vors Kriegsgericht zu kommen. Und das Enttäuschendste war, daß man sich nicht nur vor hohlköpfiger Bösartigkeit in acht nehmen mußte, sondern auch vor intelligentem Opportunismus.«
»Es gab«, warf Helldorf ein, »auch eine erstaunlich große Gruppe von Leuten, die nicht dumm waren und der Propaganda trotzdem glaubten.«
Tressel nickte. »Damals sicher noch. Es ist erstaunlich, was Propaganda fertigbringt. Dabei hätte jeder denkfähige Kopf Hitlers Chancenlosigkeit spätestens bei der amerikanischen Kriegserklärung begreifen müssen.«
»Feldherren pflegen nicht nach der Meinung von Muschkoten zu fragen«, sagte Helldorf.
Später, beim Abendessen auf der Terrasse des Kurhauses, vertrieb der Wind, der von den im Dunst verschwimmenden Bergen kam, die Schwüle des Sommertags. Es geschah selten, daß sie sich mit so bleierner Schwere auf das tausend Meter hohe Plateau zu legen vermochte.
Günther Tressel, Chefarzt in einem der Sanatorien, nickte gelegentlich einem Kurgast zu. Angesichts einer nicht mehr ganz taufrischen, aber durchaus noch attraktiven Blondine kam Helldorf die Schwarzwaldklinik in den Sinn, und er machte eine schnoddrige Bemerkung über die Fernsehseifenoper.
Tressel ergänzte grinsend, daß er dem Drehbuchautor zu Lieschen Müllers Ergötzen noch manchen Tip geben könne, weil das Leben in Kurorten von bemerkenswerter Vielfalt sei.
Doch war ihr Thema ein anderes.
»Sind Sie«, fragte Helldorf, »eigentlich als fertiger Arzt aus dem Krieg herausgekommen?«
Tressel schüttelte den Kopf. »Was die Praxis anbetrifft, so hätte ich manch einem Niedergelassenen etwas vormachen können. 1944 habe ich in Breslau weiterstudieren dürfen, und dann habe ich fast bis zum Kriegsende wieder praktiziert wie vor Leningrad. Aber nicht nur gesägt. Meist waren es richtige Lazarette, doch nach einem Ex-

amen fragte keiner. Es gibt genug Männer, die den Krieg nicht überlebt hätten ohne den unbefugten Doktor Tressel, und darauf bin ich eigentlich stolzer als auf die Zeit nach dem Examen. Zeugnisse und Stempel sind eben doch nicht so wichtig, wie die meisten Leute in unserem Land glauben.«
Tressel grinste. »Der da hinten«, er deutete auf einen kahlköpfigen Dicken, der an einem Zweiertisch seiner Begleiterin mit Sekt zuprostete, »hätte gerne ein schönes Attest von mir, um seine Kur zu verlängern, aber es wäre ziemlich unschön, wenn ich's täte.«
»Er sieht nicht aus, als ob er sich die Sache nicht privat leisten könnte.«
»Natürlich könnte er das, aber Sie glauben gar nicht, wie scharf solche Leute darauf sind, ihre Kasse zu melken.«
»Richtig. Bloß kein Loch auslassen, das sich aufreißen läßt. Erinnert mich an alle, die gut über den Krieg gekommen sind.«
»Ist uns doch auch ganz gut gelungen und eigentlich ein Grund, uns zu duzen, oder?«
Helldorf hob sein Glas. »Ich habe lange genug drauf gewartet, aber du warst stur wie ein Panzer.«
»Wenn du alles weißt, wirst du's vielleicht begreifen. Vielleicht habe ich mit dem eigentlichen Leben, mit dem ›freien‹, meine ich, zu spät anfangen dürfen. Erst im Herbst, wenn du verstehst, was ich meine. Wenn der Sommer vorbei ist, geht man nicht mehr in den Wald auf Himbeeren. Das ein altes russisches Sprichwort.«
»Ich weiß, daß du viel über die Russen weißt.«
»Und nicht nur Schlechtes.« Hell klang das Klirren der Gläser, als sie zusammenstießen, und Tressel fuhr fort: »... du hast gesagt, ich sei stur wie ein Panzer gewesen. Es war die MG-Kugel eines russischen Panzers, die Ende 44 *mein* Kriegsende eingeleitet hat. Vor Warschau war's, und es gab kein Lazarett dort, sondern nur einen Hauptverbandsplatz. War ja kein Neuland für mich. Aber es ist nicht gesägt worden, sondern nur genäht. Einfach zuge-

näht haben sie mich, als die Kugel aus der Lunge war. Und dann bin ich eben als Hilfsarzt bei ihnen geblieben und habe weitergemacht, bis ich mit einer Lungentuberkulose in ein Sanatorium bei Breslau gebracht worden bin, weil ich gemeingefährlich war mit der offenen TB. Bloß, es ist immer enger geworden. Nicht im Sanatorium meine ich, sondern in Deutschland. Der Heimatschuß, der ein oder zwei Jahre zuvor sehr nützlich hätte sein können, kam zu spät.«

Die letzten Tage des Krieges sehen Deutschland in einen Schraubstock gepreßt, den die Alliierten gar nicht mehr fest zudrücken müssen, sondern mit leichtem Fingerdruck regulieren können. Die Russen sitzen schon in Köpenick und anderen Berliner Vororten, und die Amerikaner sind an der Elbe stehengeblieben, um der Roten Armee den Triumph zu lassen, nach dem sie giert. Helldorf gehört zu den deutschen Soldaten, denen der Ausbruch aus Berlin nach Westen noch gelingt, aber diese Flucht ist gefährlicher als ein feindlicher Angriff, weil es immer noch Feldgendarmen gibt, die zum standrechtlichen Erschießen fahnenflüchtiger Wehrmachtsangehöriger berechtigt sind. Das Chaos ist ungeheuerlich, und der Zufall regiert die Stunde.
Im Keller des Hauses Fritz-Reuter-Straße 5 in Elbing erschießen Russen die Eltern Günther Tressels. Jahre später erst wird er es erfahren, aber es gibt niemanden, der ihm eine Begründung dafür liefern kann.
Während die Russen die letzten Berliner Widerstandsnester zermalmen, ist Tressel immer noch in Prag. Sie haben die Stadt einfach links liegenlassen, als seien sie getrieben von einem Urverlangen, das Berlin heißt. In Prag aber wartet die von den Deutschen gegründete russische Wlassow-Armee auf ein Schicksal, das nicht ungewiß ist und grausam sein wird. Auch die Tschechen wissen das, und sie wissen ebenfalls, daß keine Gefahr mehr droht von dem schäbigen Rest der deutschen Truppen. Am 5. Mai,

als die Russen Berlin schon erledigt haben, kommt es zum Aufstand. Er entlädt sich in einem von Leidenschaften ausgelösten, unsinnigen Gemetzel, und nur um Haaresbreite wird Tressels Leben gerettet. Ein Streifschuß schrammt seinen Schädel, und als die Benommenheit weicht, merkt er, daß man ihn im Torbogen eines alten Hauses verbindet. Sonderbar, sagt er sich. Ich kann sehen und denken. *Cogito ergo sum.*
Am Abend kann er sogar wieder scharf denken. Ein weißer Turban verdeckt die Schramme am Kopf, und die Situation in Prag ist von grotesker Unwirklichkeit. Denn die Russen sind von der Einnahme Berlins so berauscht, daß sie die tschechoslowakische Hauptstadt den Deutschen, zumindest formal, noch drei Tage lassen.
Natürlich sind die Deutschen nicht mehr die Herren. Verstecken müssen sich sich, wenn sie nicht im letzten Moment aus begreiflicher tschechischer Rachsucht getötet werden wollen. Tressel, beflügelt vom millimeterschmalen Glück, das ihm Kopf und Kragen gerettet hat, erklärt Kameraden aus dem Lungen-Sanatorium, die er sorgfältig ausgewählt hat, dies: »In jedem Keller werden sie uns aufstöbern. Aber im vornehmen Gebiet hinter dem Hradschin gibt es leerstehende Villen. Niemand sucht da nach Deutschen, weil alle glauben, daß wir uns in der Stadt in die Löcher verkriechen. Und wir haben Verpflegung dabei für fast eine Woche.«
Tatsächlich haben sie aus dem Sanatorium mitgenommen, was sie tragen können, aber ein Panzerleutnant macht die Bemerkung, daß der Russe viel schneller kommen wird als in einer Woche.
»Na und? Dann wird eben mehr gefressen und schneller!«

Sie finden eine leere Villa mit fast vollem Weinkeller. Eine Idylle, wie sie sie während des ganzen Krieges nicht erlebt haben, und angesichts der hoffnungslosen Lage Unfaßliches.

Da es für einen Ausbruch aus Prag inzwischen absolut keine Chance mehr gibt, kommt es, wie es kommen muß: Sie fressen und saufen und schlafen ihre Räusche in so angenehm weichen Betten aus, wie sie mancher von ihnen nie mehr erleben wird.
Die Russen kommen am 8. Mai. Das ist der Tag, an dem Großadmiral Dönitz die bedingungslose Kapitulation Deutschlands unterschreibt. Es wird nicht mehr geschossen, und die vier Besetzer der vornehmen Villa leeren noch eine Flasche Cognac, ehe sie sich den Rotarmisten stellen, die wie Spaziergänger durchs Gartentor kommen, während die Straße unter den Ketten der T-34-Panzer dröhnt, denen Lastwagen und Jeeps folgen.
Aber es gibt auch Menschen, die ihnen auf den Trottoirs zujubeln, und die sind jetzt viel gefährlicher als die Russen, die deutsche Soldaten einsammeln. Deshalb trifft es sich gut, daß man sich im geschützten Garten den Rotarmisten ergeben kann, die zwar etwas überrascht sind, daß Feldgraue mit erhobenen Armen aus der Villa kommen, sich aber offenbar keine speziellen Gedanken über dieses sonderbare Häuflein machen. Mit unbewegten Gesichtern führen sie sie durch ein Spalier von Tschechen, die die Fäuste ballen, und Tressels Kopfverband mit den braunroten Flecken erweist sich auf zusätzliche Weise hilfreich. Es gibt keine Kolbenstöße, als man sie in einen etwa fünfzig Mann starken Zug deutscher Kriegsgefangener hineindrückt.
»Ging besser als ich dachte«, sagt der Panzerleutnant grinsend zu Tressel, als sie ein paar Meter marschiert sind. Dein Kopfverband hat mitgeholfen.«
»Eher der Schnaps. Nicht jedem gelingt es, besoffen in Gefangenschaft zu geraten!«
Und er weiß gar nicht, wie sehr er in diesem Augenblick dem braven Soldaten Schwejk gleicht, der ganz in der Nähe, im »Kelch«, einst vom Geheimdienstler Brettschneider verhaftet worden ist.
Aber nicht in den »Kelch« geht der Marsch, sondern in

einen trostlosen grauen Fabrikhof, in den die Deutschen von allen Seiten hineingetrieben werden, bis sie so dicht stehen, daß keiner mehr umfallen kann.
Und dann ist Bestandsaufnahme vor dem Abmarsch ins KZ Theresienstadt. Gut klingt das nicht, und das Cognac-Räuschlein, das alles in milderem Licht hat erscheinen lassen, ist verflogen. Tressel weiß beileibe nicht alles über die Deutschen KZ-Methoden, aber sein Wissen reicht aus für die Erkenntnis, daß es sich nicht gelohnt hat, den Krieg zu überleben, wenn die Russen Revanche üben mit den gleichen Methoden.
Zunächst machen sie ihn zum Arzt für eine Kriegsgefangenen-Gruppe in Kompaniestärke, und er glaubt, einen Hauch von Achtung in der Tatsache zu sehen, daß sie ihn nicht so streng filzen wie die meisten Mitgefangenen. Ist es der von keinem Examen gerechtfertigte Ausweis eines Feld-Unterarztes, oder ist es der Kopfverband?
Der ist auf alle Fälle, im Gegensatz zur Lungentuberkulose, sichtbar. Die Papiere, mit denen die Krankheit bescheinigt wird, interessieren keinen Russen. Es ist im Krieg wie im Frieden, der jetzt beginnen soll: Äußerlichkeiten regieren, nicht innere Werte oder Unwerte.
Als sie abmarschieren, denkt er an Orden und an das, was ihm Pater Peter über das Eiserne Kreuz gesagt hat, als sie vor Leningrad lagen.
Aber schnell wird er aus diesen Gedanken gerissen. Ein Landser seiner Gruppe bricht zusammen, weil nicht jeder in diesem jämmerlichen Haufen das Tempo halten kann, das seine russischen und tschechischen Bewacher verlangen. Doch ehe sich Tressel um den Mann kümmern kann, wird der von einem Tschechen erschossen. Kurzschlußreaktion? Rachsucht, die nach einem solchen Moment gegiert hat?
Tressel kann nicht nachdenken darüber, denn als er sich zu dem Mann niederbeugt, zerschlägt ihm der Tscheche mit dem Gewehrkolben das Schienbein, und er liegt im Graben und wartet auf den Schuß.

Aber es geschieht Seltsames, und allen Grund hat er, sich als einen Glücksfall zu betrachten, den es bei vernünftiger Betrachtung eigentlich gar nicht geben kann.

Ein herantuckernder russischer Kradmelder steigt ab, um zu sehen, was es gibt. Zuerst brüllt er den Tschechen an, und dann befiehlt er Tressel, aufzustehen. Der krempelt im Sitzen die Hose hoch und zeigt das zerschlagene Bein. Wieder brüllt der Russe etwas Unverständliches, dem das Unfaßbare folgt: Er deutet auf den Rücksitz seiner schweren Maschine, und der Tscheche muß dem Deutschen beim Aufsitzen helfen.

Das Bein schmerzt höllisch. Wenn sie über Schlaglöcher rasen, schreit Tressel auf, dann dreht der Fahrer mit einem gutturalen Lachen den Kopf: »Si tschass Lazarett, panemaish!«

Sie fahren Stunden, und wo immer es möglich ist, dreht der Russe das Gas auf bis zum Anschlag. In den Kurven muß ihm Tressel die Arme um den Bauch krallen. Fast ohnmächtig ist er, als sie ihn im Kriegslazarett Chemnitz aus dem Sattel heben. Der Motorradakrobat, der bei höchstem Tempo Slalom um Schlaglöcher gefahren ist, nestelt aus seiner Packtasche eine sorgfältig zwischen Hemden und Socken gelagerte Wodkaflasche hervor und schlägt sie mit der breiten Hand hart auf ihren Boden, so daß der Pappverschluß hochfliegt. »Wott, na sdarowje!« Aber im letzten Moment spreizt Tressel abwehrend die Finger, die nach der Flasche greifen wollten. »Tuberkulose, panemaish?«

Er weiß, daß er seinen Retter tatsächlich anstecken könnte, wenn er trinkt, und der erschrickt auch so, daß er den Motor aufheulen läßt und abhaut, als ob er den Teufel persönlich abgeladen hätte.

Ein Kranker wird Arzt

Mit seinen Papieren kann Tressel den deutschen Sanitätern, die natürlich jetzt auch Kriegsgefangene sind, klarmachen, daß er nicht auf die chirurgische, sondern eine geschlossene Abteilung gehört, weil seine Tuberkulose, jedenfalls auf dem Papier, offen ist. Wie es wirklich aussieht, weiß er nicht. Aber man kann das Bein auch dort versorgen. Hinzu kommt, daß sein akrobatischer Retter nicht der einzige Russe ist, der eine Heidenangst vor der Tuberkulose hat. Ein kaum faßbares Glück ist diese Blitzeinlieferung in ein Heimatlazarett, sie ist so viel wert wie ein Entlassungsschein. Was wäre gewesen, wenn die Russen die Krankheit erst in Sibirien entdeckt hätten?
Beinahe fröhlich schläft er ein in einem Bett, das zwar nicht so komfortabel ist wie das letzte in der Prager Villa hinter dem Hradschin, aber es ist sauber, und die Verhältnisse haben sich in einem unerwarteten Tempo geordnet. Und der Feldunterarzt kommt, wie damals vor Leningrad, schnell zu einem verantwortungsvollen Einsatz. Er wird für die zuständigen Ärzte zum Glücksfall, weil man sich in der geschlossenen Abteilung anstecken kann und es nichts besseres gibt als einen Patienten, der auch noch Arzt ist. Nie ist ein weißer Kittel besser maßgeschneidert gewesen.
Ein Glückskind bin ich halt, denkt Günther Tressel und grüßt aus sicherem Hafen zwei Tschechen. Einen, der ihm die Stirn angekratzt und einen, der ihm das Schienbein zertrümmert hat. Und dazu einen russischen Motorradakrobaten mit Herz.
Die Verpflegung auf der Station, die er nun betreut, ist die beste im Lazarett, und er merkt schnell, daß es Simulanten gibt, die andere ins Glas spucken lassen, wenn das Sputum kontrolliert wird. Er übersieht das mit Heiter-

keit, kann aber leider keine aufbringen, wenn es ihn selbst angeht. Sein Sputum ist positiv geblieben, und arbeiten sollte er eigentlich nicht. Aber er ist Optimist, weil ihm das Glück an den Füßen klebt, seit der Krieg zu Ende ist. Wer kann das sagen von sich? Und was die TB anbelangt, so wird man sehen. Ausreichendes Essen bedeutet in diesen Zeiten schon sehr viel, und man fühlt sich wohl in Chemnitz, wenn man hört, wie sich die Kriegsgefangenenlager in Rußland füllen.
Tressel füllt Mägen. Auch die der Simulanten, für die andere ins Glas spucken. Der Trick ist beinahe idiotensicher, weil kein Russe den Fuß über die Schwelle der TB-Station setzt.
Dafür setzt der examenlose Stationsarzt Speck an. Nicht übermäßig, aber es ist ein gutes Zeichen. Und auch ein Hinweis, endlich ein neues Leben ohne Uniform in die Hand zu nehmen.
In diesem Lazarett braucht er keine Papiere, da er einen Job tut, nach dem sich keiner drängt. Aber er will nicht nur endlich sein Staatsexamen machen, sondern spürt auch einen immer stärker werdenden Freiheitsdrang, weil er nie ein Herdenmensch gewesen ist. Sicherheitsfanatiker unter den Kollegen warnen ihn, weil es draußen viel weniger zu essen gibt, aber er lacht sie aus und sagt, daß der Mensch nicht vom Brot allein lebe und daß ihm Hitler genug Zeit gestohlen habe. Und daß seine Risikobereitschaft größer als sein Sicherheitsbedürfnis sei.

Für einen TB-kranken Arzt ist es fast eine Formsache, vom Russen den Entlassungsschein zu erhalten. Und so wird aus dem Feldunterarzt Günther Tressel am 15. August 1945 ein Zivilist. Sogar zwei passable Anzüge kann er sich im Tausch gegen geklaute Lazarettverpflegung beschaffen.
Aber nach Ostpreußen kann er nicht zurück. Russen und Polen haben sich das Land geteilt. So läßt er sich zu Verwandten nach Perleberg entlassen, einem in der Ostzone

gelegenen Städtchen zwischen Berlin und Hamburg. Noch gibt es keine DDR und keine Bundesrepublik.
Und durch die Perleberger Straßen und Gassen schleichen Not und Hunger. Wer sich sattessen will, braucht Tauschobjekte für den schwarzen Markt, der zur Not sogar Kennkarten ausspuckt. Aber bei Staatsexamen hören seine Möglichkeiten auf.
Trotzdem bietet ihm der Chefarzt des Krankenhauses eine Stelle an.
»Geht nicht. Ich muß noch Staatsexamen machen.«
»Können Sie später. Hier bestimme ich!«
Man hört es der Stimme an. Aber ein bißchen verwundert ist Tressel doch. Der Mann ist natürlich, wie es sich für einen Chefarzt gehört, Kommunist, doch scheint er auch vor der Kapitulation mit Kommandieren vertraut gewesen zu sein. Seltsam genug. Aus einem KZ kommt er jedenfalls nicht.
Daß er einen höheren SS-Rang bekleidet hat, ist allerdings starker Tobak, der Tressel prisenweise zuweht. Sturmbannführer soll er gewesen sein, und obwohl in diesen Tagen viel möglich ist, ist seine Verwandlung in einen Perleberger Chefarzt schwer zu fassen.
Das beschäftigt ihn, und Dr. Felix scheint es zu spüren. Eines Abends, die Tagesarbeit ist dem lautlosen Werk der Nachtschwestern gewichen, ruft ihn der Chefarzt in sein Zimmer, und auf seinem Schreibtisch stehen eine Wodkaflasche und zwei Gläser.
»Wenn Sie nichts Besonderes vorhaben, Herr Tressel, würde ich mich gerne ein bißchen mit Ihnen unterhalten.«
Und schon hat er eingeschenkt, und die Gläser sind groß.
Tressel, der spürt, daß der unerwarteten Einladung andere Überraschungen folgen werden, nimmt einen guten Schluck, aber der andere trinkt aus wie ein Russe.
»Sie halten mich«, sagt der mit einem Lächeln, das an Tressel vorbeigeht, als ob es Halt suche an den medizinischen Wälzern auf den Regalen, »für einen eiskalten

Opportunisten, der nicht nur blitzschnell umgeschaltet hat, sondern auch noch die Frechheit besitzt, als Leiter einer Klinik und damit als eine Art Wohltäter aufzutreten.«
»Aber ich...«
»Lassen Sie mich ausreden. Dann werden Sie wissen, daß ein Teil Ihrer Annahme stimmt. Aber eben nur ein Teil, und nicht der wichtigste. Jeder muß für sich selbst denken, weil es niemand für ihn tut, und ich habe das Gefühl, daß Sie das auch schon gemerkt haben. Aber Sie haben auch gesehen, wie ich arbeite. Das sind nicht nur zwölf Stunden am Tag, sondern das ist saubere medizinische Arbeit, und das ist ein Kampf mit verflucht dämlichen Bürokraten, die mir nur die Möglichkeit zum Heilen geben, wenn ich ihnen Feuer unter dem Arsch mache. Was glauben Sie, wie es hier aussähe, wenn dieser Laden von einem selbstgefälligen Idioten geführt würde!«
»Ich weiß, daß Sie ein ungewöhnlicher Arzt sind.«
»Ungewöhnlich ist gut. Sehr gut sogar!« Felix grinst und schenkt Wodka nach.
»Ich will Ihnen mal was sagen, junger Freund. Ungewöhnlich ist alles, was uns passiert ist, und bei mir ist's eben noch etwas ungewöhnlicher gewesen, weil ich nicht das Glück hatte, ein gewöhnlicher Deutscher zu sein.«
»Das verstehe ich nicht.«
»Aber sie werden's gleich: Siebenbürgener bin ich. Deutscher aus Rumänien, wenn Sie das besser verstehen. Es läßt sich ein bißchen mit den Elsässern vergleichen.«
Von den Elsässern und ihren Problemen weiß der junge Mann, der ein richtiger Arzt werden will bei einem offenbar nicht ganz richtigen Deutschen, damals allerdings noch wenig.
»Zur ss«, fährt der andere fort, »bin ich gekommen wie die Jungfrau zum Kind. Ich war ein junger Arzt und wollte mitten im Krieg heiraten. Da gab es Probleme, weil ich kein Reichsdeutscher war, und kein anderer als der große Professor Sauerbruch von der Berliner Charité

riet mir, in die ss einzutreten. ›Es gibt‹, sagte er, ›gar keinen anderen Weg. Und die Beziehungen, die Ihrer Karriere nützen werden, habe ich auch. Außerdem lege ich Wert darauf, daß meine Assistenten bei der Garde dienen.‹«

»Glaube ich gern«, sagt Tressel. »Er hat sich ganz schön vor Hitlers Karren spannen lassen.«

»Aber heute untersteht ihm das ganze Gesundheitswesen in Berlin. Kapazitäten werden nicht eingesperrt! Man muß nur durchblicken. Ich hab's getan und natürlich auch den verheerenden Mangel an tauglichen Ärzten erkannt. So war's ein Kinderspiel, hier Chefarzt zu werden, und wer mich absägen will, muß erst noch geboren werden. Sie hätten's schlechter treffen können, mein Lieber!«

»Das«, sagt Tressel, »glaube ich jetzt auch«, und er spürt einen kräftigen Schuß Optimismus, den der Wodka aus der Grube des Magens hochsteigen läßt.

»Genug getrunken«, sagt Felix und verkorkt die Flasche. »Nächste Woche fahren Sie mit meinem Siebenbürger Freund Professor Arnold nach Schwerin zum Kultusminister von Mecklenburg. Er wird dafür sorgen, daß Sie Ihr Staatsexamen machen können. Beziehungen sind alles, und Arnold ist fast so berühmt wie Sauerbruch.«

Schnell zeigt sich dann in Schwerin, daß der Kultusminister von Mecklenburg das Gegenteil eines schwerfälligen Bürokraten ist. Die Hauptsache, das entgeht dem wie auf Kohlen sitzenden Tressel nicht, ist aber wohl seine Freundschaft mit Professor Arnold. Trotzdem ist der Kandidat nach einer endlosen Wartezeit überrascht, wie simpel die Prozedur vor sich geht. Ein Studium ist früheren Offizieren der Wehrmacht verboten, aber warum sollte einer, der die vorgeschriebenen Semester absolviert hat, kein Examen machen? Es gibt keine Vorschrift, die das verbietet.

Nachdem er alles angehört hat, greift sich der Minister eine auf dem Tisch liegende Zeitung, reißt vom oberen

Rand ein Stück ab und schreibt auf den weißen Fetzen: »Kann Examen machen.« Darunter ein Namenskürzel. Mehr nicht.
»Und wann geht's los?«
»Nun, Sie packen Ihren Koffer und fahren nach Rostock. Wie Sie unterkommen, ist Ihre Sache.«
Was Tressel verschweigt, ist, daß er immer noch an einer offenen Tuberkulose leidet und beschlossen hat, sie einfach zu vergessen, bis er ein richtiger Doktor ist. Er hat indes nicht damit gerechnet, daß auch eine Entbindung zu seinen Aufgaben gehören wird, aber er kann und will jetzt nicht mehr zurück.
Er besteht das medizinische Staatsexamen in Rostock mit Gut und macht sich in Perleberg an die Doktorarbeit.
Thema: Der Tripper.
Der Chefarzt, dem er zu großem Dank verpflichtet ist, lacht schallend, als er es hört. »Paßt glänzend zu dir. Auf den Knien solltest du mir danken, daß ich dir auch noch die Abteilung der Geschlechtskranken überlassen habe, Dr. Trip!«
Die Promotion Günther Tressels endet in einem gewaltigen Besäufnis.

Bald aber, man schreibt 1947, muß der Jungdoktor sich auf andere Weise bei dem Mann revanchieren, dem er einiges zu verdanken hat. Vorbei sind die wilden Zeiten der Kapitulation, in denen bei geschicktem Erfassen der Lage viel zu erreichen war. Die Russen haben sich etabliert, und das bedeutet, daß Moskau nähergerückt ist. Die Macht polternder und unbürokratischer Troupiers wird gebrochen von den leisen »Blauen« des NKWD, die auf ihre Weise in dunkle Sachen hineinleuchten.
Die Leute sind geschult, und ihre Lupen sind scharf. Und es gefällt ihnen auch manches nicht an den Freiheiten, die sich ihre eigenen Offiziere herausnehmen. Gibt es da nicht Herren, die Geschlechtskrankheiten nicht

melden, wie es sich gehört, sondern sie sozusagen schwarz behandeln lassen, in der Klinik des Dr. Felix? Es gibt da einen jungen Arzt, der vom Tripper viel zu verstehen scheint, aber schnell interessieren sich die »Blauen« mehr für seinen Chef, unter dessen Verantwortung alles läuft. Ein bißchen zu selbstherrlich ist er für ihre Spürnasen.
Und bald ist die NKWD-Diagnose hieb- und stichfest: Der Mann hat einen hohen SS-Rang bekleidet und muß schleunigst von dieser verantwortungsvollen Position entfernt werden.
Aber schlecht steht es um das Gesundheitswesen des Landes, das noch Zone heißt und kein Staat ist. So groß ist der Mangel an qualifizierten Ärzten, daß ein aus Karlshorst herbeieilender Oberst schäumt über den verdammten Eifer der NKWD-Männer: »Wollt ihr die Klinik schließen? Wem nützt ein eingesperrter Chirurg? Setzt ihn von mir aus als Chefarzt ab, aber laßt ihn seine verdammte Arbeit tun, Chui jobanny!« Er holt Flüche aus der untersten Schublade, und die ist groß bei den Russen.
Der Oberst will Tressel zum Chefarzt machen, aber gleich muß er sich am Kinn kratzen, weil der den Kopf schüttelt.
»Ich bin kein Chirurg, Herr Oberst.«
»Hm. Aber der andere ist ein ganz vorzüglicher, wie man mir gesagt hat.«
»Stimmt.«
»Gut, dann macht er weiter. Ist besser als wenn er im Gefängnis an Eisenstäben herumsägt, oder? Und Sie werden sein Chef. Aber bloß auf dem Papier, klar?«
»Klar«, sagte Tressel und staunte über eine nicht gerade orthodoxe, aber praktikable Lösung.

Rötliches Abendlicht hing schräg in den Wipfeln der hohen Tannen, und dunkelrote Himbeeren leuchteten am Rand des Waldwegs, den ein vom Schub des Bergs herabplätscherndes Bächlein begleitete. »In einer halben Stunde«, sagte Tressel, »sind wir beim Wissler-Wirt, und ei-

nen besseren Schwarzwälder Schinken hast du nie gegessen. Vielleicht hast du auch schon gemerkt, daß ich mich recht gut eingelebt habe in einer Gegend, die so ganz anders ist als Elbing und das Frische Haff.«
»Und ein richtiger Professor Brinkmann geworden bist in deiner Schwarzwald-Klinik!« Wie ein übermütiger Bub kickte Helldorf einen großen Tannenzapfen über Kiesel und Moos des Waldwegs, und nach einigen Hupfern flog er ins Bächlein und schwamm davon. Sie hatten eine dreistündige Wanderung hinter sich, und er staunte über die Leichtigkeit, mit der sein neuer Freund atmete.
»Wenn man denkt, daß dir eine Lunge fehlt, bist du ganz schön fit.«
»Es ist die Luft«, sagte Tressel. Sie hat mir viel geholfen.«
»Hm.« Helldorf deutete auf die Tannen, die den Weg säumten und bis zur Mitte des Stammes nur brüchige braune Zweige ausstreckten. »Denen scheint die Luft weniger gut zu bekommen.«
»Uns«, sagte Tressel mit einem Schulterzucken, »ist auch manches nicht bekommen, und wenn man nicht so genau hinsieht wie du, ist der Schwarzwald immer noch ganz schön, oder?«
Helldorf grinste. »Genau wie wir mit unseren Macken.«
Der Weg wurde grasig und feucht, weil sie aus dem Wald heraus auf eine Wiese traten, auf der Tressels Dackel, der im Wald brav mitgetrottet war, bellend und tollend vorauslief. In der Ferne sah man die roten und braunen Dächer des Dorfs.
»Er riecht schon den Speck des Wissler-Wirts«, sagte Tressel, »und uns wird er auch schmecken.«
»Verlaß dich drauf! Du bist immer schon ein Hundenarr gewesen. Das merkt man.«
»Stimmt. Sie sind verläßlicher als Menschen. Sie lügen nicht.«

Der Wissler-Wirt war schon alt. Viel älter als die beiden Männer, die den klobigen großen Holztisch an der

»Kunscht« bekamen, der Bank vor dem Ofen, dessen grüne Kacheln jetzt kalt waren. Vorne an den Fenstern, wo es noch hell genug war, hatten drei skatspielende Bauern einen Disput, weil sie sich nicht einigen konnten, wer ausspielen sollte beim frisch gemischten Spiel. Der Wissler-Wirt gab zum Wein längst kein warmes Essen mehr aus, sondern nur hausgemachte Wurst und Schinken, den er zu räuchern verstand wie kein anderer.
Zwar war das Dorf abgelegen, und glücklicherweise scheuten viele den weiten Weg. Aber Hartnäckige kamen doch herauf. Dem alten Wissler waren sie zu laut, weil sie aus deutschen Gegenden kamen, wo man mehr lärmt und viel mehr redet als im Schwarzwald. Und er betrieb die Wirtschaft auch nicht mehr, um Geld zu verdienen, nachdem seine Frau gestorben war.
Der Doktor, ja, den mochte er, obwohl man die Ohren spitzen mußte, weil er immer noch seinen ostpreußischen Tonfall hatte. Aber der konnte auch 's Maul halten und still mit seinem Hund an der »Kunscht« sitzen. Ab und zu warf er einen Speckbrocken unter den Tisch, der freundliches Schmatzen hervorrrief. Manchmal ging der Doktor auch mit dem Wissler in die Schlafstube, um ihn zu untersuchen. Das sparte dem Alten zeitraubende Gänge, und wenn der sich genug Warnungen vor Alkohol und Tabak angehört hatte, gingen sie wieder zur Ofenbank hinunter, und der Wissler holte einen herben Weißen und seine Pfeife.
Er mochte den Doktor, der so still sein konnte und manchmal doch viel heiterer war als die weinseligen Zecher mit ihrem lauten Lachen.
Diesmal hatte er nicht nur den Hund dabei. Ein Freund schien's zu sein, weil sie sich duzten und schnell beim zweiten Krug waren. Der alte Wissler setzte sich zu den Kartenspielern, weil er ein natürliches Gefühl dafür hatte, wenn Leute nicht gestört sein wollten.
Tressel und Helldorf aßen kleine Speckstücke zu Schwarzbrot und Wein, und Helldorf meinte, daß man

darüber die ganze Kunst des Kurhaus-Kochs vergessen könne.
Tressel ließ seinen Hund nach der Schwarte schnappen und nickte kauend. »Das einfache Leben, mein Lieber«, sagte er, »hat mir immer geschmeckt, und in diesen Zeiten, wo man uns in Fernsehserien vorführt, was der feine Mann ißt, kann einen so ein Wissler-Wirt schon erfreuen, wenn du denkst, welche Handstände die Gastronomen gerade hier in der Südwestecke machen! Sie haben den Franzosen den Freßkrieg erklärt, und es wird um Michelin-Sterne gekämpft wie früher ums Ritterkreuz.«
»Ist immerhin menschlicher und führt uns zum Thema zurück.«
»Das ist kein Veteranenstammtisch!«
»Aber du kannst mich doch nicht einfach sitzenlassen in Perleberg, wo dich ein echter russischer Oberst zum falschen Chefarzt gemacht hat!«
Tressel kaute Speck und wollte keinen anderen Köder. Er starrte an Helldorf vorbei, doch blieb sein Blick an den Fenstern hängen, hinter denen nun schwarze Dunkelheit lag.
»Vor zwei Sommern bin ich hier noch mit meinem Onkel gesessen. Mit Karl David Eisemann, meine ich. Es war heller Tag, und man konnte den Bismarck-Turm auf dem Feldberg sehen. Er ist höchstens ein oder zwei Jahre älter gewesen als der Wissler-Wirt.« Und nach einer Pause, in der er hochsah zum Lampenschirm, der getupft war wie das Taschentuch eines Schwarzwaldbauern: »Er hat mich, ohne es zu wissen, in das idiotische Geschäft eingeführt, ohne das ich jetzt wiederum nicht hiersitzen würde.«
»Dein Onkel?«
»Ich sag's doch. Das ist eine verrückte Sache gewesen, die er überhaupt nicht im Sinn gehabt hat. Du magst Journalist sein und vielleicht sogar schon über das miese Metier der Spione geschrieben haben, aber von dem, was da im deutsch-deutschen Geschäft läuft, hast du keine Ahnung.«

»Es interessiert mich aber.«
Doch wieder lenkte Tressel ab. »Ich bin ein reiner Amateur gewesen. Blöd und willig, wenn du willst. Aber weißt du, was los ist?«
»Wie sollte ich?« Helldorf zuckte mit den Schultern und winkte dem alten Wissler, der immer noch bei den Kartenspielern kiebitzte, für einen neuen Krug.
»Geheimdienste«, sagte Tressel, »sind eine Ansammlung von Dunkelmännern, die sich ständig aus Gruben herausarbeiten, die sie für andere gegraben haben.«

Heilung und Heirat

Recht dunkel ist 1948 auch noch die Zeit für die Bewohner des westlichen und des östlichen Deutschlands; speziell aber für den Arzt Günther Tressel, der heilen soll und selbst krank ist. Die Tuberkulose ist nicht ausgeheilt, und sie gefährdet nicht nur den arbeitenden Doktor im Perleberger Krankenhaus, sondern auch seine Patienten. Der Zustand ist nicht haltbar, und daß er überhaupt existiert, ist nur einem Zusammenwirken von Umständen zu verdanken, die aus der Zeit geboren sind.
Der Mann, der die Berufung zum Arzt bis in die Haarspitzen hinein spürt, weiß, welche Gefahr seine verheimlichte Krankheit für die Patienten bedeutet. Und für ihn. Aber daran denkt er gar nicht. Doch er beschließt, nach den Kontrollen, die er an sich selbst durchgeführt hat, mit seinem ehemaligen Chefarzt zu sprechen.
Genau besehen ist Dr. Felix natürlich Chefarzt geblieben. Jeder weiß, daß er für die Klinik unersetzlich ist, und am besten weiß es Tressel. Aber er fragt sich manchmal, ob das ärztliche oder das organisatorische Talent stärker ausgeprägt ist bei diesem außergewöhnlichen Mann.
Er weiß alles, was es Neues gibt im Lande. Weiß, daß sie in der Lungenheilanstalt Klosterheide bei Rheinsberg gute Erfolge bei der operativen Behandlung der Lungentuberkulose haben.
Sehr bemerkenswert ist das, aber auch riskant. Felix macht kein Hehl daraus, weil er der Meinung ist, daß man mit einem, der Arzt und dazu ein Freund ist, anders reden kann als mit einem Laien.
Man kann überhaupt alles anders machen, und so kommt es, daß sie einen ziemlich unorthodoxen, ja, eigentlich unverschämten Plan aushecken. Tressel wird nicht als Patient nach Klosterheide gehen, sondern als Lungenarzt.

Solche Transfers bringt Felix mit seinen Beziehungen fertig. Tressel soll sich, sozusagen unverbindlich, die neue Operationstechnik ansehen und dann selbst entscheiden, ob er unters Messer will. So wird ein als Arzt verkleideter Patient von Perleberg nach Klosterheide geschickt.
Und ein Hund. Weil der Hundenarr Tressel sich nicht von seinem Dackel trennen will. Eher würde er sich von seiner Frau trennen – wenn er eine hätte. Aber dazu hat es ihm bisher an Zeit und Gesundheit gefehlt.
Fähig indes scheint der Neue zu sein. Und von Lungen, Luftwegen und Bronchien versteht er, gemessen an seiner Ausbildungszeit, mehr als man gemeinhin erwarten darf. Aber kann man ihm deshalb eine Station geben, weil er seinen Hund braucht? Stationsärzte dürfen Hunde halten. Ein Glück, daß er Nichtraucher ist. Daß er das wegen seiner linken Lunge geworden ist, kann der Chefarzt nicht ahnen, als er dem Mann eine Station gibt, die er eigentlich nicht leiten dürfte, sondern in die man ihn hineinlegen müßte.

Neben seinen Stationsaufgaben wird Tressel von Chefarzt Dr. Otto sehr bald als Assistierender in die operative Tätigkeit einbezogen. Schnell erkennt er dabei, wie schmal der Grat ist, auf dem die Lungenchirurgie noch wandelt. Es müssen genügend Rippen entfernt werden, um den kavernösen Lungenbereich zum Kollaps zu bringen, zu viele aber erhöhen das Risiko gewaltig. Übersteht der Patient den Eingriff, stehen seine Chancen zur Ausheilung der offenen TB nicht schlecht. Eine Therapie mit Chemotherapeutika gibt es noch nicht.
Unterschwellig kommen Tressel, wenn er den Operationen beiwohnt, Erinnerungsfetzen an Prag. An den Schuß des Freischärlers, der seinen Kopf streifte, und an den russischen Kradfahrer, der ihn in irrwitzigem Tempo zu einem Lazarett brachte, Slalom fahrend zwischen den größten Schlaglöchern, was ihn fürchten ließ, daß sein zertrümmertes Bein auch ohne Sägen abfallen würde.

Wiktor Iwanowitsch, und er hieß tatsächlich so, verdankt er, daß er hier stehen darf und zusehen, wie man 1948 einer bösen Krankheit zuleibe rückt.
Zuleibe. Das ist das Wort. Sie schneiden dir den Brustkorb auf und brechen dir dann die Rippen raus. Aber die wachsen, das ist wie beim Schwanz der Eidechse, nach. Nicht in voller Länge, aber krumm und schief.
Er beobachtet die Genesung der Operierten. Es ist eine Doktor-Eisenbart-Prozedur. Zwei Drittel der Patienten überstehen sie, das ist eine respektable Quote. Der Rest ist Schweigen.
Aber warum schweigen? Jetzt noch?

Günther Tressel beschließt, mit dem Chefarzt von Klosterheide über sein Problem zu reden. Das Jahr ist mit einer entnervenden Kombination von Arbeit und Nachgrübeln zu Ende gegangen, und man schreibt 1949.
»Ich bin nicht sauber aus dem Krieg herausgekommen, Chef.«
Der Chefarzt nimmt in seinem Arbeitszimmer – es ist Mitternacht geworden – einen Schluck Cognac, der zünftiger Luxus in ostzonalen Gefilden ist. Oh, er ist ein viel regulärerer Chefarzt als der, unter dem Tressel zuerst gedient und ihn dann überflügelt hat. Was ihn interessiert, ist der chirurgische Kunstgriff, die Überwindung einer hoffnungslosen Situation.
Deshalb füllt er Tressels Glas nach, und es interessiert ihn überhaupt nicht, daß sein Mitarbeiter nicht sauber aus dem Krieg herausgekommen ist.
»Was wollen Sie? Ich bin an tüchtigen Ärzten interessiert, und Sie sind einer. Wenn bei mir einer unter dem Messer liegt, frage ich nicht, ob er Nazi war, sondern ob ich ihn retten kann. Und fangen Sie mir jetzt bloß nicht von Nächstenliebe an! Vor mir, und ich nehme an, daß das bei Ihnen nicht anders ist, liegt ein hilfloses Bündel Mensch, dem ich, zumindest partiell, Gesundheit zurückgeben will. Mehr nicht, aber auch nicht weniger.«

Er hebt sein Glas, und Tressel kommt nach.
»Ob Sie Nazi waren, ist mir absolut gleichgültig. In unserer Welt zählt nur die Leistung, die wir vollbringen.«
»Sie haben mich falsch verstanden, Chef.« Tressel fühlt den Cognac in der Grube des Magens brennen.
»Ich bin nicht als Nazi aus dem Krieg herausgekommen, sondern als Lungenkranker.«
»Sie?«
Tressel leert sein Glas und hebt die Schultern, und in dieser Geste steckt so viel Resignation, daß der andere fast nüchtern wird, obwohl unter dem Vorgeplänkel die Flasche halb leer geworden ist. Aber die Überraschung schwindet wie der Rest der Flasche. »Gegessene Suppe, mein Lieber! Was wollen Sie mit Schnee von gestern? Interessiert mich überhaupt nicht. Oder wollen Sie sich interessant machen?«
»Überhaupt nicht. Ich habe eine offene Lungentuberkulose.«
»Sind sie wahnsinnig?« Der Chefarzt greift den Hals der Flasche, und Tressel duckt sich. Aber er haut nur ihren Boden auf den Tisch, daß er wackelt. »Sie wollen mir also tatsächlich mitteilen, daß Sie sich hier als Arzt eingeschlichen haben und eigentlich ins Bett gehören?«
»Man kann es so sagen.«
»Es gibt«, sagt der Chefarzt und schaut an ihm vorbei, als ob er mit dem bronzenen Buddha spräche, der fett auf seinem Schreibtisch thront, »zwei Möglichkeiten: entweder sind Sie besoffen, oder Sie reden die Wahrheit, und als Arzt bin ich gezwungen, es herauszufinden. Morgen werden Sie untersucht, und zwar von keinem anderen als von mir, weil ich keinen in einer solchen Scheiße herumrühren lasse, verstehen Sie?«
Tressel nickt und spürt nicht einmal den Galgenhumor, der in seinen Augen steht. »Es geht in der Tat keinen was an, aber ich weiß, daß ich es Ihnen längst hätte sagen sollen.«
»Man wird sehen, mein Freund! Ungestraft hat mich

noch keiner verarscht, und jetzt hauen Sie ab!« Er stützt den Kopf in die Hände und schließt die Augen. Nach rüdem Hinausschmiß soll es klingen, aber als er allein ist, sieht er aus wie einer, der mit einer Mischung aus grimmiger Entschlossenheit und Hilfsbereitschaft das Messer wetzt.

Zwei Tage später setzt er das Skalpell an Tressels Brust an. Arzt und Patient sind überzeugt von der Notwendigkeit. Der Chef hat diagnostiziert, wie stark der linke Lungenflügel von der Tuberkulose befallen und daß der Anlaß zur Operation gegeben ist, der andere hat seine Chance erkannt. Sie steht, wie er durch seine Tätigkeit weiß, mit 2 : 1 vergleichsweise positiv, und wenn er das nicht riskiert, hätte er auch nichts mehr zu riskieren brauchen, als der Krieg in Prag für ihn zu Ende ging.
Und wieder erinnert er sich an den Schuß, der seinen Kopf streifte. Und an den russischen Kradmelder, den er nur flüchtig kennenlernte, der aber mehr für ihn getan hat als viele, die sich Freunde nennen.
Die Männer in der Prager Villa vom Hradschin. Wo sind sie geblieben?
Das sind seine letzten Gedanken vor dem Dämmerschlaf.
Acht Rippen büßt er ein. Das ist eine so große Anzahl Knochen, daß man ein stattliches Rehbockgehörn daraus machen könnte. Hat der liebe Gott nicht mit einer einzigen davon die Eva gemacht, oder war es umgekehrt? Biblische Anatomie bringt Günther Tressel nicht mehr zusammen, als er nach dem Eingriff erwacht, aber er spürt den ganz langsamen Wiederbeginn seiner Denkprozesse und genau das gleiche, was er unter einem dunklen Torbogen in Prag empfand, als sie ihm nach dem Streifschuß den Kopf verbanden. *Cogito ergo sum*. Ich denke, also bin ich. Wie unter einer Decke mit Frankreichs großem Denker Descartes fühlt er sich.
Aber das ist vorbei, als sie ihm seinen Hund bringen. Den Dackel Wiktor. Getauft hat er ihn nach dem russischen

Retter, der mit ihm auf dem Sozius nach Chemnitz raste, als ob es nichts Wichtigeres zu tun gäbe für einen Teilhaber am großen Sieg.

Die Genesung entsprach der Präzisionsarbeit des Chefarztes. Aus Ostpreußen konnten keine Glückwünsche kommen, weil die Eltern tot waren. Tressel wußte es inzwischen, ohne Details zu kennen. Hingegen hatte er bei den Verwandten in Perleberg viel über den Onkel Karl David Eisemann erfahren, der in Karlsruhe wieder in Amt und Würden war und ihn auch zur gelungenen Operation beglückwünschte. Wie es ihm seinerseits als Jude gelungen war, den Krieg zu überstehen, blieb einstweilen ein Rätsel, das nur ein Zusammentreffen lösen konnte.
Und daran war Günther Tressel sehr interessiert.
Aber erst mußte er gesund werden. Er erholte sich in einem Tempo, das jedermann verblüffte. Schon nach drei Wochen wollte er seine Station wieder übernehmen, aber der Chefarzt winkte ab: »Sei nicht blöd, Junge! Jeder hier weiß, wie tüchtig du bist, aber zuerst mußt du an dich selbst denken. Was glaubst du, was unsere Funktionärsbonzen in einer solchen Situation an Genesungsurlaub herausschinden würden! Erst gestern habe ich einem zwei Monate attestiert, obwohl er quietschfidel ist. Du hast doch nichts gegen einen kleinen Urlaub, oder?«
»Es wäre mein erster seit dem Krieg.«
»Siehst du, dann werden wir das organisieren. Es gibt nichts Besseres als Waldluft für die Lunge, und deinem Dackel tut's auch gut.«

Dieser Urlaub wurde Tressels schönste Zeit in der sich in diesem Jahr 1949 konstituierenden Deutschen Demokratischen Republik.
Und schnell gesellte sich zum Parfüm der Freiheit das der Frau, weil die Gesundheit eine Zwillingsschwester der natürlichen Triebe ist.
Man telefonierte damals nicht, sondern man schrieb, und

die Schulfreundin Ulla, jetzt in Penzlin wohnend, erhielt einen Brief von Dr. Günther Tressel zwecks Auffrischung der alten Bekanntschaft in Klosterheide bei Rheinsberg, was beim Schreiben sowohl Tucholsky-Assoziationen als auch prickelnde Erwartung auslöste.
Acht Tage später, Tressel hatte schon wieder den Dienst in der Klinik aufgenommen, war sie da; strahlend, ja sogar schöner und jünger, als er sich's erträumt hatte.
Es war der Coup de foudre. Neun Jahre waren ins Land gegangen, und was für welche! Manchem flotten Teenager war da der Lack abgesprungen, aber was ihn anlachte, nahm ihm die Luft, die er nur noch mit einem Lungenflügel bezog. Ulla sah aus wie zwanzig, und jeder hätte ihr ein soeben bestandenes Abitur abgenommen.
Und die Verlegenheit machte sie noch hübscher. Bloß, sie wollte nicht weichen, und das fand er ein bißchen unnatürlich, als sie in einem Café am Bahnhof den Begrüßungstrank hinter sich hatten. Bei jeder Frage wurde sie rot, und in der Hand zitterte die Zigarette.
Und dabei hatte er sie auf seine Bude nehmen wollen und gar kein Hotelzimmer reserviert. Sich vergeblich um eines bemüht zu haben war 1949 eine durchaus glaubhafte Behauptung.
Und so, wie sie aussah, konnte auch keine Entjungferung anstehen.
Dafür hatte er einen Blick. Ebenso auffällig aber war, daß etwas nicht stimmte.
Verheiratet?
Natürlich, das mußte es sein. Im letzten Moment verkniff er es sich, sich mit der flachen Hand auf die Stirn zu schlagen. Aber anstatt zu fragen, dachte er, kommen lassen. Mit herber Enttäuschung, die ihr nicht entging.
Und dann kam, nach dem zweiten Glas chemischen Orangensaftes, der verrückteste aller Befreiungsschläge. Tressel war's plötzlich, dem das Blut in den Kopf stieg, dem die Sprache wegblieb.
»Ich bin gar nicht Ulla.«

Es war eher gehaucht als gesprochen, und die unter dem langen Blondhaar scheu lächelnden Augen wurden feucht, weil sie seine Enttäuschung erkannt hatten.
»Aber ... aber ...« Mehr brachte er nicht heraus, und erst als er ihr mit wackelndem Steichholz eine neue Zigarette angezündet hatte, kam der Satz, in dem eine gewisse Logik steckte: »Aber ich habe dich doch erkannt!«
Er gab ihr Boden unter die Füße, und ihr Lachen klang heller. »Weil ich Ullas Schwester bin, Günther!«
»Die ... die Waltraud?«
»Wer sonst? Sie hat nur eine.«
Neue Pause. Aber dann lachte er so schallend, daß sich alle Köpfe drehten. Verwundert, belustigt und auch indigniert, weil man in einem öffentlichen Café gewisse Regeln des Anstands zu beachten pflegt.
»Du bist mir vielleicht eine! Aber warum ist Ulla nicht gekommen?«
»Sie hat vor vier Wochen geheiratet, aber ich habe gedacht...«, sie zögerte, »nun ja, ich habe gedacht, es wäre nicht schlecht, dich wiederzusehen. Außerdem war da noch eine alte Rechnung zu begleichen.«
»Eine alte Rechnung?« Fast dümmlich wurden seine Augen, die geblitzt hatten über ein unverhofftes Geschenk.
»Aber ja! Hast du mich vielleicht beachtet, als du mit Ulla poussiert hast? Und nicht zu knapp, das weiß ich ja.«
»Du warst ja viel zu jung!«
»Ich war dreizehn, bitteschön!«
»War doch wohl ein bißchen wenig, oder?« Er lachte wieder, aber leiser, und ließ die Freude seinen Augen.
»Aber nicht zu wenig, um eifersüchtig zu sein!«
»Weißt du was? Ulla hätte keine bessere Idee haben können, als zu heiraten. Und damit ist doch eigentlich alles gesagt, oder?«
Lange, bevor es dunkel wurde, wußte er, daß er auf den Trick mit dem Hotelzimmer, das nicht zu bekommen war, verzichten konnte.

Sie heirateten 1951. Und sie konnten sich's leisten, denn ein Jahr zuvor war Tressel von Professor Brugsch an die Ostberliner Charité geholt worden. Sauerbruch lebte noch, ließ sich aber nur noch selten sehen. Felix hatte die Hände im Spiel gehabt. Manchmal fragte sich Tressel, in welchem Spiel er sie nicht hatte.
Die Charité aber war ein Monument. Ihr weltweiter Ruf stützte sich auf Professoren wie Virchow, Koch, Krauss, Behring und Bergmann, bevor Sauerbruch gekommen war, und nun Brugsch, der nicht zögerte, dem jungen Tressel eine Station anzuvertrauen. Es war wie ein Sprung vom Wanderzirkus ins Staatstheater.

Und es gab noch andere Unterschiede. Ein Auto konnte er sich leisten, was zu Anfang der fünfziger Jahre selbst im Westen ein bemerkenswerter Luxus war. Das Wirtschaftswunder dort lief noch in Kinderschuhen und nicht auf Reifen. Zwar war der Opel, Baujahr 38, ein klappriger und asthmatischer Patient, aber er fuhr, und wenn er sich weigerte, ließen sich problemlos Ersatzteile in Westberlin beschaffen. Außerdem gab es damals noch Mechaniker mit Sachverstand und Fingerfertigkeit, die Wunderdinge zustandebrachten.
Tressel, der seinen Hund Wiktor getauft hatte, gab dem Wagen den Namen Charité, was auf Deutsch Barmherzigkeit bedeutet.
Das ist so ziemlich das Gegenteil von Unverfrorenheit.
Westberliner tranken nun ihr Bier in den östlichen Kneipen der Stadt, weil es eine Währungsreform gegeben hatte, die ihnen finanzielle Vorteile einbrachte, von denen man in der Bundesrepublik nur träumen konnte. Man gewann enorm beim illegalen und völlig gefahrlosen Umtausch von West- in Ostmark, was die Westberliner Hausfrau ihre Stammfriseuse vergessen ließ und ihr drüben im Osten Dauerwellen für einen Spottpreis verschaffte. Zwei Währungen, eine kräftige und eine rachitische, ließen unzählige Westberliner Geschäftsleute stöhnen.

Nicht so Günther Tressel. Er genoß West- und Ostwind, die ihm nur noch eine Lunge füllen konnten, und da er, rings um den Kurfürstendamm, über Freunde verfügte, die nachwuchsen wie seine abgesägten acht Rippen vor der ausgeschalteten Lunge, gehörte er zu den Zufriedenen in der eigenartig gewordenen Berliner Luft.
Er nannte das, was ihm geschehen war, die Entrippung. Und oft genug ging er zum Röntgenologen, um die Stabilität seiner Gesundheit zu prüfen und das anschließend mit dem Kollegen zu begießen.
Das waren Dinge, die seine Beliebtheit vergrößerten. Nicht jeder Doktor der Charité besaß den Einfallsreichtum eines Günther Tressel, wenn's um besonders begehrte westliche Waren ging. Wenn sie dank seiner Geschicklichkeit im Beschaffen kneipten, ließen sie es sich nicht nehmen, aus dem, was er die Entrippung nannte, die Enttripperung zu machen, weil es sich herumgesprochen hatte, daß er mit einer Arbeit über venerische Krankheiten promoviert hatte.
Was logischerweise auf einen eigenen reichen Erfahrungsschatz schließen ließ.
Das machte ihn, weil er nicht empört protestierte, zum Lebemann. Entweder war das Wort Playboy noch nicht erfunden oder noch nicht über den Atlantik gedrungen. Im übrigen empfand er, im Gegensatz zu manchem Kollegen, keinen Westdrall. Er nahm seinen Beruf ernst, aber Geborgenheit im Reichtum hatte keine Bedeutung für ihn.
Nicht, daß er sich als Albert Schweitzer gefühlt hätte. Aber er sah auch unter den Kollegen kein Exemplar dieser Sorte und erkannte, daß sogar der Arzt, bei klugem Abwägen aller Gegebenheiten, sich selbst der Nächste ist. Ulbricht wirkte kräftig mit an diesem Credo. *Du bist nichts, die Partei ist alles!* Hatte man das nicht schon bis zum Überdruß von Adolf gehört? War man als Deutscher lebenslänglich zu hirnrissigem Kadavergehorsam verdammt?

Sechzig Ärzte arbeiteten in den medizinischen Kliniken der Charité, und genau zwei waren SED-Mitglieder. Möglicherweise zur Überwachung eingeschleust, aber das war nicht sicher. Denn als Ärzte waren sie unantastbar. Wie alle anderen. Die Charité ließ sich nicht beliefern, sondern selektierte.
Achtundfünfzig Individualisten arbeiteten beinahe problemlos mit den beiden Parteigenossen.
Manchmal durften die sogar mitkneipen, und es schien, als ob sie sich darüber freuten.
Aber das war eben auch nicht sicher.
Sicher war nur, daß man als Arzt in der Charité vergleichsweise unbehelligt blieb.
Günther Tressel, der solche Mühe gehabt hatte, an sein Staatsexamen zu kommen, gefiel es. Und er gab, ob es einer der beiden Parteigenossen hörte oder nicht, seine schnoddrigen Kommentare über die Regierung ab, die offenbar keine anderen Sorgen hatte als die Erhöhung der Arbeitsnormen bei gleichbleibenden Löhnen und damit gleichbleibendem Lebensstandard.
Und der war mies genug. Man brauchte keine Brille, um das zu sehen, wenn man sich hinauslehnte aus den Fenstern der Charité. Also war was faul. Wiederaufbau wurde gefordert wie im Westen. Aber ohne Belohnung.
Und stetig.
Das konnte nicht gutgehen, weil bald die Grenzen erreicht wurden. Wiederaufbau? In Ordnung. Doch Normales muß mit Normalem vergolten werden. Wenn der Mann auf der Straße merkt, daß die ihm versprochene Prosperität ein Privileg der Bonzen ist, wird er sauer.
Leicht war indes zu beweisen, daß in der Charité täglich die Normen übererfüllt wurden. Aus Gründen der Humanität, die sogar der Diktator anerkennt, der sich an Gesunden reibt. Tressels Credo war deftig: Der Arzt ist für seine Patienten da, aber der Staat kann ihn am Arsch lecken.

Ein Wiedersehen mit Folgen

»L'Etat c'est moi!« Keiner hat diesen Ausspruch von Ludwig dem Vierzehnten von Frankreich weniger auf sich bezogen, als Leo Wohleb, den die Franzosen 1946 zum Staatspräsidenten Südbadens machen, weil er keine Nazivergangenheit hat und ihnen als fähiger Mann erscheint. Es gibt noch keinen Südweststaat, aber Ordnung muß einkehren im besiegten Land. In diesem Zipfel Deutschlands, der, so wie die Dinge liegen, von Berlin weiter entfernt ist als der Mond, haben die Franzosen das uneingeschränkte Sagen. Und es steht ihnen zu, weil sie viel mitgemacht haben in den vier Jahren deutscher Besatzung. Die neuen Herren haben erst einmal viel Schwarzwald abgeholzt. Einfach mit dem vergeltenden Tomahawk, weil so etwas sichtbar ist. Danach haben sie in dem ans Elsaß grenzenden Baden demontiert, was zu demontieren war. Es ist leider kein Ersatz für das benachbarte Württemberg, in dem mehr Industrie sitzt, und das ihnen die Amerikaner zum größten Teil weggenommen haben. Sie lassen ihnen sozusagen nur eine Feder vom Hut, den sie sich, mit einer gewissen Berechtigung, selbst aufgesetzt haben.
Regieren ist nicht das Wort für Leo Wohlebs Tätigkeit. Residieren schon eher, und mit ihrem Flair für Grandeur überlassen die Franzosen ihm dazu das Freiburger Loretto-Schlößchen. Ihr eigenes Hauptquartier schlagen sie im unzerstörten und eleganten Baden-Baden auf, und Wohlebs Arbeitszimmer ist bescheidener als das eines französischen Generals. Südbadens erster Staatspräsident gleicht hinter seinem schmucklosen Schreibtisch, auf dem sich die Akten ebenso stapeln wie in den Regalen an den hohen Wänden, eher einem Kanzleichef.
Der Frieden setzt Aufarbeiten des Krieges voraus. Man

hat manche Nazis eingesperrt, andere aber haben sich eingegraben und äugen vorsichtig aus ihren Löchern. Doch es gibt auch die Forschen, die schon kollaborieren mit den Franzosen und erstaunlich erfolgreich bei ihrer Metamorphose sind. Auf keiner Kriegsschule wird gelehrt, wie Besatzer nach einem solchen Krieg vorzugehen haben. Entnazifizierung heißt das neue Schlagwort, und man braucht deutsche Helfer dazu.

Nicht jeder ist brauchbar, aber man sagt dem Staatspräsidenten, daß ein gewisser Karl David Eisemann alle Voraussetzungen mitbringe. Deshalb hat ihn Leo Wohleb zu einer Besprechung ins Loretto-Schlößchen gebeten. Auch der französische Geheimdienst ist interessiert daran. Deuxième Bureau nennt er sich, oder auch ganz schlicht Sûreté, also Sicherheit.

Und sicherheitshalber ist wohl auch ein Offizier im Zimmer, als Karl David Eisemann eintritt und vom Staatspräsidenten begrüßt wird. Er nimmt den Major erst wahr, als er im Besuchersessel vor dem Schreibtisch sitzt, weil der in der einzigen Ecke des Zimmers steht, die nicht von der Sonne beschienen wird. Und er dreht ihm, ein dickbäuchiges Buch aus einem Regal greifend, den Rücken zu. Es sieht wie eine beabsichtigte Geste der Mißachtung aus.

Aber beabsichtigt ist Überraschung. Als sich der Mann umdreht und auf ihn zugeht, springt Eisemann hoch, und in der nächsten Sekunde umarmen sich die beiden Männer zur höchsten Überraschung des Staatspräsidenten.

Der Major Jordan hat die Sache eingefädelt, aber verschwiegen, daß er ein alter Straßburger Schulkamerad Eisemanns ist. 1918, als Eisemann mit seiner Mutter nach Deutschland ging, hat Jordan zusammen mit seinen Eltern für Frankreich optiert. Jordan kann man sowohl deutsch als auch französisch aussprechen. Ein sehr praktischer Name für einen zweisprachigen elsässischen Juden.

»Sacré David! Wie hast du's bloß geschafft, durch den Krieg zu kommen!«

Eisemann schaut mit einem hilflosen dünnen Lächeln zu

Jordan hoch. Ein stattlicher Mann ist er in seiner khakifarbenen Uniform und den Reithosen, und fast um Haupteslänge überragt er ihn.
»Hauptsache, ich bin durchgekommen, oder? Darüber reden wir später. Ich bin in einer besonderen Angelegenheit hier.« Er wechselt ins Deutsche über und dreht wie entschuldigend den Kopf zu Wohleb, der sich von seiner Überraschung zu erholen beginnt.
Aber der andere, geübter Besatzer schon, nimmt solche Rücksichten nicht. »Deine besondere Angelegenheit«, sagt er lachend und beim Französischen bleibend, »kenne ich. Habe sie ja eingefädelt.«
»Du?«
»Bien sur! Ich bin vom Deuxième Bureau und werde zusammenarbeiten mit dir.«
»Entnazifizieren?«
»Was sonst? Glaubst du, daß man eine solche Angelegenheit phantasielosen Troupiers überlassen kann, die außer Schießen nichts können? Die haben ihre Schuldigkeit getan, aber jetzt werden Köpfe gebraucht, die denken können, begreifst du das?«
»Wenn du glaubst, ich hätte die Nazis und den Krieg ohne Hirn überstehen können, täuschst du dich.«
Er läßt sich wieder in den Sessel fallen, und Jordan runzelt die Stirn.
»Du willst wohl nicht?«
»Wenn du mich so fragst, muß ich dir ganz offen sagen, daß ich keine große Lust habe. Da gibt's Geeignetere als mich.«
»Jetzt aber Schluß!« Jordans Augen werden schmal und seine Faust saust auf den Schreibtisch, hinter dem Südbadens Staatspräsident sitzt.
»Aber, aber, meine Herren!« Der hat nicht alles verstanden, aber es sieht ihm nicht so aus, als ob die Pläne für eine Entnazifizierung Fortschritte machten. Und er merkt wieder einmal, wie wenig er eigentlich zu sagen hat. Doch er muß es probieren.

»Ich will Sie ja nicht in Ihrer Unterhaltung stören, aber ich fürchte, daß wir so nicht weiterkommen. Als profunder Kenner der ... hm, sagen wir mal, speziellen Verhältnisse hat sich Herr Eisemann der provisorischen Regierung zur Verfügung gestellt.« Er deutet ein Lächeln an und sucht die Augen des kleinen Mannes, der fast verschwindet im mächtigen alten Lehnsessel. »So ist es doch, nicht wahr?«
Umständlich und wie um Zeit zu gewinnen, zündet Eisemann sich eine Zigarette an. Und erst nach drei Zügen antwortet er so leise, daß Wohleb sich vorbeugen und die Hand ans Ohr legen muß:
»Ich habe mich zur Verfügung gestellt, aber mein Verstand und meine Kenntnisse der Jurisprudenz sagen mir, daß da eine Farce anläuft.«
»Eine Farce? Die Amerikaner sind schon weiter als wir, und mit Erfolg, wie mir scheinen will.«
»Hm.« Eisemanns Lächeln ist kühl und sarkastisch. »Man nehme einen Fragebogen und lasse Kreuzchen darauf machen. Wer will Lüge von Wahrheit unterscheiden? Übrigens wäre es das gleiche Spielchen«, er schaut dem Major Jordan, der sich vorne jetzt mit einem »sch« wie Schule und hinten mit einem Nasallaut ausspricht, voll ins Gesicht: »Die Franzosen geben sich heute alle als Widerstandskämpfer aus und halten alle Deutschen für Nazis.« Und nach einer kleinen Pause an Wohleb gewandt: »Wenn ich recht unterrichtet bin, trinken die Ostexperten von Hitlers Sicherheitsdienst bei den Amerikanern Bohnenkaffee und essen dazu Weißbrot mit Erdnußbutter, und kein Schwein will wissen, ob sie Nazis waren, obwohl der Beweis auf der Hand liegt.«
»Was wollen Sie damit sagen?«
»Daß mit zweierlei Maß gemessen und die ganze Sache mit einer Naivität gehandhabt wird, über die ich nur lachen kann.«
»Und was schlagen Sie vor?« Der Staatspräsident rutscht nervös von einer Sesselkante zur anderen, obwohl ihm

seine Frau empfohlen hat, den guten alten Hosenboden zu schonen, weil er schon glänzt.

Aber jetzt wird es dem Major Jordan zu bunt, und er brüllt Eisemann patriotisch und französisch an: »Ich kann beweisen, daß ich im Widerstand war!«

»Glaub ich dir, glaub ich dir aufs Wort, lieber Freund!« Das schmächtige Männlein wird ein bißchen größer in seinem Sessel und lächelt den zur Entnazifizierung angetretenen Widerstandskämpfer an. »Ich weiß sogar, daß ihr eure Gefängisse mit Kollaborateuren gefüllt habt bis unter die Dächer. Aber die Großen und Schlauen sind auch euch durch die Netze geschlüpft, und kein Haar anders wird es hier sein. Ich kenne Nazis, die längst ihren Persilschein haben und nun in französische Ärsche kriechen. Oder schau dir den schwarzen Markt hier in Freiburg an: Opportunisten, die reichlich Dreck am Stecken haben, macht er fett, und den kleinen Mann, der für ein paar Zigaretten oder ein bißchen Butter gibt, was er hat, macht er arm. Und nun kommt eure Durchleuchtung. War er Nazi?«

»Könnte uns immerhin interessieren, oder?« Jordans Stimme ist schneidend und der Blick so kalt, daß der Staatspräsident wieder zu rutschen beginnt.

»Ich will dir mal was sagen, und ich erlaub's mir, weil ich hier vom Anfang bis zum Schluß alles mitgemacht habe.«

»Weiß ich doch. Heb dir's für später auf!«

»Ja, aber vielleicht weißt du nicht, daß ich 1933 bei den Franzosen Hilfe suchte und rausflog.«

»Gehört das hierher?«

»Warum nicht? Jedenfalls wollte die Grande Nation, die jetzt ihre Satisfaktion will, was ich für legitim halte, wenn sie's richtig anpackt, den armen Juden nicht. Und dann hat der arme Jude in Deutschland erlebt und begriffen, daß der kleine Mann keine Chance hatte, im Sog von Propaganda und Vergeltungsmaßnahmen, wie sie die Welt noch nie erlebt hat, dem teuflischen System zu trotzen. Meuterei gegen die Nazis bedeutete Tod, und es

hätte, grob gerechnet, einer Zahl von dreißig oder vierzig Millionen Helden bedurft, um die Bande abzuwürgen. Aber die gibt's halt nicht. Arrangieren ist leichter als sterben. Als Hitler einmal an der Macht war, war's eben zu spät, und was ihr den Deutschen deshalb beibringen müßt, ist Demokratieverständnis. Und austreiben müßt ihr ihnen den Kadavergehorsam.«
»Das Wort«, schreit Jordan, »paßt herrlich zu deinem Geschwätz! Es gibt kein besseres! Ist diese ungeheuerliche KZ-Welt nicht übergequollen von Kadavern? Haben sie nicht zum Himmel gestunken und hat nicht jeder die Augen zugemacht und die Nase zugehalten, weil dieser hirnrissige Teppichfresser Hitler gehorsame und gleichzeitig überhebliche Dummköpfe unter blonden Strohdächern gezüchtet hat!«
»Es ist«, sagt Eisemann ruhig, »viel dran an dem, was du sagst. Ich habe dich schon in der Schule dafür bewundert, daß du nicht nur körperliche, sondern auch geistige Kräfte einzusetzen verstandest.«
Der Major weiß nicht recht, ob er gelobt oder verspottet wird, entschließt sich aber zur Annahme des Lobs, und sein Ton wird moderater. Sogar ins Deutsche wechselt er wieder über, weil da schließlich ein Staatspräsident sitzt, der sich keine Privatfehde zwischen einem deutschen und einem französischen Juden bestellt hat.
Leo Wohleb sitzt wieder ruhiger auf seines Stuhles Mitte.
»Wir sollten uns, meine Herren, jetzt einig werden über die wertvolle Hilfe, die uns Herr Eisemann leisten kann.«
Sie sind wirklich die Herren, denkt er, und empfindet wieder das Eunuchenhafte seiner Position.
Der Major nimmt Platz und zündet sich eine Zigarette an, ohne die Packung weiterzureichen.
»Ich höre.«
»Nun, mit einem erledigten Fall kann ich dir schon dienen.« Eisemann sagt es mit einer Mischung aus Ironie und Zynismus und greift nach seinen eigenen Zigaretten.
»Der Leiter des Karlsruher Judendezernats, ein nicht un-

bedeutender Mann der Gestapo, hat sich vor einigen Wochen umgebracht.«
»Wir haben ihn aufgestöbert, und er wird gewußt haben, warum er Schluß gemacht hat.«
»Mit Sicherheit. Aber ich hätte ihn, so verrückt es klingen mag, versteckt.« Eisemann hat sich aufgerichtet und hält ihnen die offenen Handflächen entgegen wie die Waagschalen der Justitia. »Oh, ich weiß! Paßt nicht ins Bild. Aber der Mann hat mich nicht nur viele Juden in die Schweiz bringen lassen, sondern mir auch das Leben gerettet. Und woher soll, bitteschön, der aufrichtigste und vernünftigste Entnazifizierer wissen, was der an Befehlen, die aus Berlin kamen, in den Papierkorb geworfen hat? Das ist eben einer dieser Fälle, die anders als mit Übereifer und Rachsucht zu behandeln gewesen wären.«
Die Pause, die folgt, wird größer, weil der Major nicht aufbraust und der Staatspräsident keinen Fehler machen will. Im Halbdunkel, mit dem sich die untergehende Sonne verabschiedet im Westen, da, wo Frankreich liegt, sitzen drei Männer, von denen jeder die Aufgabe, der sie gegenüberstehen, aus einer anderen Optik sieht.
Schließlich bietet Jordan Zigaretten an. Es wirkt wie eine verlegene Geste der Versöhnlichkeit, weil man nun einmal im gleichen Boot sitzt und einen gemeinsamen Kurs steuern muß. Ein Deutscher, der Staatspräsident geworden ist, weil man ihm die Bewältigung dieser Aufgabe zutraut, und der den Krieg überstanden hat, ohne sich die Weste zu beflecken; ein deutscher Jude, der kaum glaubliche Klippen umschifft hat mit Hilfe eines Deutschen, der bis zum Hals im Dreck steckte; und schließlich ein französischer Jude, der mit dem deutschen Juden in eine Straßburger Schule gegangen und dann in den Untergrund getaucht ist, als die Deutschen Frankreich besetzten. Jetzt ist er Major im Geheimdienst und auf sehr natürliche Weise davon besessen, Aufgaben zu lösen, die sich angestaut haben.
Die drei ungleichen Männer im gleichen Boot begreifen,

daß sie sich auf einen Kurs ohne Lotsen einigen müssen, weil ihnen niemand einen beschaffen kann.

Sie brachten die Arbeit hinter sich, und jeder hatte seine Genugtuung und seine Enttäuschung dabei. Aber das waren keine Themen zwischen ihnen. Eisemann, der weit mehr jüdische Ironie besaß als Jordan, der trutzige Jäger, bescheinigte dem Major den Abschuß manch kapitalen Bockes, was den Major knurren ließ; aber sie waren vernünftig genug, um unnötige Konfrontationen und Komplikationen zu vermeiden. Und schließlich machte sogar Jordan manchen zum straffreien Mitläufer, weil die Probleme des Wiederaufbaues nicht allein von einer amorphen Masse ohne Initiative gelöst werden konnten. Er begriff, daß ein Unternehmer, der Schriften für die Nazis gedruckt hatte, durchaus auch Schriften für die Franzosen drucken könne, ohne daß die Maschinen explodieren würden. Außerdem beschaffte ein solcher Mann Arbeitsplätze wie auch andere Unternehmer, die das Parteiabzeichen ablegten und ins Wirtschaftswunder hineinschlüpften wie in einen maßgeschneiderten Handschuh. Selbst Jordan kam nicht umhin, sich die Frage zu stellen, wie die Besiegten ohne Leute dieses Schlages wieder Boden unter die Füße bekommen sollten.
Eisemann hatte ihm klarmachen können, daß praktische Tüchtigkeit nicht unbedingt gleichzusetzen sei mit Opportunismus, daß aber diejenigen, die beides vereinten, sehr schnell oben schwammen in einem immerhin wieder klarer werdenden Wasser. Natürlich wußte Eisemann auch um die Bedeutung der amerikanischen Hilfe und den Neid, den sie in Frankreich hervorrief. Er sah es mit der Nüchternheit eines Philosophen, wie er auch das eitle Selbstverständnis der neutralen Schweiz betrachtete, die ihm mit heuchlerischer Barmherzigkeit genug Schwierigkeiten gemacht hatte beim Einschleusen jüdischer Flüchtlinge.
Zur Normalisierung der Lebensumstände in den westli-

chen Besatzungszonen gesellte sich allmählich ein schüchtern und bald auch kräftig wachsender Wohlstand, an dem Karl David Eisemann, als Richter wieder in Amt und Würden, zwar nicht partizipierte wie alerte Unternehmer, sich aber durch eine demokratische Staatsführung dafür reichlich entschädigt sah.
Seine Frau Erika konnte sogar Pakete mit Lebensmitteln und Kleidern in das andere Deutschland schicken, das man *Die Zone* nannte. Auf ihrer Liste stand auch der Neffe Günther Tressel, inzwischen Stationsarzt in der Berliner Charité.
Er war sicher kein Notfall. Ihm schickte man eher mal eine modische Jacke statt der Kaffeebohnen, weil anzunehmen war, daß die Charité ihre Ärzte nicht verkommen ließ.
Aber darum herum sah's schlimm aus. Stalins Tod hatte nicht die erhoffte Kursänderung im Kreml gebracht, ja, es war, als ob Ulbricht darauf brenne, jetzt noch gnadenloser die verlängerte Faust des Diktators zu spielen. Die Menschen, die Hitler losgeworden waren und aufatmen wollten, wurden in einem tristen Alltag zu immer höheren Normerfüllungen gezwungen, und es gab weniger Waren für das geringe Geld, das sie verdienten. Dafür wurden sie mit einer Propaganda berieselt, die sie, je nach Temperament, wütend oder müde machte. Bald mochte niemand mehr die überdimensionalen roten Transparente sehen, die von den ruhmreichen Errungenschaften unter Kommunismus und Sozialismus kündeten.
»Man müßte«, sagte Karl David Eisemann eines Tages zu seiner Frau, »sich einmal ein Bild machen und Günther besuchen.«
Der Plan war schnell gefaßt. Man beschloß, den Besuch brieflich für Ende Juni anzukündigen.

Später haben sie sich gefragt, ob es mit Telepathie zu tun hatte. Tatsache ist, daß Günther Tressel, als die Eisemanns ihren Brief schrieben, ein ähnliches Gespräch mit

seiner Frau hatte. Malenkow, neuer Chef im Kreml, gestattete die Ausgabe von Interzonenpässen, die DDR-Bürgern Verwandtenbesuche im Westen ermöglichten. Nicht jeder Antrag mochte genehmigt werden, weil Ulbrichts Bürokraten es sich nicht nehmen ließen, eigene Entscheidungen zu fällen, wo sie durften. Aber für die Ärzte der Charité war die Sache einfach.
»Wir sollten mal nach Karlsruhe fahren«, sagte Tressel. »Mit dem Auto, versteht sich, damit wir einen Eindruck von der Bundesrepublik kriegen. Westberlin ist doch bloß ein Schaufenster, und vielleicht lassen sie es nur glitzern, damit wir uns ärgern.«
Waltraud Tressel war begeistert, doch sie dachte auch praktisch: »Billig wird's nicht werden beim schwachen Kurs unserer Mark.«
»Bah! Wir können mit Sicherheit beim Onkel wohnen. Richter sind hier wie dort keine armen Schlucker!«
»Aber pingelig. Ich meine, Paragraphenreiter und so.«
»Den halte ich für einen flotten Herrenreiter, der über Paragraphen eher springt, als daß er hängenbleibt an ihnen.«
»Und woher willst du's wissen?«
»Ich hab's einfach im Gefühl und bin neugierig, ob's stimmt.«
»Gut, dann laß uns schreiben.«
»Wozu? Einfach vor der Tür werden wir stehen. Du lernst die Leute am besten kennen, wenn sie unvorbereitet sind. Wenn er uns rausschmeißt, war's eben eine Studienreise mit interessanter Lektion, aber ich bin Optimist.«

Charité, 17. Juni 1953

Er war's zu früh. Während sie die Reise vorbereiteten, ereignete sich etwas, das die junge Deutsche Demokratische Republik, ihre Schutzmacht und den Westen so unvorbereitet traf, daß die Welt zitterte.
Es war der Aufstand am 17. Juni 1953.
Eine neue, besonders schroffe Erhöhung der Normen ohne Erhöhung der Löhne hatte ihn ausgelöst, und im hölzernen Parteideutsch der »Tribüne«, des Organs des Freien Deutschen Gewerkschaftsbundes vom 16. Juni 1953, las sich das so:
«Jawohl, die Beschlüsse über die Erhöhung der Normen sind in vollem Umfang richtig. Gestützt auf das unbedingte Vertrauen der Bevölkerung zu ihrer Regierung, haben das Politbüro, das Zentralkomitee der SED *und die Regierung der Deutschen Demokratischen Republik offen vor dem ganzen Volk einige Fehler der Vergangenheit in ihrer Arbeit dargelegt und sofort Maßnahmen eingeleitet, die einer entschiedenen Verbesserung der Lebenshaltung aller Teile der Bevölkerung der Deutschen Demokratischen Republik dienen. Weil aber all das davon abhängt, inwieweit wir die großen Aufgaben des Fünfjahresplanes auf der Grundlage eines fortgesetzten Anwachsens der Arbeitsproduktivität bei strengster Sparsamkeit erreichen können, gilt es, den Beschluß des Ministerrates über die Erhöhung der Arbeitsnormen um durchschnittlich 10 Prozent bis zum 30. Juni 1953 mit aller Kraft durchzuführen.»*

Möglicherweise wäre es nicht zur Katastrophe gekommen, wenn Regierungskreise Tage zuvor nicht mit provozierender Souveränität das Rumoren der Männer überhört hätten, die die neue Prachtstraße zu Ehren des ver-

haßten Diktators zu bauen hatten, die Stalinallee. Von einer kaum faßlichen Unerbittlichkeit war das Tempo, das der Stalinist Ulbricht forderte; von unverschämter Kargheit waren die Löhne, die er dafür bot.
Aber Ulbricht hatte schon mehr ertrotzt, und ein paar Funken waren kein Feuer für ihn. In seiner Moskauer Emigration hatte er erlebt, wie grausam Stalin zupackte, wenn er es für nötig hielt. Walter Ulbricht, sein Musterschüler, tat die Sache ab, ohne die sächsische Fistelstimme zu strapazieren. Die Fünkchen, die da in der neuen Prachtstraße sprühten, würde die Staatsraison austreten. Mit dem Absatz würde sie es tun, und die Reste mit der Stiefelsohle planieren. Man hatte seine einschlägigen Erfahrungen mit subversiven Elementen oder auch mit nur Unzufriedenen. Wo gab's die nicht?
Hatten sie vielleicht Führung und Planung? Absurder Gedanke, daß solches außerhalb der allmächtigen Partei möglich wäre.
»Kommen lassen«, sagte Ulbricht.
In der Tat bewahrte die Hauptstadt, gegen Westberlin nicht abgeschottet, sondern durchlässig wie ein Sieb, eine Ruhe, die Ulbricht lächeln ließ über die rumorenden Schwachköpfe von der Stalinallee. Sagte nicht allein der Name seines Bauvorhabens, daß gerade dort nichts zu holen sei für Leute, die den lächerlichen Versuch machten, sich gegen die glorreichen Errungenschaften des Sozialismus zu stemmen? Und gab ihm die Gelassenheit des Volkes nicht recht?
Man bummelte Unter den Linden wie immer, wenn der Sommer gekommen ist, und bei einer Weißen mit Schuß konnte der Werktätige am Abend viel von dem Ärger hinunterspülen, den der Tag gebracht hatte. Ulbricht gönnte es ihm, wie Stalin seinen Genossen den Wodka gegönnt hatte, und er fühlte sich als guter, weiser und enorm wichtiger Mensch.
Doch er wußte sehr wohl, daß nicht nur in der Stalinallee, sondern in allen volkseigenen Betrieben über die von kei-

ner Belohnung begleiteten Normenerhöhungen geschimpft wurde, aber er erinnerte sich auch daran, daß die Berliner über Hitler geschimpft hatten, ohne ihm an den Kragen zu gehen. Wer hier zu befehlen hatte, saß fest im Sattel. Überall ging die Arbeit weiter. Führungskader und Gewerkschaftler taten ihre Pflicht, Unmutsäußerungen überhörend, auch wenn Sympathie mitschwang für die Bauarbeiter der Stalinallee.
Denn es gab keine Direktiven von oben.
War das kein Beweis dafür, daß die Dinge ihren ordentlichen Gang gingen? Die Partei hat immer recht und weiß, wann sie eingreifen muß.
Sie hat ihren Funktionären auch ein sehr probates Mittel für kritische Situationen verschrieben: einfach nicht hinhören, wenn noch auf Anweisungen von oben gewartet werden muß, aber sich dann ganz genau an alles erinnern, wenn sie kommen.
Ein Ventil, das ist klar, brauchen die Leute. Es kann sogar, wenn man ventiliert, was herausgekommen ist, sehr nützlich sein.
Auch die von der Stalinallee werden sich beruhigen. Weil Befehl Befehl ist. Eine begrenzte kleine Stänkerei. Haben doch viel zuviel Respekt vor der Obrigkeit und wissen ganz genau, daß sie sich an den Fünkchen, die sie da geschlagen haben, die Finger verbrennen könnten. Dann werden sie merken, daß Ruhe die erste Bürgerpflicht ist. Und man wird die Rädelsführer in Ruhe herauspicken. Einen nach dem anderen.

Es gibt völlig ruhige Bezirke an diesem 16. Juni, aber am ruhigsten sind die Straßen um die Charité. Kranke Männer, Frauen und Kinder merken überhaupt nichts von dem, was sich draußen zusammenbraut. Der Mensch, der ärztliche Zuwendung braucht, sucht nicht grollend die Freiheit, sondern er sucht Geborgenheit. Sein Egoismus ist von anderer Art.
Indes diskutieren die Ärzte am Nachmittag dieses 16.

Juni 1953 mit ungewöhnlicher Heftigkeit, wenn ihnen ihr Dienst die Gelegenheit dazu gibt. Und eigenartigerweise sind die beiden Parteigenossen unter ihnen nicht sichtbar.
»Es wird losgehen«, behauptet der Stationsarzt Simoneit, der wegen seiner Schnoddrigkeit dem Regime gegenüber noch berüchtigter ist als Tressel. Und auch er stammt aus Ostpreußen.
»Ein Sturmwind kommt, wie ihr noch keinen erlebt habt!«
»Na, na!« Doktor Petersen, der aus Ostfriesland stammt und darunter leidet, daß er keinen vernünftigen Rum in den Tee bekommt, schüttelt den Kopf. »Gar nichts wird passieren, wenn man davon absieht, daß sich einige von der Stalinallee an einer mächtigen Mauer die Köpfe einrennen!« Er ahnt nicht, daß es eines Tages diese Mauer geben wird, die Berlin spaltet.
Tressel aber ahnt, daß er die Koffer für Westdeutschland wohl umsonst gepackt haben könnte. Sein ostpreußischer Landsmann, das spürt er mit dem Instinkt, der ihn manchesmal in unwägbaren Situationen rettete, hat recht. Ein Sturmwind wird losbrechen.
Aber er zwingt sich, den Mund zu halten. Keinem hat er erzählt, daß er nach Karlsruhe will. Nur der Urlaub ist eingereicht. Er könnte auch nach Rostock, nach Perleberg oder Dresden führen.
Komisch, denkt er. Warum hab ich's keinem gesagt?
Ist es doch der unterschwellige Wunsch, sich abzusetzen, den jeder in diesem Staat für sich behält, wenn er nachdenkt?
Er war drauf und dran gewesen, mit Simoneit darüber zu sprechen. Denn er schätzt den Mann aus Königsberg, der Ruhe und Gelassenheit ausstrahlt, die ihm, dem mit einem Schuß Anpassungsfähigkeit ausgestatteten Abenteurer, nicht gegeben sind.
Simoneit wäre, das wissen die beiden Parteigenossen in der Ärzteschaft, längst geliefert, wenn es in der Charité die gleichen Maßstäbe gäbe wie draußen.
Aber das stört diesen ostpreußischen Dickschädel nicht. Er

wünscht, daß der sich anbahnende Aufstand der Arbeiter gelingt, weil er ihn für ebenso natürlich hält wie die unbestreitbare Tatsache, daß man einen Parteibonzen an jeder Straßenecke finden kann, aber durchs ganze Land fährt und mit leeren Händen zurückkommt, wenn man einen Internisten wie ihn, Simoneit, sucht.

Und die Ulbricht-Leute wissen, daß er schon manchem Bonzen das Krepieren erspart hat, berufliches Gewissen über seine Einsicht stellend. Das hat die Charité für ihn zu einer Festung gemacht, in der anders geredet werden kann als in einer Fabrik, in der Schmierseife oder Schrauben hergestellt werden.

Der Doktor Simoneit weiß, warum er den Aufstand und seinen Erfolg wünscht.

»Trinken wir drauf!«

Tressel zaubert eine Wodkaflasche herbei und schenkt ein wie ein Russe. »Auf die Arbeiter, meine Herren, die die Allee des Genossen Stalin bauen!«

Sie heben die Gläser und Simoneit zieht seine Brieftasche heraus: »Ich muß euch was vorlesen, Kollegen. Hab mir das aufgehoben, damit ich Hoffnung schöpfen kann in schweren Zeiten.« Und er liest, die Brille aufsetzend, aus einem grob aus der Zeitung herausgerissenen Papierstück:

»*Wenn es Schwierigkeiten gibt und du an deinen Kräften zweifelst, sie zu meistern, denk an ihn, denk an Stalin, und dein Selbstvertrauen kehrt zurück. Wenn du dich müde fühlst und meinst, du dürftest das zu dieser Stunde nicht sein, denk an ihn, denk an Stalin, und deine Müdigkeit vergeht ... Wenn du etwas Großes vorhast, denk an ihn, denk an Stalin, und du wirst es finden. Während des Krieges sind Menschen fürs Vaterland, für Stalin gestorben.*«

»Amen«, grunzt Tressel und hebt sein Glas.

Sie stoßen an, und Simoneit ergänzt: »Prawda, 17. Februar 1952.«

»Ziemlich neu«, sagt einer.

»Und hochaktuell«, prustet Simoneit. »Die von der Stalinallee denken an Stalin, und ihr Selbstvertrauen kehrt zurück! Den Sturmwind lassen sie los, ich garantier's euch!«

Als Günther Tressel am kühlen und regnerischen Abend dieses 16. Juni den kurzen Weg von der Charité zur Luisenstraße geht, braucht er länger als sonst, weil die Straßen schwarz von Menschen sind. Mit einer Mischung aus Nervosität und Müdigkeit kommt er heim und sieht, daß seine Frau keinen Finger fürs Abendessen gerührt hat.
»Es ist was im Gang, Günther. Laß uns in die Stadt fahren. In unseren vier Wänden ertrag ich's nicht!«
»Also nichts essen?«
»Ich kann jetzt nicht. Soll ich dir ein paar Brote machen?«
Er winkt ab. »Eine Kneipe finden wir immer, aber es ist möglich, daß diese Suppe sehr heiß gegessen wird.«
»Was sagen sie in der Charité?«
»Mehr als das übliche. Simoneit meint, es wird knallen.«
»Der redet sich noch um Kopf und Kragen! Aber du hast dich doch zurückgehalten, oder?«
»Es ist«, sagt er ausweichend, »anders als bisher und bringt sogar Unruhe in ein Krankenhaus hinein. Und man sieht verdammt wenig Polizei. Die hockt in den Löchern wie die Bonzen, und in vielen Betrieben tun sie mehr als nur sympathisieren mit den Leuten von der Stalinallee. Wenn sie sich organisieren, ich meine, sich vereinigen, gibts eine Lawine.«
»Aber nicht heute abend?«
Er schüttelt den Kopf. »Die meisten, die rausgehen, sind neugierig wie wir.«
»Und wie Wiktor. Siehst du nicht, wie unruhig er ist?«
»Hunde«, sagt Tressel, »haben ein feineres Gespür als Regierungsbonzen. Nimm ihn mit, aber vergiß die Leine nicht.«
Das war kein Fehler, wohl aber das Auto, weil es sie heraushob aus der Anonymität der Masse. Und schon

hinter der Luisenstraße, wo sie wohnen, wird aus dem Fahren ein Schleichen. Sie erreichen über die Linden und den Alexanderplatz die Stalinallee, erkennen aber, daß es dort kein Durchkommen gibt. Also zurück. Doch an der Schloßbrücke, da, wo die »Linden« anfangen, ist der Wagen von der Menge blockiert. Die Straße ist nicht einmal mehr Gehweg, sondern Versammlungsplatz.
Und das Auto sitzt darin fest wie in einem Schraubstock.
Wenn ich auch nur einen einzigen berühre, denkt Tressel, schlagen sie mir den Schädel ein.
Er kurbelt die Scheibe hoch. Aber als Schutzschild ist sie lächerlich dünn.
Und natürlich halten die Scheiben auch das durchdringende Gebrüll nicht ab, das plötzlich, nur ein paar Meter vor ihnen, jäh aus dem bisher eher gleichmäßigen und nicht bösartigen Lärm steigt.
Es fängt an, durchzuckt es ihn, und wir stecken hilflos mitten drin.
Fünf oder sechs Männer haben sich einen Volkspolizisten gegriffen, und was sich da anbahnt, ist keine Schlägerei mehr, sondern Totschlag. Vielleicht hat der Mann hier seinen Dienst versehen und nicht rechtzeitig erkannt, daß er nirgendwo in der großen Stadt so fehl am Platz ist wie hier.
Mit weit aufgerissenen Augen sieht Tressel eine riesige Holzlatte durch die Luft sausen, und dann, nach dem dumpfen Aufprall, geht das Wimmern des Vopo unter im Triumphgebrüll derer, die ihn erledigt haben.
Abgeschlachtet, weil sie ein Opfer gebraucht haben. Die verhaßte Uniform ist's gewesen, Symbol der Tyrannei.
Tressel will aussteigen und sich als Arzt ausweisen. Instinktive Reaktion? Berufliches Gewissen?
Aber seine Frau greift ihm in den Arm. »Bist du wahnsinnig? Siehst du nicht, daß sie den Verstand verloren haben?
Doch Tressel sieht nur, da sie den Kreis, vielleicht weil dem Triumph das Erschrecken folgt, etwas weiter machen, den besinnungslos in einer Blutlache liegenden Mann.
Oder ist er tot?

Darf er da zusehen? Muß er nicht handeln?
Nein, er bleibt sitzen. Lebon, ein Franzose, geht ihm, der Teufel mag wissen warum, durch den Kopf. Im vorigen Jahrhundert schon hat er seine »Psychologie der Massen« geschrieben, und hier wird die grausige Zeitlosigkeit bestätigt: »In der Masse verliert der einzelne seine Identität und jedes Verantwortungsgefühl. Er tauscht das ein für ein Gefühl unwiderstehlicher Macht.«
Simoneit hat recht gehabt. Die Masse ist nicht mehr zurückzuhalten.
»Da, sieh dir das an!«
Sie zerren den Bewußtlosen oder Toten zum Ufer der Spree und werfen ihn in den Fluß.
»Genau so ist Rosa Luxemburg ermordet worden.«
Sie können das Wasser nicht sehen, wissen aber, daß der Mann keine Chance hat, selbst wenn er in dieser Sekunde noch lebt.
»Mein Gott, das können sie doch nicht machen!« Waltraut Tressel schluchzt hinein in die Hände, die sie vors Gesicht hält.
»Hör auf damit!« Tressel begreift sofort, daß die heulende Frau im Auto die Meute, die ein Geschäft erledigt hat, reizt.
»Da! Schaut her! Auch Bonzen! Mit dem Auto zur Vorstellung fahren, die's hier jibt, und dann heulen! Auf die ham wa jerade noch jelauert!«
Und schon ist der Wagen neues Haßobjekt. Dumpfes, metallisches Krachen kommt von den hinteren Kotflügeln, vielleicht, weil sie den Frontalangriff noch scheuen, und diesen Fußtritten folgen derbe Faustschläge gegen die lächerlich dünnen Scheiben. Wenn sie Schlagstöcke oder Ziegelsteine nehmen, ist alles vorbei.
Tressel weiß, daß er den Wagen nicht bewegen darf, und denkt wieder ans Aussteigen. Als Arzt hat er eine Chance, wenn es in dem tobenden Haufen noch Reste von Vernunft gibt.
Aber dann ist es der Hund, der die Situation für ihn

rettet. Auf dem Rücksitz hat sich Wiktor aufgerichtet und fängt, die Gefahr fühlend, die seinem Herrn droht, das fürchterlichste Gebell seines Dackellebens an. Die Zähne, die die Fäuste draußen greifen wollen, krachen auf Glas, und dann geschieht etwas Unerwartetes.
Eine Faust öffnet sich, begleitet von einem Lachen, das seltsam befreiend klingt, und derbe Finger, eben noch zu bösartigem Zuschlagen bereit, öffnen sich zum Streicheln der Kreatur, die nichts von überhöhten Normen und vom Kampf um Gerechtigkeit weiß.
Die Scheibe trennt Streichelfinger und Hundezähne, aber das Lachen des Mannes pflanzt sich fort und die Tritte gegen die Kotflügel hören auf.
»Macht ihnen Platz! Aber sie sollen schnell verduften, weil wir noch Arbeit haben hier!«
Das letzte, was die Tressels sehen, sind knallrote Transparente, die von einem öffentlichen Gebäude gerissen werden und auf denen mit riesigen weißen Lettern die unverbrüchliche Treue zur großen Sowjetunion beschworen wird. Auf einer Leiter steht ein Mann auf den Zehenspitzen, der sich wieder und wieder bückt und mit weißer Ölfarbe in noch größeren Buchstaben an die Wand pinselt: *Stalin = Hitl...* Die beiden letzten Buchstaben hat er noch vor sich, aber er hat zu groß angefangen und der Raum wird eng, weil ein großes Fenster kommt.
Tressel empfindet es als ein Symbol. Die Euphorie der Aufständischen ist zu groß, und man wird ihnen den Platz dafür nehmen.
Aber auch unsägliche Erleichterung empfindet er, als das Auto, langsam rollend, Boden gewinnt. Jetzt nur keinen anfahren! Er konzentriert sich, wie er es niemals am Steuer getan hat, und als sie in die Luisenstraße einbiegen, legt er den Arm um die Schultern seiner Frau.
»Das war knapp!«
Eine ihrer Hände streichelt seinen Arm; die andere streichelt Wiktor, der auf dem Rücksitz zufriedene Laute von sich gibt.

»Er hat uns gerettet.«
»Gib ihm alles Fleisch und alle Wurst, die da sind. Ich brauch' heut nichts.«
Und auf eine ganz seltsame Weise, die zur Situation paßt und auch wieder nicht, fühlt er sich an Wiktor, den russischen Kradmelder erinnert, der ihn mit zertrümmertem Schienbein aus einem Straßengraben gezogen hat, um ihn in ein Lazarett zu fahren.

Am nächsten Morgen ist er wieder in der Charité, und er versucht sich einzureden, daß dieser 17. Juni in der krankenhäuslichen Routine ein Tag wie jeder andere sei. Ein Chirurg läßt mit ausdruckslosem Gesicht eine Operation vorbereiten, und alle wissen, daß diese Ausdruckslosigkeit grimmiger Ausdruck ärztlichen Gewissens ist. Das angesetzte Programm läuft ab wie geplant, egal, was draußen vorgeht. Bloß, diesmal fällt die Konzentration schwerer, weil der Sturmwind losgebrochen ist, den Simoneit prophezeit hat.
Die Ärzte der Charité rennen, wann immer es geht, in ihr Gemeinschaftszimmer, wo das Radio steht, und noch bevor es Mittag ist, wissen sie, daß die Schutzmacht eingegriffen hat. Die Regierung muß vorbereitet gewesen sein. Die sowjetischen Panzer, die durch Ostberliner Straßen rasseln, müssen schon in Alarmbereitschaft gewesen sein, als Tressel zusehen mußte, wie ein Vopo gelyncht wurde. Die brauchbarsten und aktuellsten Nachrichten kommen vom RIAS aus Westberlin. Kein Wunder, Berlin ist eine offene Stadt. Der Gemüsehändler aus Neukölln kann, wenn er Lust hat, den Nervenkitzel im Ostteil drüben genauso erleben wie der Villenbesitzer in Dahlem. Die brennenden Parteigebäude am Potsdamer Platz, der eine Nahtstelle ist zwischen Ost und West, sind ein schaurig prickelndes Schauspiel, aber wer klug ist, verzieht sich, nachdem die Panzer angefangen haben, den Platz einzukreisen, hinter die Demarkationslinie.
Aber ist man da noch sicher? Und was ist mit den ameri-

kanischen Panzern? Man sieht nichts von ihnen, während die russischen Stahlkolosse schon ihre langen Rohre am Brandenburger Tor gen Westen richten.
Es ist nur symbolisch, aber wirksam. Jeder, der sich einen Funken Vernunft bewahrt hat, weiß, daß die Russen nicht schießen dürfen. Aber was ist mit den Amerikanern? Wie weit können, wie weit werden sie gehen gegen das Ungeheuerliche?
Die Frage, die sich in beiden Teilen Berlins stellt, schlägt auch im Ärztezimmer der Charité ein wie ein Blitz.
Simoneit, der bis zum Erscheinen der Panzer an den Erfolg des Aufstandes geglaubt hat, stellt die den Tatsachen angemessene und resignierte Diagnose: »Du kannst Panzer weder mit volkseigenen Lastwagen noch mit Prügeln und Ziegelsteinen aufhalten. Es war umsonst, und da werden Tote sein, für die es nie Ehrungen und Verhaftete, für die es nie mehr Freiheit geben wird. Das war's wohl, meine Herren. Am liebsten würde ich mich besaufen bis zur Bewußtlosigkeit, aber wir sollten uns ja wohl mit ernsthafter Arbeit für den Schutzwall bedanken, den die Charité in diesem historischen Augenblick für uns bedeutet.«
Das Wort »historisch« spricht er so aus, daß jeder die Gänsefüßchen spürt und mancher auch eine Gänsehaut. Tressel spürt das nicht, aber er weiß, daß der Kollege recht hat. Der Aufstand ist niedergewalzt, zuckt höchstens noch, ehe die Partei, der stählerne Kräfte gewachsen sind, ihn planieren wird. Hier, in der Charité, aber wird gar nichts passieren. Die Russen achten Krankenhäuser, und ganz besonders dann, wenn sie einen großen Namen haben. Die Charité ist an diesem 17. Juni der sicherste Platz in Ostberlin.
Also erst einmal hierbleiben und abwarten. Aber wie steht's zu Hause? Ist die Luisenstraße sicher?
Er geht zum Telefon und braucht zwanzig Minuten, bis er durchkommt. Ganz Berlin scheint zu telefonieren. Das Netz funktioniert zwar, aber es ist hoffnungslos überlastet.

Waltraud Tressel ist vernünftigerweise zu Hause geblieben. Die Panzer, sagt sie, hätten die Straße leergefegt, und sie habe keine Angst mehr. Und fast wär's ihr lieber, wenn er in der Charité übernachten würde.
»Einfach absurd!« brüllt er in die Muschel. »Ein Mann weiß, wo er hingehört an einem solchen Tag! Meinst du, ich lasse dich sitzen, um mich hier zu verstecken?«
»Denk an gestern! Du kannst nicht wissen, worauf du unterwegs stößt!«
»Bis zum Abend ist alles vorbei. Die Russen machen keine halben Sachen, wenn sie zupacken. Der Aufstand ist hochgeschwappt und in sich zusammengefallen.« Er will noch ein »leider« hinzufügen, verkneift es sich aber im letzten Moment. Nicht nur, weil die beiden kommunistischen Ärzte der medizinischen Kliniken wieder aufgetaucht sind, sondern auch weil die Genossen Abhörer die Arbeit wohl wieder aufgenommen haben.
»Reg dich nicht auf, wenn ich etwas später komme. Mit meinem Ausweis kann mir nichts passieren!«
Tatsächlich kommt er gut heim. Noch ist die revolutionäre Ostberliner Suppe heiß, aber schon wird aufgewischt, was übergekocht ist, und mit den Blasen, die aus dem brodelnden Topf steigen wollen, ist kein Staat mehr zu machen.

Die Angst geht freilich noch um an diesem Morgen des 18. Juni, an dem der Ostwind Brandgeruch hinüberträgt nach Westberlin – vor allem aus den schwelenden Parteigebäuden am Potsdamer Platz, vor denen russische Panzer aufgefahren sind. Im Fußgängertunnel, der hinüberführt, stehen Volkspolizisten und lassen niemanden durch. Noch ist die Lage undurchsichtig. Was wird, wenn sich die Aufständischen erneut formieren? Es gibt genügend, die nichts mehr zu verlieren haben.
Auch den Funktionären, den Privilegierten des nach sowjetischem Muster aufgebauten neuen Staates, steckt, in seltsamer Parallele zu ihren Untergebenen, die aufge-

muckt haben, noch die Angst in den Knochen. Viele bleiben mit Lebensmittelvorräten und Radioapparaten in ihren Laubenkolonien und anderen Verstecken, dieweil sich, wie um die verrückten Gegensätze dieser Stadt in ein scharfes Flutlicht zu tauchen, in ihren Quartieren am Westberliner Wannsee der 1. FC Kaiserslautern und der VfB Stuttgart für das Endspiel um die Deutsche Fußballmeisterschaft im Olympiastadion vorbereiten. Es werden nicht viele aus dem Ostteil der Stadt kommen, denen es gelungen ist, sich Karten zu besorgen.
Fritz Walter, Kapitän des 1. FC Kaiserslautern, plagen ganz andere Sorgen, und das Millionenheer der Fußballfans im Westen trägt sie mit. Wird der als verletzt gemeldete Kalli Barufka für den VfB spielen können? Wenn er's kann, dann wird er angesetzt auf ihn, den großen Dirigenten der Lauterer Mannschaft, und da er für seine starke Lunge ebenso bekannt ist wie für seine schnellen Beine, kann er dem großen Fritz den Taktstock aus der Hand hauen.
Die Pfälzer schicken Spione ins Quartier der Schwaben, um herauszubringen, was dort los ist, und tun damit im Grunde nichts anderes, als die von den Amerikanern dirigierten westlichen Alliierten, die Leute nach Ostberlin hinüber schicken, um die Lage zu prüfen.
Auch da gehts um ein Endspiel, aber es ist das Ende eines Spieles, das keine Chance hatte. Zwei zu ungleiche Mannschaften waren angetreten.

Simulant im Kinderbett

Als am 18. Juni die Sonne aufgeht, hat der Osten gewonnen. Es gibt nur noch Rauch, aber kein Feuer mehr in Ostberlin. Die Amerikaner haben nichts unternommen, und nicht einmal Bundeskanzler Adenauer ist nach Westberlin geflogen. Der Kreml atmet auf, und in Ostberlin kriechen die ersten seiner Vasallen aus den Löchern. Die roten Transparente liegen zwar noch am Boden, aber die unverbrüchliche Treue des großen Bruders ist rasselnd in die Stadt eingerollt.
Einen Wodka darauf. Und keinen zu knappen! In den sicheren Funktionärsverstecken klingen die Gläser, und denen im Kreml müßten die Ohren klingen, wenn nicht alle ihre Horchgeräte auf immer noch mögliche westliche Reaktionen gerichtet wären.
So einfach, wie sie sich in einigen naiven Ostberliner Parteigemütern darstellt, sieht man die Sache im Kreml nicht. Man muß an den ganzen Ostblock denken, den man sich vor der Westgrenze der UdSSR aufgebaut hat und auf den Funken übergesprüht sind. Prag, Warschau, Budapest und sogar Sofia zeigen Unruhe, und alles wäre vermeidbar gewesen, wenn dieser Ulbricht, den man in Moskau wirklich mit allen dialektischen Feinheiten und Grundsätzen des realen Sozialismus versehen hat, mehr Fingerspitzengefühl gezeigt hätte! Warum im Blitztempo und mit überhöhten Normen eine Allee hochziehen, deren Name ein Reizwort ist?
Stalin ist tot, und wenn man sich auch nicht öffentlich darüber freut, so braucht ihm doch ein deutscher Schwachkopf nicht gleich ein Denkmal zu setzen, job twoiu madj!
Man wird ihm das sagen müssen. Und er soll sich nicht zu früh freuen. Instinktlosigkeit ist das wenigste, was Walter

Ulbricht aus dem Kreml zu hören bekommt. Hört die Mühe, die man mit diesen Deutschen hat, nie auf?
Es gibt in Ostberlin Männer in der Regierung, die ein feineres Gespür für den Mann auf der Straße haben als ihre Kollegen: weil sie intelligenter sind und wissen, daß niedergetrampelter Volkszorn eine weiterschwelende und daher unbekannte Größe ist.
Auf einen solchen wird Günther Tressel treffen, als er am 18. Juni seinen Dienst in der Charité beginnt, wie an jedem anderen Morgen.
Er ahnt nichts davon. Er ist nur bemüht, alle Fragen zu verdrängen, weil viel aufgearbeitet werden muß, ehe er, wider alle Wahrscheinlichkeit, seine Fahrt nach Karlsruhe antreten kann. Eigenartig genug fängt die Sache an. Der kleine Dr. Pichullek, sonst einer der Ruhigsten in der Charité, nimmt Tressel mit fahriger Nervosität zur Seite. Unruhig sind die Augen, die gestern die russischen Panzer hingenommen haben wie ein kleines Unwetter, das vorübergeht und an dem man nichts ändern kann. Und die Stimme zittert beim Flüstern.
Nie hat er Pichullek so erlebt. Wenn einer hier nichts zu befürchten hat, ist er's, der Abgeklärte, der es versteht, den aufbrausenden Simoneit mit der gleichen Ruhe zu besänftigen wie ängstliche und zornige Kinder.
Und warum flüstert er und zieht ihn hinaus auf den Gang, wo niemand zuhören kann?
»Ich muß für ein paar Stunden weg, Günther. Kannst du mich drüben bei den Kindern vertreten? Dem kleinen Hollmann geht's schlecht, er spürt, daß wir ihn nicht durchbringen. Mach' ihm was vor oder besser, lach' ihm was vor, du kannst's besser als alle anderen.«
»Hm.« Tressel kratzt sich am Kinn. »Ich hab viel zu erledigen, weil ich Urlaub machen will.«
»Weiß ich doch, weiß ich doch.« Er senkt seine Stimme so sehr, daß sich Tressel hinunterbeugen muß zu ihm. »Deshalb sollst du auch mehr wissen als die anderen.«
Klar, daß hier was nicht stimmt. Ebenso klar, daß man

Pichullek helfen muß, den noch keiner in einem solchen Zustand gesehen hat.
»Gehn wir in den Garten.«
»Ja, gehn wir.« Es klingt wie ein dankbarer leiser Seufzer. Draußen wird seine Stimme fester. »Also, hör zu. Ich muß einem Neffen von mir helfen, der noch keine sechzehn ist. Er ist ganz vorne dabeigewesen beim Aufstand, hat einen Russen, der den Kopf aus dem Panzer hob, mit einem Ziegelstein an der Stirn getroffen. Da haben sie geschossen, und jetzt liegt er irgendwo in einem Keller ohne Pflege.«
»Was hat er?«
»Lungensteckschuß, glaube ich. Aber ich weiß es nicht genau. Sie haben bei meiner Frau angerufen und gesagt, wo er liegt. Es ist nicht weit vom Alexanderplatz, und ich hab' die Adresse.«
»Und warum haben sie ihn nicht heimgebracht?«
»Weil's nicht ging, du Idiot!« Die Stimme des sonst so vernünftigen Pichullek wird schrill.
»Er ist erkannt worden, und sie sind schon bei seinen Eltern gewesen. Die Staatssicherheit, meine ich.«
»Ja«, brummt Tressel. »Sie heben schnell die Köpfe aus dem Dreck, wenn ihn jemand für sie weggeräumt hat!«
»Genau so ist es. Jetzt geht die Jagd los, und vielleicht kann einer sich verstecken, wenn er gesund ist. Aber der Junge ist angeschossen und braucht mich.«
Mehr will Tressel nicht wissen.
»Natürlich mußt du ihm helfen, und natürlich vertrete ich dich.« Und nach einer Pause: »Du willst ihn in die Charité holen?«
»Logisch!« Pichullek nickt heftig.
»Es ist seine einzige Chance, und ich habe auch schon einen Wagen organisiert. Der Fahrer ist auf meiner Seite.«
»Auf unserer«, hat er eigentlich sagen wollen, aber er weiß, daß das nicht nötig ist.
»Hau ab, so schnell wie möglich. Um deine Station und um den kleinen Hollmann kümmere ich mich.«

Aber das ist nicht alles. Längst nicht.
Die Situation wird erst grotesk, als Pichullek nicht abhaut, sondern ihn tiefer in den Garten hineinzieht, vorbei an Bänken, auf denen zimmerblasse Patienten in die Sonne des achtzehnten Juni blinzeln.
»Ich muß dir noch sagen, daß wir einen Ehrengast auf meiner Station haben.«
»Einen Ehrengast?«
»Nimm's wie du willst. Aber wenn ich's richtig sehe, werden wir ihn heute verlieren, weil er nicht krank ist.«
»Nicht krank?«
»Keine Spur. Zimmer 304. Quietschfidel vermutlich. Ich darf's dir eigentlich nicht sagen, aber da du mich vertrittst, mußt du es wissen.
»Was?«
»Als diensthabender Arzt mußt du ja deine Station kennen, oder?«
»Logisch.«
»Dann schau von mir aus mal rein in 304, aber du wirst dich beeilen müssen wie ich.«
Mehr ist nicht herauszukriegen aus Pichullek, der ihm schnell noch die Hand gibt.
»Wenn's Nacht wird, bringe ich, so Gott will, meinen Neffen. Er verträgt das Tageslicht so wenig wie der, der auf 304 liegt. Und ich werde dir nie vergessen, daß du mir diesen Tag schenkst!«
Pichullek verspürt plötzlich Eile, und mit Gefühlen, die er nicht definieren kann, geht Günther Tressel zurück auf seine Station, der nun eine andere angegliedert worden ist, weil er keine Möglichkeit gesehen hat, das zu verhindern.
Als er mit der Routinearbeit fertig ist, sitzt er lange am Bett des kleinen Hollmann und erzählt ihm lustiges Zeug, das ihn lachen läßt, ohne im Hinterkopf die Nummer 304 zu vergessen.
Was hat der Mann, der jetzt auf dem Weg zum Alex ist oder ihn schon hinter sich hat, gemeint mit dem »Ehrengast«?

Der Nachmittag ist schon fortgeschritten, als er beschließt, das Geheimnis von Zimmer 304 zu lüften. Der kleine Hollmann ist eingeschlafen mit einem Lächeln, das gleichzeitig warm macht und frieren läßt. Pichullek hat wohl recht mit seiner Prognose, daß ihm keine Operation mehr helfen wird. Fast machtlos ist man, wenn die galoppierende Schwindsucht die ganz jungen anfällt. Und man hat die modernen Mittel der Amerikaner noch nicht.
Tu immer das allernächste, das zu tun ist, sagt er sich. Nach dem kleinen Hollmann mußt du dir den großen Mann auf 304 ansehen.
Denn ein Großer muß es sein. Sonst hätte Pichullek nicht so geheimnisvoll getan. Und gar nicht krank? Der Casus macht nicht lachen, aber neugierig.
Die anderen scheinen nichts zu wissen davon. Er geht ins Ärztezimmer, weil ihn nach einer Tasse Bohnenkaffee gelüstet, Simoneit hält eine Schmährede auf die Amerikaner, die sich seiner Ansicht nach vor den russischen Panzern in die Hosen geschissen haben.
»Laumänner! Wenn sie Stärke gezeigt hätten, wäre der Russe mit eingezogenem Schwanz zurückgegangen! Er hat nie einen Angriffskrieg geführt!«
Gestern, denkt Tressel, hat er anders geredet. Da hat er erkannt, daß eine emotionale Reaktion den dritten Weltkrieg hätte heraufbeschwören können. Jetzt, wo wieder Ruhe einkehrt, von der freilich keiner weiß, was sie bringt, paßt es ihm auch nicht. Stammtischatmosphäre wabert im Ärztezimmer.
Aber von 304 redet keiner. Wissen sie nichts? Hat Pichullek das Ding mit Wissen des Chefs gedreht oder womöglich ohne ihn?
Sicher ist nur, daß man die Charité in Ruhe läßt, und deshalb ist alles möglich.
Er schlürft seinen Kaffee, ohne sich an den Gesprächen zu beteiligen. Er wird erfahren, was sich da tut. Kinder und ein Ehrengast, der nicht krank und mit Sicherheit kein Kind ist.

Fünf Minuten später weiß er es. Die Tür ist nicht abgeschlossen, weil das kein Krankenhaus der Welt erlaubt, aber was er sieht, verschlägt selbst ihm, der Überraschungen gewohnt ist, die Sprache.
Der Mann, der ihn, eine Westberliner Zeitung zur Seite legend, aus einem normalen Krankenbett heraus im eleganten Pyjama anstarrt, ist kein anderer als Karl Eduard von Schnitzler, Fernsehkommentator, aber kein gewöhnlicher. Sein Bekanntheitsgrad übersteigt den der höchsten Funktionäre, und schlecht wäre er im Rennen gelegen, wenn ihn die Aufständischen erwischt hätten.
Tressel bleibt nicht nur die Sprache weg, sondern der Atem, aber dann braucht er seine ganze Geistesgegenwart, um nicht loszuprusten.
Schnitzler in der Charité, in der Barmherzigkeit. Sie ist wirklich für alle da, und eine größere Situationskomik hat der Aufstand nicht hervorgebracht.
Angst ist da nicht angebracht, obwohl sich der Patient schon gut erholt zu haben scheint.
»Machen Sie zu, verdammt noch mal! Wie kommen Sie überhaupt herein? Ich habe nur Dr. Pichullek den Eintritt erlaubt!«
»Ich... ich vertrete ihn.«
Schnitzler versucht ein Lächeln, das konspirativ und autoritär sein soll und deshalb schlicht verlegen ist.
»Ach nein! Ist ihm nichts Besseres eingefallen?«
Und dann gibt er sich einen Ruck: »Ich habe dieses Haus, lieber Doktor, sagen wir mal, aus taktischen Gründen aufgesucht. In zwei Stunden werde ich es verlassen, und ich lege Wert darauf, daß Sie dieses Rendezvous vergessen. Verstehen wir uns?«
Natürlich, denkt Tressel, verstehen wir uns. Wenn sie dich erwischt hätten, würdest du jetzt nicht gemütlich hier liegen und Westzeitungen lesen, und du bist sogar schlau genug gewesen, an einem sicheren Platz den sichersten zu finden. Kinderabteilung! Und dann murmelt er etwas von einem dringenden Fall.

Und ist schon draußen. Das ist eine Sache, die verdaut sein will, weil sie nicht nur eine umwerfend komische Seite hat.

Langsam geht er in seine Station zurück und versucht, seine Gedanken zu ordnen. Mit Simoneit reden? Warum eigentlich? Durchaus möglich, daß Pichullek die Sache auf seine Kappe genommen und nicht einmal mit dem Alten darüber gesprochen hat. Jetzt sucht er irgendwo am Alex seinen angeschossenen Neffen, und vielleicht wird der, wenn der hohe Genosse verschwunden ist, im gleichen Bett liegen. Noch keine 16, hat er gesagt. Und Lungensteckschuß. Klarer und sauberer Fall für die Kinderabteilung. Viel sauberer als der des großen Propagandisten.

Falls Pichullek ihn aus seinem Keller herausholen und hertransportieren kann. Eigentlich hätte man ihn nicht alleine weglassen dürfen bei seiner Nervosität.

Aber Tressel denkt auch an Karlsruhe. Er hat die Ausreiseerlaubnis in der Tasche, und so schnell wie möglich soll's losgehen. Natürlich weiß niemand, was das Papier noch wert ist, aber jetzt zu fragen hat keinen Sinn. Sicher ist nur, daß er nicht auffallen darf und daß es falsch gewesen wäre, zusammen mit Pichullek den Jungen zu suchen, ausgerechnet am Alex, wo die Panzer stehen, weil es ein strategischer Punkt ist.

Einen Cognac braucht er jetzt. Er hat noch eine halbe Flasche im Spind. Aber Simoneit läuft ihm über den Weg, und er muß ihn einladen.

»Ah, das tut gut! Auf deinen Urlaub. Wann geht's los?«
»Am liebsten gleich... wenn sie uns lassen...«
»Pah! Ist doch alles erledigt und fast wieder aufgeräumt!«
»Aber wir wollen in den Westen.«
»In den Westen?« Simoneit muß husten, weil ihm Cognac in die Luftröhre läuft. »Davon hast du kein Wort gesagt!«
»Jetzt weißt du's.«
»Abhauen? Die grauen Augen unter der gerunzelten Stirn werden schmal, aber bei Simoneit ist das ungefährlich. Es

ist einfach die Überraschung, und Tressel muß auch zugeben, daß nach den Ereignissen eine Fahrt nach Westen nicht wie eine Spritztour aussieht.
»Nicht, was du denkst! Seit Wochen haben wir geplant, einen Onkel in Karlsruhe zu besuchen, aber ich hab's eben für mich behalten.« Sie trinken weiter, und er erzählt dem anderen der Reihe nach alles, so, wie es gelaufen ist.
Simoneit ist, wenn ihn keine Emotionen plagen, ein guter Psychologe, und er spürt, daß ihm keine Märchen und nicht einmal Halbwahrheiten aufgetischt werden. Er kratzt sich am Kinn, aber er ist auf der Wellenlänge des Kollegen.
»Nichts machen, nichts nachfragen. Ihr fahrt einfach mit euren Interzonenpässen zur Grenzkontrolle. Als ob nichts gewesen wäre. Einfach dumm stellen und auf Papiere pochen, die in Ordnung sind. Sind ja ausgestellt mit dem Segen des Kreml. Und wenn du mich fragst, dann glaube ich gar nicht, daß die sich in Moskau jetzt um solche Kleinigkeiten kümmern. Ist sogar ganz gut, daß ihr nicht warten wollt. Auch die unseren haben andere Sorgen und müssen erst einmal Luft holen. Du hast gute Papiere und bist einer von den Charité, basta!«
In ein paar Tagen, denkt Tressel, könnte mich vielleicht der Genosse von Schnitzler vorreiten lassen wegen illegalen Eintritts in ein Krankenzimmer für Jugendliche. Er spürt aber auch, daß Simoneit vom prominenten Gast nichts weiß. Ist vielleicht gut so.
Aber er nimmt die Gelegenheit wahr, einen Bundesgenossen für Pichullek aufzubauen. Ohne Schnitzler zu erwähnen, erzählt er von der Suche des Kinderarztes nach seinem verwundeten Neffen, und der andere reagiert, wie er es erwartet hat.
»Wenn er ihn herbringt, helfe ich ihm. Er ist viel zu weich für eine so harte Sache, wenn es auch Situationen gibt, in denen diese Art Leute über sich hinauswachsen.

Aber er braucht Hilfe, und ich bleibe heute nacht da, bis er kommt, mein Wort darauf!«
»Hoffentlich mit dem Jungen«, sagt Tressel, und sie machen die Flasche leer.
Und dann spricht er noch vom kleinen Hollmann. »Es steht schlecht um ihn, aber vielleicht kann ich diese neuen Medikamente aus dem Westen mitbringen. Du könntest mal deinen elenden Egoismus vergessen und nach ihm schauen, wenn ich weg bin!«
Beide grinsen, als Tressel den letzten Tropfen aus der Flasche windet.

Die Reise nach Karlsruhe

Ist Ausreisen möglich? Als Günther Tressel morgens um sechs mit dem alten Opel an den Kontrollpunkt rollt, ist es sehr ruhig an der Sektorengrenze. Ein bißchen zu ruhig.
»Sie haben viel Zeit für uns«, sagt er zu seiner Frau.
Aber es ist ein Versuch, den er wie eine spontane Herausforderung sieht. Wenn sie ihn durchlassen, ist es gut, wenn sie ihn zurückschicken, wird er nicht murren. Pichullek hat seinen Neffen in die Klinik geschmuggelt, und die Operation ist gelungen. Er wird ein paar Tage länger bleiben müssen, als der Chefideologe Schnitzler, aber er hat's auch nötig, und von der Berechtigung wollen wir gar nicht reden.
Es gibt noch Gerechtigkeit, und wunderbare Wege geht das Leben.
Und das Wunder geht weiter. Nur kurz geht der Vopo mit dem Interzonenpaß in die Baracke. Dann kommt ein höherer Dienstgrad, Tressel könnte ihn nicht einmal ansprechen, wie es gehört, weil er jedes Interesse an Uniformen verloren hat, seit er die seine damals in Perleberg abgelegt hat, aus der Hütte.
»Es ist gut, Doktor. Und gute Reise!«
Einer wirft nur noch einen flüchtigen Blick in den Gepäckraum, ohne daß die Tressels einen Koffer öffnen müssen. Bald haben sie die Autobahn der DDR unter den Rädern, der man noch nie Pflege hat angedeihen lassen. Sie ist wellig, und ihre Oberfläche strapaziert Achsen und Federn des Autos, das unter Hitler gebaut worden ist wie diese Straße. So hoppeln sie dahin, bei 70 vorgeschriebenen Stundenkilometern, deren Einhaltung einer ständigen Kontrolle unterliegt und dem Staat soviel Geld bringt, daß er die Autobahn ruhig ein bißchen planieren könnte – gen Westen.

Die Gefahr, Bußgeld zahlen zu müssen, ist nicht gegeben, weil der klapprige Kasten dieses Tempo höchstens bringen kann, wenn's bergab geht. Und dann muß Tressel höllisch aufpassen, daß er in der Spur bleibt und nicht abdriftet.
Seine Frau, die auf dem durchgesessenen Sitz jede Unebenheit spürt, mahnt ihn zur Vorsicht. Und sie schämt sich auch ein bißchen wegen der zerbeulten Kotflügel, die sie sich an der Spree eingehandelt haben, als die Aufständischen den zusammengeschlagenen Vopo ins Wasser warfen. Er hat das mit dem Holzhammer ein bißchen ausgebeult, aber viel war nicht mehr zu machen.
»Sie werden lachen über unsere Kiste in Karlsruhe!«
Der Fahrer zuckt die Schultern und grinst: »Fährt sie oder fährt sie nicht? Frischer Dreck ziert den Soldaten!«
»Für Zigeuner werden sie uns halten!«
»Nein, für Helden, wenn ich ihnen sage, wie diese Dellen entstanden sind!«
»Willst du das jedem erzählen, der über uns lacht?«
Er schüttelt den Kopf und grinst, weil ihn ausgebeulte Kotflügel, von denen der Lack springt, eben lachen machen. Und weil er gesehen hat, mit wieviel lächerlicher Ernsthaftigkeit Westberliner ihre Autos auf Hochglanz bringen.
»Du solltest dich freuen, daß wir fahren! Vor ein paar Stunden noch hast du Schiß gehabt, daß sie uns gar nicht lassen!«
Das muß sie zugeben. Es ist schon ein kleines Wunder, daß sie aus diesem Chaos heraus nach Karlsruhe hoppeln. Und sie fängt an, es zu genießen wie er.
»Denk doch an die vielen Ostberliner, die uns um unsere stinkende Kiste und unsere Freiheit beneiden! Fünfzehn Jahre ist sie alt, und kein Hund läuft noch, wenn er so alt ist.«
Diese Bemerkung läßt Waltraut Tressel auf den Rücksitz zum Dackel greifen, der zum Glück erst acht ist und noch fast ein halbes Hundeleben vor sich hat. Wohlig brum-

mend läßt er sich kraulen, und es ist, als ob er begreifen würde, daß man mit viel Glück aus einem Schlamassel herausgekommen ist.
Aber man muß warten, wie die Eisemanns reagieren. Wenn's nach ihr gegangen wäre, hätte man sich wenigstens angemeldet.
Er lacht, als sie wieder anfängt damit. »Du mußt lockerer werden, Mädchen! Wir haben Westmark dabei, und wenn uns der Onkel nicht mag, mag uns jedes Hotel. Denk an die Ostberliner, die jetzt eine verdammt heiße Suppe auslöffeln, und genieße unsere Freiheit!«

Es bleibt ihr gar nichts anderes übrig, als ihm recht zu geben. Die südliche Route haben sie gewählt, um hinter Hof noch ein Stück des nördlichen Bayerns zu erleben, ehe es auf Landstraßen, die sich durch Dörfer mit schönen, blumengeschmückten Fachwerkhäusern winden, hineingeht nach Württemberg. Es ist einer jener Frühsommertage, an dem die Kirschen morgens noch gelb und abends rötlich sind.
Und gelb wird auch das Getreide und fröhlich das Herz. Bloß »Charité«, der alte Opel, hält nichts von Barmherzigkeit. So große Ausflüge ist er nicht gewöhnt, und in Crailsheim bleibt er nach einem heftigen Knattern rauchend und stinkend stehen.
Weg ist der Zauber, der Waltraud Tressels Herz froh gemacht hat. Als praktische Frau denkt sie an Kosten und Ungemach, dieweil der Optimist mit einem Lachen, das ihr und ihm helfen soll, aussteigt und die qualmende Haube öffnet. Aber viel versteht er eben nur vom menschlichen Körper. Von dem, was unter einer Motorhaube steckt, weiß er wenig, und seine Frau weiß das natürlich auch.
Der qualmende Motor ist so heiß, daß Tressel schnell aufhört mit seinen Handbewegungen, die sowieso keinen Sinn haben.
Schnell versammeln sich Leute ums Auto.

»Sie kommen aus der Zone?«
»Klar, Ostberlin, wie Sie sehen können.«
»Abgehauen?«
»Nein, Besuchsreise. Aber wie sollen wir jetzt nach Karlsruhe kommen?«
Das mit der Besuchsreise gefällt nicht jedem, und sie fangen an zu flüstern. Besuchsreisen werden die da drüben jetzt wohl kaum genehmigen, und die, die den Aufstand gemacht haben, können nicht im Auto abhauen.
Ein geflüchteter Parteibonze?
Eigentlich sieht der Mann so nicht aus, und sein zerbeultes Auto auch nicht. Es gibt noch kein Fernsehen, aber das weiß man von Fotos und Wochenschauen. Die Bonzen drüben fahren russische Limousinen mit Vorhängen an den Fenstern und keine alten Kisten.
Und überhaupt, was hat man zu tun damit?
Die Menge zerstreut sich bis auf zwei oder drei, die vielleicht schon ein Auto haben und wissen, was eine Panne ist.
»Vorn an der Ecke«, sagt einer, »keine dreihundert Meter von hier, ist eine Tankstelle mit Werkstatt.«
»Richtig! Sie sollen ihn holen.«
»Quatsch! Das machen wir doch selber, oder? Die Männer sehen sich unschlüssig an, aber der Alte winkt schon ein paar Buben heran, die bereits einen halben Rückzug gemacht hatten.
»Los, steht nicht so dumm herum und packt an! Wir schieben ihn zur Tankstelle.«
Es geht ganz leicht, weil sie nach fünfzig Metern fast ein Dutzend Helfer haben. Und als die Straße eben wird, behindern sie sich gegenseitig, weil der Wagen rollt.
Tressel bedankt sich, aber dann ist er allein mit dem Kfz-Meister, der sein Fahrzeug anschaut wie eine dreckige Laus, die man ihm in den Pelz setzen will.
»Was erwarten Sie von mir? Was soll ich mit der Scheißkarre anfangen?«
»Reparieren«, sagt Tressel mit dem freundlichsten Lä-

cheln, das er mit mehr Mühe zustandebringt, als der Mann ahnt, und das auch seiner Frau gilt, die zu zittern anfängt wie jemand, der sich im feindlichen Ausland schuldig fühlt.
»Haben Sie überhaupt Geld?«
Dieses »überhaupt« verletzt ihn, weil es dem Mann höchst fraglich scheint, ob einer, der mit einer solchen Rostlaube ankommt, ordentlich bezahlen kann. Man kann aus der Zone kein Geld eintreiben, und dieser Motor ist nicht mit fünfzig Mark zu retten. Und mit gutem Willen schon gar nicht. Eine Werkstatt ist nicht die Heilsarmee.
»Ich muß«, sagt Tressel und bringt es fertig, den Satz mit geheimnisvoller Überzeugungskraft zu würzen, »heute abend unbedingt in Karlsruhe sein!« Es klingt, als ob er Ost und West noch vor Sonnenuntergang einigen müsse, aber noch mehr Eindruck macht seine feierliche Versicherung: »Natürlich kann ich zahlen!«
Er schlägt sich mit der rechten Hand auf die linke Brust, wo die Brieftasche steckt, und sieht aus wie der amerikanische Präsident, wenn seine Nationalhymne gespielt wird. Der Kfz-Meister mag sogar ans deutsch-deutsche Herz denken.
»Aber heute schaffen wir das nicht. Sie werden übernachten müssen.«
»Ausgeschlossen!« Tressel, wieder Boden unter den Füßen spürend, schüttelt den Kopf. »Ich sagte Ihnen doch, daß wir unbedingt heute abend noch in Karlsruhe sein müssen!«
Der andere kratzt sich in den grauen Haaren, die aus dem hinteren Rand der Schildmütze zotteln. »Auf Befehle reagiere ich nicht, lieber Mann. Es ist kein Krieg mehr!«
Aber dann beugt er sich doch noch einmal über den Motor und macht ein paar Handgriffe.
»Wenn ich zwei Mann einsetze und selber mitmache, kann's reichen bis Feierabend. Aber bezahlt wird bar, klar?«

»Klar«, sagt Tressel. Und dann schaut er sich mit seiner Frau die malerischen Straßen und Gäßchen von Crailsheim an.
»Tut ganz gut, sich die Füße ein bißchen zu vertreten, oder? Außerdem können wir was essen. Deine Brote sind trocken geworden, und ein Bier wäre herrlich. Hier wirst du nicht mit null Promille schikaniert wie bei Ulbricht.«
»Aber es wird Mitternacht, bis wir nach Karlsruhe kommen, und angemeldet sind wir auch nicht.«
»Siehst du, und das ist unser Vorteil! So bekommen sie keine Angst, daß uns etwas passiert sein könnte.«
Das Argument ist schwer abzuschmettern, und das Bier schmeckt so gut wie die fränkische Wurst und der Schwartenmagen. Er bezahlt fröhlich und mit der leichten Hand eines Mannes, der sich was leisten kann.
Aber dann kommt die ellenlange Rechnung fürs Auto. Er wird bleich, weil er überhaupt nicht weiß, daß es soviele Teile gibt, die man auswechseln kann bei einem Motor. Und die Arbeitszeit mit den Meisterstunden!
Neunhunderteinundachtzig Mark und 56 Pfennige stehen unter dem Strich, und er hat das eklige Gefühl, daß sie ihm wie Blei in den Magen fallen.

Nicht einmal die Hälfte hat er dabei, weil tausend Westmark in diesem 53er Jahr auch für einen Arzt der Charité ein Traum sind. Unerreichbar wie die Wurst, die ohne Schnur am Plafond hängt.
»Ich habe noch hundert Mark dabei«, sagt Waltraud Tressel.
»Wieso?«
»Gespart eben.«
»Aus meinen Anzügen herausgeklaut«, grinst er. Aber es ist nur Galgenhumor, weil er weiß, daß der bundesdeutsche Kfz-Meister das Auto nur gegen bar herausgeben wird. Oder eben gegen eine Sicherheit. Er hat diese Geier in Westberlin kennengelernt.
»Du behältst«, sagt er, deine hundert Piepen als eiserne

Reserve. Wir müssen mit einer Anzahlung durchkommen und den Onkel als Bürgen angeben. Gerichtspräsident klingt gut in solchen Fällen.«
»Wenn er's glaubt!«
Es dauert eine Viertelstunde, bis der Meister seinen Ärger verdaut hat, aber der Mann kann sich als Arzt ausweisen, und die zitternde Frau rührt ihn innerhalb der Grenzen, die das Geschäft verträgt. Und schließlich sind es ja auch Deutsche, wenn auch keine richtigen.
Er nimmt 400 Mark, schreibt die Adresse des Onkels auf und wünscht gute Fahrt in dem stolzen Bewußtsein, ein aufrechter und gütiger Mensch zu sein.

Eine halbe Stunde vor Mitternacht – der Wagen war gefahren wie neugeboren, standen sie vor dem großen Karlsruher Mietshaus, in dem der Onkel wohnte. Nur im obersten Stockwerk brannte noch Licht. Der Name Eisemann jedoch stand neben der Klingel der dritten Etage, und es gab gar keine andere Wahl, als die Nachtruhe zu stören. »Die russischen Panzer«, sagte Tressel grinsend, »haben nicht mal geklingelt.«
Aber nichts rührte sich. Erst nach einem ganz langen vierten Versuch ging im Treppenhaus Licht an. »Durchs Fenster hat niemand geschaut«, flüsterte Waltraud Tressel.
»Weiß man nicht, und ist ja auch egal jetzt.« Er zuckte die Schultern, und dann hörten sie Schritte auf der Treppe. Sekunden später das metallene Klappern von Schlüsseln und zwei Umdrehungen. Unter der Tür stehend in knöchellangem Morgenmantel und Hausschuhen Erika Eisemann. Ihren Neffen, den sie zuletzt als Schüler in Elbing gesehen hatte, erkannte sie im diffusen Licht nicht.
Und sie war auch wütend. »Was fällt Ihnen ein, um diese Zeit zu stören! Wo... woher nehmen Sie das Recht?«
Er deutete auf das direkt vor der Haustür geparkte alte Auto: »Ostberlin, Günther Tressel.« Das Wort Tante verkniff er sich, obwohl er sie sofort erkannt hatte.

»Günther?« Sie zog ihn in den Hausflur unter die Lampe. »Laß dich ansehen. Tatsächlich, du bist's, und das ist auch die Jacke, die wir dir vor ein paar Monaten geschickt haben.« Dann ein Blick auf die Frau. »Waltraud?« Die nickte und kämpfte mit Tränen, weil der Tag sehr lang und aufregend gewesen war, aber nun vielleicht doch gut enden würde. Sie suchte Halt am Treppengeländer, weil sie sehr, sehr müde war.
»Kommt rauf, aber seid leise, damit wir nicht das ganze Haus wecken.«
Aber Tressel wies auf die Straße und auf den Wagen. »Darf ich noch etwas Gepäck aus dem Wagen nehmen?«
»Logisch. Aber beeil dich. Ihr bekommt das Gästezimmer, und es ist alles da, was ihr braucht.«
Und so war es. Sogar fließendes Wasser gab's im Zimmer, und das Doppelbett zog Waltraud Tressel mit solcher Macht an, daß sie um die Erlaubnis bat, gleich schlafen zu dürfen. »Aber ihr wollt sicher noch etwas reden.«
»War alles ein bißchen abenteuerlich und viel für sie«, sagte Tressel zu seiner Tante, »und eine Erklärung bin ich euch wohl schuldig. Aber, bitte, weck den Onkel auf keinen Fall, wenn er schläft.«
Er beschloß aber, die Sache mit den 600 Mark, die ihm fehlten, noch zurückzustellen. Ein mitternächtlicher Überfall war genug fürs erste.
»Schön und geräumig habt ihr's«, sagte er, als er mit Erika Eisemann in der Sitzecke des Wohnzimmers saß, umrahmt von Büchern und schönen Stichen vom alten Straßburg.
»Nun ja, einiges haben wir retten können, aber das ist wohl nicht der Moment für langatmige Komplimente, oder? Karl David wird sich freuen, morgen abend über vieles mit dir reden zu können.«
Morgen abend? Er ist gar nicht hier?«
»So ist es. Wir konnten ja nicht wissen, daß so interessanter Besuch aus dem Osten kommt. Wirklich nicht! Eigentlich hättet ihr euch ja auch anmelden können, findest

du nicht?« Vorwurf, den er begriff, mischte sich mit Ironie, die er nicht deuten konnte.
»Es sollte eine Überraschung werden, und wenn uns eine Autopanne nicht um viele Stunden zurückgeworfen hätte, wären wir zu einer sehr christlichen Zeit angekommen.«
»Mit dem Auto«, sagte sie mit einem dünnen Lächeln, und das »dem« dehnend, »wundert mich das nicht. Aber entschuldige, ich habe dir vor lauter Aufregung nichts angeboten. Was trinkst du?«
»Ein Bier wäre nicht schlecht.«
»Komm, sei nicht so bescheiden. Nehmen wir einen Whisky-Soda, ich mach mit. Und schon war sie beim Öffnen einer bemerkenswert gutsortierten Hausbar in der Bücherwand.
»Aber mit viel Wasser!«
»Das machst du selbst. Zigarette?«
Er schüttelte den Kopf. »Damit hab' ich aufgehört. Wenn man nur eine Lunge hat, muß man manches ändern in seinem Leben.«
»Entschuldige. Wie konnte ich's vergessen! Du hast einiges durchgemacht. Manchmal denkt man, man selbst wäre der einzige gewesen.«
»Für euch ist's tausendmal schwieriger gewesen, und ich hab's noch gar nicht recht begreifen können. Ihr müßt das alles erzählen, hörst du?«
»Ich fürchte, dein Onkel wird dich enttäuschen. Er hat dieses Kapitel abgeschlossen und ich eigentlich auch. Wir sind keine Ausstellungsstücke.« Es klang brüsk, und sie trank Whisky ohne Wasser dazu.
Hatte er etwas falsch gemacht? Doch ehe er nachdenken konnte, fuhr sie fort, und jetzt glaubte er, zu verstehen.
»Ihr könnt natürlich vorerst hierbleiben, aber die amtliche Prozedur für Flüchtlinge können wir euch nicht abnehmen. Ihr habt da wohl noch nichts unternommen, oder?«
Er nahm einen kräftigen Schluck Whisky mit viel Wasser

und schüttelte lächelnd den Kopf: »Wir werden auch nichts unternehmen. Dies soll ein Besuch sein, und in genau sechs Tagen beginnt meine Arbeit an der Charité wieder.«
Ungläubig blickte Erika Eisemann ihren Neffen an. »Ein Besuch? Du willst sagen, Sie haben euch nach allem, was passiert ist, rausgelassen zu einer Spazierfahrt? Und wenn es so wäre, würdet ihr die einmalige Gelegenheit, hier zu bleiben, verschenken?«
»So ist es. Aber wir würden uns freuen, wenn wir ein paar Tage bleiben dürften.«
Von den Aufregungen der Fahrt und dem Geld, das er brauchte, sagte er nichts. Das mußte mit dem Onkel besprochen werden, und der Whisky machte müde Beine schwer. Er gähnte und hielt die Hand übers Glas, als sie nachschenken wollte.
Aber er war noch nicht entlassen.
»Ihr seid«, sagte Erika Eisemann unvermittelt, »nicht die einzigen Gäste. Ein französischer Offizier ist noch da, alter Freund von Karl aus Straßburger Zeiten. Freund des Hauses, wenn du so willst, aber kein Hausfreund. Er hat die halbe Nacht gearbeitet und schläft im Arbeitszimmer. Sag's ruhig deiner Frau, wenn sie aufwacht, damit sie sich weiblichen Kombinationssinn erspart.«
Lächelnd räumte sie Flasche und Gläser auf und vergaß nicht, auf die Vorliebe der Deutschen hinzuweisen, in jedem Franzosen einen Schwerenöter zu sehen. »Dieser Mann ist auf andere Weise interessant. Er ist Oberst im Deuxième Bureau.«
Aber von der Bedeutung des Zweiten Büros im französischen Staatsapparat hatte Günther Tressel noch nie gehört. Das stand noch bevor.

Zu viert sitzen sie am Frühstückstisch, und als erstes stellt Waltraud Tressel fest, daß der Colonel Jordan unzweifelhaft ein Mann von Welt ist. Und es sind nicht nur seine Manieren. Ein ungewöhnlicher Hauch von Selbstsicher-

heit geht von ihm aus, der sich indes in eine Nebelwand verwandelt, wenn man herankommen will an ihn. Wäre schon denkbar, daß etwas ist zwischen ihm und der Tante Erika, die immer noch Rundungen hat, wo sie am Platze sind, und außerdem eine Frau ist, die unzweifelhaft Intelligenz und Format besitzt. Aber gleich schämt Waltraud sich, solche Gedanken zu spinnen als Gast, der auf Barmherzigkeit angewiesen ist. Charité heißt das in der Sprache des Obersten, und sie nimmt sich fest vor, es nicht zu vergessen.
Sie frühstücken wie alte Freunde, und was die Tressels über ihre Erlebnisse berichten, taugt sogar zu einem Gedankenaustausch. Der Oberst Jordan ist fasziniert von der verrückten Tatsache, daß sie eben noch im kochenden Berliner Volksaufstand steckten. Waren da vielleicht ungewöhnliche Beziehungen im Spiel?
»Überhaupt nicht«, sagte Tressel, genüßlich ein halbweiches Ei austunkend. »Aber die Tatsache, daß ich an der Charité bin, mag ein bißchen mitgespielt haben. Ist eine gute Adresse.«
»Kann ich mir denken, kann ich mir wirklich sehr gut vorstellen! Muß so etwas wie eine Oase sein, oder?«
Wie gut er Deutsch spricht, denkt Tressel. Ein kleiner Akzent steckt zwar drin, aber er als Ostpreuße hält ihn für süddeutsch.
»Stimmt. Wir haben Privilegien.«
Woher kommt bloß das flüssige Deutsch dieses Franzosen? Es ist, als ob Jordans geschulte Nase das röche.
»Sehen Sie, Karl David Eisemann und ich waren Schulkameraden in Straßburg. Anschließend sind wir zwar verschiedene Wege in verschiedenen Ländern gegangen, aber wir sind Freunde geblieben. Haben auch nachher noch viel erlebt miteinander.«
Was, sagt er nicht, sondern er bietet Zigaretten an. Nur Erika Eisemann greift zu, und dann fährt er fort: »Es gibt Freundschaften, die halten, und man muß froh sein darüber.«

Tressel nimmt einen Schluck Kaffee, der besser schmeckt als in der DDR und sogar besser als der in der Charité und sagt: »Nichts geht über Freundschaft, aber wenn die drüben ›Druschba‹ sagen, kotzt es mich manchmal an.
»Was heißt das?«
»›Freundschaft‹. Wird bloß nicht gedankenlos erwidert, wie Sie vielleicht am Ostberliner Aufstand bemerkt haben.«
»Sie nehmen mir das Stichwort aus dem Mund.« Jordan, der mit aufgekrempelten Ärmeln dasitzt, als sei er der Hausherr, und mit frappierender Selbstverständlichkeit auch so tut, als ob es nichts Natürlicheres für ihn gäbe, schiebt seinen Stuhl zurück und legt ein Bein über das andere. »Daß Sie da sind, kommt mir fast wie ein Wunder vor.«
Wenigstens trägt er nicht die Hausschuhe vom Onkel, denkt Tressel. Der hat viel kleinere Füße. Aber daß dieser Jordan hier ist, wundert ihn doch ein bißchen.
»Es ging, wie ich Ihnen sagte, problemlos. Der Antrag war vor dem Aufstand gestellt worden, und vermutlich waren noch keine neuen Befehle da. Jetzt ist es wahrscheinlich schon anders; deshalb haben wir keine Zeit verloren.«
»Nach unseren Informationen geht jetzt nichts mehr.« Jordan blickt dem Rauch seiner Zigarette nach, der sich durch einen Fensterspalt windet.
Er betont dieses »unseren« ein wenig zu sehr, als daß es Tressel nicht hätte auffallen müssen. Und er begründet es gleich auch: »Ich weiß nicht, ob Ihnen Erika gesagt hat, daß ich beim Deuxième Bureau arbeite.«
»Nein, hat sie nicht. Scheint so etwas wie Abwehr zu bedeuten?«
Der Oberst nickt und schenkt Kaffee nach. »Und viel Arbeit, wie Sie sich denken können.«
Da wird Tressel angriffslustig: »Viele Ostberliner hätten gerne etwas gespürt von dieser Arbeit! Wenn hier die Geheimdienste funktionieren, kann man ja nicht ganz un-

vorbereitet gewesen sein. Es hat lange genug rumort in der Stalinallee.«

Jordan wird kaum merklich eine Spur dienstlicher. »Wir haben die Hand schon am Puls, wenn Sie das meinen, verlassen Sie sich darauf. Und auch einen Einblick in die – sagen wir mal, höhere – Politik. Der Westen kann nicht einfach zuschlagen, wenn ein Teil einer Stadtbevölkerung es gern hätte.«

»Und der Osten kann aufatmen. Glauben Sie, die hätten keine Angst gehabt in Moskau?«

»Durchaus, mein Lieber, durchaus.« Die Stimme wird wieder jovial. »Der ganze Ostblock hat gewackelt, und es können, wenn ich diesen Vergleich mal gebrauchen darf, neue Stöße kommen wie bei einem Erdbeben. Unsere Aufgabe besteht jetzt in erhöhter Aufmerksamkeit.«

»Damit helft ihr den Ostberlinern wohl kaum.«

Jordan deutet ein Lächeln an, als er nach einer neuen Zigarette greift. »Jeder hat sein Risiko. Die drüben das ihre, wir das unsere. Und Geheimdienste beobachten. Sie sind nicht die Exekutive.

»Ist mir nicht neu«, brummt Tressel schulterzuckend, aber der Oberst läßt sich nicht reizen.

»Sehen Sie, Berlin ist im eigentlichen Sinn zum Brennpunkt der Welt geworden. Da kann man gar nicht genug bedenken, und deshalb bin ich nun wirklich gespannt auf die ganz persönlichen Eindrücke eines intelligenten Mannes, wie Sie es sind.«

»Hm. In der Charité wird geheilt wie in jedem Krankenhaus der Welt. Ich fürchte, Sie überschätzen mich. Sie sollten sich einen Gesprächspartner aus einem volkseigenen Betrieb suchen.«

»Einen Betriebsblinden? Nein, nein, so kommen Sie mir nicht davon! Zumindest Ihre Erlebnisse der letzten Tage sind Sie mir schuldig, von Mensch zu Mensch, verstehen Sie? Vergessen Sie, daß ich vom Deuxième Bureau bin, und tun Sie, als ob ich gar nicht da wäre. Schließlich hätten Sie's Ihrer Tante doch auch erzählt, oder?«

»Er hat recht«, sagte Waltraud Tressel und denkt an die Höflichkeit, die der Gast schuldig ist. Um so mehr, wenn er zu mitternächtlicher Stunde einfällt und keine müde Mark mehr in der Tasche hat. Ihre letzte Reserve hat das Tanken unterwegs verschlungen. Aber das ist jetzt noch kein Thema. Günther mag am Abend mit dem Onkel darüber reden. Für's erste soll er dem Franzosen sagen, was der hören will.

Die beiden Frauen machen die Einkäufe fürs Mittagessen, und die Männer reden fast zwei Stunden, in die Jordan alles hineingepackt haben will, weil er nach dem Essen einen Termin hat. Mit Agenten?
Ein Hauch von Spionagefilm zieht durchs Zimmer.
Ja, er bläst ihm sogar sehr spürbar ins Gesicht, als er seine Erlebnisse abgespult hat mit allen Details, angefangen bei der grausigen Lynchjustiz an jenem Volkspolizisten bis zu dem grotesken Zusammenprall mit dem Chefkommentator Karl-Eduard von Schnitzler in der Kinderabteilung der H.N.O. Der Oberst schlägt sich vor Vergnügen auf die Schenkel dabei, aber das schallende Lachen geht fast in Flüstern über, als er näherrückt.
»Sie könnten uns hilfreich sein in Ostberlin, Doktor.
»Ich? Wie meinen Sie das?«
»Nun, Sie sehen viel und hören viel und genießen eine Menge Privilegien. Außerdem sind Sie kein Freund des Regimes. Paßt hübsch zusammen.«
»Nicht so, wie Sie denken, Oberst! Ich spiele weder den Spitzel noch den Spion!«
»Aber, aber, wer redet denn von sowas!«
»Sie, wenn meine Ohren nicht taub sind! Doch hören Sie zu: Unter den sechzig Ärzten der medizinischen Charité-Kliniken gibt's zwei SED-Mitglieder, aber jeder der anderen achtundzwanzig würde ihnen einen Tritt in den Hintern geben für Ihr Angebot. Und wissen Sie, warum? Weil wir der Menschheit auf andere Art helfen als Leute wie Sie mit Ihren Geheimvereinen. Ihre ganze Wichtigtuerei ist doch einfach lächerlich!«

Das ist zuviel. Jordan springt mit zornrotem Gesicht hoch, weil sich ein französischer Offizier das von keinem Deutschen sagen lassen muß, ganz gleich, ob er von hüben oder drüben kommt.
»Nehmen Sie das zurück!«
»Gut, wenn Sie wollen. Ich habe mich im Ton vergriffen. Der ganze Wirbel hat mich wohl mehr mitgenommen, als Sie sich vorstellen können. Man schüttelt das nicht so einfach ab.«
»Schon gut.« Auch Jordan hat sich wieder gefangen. »Wir sollten ganz emotionslos über die Sache reden, Doktor. Niemand will Sie zum Spionieren überreden, und von Geld war ja nicht die Rede.«
»Habe ich das behauptet?«
»Nun, Sie sprachen von einem Angebot, aber einen Mann wie Sie ködert man doch nicht mit Geld. Das wäre das Letzte, was ich tun würde!«
Er tut Schmalz aufs Brot, denkt Tressel, ohne zu antworten.
»Ich denke«, fährt Jordan ganz locker fort, »nicht an Geheimnisse, die Sie uns verraten sollen, sondern an Stimmungsbilder, die Sie uns liefern könnten. Ganz nach Lust und Laune, und das kann wertvoller sein als manches, das unter Geheimnis firmiert und den einen Geheimdienst in Atem hält, während es der andere längst als Seifenblase erkannt hat.« Und beinahe seufzend fügt er hinzu: »Wir sind auch nicht überlaufen mit Intelligenzbestien, da haben Sie gar nicht so unrecht.«
»Ich habe«, sagt Tressel, »mich nie im Leben vor Risiken gescheut, aber Sie werden mir jetzt wohl nicht erzählen wollen, daß die Sache ein ungefährliches Kinderspiel sei. Und DDR-Gefängnisse, das dürfen Sie mir glauben, sind keine Kinderbewahranstalten.«
Jetzt lacht Jordan fast herzlich. »Wer könnte jemanden von Ihrem Format und in Ihrer Position ins Gefängnis bringen? Und noch was: Berlin ist der ungefährlichste Platz der Welt für das, was ich Ihnen vorschlage. Sie

fahren mit dem Auto oder der U-Bahn in den Westen hinüber, wann immer Sie wollen, und wenn Sie dort das eine oder andere unverbindliche Gespräch führen, dann ist das doch wohl keine Spionage, oder?«
»Vorhin haben Sie gesagt, daß jetzt alles ›zu‹ sei.«
»Wie bitte?«
»Ja, als Sie sich wunderten, daß wir gestern einfach 'rüberfahren durften.«
»Ach so!« Jordan blickte ihn an wie ein gütiger Lehrer den Schüler, den er versehentlich überfordert hat. »Das alles wird sich in kürzester Zeit normalisieren. Die Russen können Ostberlin nicht abschotten und sind uns ein Dankeschön schuldig, weil wir nicht eingegriffen haben. Da wäscht eine Hand die andere.«
»Vielleicht haben Sie recht, aber ich weiß trotzdem nicht, wie ich Ihnen nützlich sein sollte.«
»Denken Sie«, sagt Jordan mit einem Lachen, in dem Spaß und Hochachtung glucksen, »bloß an Karl-Eduard von Schnitzler!«
»Den werden wir in der Charité kaum wiedersehen. Und ein Zufall wie dieser macht aus mir noch lange keinen... keinen Agenten. Oder muß ich Spion sagen?«
»Weder noch, weder noch, lieber Freund!« Er legt seine Hand auf Tressels Arm und steht dann fast ruckartig auf. »Wissen Sie was? Wir nehmen einen Schluck Champagner, solange die Frauen noch nicht wieder hier sind. Es ist genug davon im Kühlschrank, und ich kann darüber verfügen, weil ich ihn als Freund des Hauses mitbringe.« Und schon ist er in der Küche verschwunden. Er kennt alle Feinheiten unserer Sprache, denkt Tressel.
»Es gibt«, sagt der Oberst, fachmännisch den Korken lösend, »zwischen Frühstück und Mittagessen nichts Besseres als ein Glas Champagner, und Sie werden im Osten kaum Gelegenheit haben, einen Dom Perignon dieses Jahrgangs zu bekommen.« Er deutet auf das gelbe Etikett der schmalhalsigen Flasche wie ein Kellermeister.
»Zugegeben. Russischer Schampanskoje ist süß und kleb-

rig. Aber es wird Sie enttäuschen, daß ich nichts vom Unterschied zwischen den Jahrgängen verstehe.«

»Macht nichts«, sagt der Freund des Hauses mit dem wohlwollenden Grinsen eines reichen Onkels, das Tressel daran erinnert, daß er nun wirklich einen ganz anderen Mann im Haus erwartet hat.

Und der andere scheint ein Gespür für Gedanken zu haben, weil er in seinem Job mehr als ein kleines Rädchen ist. Eigentlich, sagt sich Tressel, könnte ich den Onkel entlasten und dem Colonel erst einmal die Tausend-Mark-Rechnung von Crailsheim vorlegen. Jeder, der Spion werden will, würde so anfangen.

Er überlegt es sich auch beim ersten Schluck, aber schon beim zweiten verwirft er die Idee. Weil er weiß, daß der andere zahlen würde, er aber verraten und verkauft wäre. Also taktieren. Und ruhig ins Detail gehen.

»Wie soll das überhaupt vor sich gehen, mit der Übermittlung von... von, na sagen wir mal, Stimmungsberichten?«

Jordan, seines Sieges sicher, läßt den Champagner nicht die Kehle hinablaufen, sondern er kaut ihn. »Nichts einfacher als das! Sie treffen sich gelegentlich mit unseren deutschen Freunden in Westberlin, und Sie dürfen sicher sein, daß jede Operation, die Sie in der Charité durchführen, eine viel kompliziertere Angelegenheit ist.«

»Ich operiere nicht.«

»Warum?«

»Weil ich Internist bin.«

»War ja auch nur ein Vergleich. Er paßt genauso gut. Sie werden genug komplizierte Fälle haben.«

»Worauf Sie sich verlassen können!« Er denkt an den kleinen Hollmann, dem keiner mehr helfen kann, und auch an den Kollegen Pichullek, der seinen aufständischen Neffen in die Charité geschleust hat. »Es fehlt nie an Problemen, die man nicht lösen kann mit dem, was man gelernt hat.«

Manche, aber das sagt er nicht, ließen sich mit harter

Währung lösen. Er spürt, daß der andere nur darauf lauert, und wieder durchzuckt ihn die Idee, daß er sich jetzt nur kaufen lassen muß, um manches tun zu können, das nicht möglich ist mit den Mitteln, die ihm zur Verfügung stehen.
Aber nach dem dritten Glas Champagner, der nicht nur im Glase perlt, sondern auch die Gedanken prickeln läßt, sagt er etwas ganz anderes: »Ich werd's mir überlegen. Verlangen Sie jetzt, bitte, keine Antwort von mir.«
»In Ordnung, Doktor. Sie überlegen sich die Sache, und man wird sehen.«
»Und wie stellen Sie sich das vor? Sie werden ja wohl kaum einen Besuch in der Charité vorhaben.«
»Das allerdings nicht.« Jordan schmunzelt. »Wir legen auch keinen unserer Männer auf die Kinderstation. Irgendwie werden Sie in Westberlin kontaktiert werden. Von deutschen Kollegen, selbstverständlich. Und vergessen Sie nicht: mit Verrat haben die Dinge, die uns interessieren, nichts zu tun.«
»Sind Sie da so sicher?«
»Aber Doktor! Nach allem, was Sie mir erzählt haben, sind Sie ziemlich das Gegenteil von einem Kommunisten und wissen, wo Sie stehen. Und es steht Ihnen völlig frei, Vorschläge abzulehnen, wenn Sie kontaktiert werden. Lassen Sie das doch einfach auf sich zukommen.«
»Gut. Aber halten wir fest, daß ich Ihnen keine Zusage gegeben habe.«
»Selbstverständlich. Gestatten Sie mir bitte dennoch, den letzten Schluck dieser vorzüglichen Flasche auf eine gedeihliche Zusammenarbeit zu nehmen und zu bemerken, daß es in jedem Fall ein Gewinn für mich war, einen so außergewöhnlichen Mann wie Sie kennenzulernen!«
Ziemlich gespreizt, denkt Tressel, und hebt sein Glas. Und dann reden sie von ganz anderen Dingen, weil die beiden Frauen zurückkommen, um das Mittagessen zu richten.

In der Dämmerung des Junitags kam Karl David Eisemann nach Hause. Er trug ein Köfferchen, das dem des abgereisten Obersten zum Verwechseln ähnlich sah. Und obwohl er einen anstrengenden Tag hinter sich hatte, freute er sich von Herzen über den unerwarteten Besuch aus Ostberlin.
»Bring Champagner, Erika! Hab' lange genug darauf gewartet, meinen einzigen Neffen zu sehen! Und beinahe hätten wir's vor euch gepackt. Habt ihr unseren Brief bekommen?«
Tressel schüttelte den Kopf, und der Onkel schlug sich mit der flachen Hand auf die Stirn. »Kann ja gar nicht sein, der Aufstand! Aber sagt mal, wie... wie habt denn ihr das geschafft?«
»Einfach losgefahren.«
»Einfach so – gleich nach diesem ganzen Aufruhr?« Und dann die Pause der Erleuchtung: »Klar, ihr seid einfach abgehauen, ihr wollt im Westen bleiben! Entschuldigt, aber ich glaube, ich werde alt. Man hat, was man braucht, und steckt in diesen Dingen nicht mehr so drin wie in seinen jungen Jahren. Schnell habt ihr geschaltet, und es war eine gute Idee, gleich zu uns zu kommen. Ich habe da so einige Beziehungen.«
Tressel wechselte einen Blick mit seiner Frau und spürte gleiche Wellenlänge. Kein Zweifel, sofort würde sie der Mann aufnehmen und dann alles regeln. Kein Hauch von bürgerlichem Egoismus war in den flinken klaren Augen. Man hätte ganz anders landen können bei anderen Leuten, aber sein Gefühl hatte ihn nicht getrogen.
»Nur ein kurzer Besuch, Onkel. Die Charité wartet schon nächste Woche auf mich.«
Daß ein Auto namens Charité auf tausend Mark Reparaturgeld wartete, sagte er nicht, aber er wußte jetzt, daß es gesagt werden durfte.
»Ich weiß nicht«, sagte Karl David Eisemann und öffnete eine Flasche Dom Perignon des französischen Obersten, »ob ich zurückginge. Niemand weiß, wie's weitergeht

drüben, und ein Arzt, der mit den Referenzen der Charité kommt, ist ein absoluter Glücksfall unter Flüchtlingen. Ich kenne da...«
»Danke, Onkel, aber bemüh' dich nicht. Es ist keine Flucht. Wir leben ordentlich und mit allerlei Privilegien.«
»Ja, ich habe das Auto vor dem Haus gesehen. Wirklich erstaunlich. Bloß ein bißchen alt und verbeult, was?«
Wieder ein kurzer Blickwechsel der Tressels. Das war ein sehr günstiger Moment für die unumgängliche Beichte.
»Es hat am Vorabend des 17., als der Aufstand begann, böse Fußtritte abgekriegt, und dann... ja dann hat es unterwegs den Geist aufgegeben. War nicht vorgesehen und leider nicht billig.«
»Wieviel?«
»Es ist mir furchtbar peinlich, Onkel. Nimm lieber erst mal einen Schluck.«
»Von mir aus, prosit! Hauptsache, ihr seid da. Was man mit Geld erledigen kann, ist der Rede nicht wert!«
»Es hat immerhin unsere Barschaft verschlungen, und die hat nur zu einer Anzahlung gereicht.«
»Na und? Bin ich niemand?«
»Wenn du mir das Geld leihen könntest...«
»Red keinen Stuß, Junge, und gib mir die Rechnung. Außerdem werden wir die Karre ausbeulen und lackieren lassen, und wenn dir das nicht paßt, dann denk einfach, daß ich das aus reiner Eigenliebe mache, weil so ein Ding keine Zierde vor dem Haus eines Gerichtspräsidenten ist!«
»Aber...«
»Schluß jetzt! Verdirb nicht einen Abend, auf den ich lange genug gewartet habe, und erzähl!«
So wurde es Mitternacht, bis die Berliner Ereignisse, wie sie Günther Tressel erlebt hatte, zum zweitenmal abgespult waren. Sie brauchten den gesamten Champagnervorrat auf, und als sie schlafen gingen, erklärte Karl David Eisemann seiner Frau mit schwerer Zunge, daß der Oberst Jordan besser beraten wäre, sich mit Nachschub

zu befassen als mit seinem blödsinnigen Geheimkram. Tressel verzog keine Miene. Zuviel Champagner war geflossen, und über Geheimkram wollte er mit dem Onkel sehr nüchtern reden.

Ein Agent wird geboren

Beim Wissler-Wirt sah man in der dunstigen Dämmerung dieses Sommertags von 1987 die Konturen des Bismarckturms vom Feldberg verschwimmen. Helldorf und Tressel saßen auf der »Kunscht« am großen Kachelofen und tranken zum Schinken Markgräfler Wein, den die tiefstehende Sonne fast honiggelb machte in den Gläsern.
Aus anderen Gläsern tranken sie Mineralwasser, und es war schon die zweite große Flasche, weil der Tag heiß und der Weg lang gewesen war.
»Genug geredet«, sagte Tressel. »Du willst zuviel wissen, und meine Zunge kommt mir heute vor wie ein trockener Schwamm.«
»Zum Rentner, der sich stumm in den Sonnenuntergang verliebt, bist du mir zu jung! Ich will einfach mehr wissen von diesem Karlsruher Besuch und vom Onkel. Es ist euer erstes Zusammentreffen gewesen, und er muß dir viel erzählt haben.«
»Eben nicht. Erzählt habe ich, und ich habe nur Pause gehabt, wenn wir Ausflüge machten.«
»Wohin?«
»Baden-Baden, Freiburg und auch Straßburg. Im Hailich Graab haben wir einen draufgemacht, daß die alten Mauern zitterten, und der Wirt, sein Kriegskamerad von 1914–1918, hat tüchtig mitgehalten. Feiner Mann. Ist erst vor drei oder vier Jahren gestorben.«
»Und du hast deinem Onkel gesagt, was dieser Oberst Jordan von dir wollte?«
Tressel blinzelte in die im Westen verschwindende rote Sonnenkugel. »Sagen wir, ich hab's angedeutet. Aber da hättest du ihn sehen sollen! Mit Händen und Füßen hat er mir abgeraten und Jordan verflucht. Heute weiß ich, daß es seine Erfahrung und sein Gespür waren, die sich auf-

lehnten, aber ich war wohl schon aufs Trittbrett gestiegen.«
»Gut, heute wissen wir ja alles. Aber wie ging's mit dir dann weiter?«
»Wenn du an Jordan denkst, kann ich dir nur sagen, daß er am Tag vor der Abreise mit einer Kiste Champagner, extra für uns, ankam. Und er hat mich bloß angeblinzelt.«
»Du hast auch deiner Frau nichts von Jordans Offerte gesagt?«
»Erst viel später. Wir wußten ja nicht einmal, ob wir wieder durchkommen würden nach Ostberlin.«
Tressel hielt das Eichenbrett mit den Resten des vorzüglich geräucherten Schinkens unter den Tisch und schob sie mit dem Handrücken seinem Dackel zu. Die Sonne war verschwunden, und der Wissler-Wirt knipste die alte Lampe beim Kachelofen an. Ihr weiches gelbliches Licht hatte die Farbe des Weins, von dem er noch einen Krug brachte, ehe er sich zu den Urlaubern am Fenster setzte, die wissen wollten, wie er gelebt hatte, als man noch nicht mit dem Auto hier herauffahren konnte.
»Hörst du das?« Tressel nickte zum Fenster hinüber. »Ein bißchen Schwarzwald-Romantik möchten sie noch mitnehmen, und sie kriegen sie auch, obwohl der alte Mann eigentlich nur ein langes schweres Leben mit zwei Weltkriegen und zwei Inflationen gehabt hat.«
»Kriege sind noch nicht aus, wenn die Kämpfe vorüber sind.«
»Ja, 1918 in Versailles ist schon der Countdown angelaufen für 1939. Und um den dritten Weltkrieg sind wir beim 53er Aufstand von Berlin nur wegen der Atomwaffen herumgekommen. Und seither immer wieder.«
»Mag sein, aber wir wollen jetzt keinen Veteranenstammtisch aufmachen.« Helldorf schenkte Markgräfler nach. Vom Fenstertisch kam breites Lachen, weil der alte Wissler einen seiner trockenen Bauernwitze erzählte, die immer zogen.

»Humor«, sagte Tressel, »ist auch für den alten Eisemann immer ein trefflicher Schutzschild gewesen. Er ist wie guter Wein, der sich mit den Jahren veredelt.«
»Leider sind uns eben Grenzen gesetzt. Du lebst mit einer Lunge und ich mit anderen Kriegserinnerungen. Je länger die Scheiße zurückliegt, um so näher rückt sie wieder heran an dich.«
Tressel nickt wieder zum Tisch hinüber, wo eine Lachsalve auf die andere folgt. »Aber wir haben mehr über Größe und Unzulänglichkeit der Menschen gelernt als die dort.«
»Stimmt. Mir fällt da ein Sprichwort ein, das ich in Argentinien gehört habe: Erfahrung ist ein Kamm, den du bekommst, wenn du kahl bist.«
»Nicht übel«, grinst Tressel.
»Aber man darf«, fährt der andere fort, »Erfahrung und Vernunft nicht gleichsetzen. Erfahrung ist, sagen wir, Metiersache. Sie hilft vor allem im Beruf und in der Vielfalt des täglichen Lebens. Aber die vernünftige Einschätzung von Gegebenheiten ist etwas ganz anderes, und wie der Humor ist sie nicht zu erlernen. Oder bist du anderer Meinung?«
Tressel nimmt einen Schluck, als ob er eine Denkpause nötig hätte.
»Im Prinzip hast du natürlich recht, aber denk, wenn du von einer vernünftigen Einschätzung der Gegebenheiten sprichst, an die riesige Palette, die sich da auftut. Denk an den SA-Mann Spiegel und auch an den Karl David Eisemann.«
»Seltsames Duo!«
»Nur auf den ersten Blick. Der eine hat eine kleine Karriere gemacht, der andere hat sein Leben und viele andere gerettet, beide durch richtige Einschätzung der Gegebenheiten. Wir haben sogar einen Bundeskanzler und einen Bundespräsidenten gehabt, die Hitlers Parteigenossen waren. Auch durch richtige Einschätzung der Gegebenheiten. Da uns eben allen Grenzen gesetzt sind, ist es kein

Fehler, daß die Kriegsgeneration jetzt aus dem Bundestag verschwindet.«
»Protest«, knurrt Helldorf. Hat nicht neulich unser Innenminister öffentlich erklärt, daß er den Kapitulationstag, den 8. Mai 1945, viel weniger als Befreiung denn als Schmach empfunden habe?«
»Und mit welcher Begründung, bitte?«
»Nun ja, er sei Leutnant und Kompaniechef gewesen, folglich habe eine Niederlage ganz einfach nicht in seinem Sinn liegen können.«
»Ziemlich getrübte Froschperspektive eines Heldensohns!«
»Aber gutes Erinnerungsvermögen! Bei anderen Gelegenheiten ist es nicht so groß gewesen, aber jetzt hat er offenbar den Gesamtüberblick gewonnen. Wenn du mich fragst...«
Tressel wischte den Rest des Satzes mit einer ungeduldigen Handbewegung weg. »Gleich zählst du mir noch alle die alten Ultra-Rechten auf, die sich mit bestem Gewissen den Sockel für ihre eigene Staatsraison gezimmert haben: was im Staat rechtens ist, wird gemacht.«
»Und warum sollte ich die Herren nicht aufzählen? Konnte jemand eine Niederlage als Schmach empfinden, die uns von Hitler und seinen Horden befreit hat? Für mich war dieser 8. Mai ein Tag der Befreiung, auch wenn ich noch vieles habe auf mich nehmen müssen, das Nazis erspart blieb!«
»Bleib ruhig.« Tressel hob sein Glas. »Trinken wir lieber auf diesen Tag und schießen wir die Politik und alle, die sie machen, auf den Mond. Aber ich möchte auch auf einen russischen Kradmelder namens Wiktor trinken, der an diesem Tag meine Befreiung eingeleitet hat. Was er getan hat, war eine Kombination von Herz und vernünftiger Einschätzung der Gegebenheiten. Und merke: mitfühlend ist der große Mann bloß in seiner Rede, weil er sich im praktischen Dasein nur um seine Karriere und nicht um den kleinen Mann kümmern kann, auf dessen

Schultern er sie errichtet. Mitgefühl, du kannst auch sagen Fähigkeit zum Mitleid, ist einer der Hauptgründe, die den kleinen Mann hindern, ein großer zu werden.«
»Jetzt philosophierst du, und vorhin hast du behauptet, deine trockene Zunge wolle nichts mehr hergeben!«
In Tressels Augen zwinkerte der Markgräfler mit, dessen dritter Krug sich leerte. »Der Durst ist weg, nur habe ich jetzt keine Lust mehr, zwei Stunden durch den dunklen Wald zu laufen.«
»Gute Idee. Aber der Wissler vermietet keine Zimmer mehr.«
»Nicht für solche«, sagte Tressel und hob sein Kinn gegen den Fenstertisch, wo der alte Wissler mit um so genüßlicherer Bereitschaft viel Schwarzwälder Himbeergeist abkassierte, als es sich nicht um seinen Selbstgebrannten, sondern um den Verschnitt einer geschäftstüchtigen Firma handelte. Perlen wirft man nicht vor die Säue, und damit war er so gut gefahren wie schon sein Vater.
»Für uns«, röhrte Tressel, als die Zecher gegangen waren, »gibt's immer ein Plätzchen, nicht wahr?«
»Klarer Fall«, sagte der alte Wissler und nahm den Krug vom Tisch, um ihn aufzufüllen. »Hab mir's schon gedacht, daß das eine Überraschung wird. Die Herren könnten auf eine Tanne prallen, und ich müßte die Bergwacht rufen. Aber diesmal trink ich mit. Aus Barmherzigkeit natürlich.«
»Sei lieber zu deiner Leber barmherzig, alter Haderlump!«
Aus den wäßrigen Äuglein des alten Wissler sprühte, als er sich zu ihnen setzte, fröhliche Lebensweisheit, wie sie Tressel auch immer bei seinem Onkel Karl David aufgefallen war.
Sie redeten, bis der Tag zu grauen begann, und sogar der alte Wissler, der geglaubt hatte, alles von Tressel zu wissen, erfuhr Neues. Einfach deshalb, weil der Journalist Helldorf zu fragen wußte, während der Bauernwirt es nur gewöhnt war, die Ohren zu spitzen.

»Die Rückkehr nach Ostberlin, damals, 1953?« Tressel lachte, und dieses Lachen hätte auch zu seinem Onkel gepaßt. »Wir kamen mit ausgebeultem, frisch lackiertem Auto und noch mehr. Dem kleinen Hollmann war nicht mehr zu helfen, aber dem Neffen des Kollegen Pichullek mit dem Lungenschuß ging es schon so gut, daß er mit unserer jüngsten Schwester poussieren konnte. Glaubt's oder glaubt's nicht, aber es war die reine Freude, wieder in der Charité zu sein!«

»Amen«, sagte Helldorf, sein Glas hebend. »Und dann hast du einfach angefangen zu spionieren?«

»Quatsch. Ich arbeitete und hatte Jordan schon fast vergessen. Recht hatte er allerdings mit seiner Prophezeiung gehabt, daß Ostberlin nicht abgeschottet würde. Es gab sogar ein bißchen Zuckerbrot nach der russischen Peitsche, und problemlos kam man in den Westen der Stadt.«

»Und Jordan? Ich meine, seine Offerte?«

»Die kam in einem Straßencafé am Kurfürstendamm. Ich hatte mal wieder Westgeld für diverse Einkäufe, und du wirst lachen: es war tatsächlich wie im Film. Plötzlich sitzt einer neben mir am Tisch, bestellt eine Weiße mit Schuß und schaut abwechselnd in den »Tagesspiegel« und auf die flanierenden Leute. Es war immer noch Sommer, und es gibt häßlichere Anblicke als Mädchen mit strumpflosen Beinen.«

»Aber er hat dich nicht träumen lassen. Es war der Moment, in dem Jordan dich einholte?«

Tressel nickte. »Er nannte meinen Namen und eine Kneipe, in der er sich gerne mit mir unterhalten würde. Ich habe einen kleinen Stich im Magen gespürt und gezögert, aber die Neugier war größer, und ich wußte, daß schroffes Ablehnen lächerlich gewesen wäre. Er hatte ein so unauffälliges Gesicht, daß es schon fast auffiel, und später habe ich erfahren, daß sie gerne solche Durchschnittstypen für die ersten Kontakte aussuchen, weil sie sich in der Erinnerung nicht festsetzen.«

»Eine graue Maus sieht aus wie die andere.«

»Eben. Aber das Mäuslein war gut instruiert. Sprach von Jordan, vom Onkel in Karlsruhe und tat, als ob ich schon eingekauft wäre für die größte Spionageaktion aller Zeiten. Da habe ich ihm erst einmal erklärt, daß ich überhaupt nichts zugesagt hätte und daß ich mir das auch jetzt noch sehr genau überlegen würde.«
»Und vom Geld ist wieder nicht die Rede gewesen?«
»Nein. Ich war sozusagen übergeben worden und vermutlich auch mit der Anmerkung, daß ich nicht scharf auf Geld und kein Profi sei. Das Mäuslein wurde zum schmeichelnden Kätzlein und schnurrte etwas herunter von harmlosen Stimmungsberichten, die nun wirklich nichts zu tun hätten mit rauhen Methoden, bei denen Bedenkzeit, wie er gern zugebe, angebracht sein könne. Das sei abgemachte und aufrichtige Voraussetzung, und es genüge durchaus, wenn man sich wieder träfe in vier Wochen an einem Ort, den ich noch erfahren würde. Dann hätte ich mich wohl entschlossen und vielleicht sogar ein paar interessante Neuigkeiten dabei.«
»Jetzt«, sagte Helldorf, »interessiert mich eigentlich nur noch, warum du dich nicht zurückgezogen hast. Von Geld war keine Rede; es reizte dich auch nicht, und sie konnten nicht den geringsten Druck auf dich ausüben.«
»Absolut richtig. Hinzu kam, daß meine Frau, mit der ich jetzt endlich reden mußte, dagegen war. Es ging uns ja verhältnismäßig gut, mein Beruf füllte mich aus, und die Charité war ein Schutzschild, an dem fast alles abprallte, was ins Leben des Normalbürgers hineinhagelte. Im Grunde war ich der Esel, der aufs Eis geht, aber im Nachhinein weiß ich, daß ich eben meinem Naturell treu geblieben bin. Es hat mir einfach gestunken, daß die im Westen eine Demokratie aufbauten und die im Osten eine Diktatur, als ob man nicht mit höchster Erleichterung aus dem nazistischen Saustall herausgekommen wäre. Es ist, sagte ich mir, keine Kunst, mit Simoneit und Konsorten in der Charité die große Schnauze zu riskieren. Das hilft niemandem, aber jetzt, wo du wirklich etwas tun könn-

test, bist du ein Schlappschwanz. Und deshalb bin ich nach vier Wochen hinübergefahren mit einem »Stimmungsbild«, das meine Frau in die Maschine geschrieben hatte.«

Kneipen des Ostens und des Westens. Lägen sie auf einer Drehscheibe, man könnte sie mal hier, mal dort plazieren, ohne viel Unterschied zu merken. Ein bißchen mehr Fettgeruch im Osten und mehr Einheitskleidung der Gäste, aber im Sommer fällt das kaum auf. Und die Berliner Schnauze ist überall die gleiche. Würde man dir die Augen verbinden, du müßtest schon genau zuhören, um herauszukriegen, in welchem Teil der offenen Stadt du bist. Sie haben den Aufstand im Osten ersticken, aber keine Maulkörbe verteilen können. Und sie drücken schon mal ein Auge zu, wenn Ventile geöffnet werden an der Theke. Schließlich hat der kleine Mann gelernt, daß die da oben wissen, wie sie ihn klein halten können.
Wird die Staatsfeindlichkeit seiner Reden zu groß, muß er allerdings mit Observation rechnen. Zu einem zweiten Aufstand dürfen sie sich nicht mehr zusammenrotten. Die Leviten, die der Kreml der DDR-Regierung gelesen hat, sind nicht von Eltern, die von antiautoritärer Erziehung schwärmen.
Deshalb wird das Spitzelwesen ausgebaut. Es ist einer der zuverlässigsten Pfeiler, auf denen die sowjetische Staatsmacht ruht, und die Genossen der DDR-Führungskader sind lernfähig. Vertrauen ist gut, Kontrolle ist besser.
Und es ist ein Spiel, in das sich der Westen mit einer Leichtigkeit mischt, wie sie es nie gegeben hat. Mit dem geteilten und doch offenen Berlin haben die Sieger des Zweiten Weltkriegs eine phantastische politische Gemeinschafts-Sauna geschaffen.
Spionage in allen denkbaren, das heißt ebenso vernünftigen wie blödsinnigen, Spielarten wird möglich. Und sie ist wie die Droge, die man viele Jahre später am Bahnhof Zoo handeln wird.

Geheimdienste aller Couleurs fallen wie Heuschrecken über den gemeinsamen Berliner Markt her.
Berühmte internationale Asse werden eingesetzt, ohne daß ihre Bedeutung öffentlich bekannt wird, weil ein öffentlicher Spion keiner mehr ist.
Sie ähneln den großen Schmugglern, die ihre Beutezüge im stillen Kämmerlein genießen müssen, weil sie das Licht nicht vertragen.
In dieser Maschinerie des Dunkel- und des Dünkelhaften zählt sich Günther Tressel zu den kleinsten Rädchen, deren Winzigkeit ihm wie eine Garantie für Sicherheit erscheint. Und drüben in Westberlin haben sie ihm versichert, daß er mit Netz arbeite. Nichts kann passieren. Schon beim geringsten Schimmer einer Gefahr bekommt er seine Vorwarnung und kann sich in den Westen absetzen.
Und eigenartigerweise freut er sich auch über das Lob, das ihm seine Kontaktleute in Westberlin zollen. Sie verstehen es, ihm die Sache schmackhaft zu machen wie eine sportliche Herausforderung, obwohl Waltraud Tressel ihren Mann mit fraulicher Vernunft bei mancher dieser »Dienstreisen« mit ironischer Skepsis entlassen hat: »Glaubst du wirklich, daß du die da drüben mit solchen Stimmungsbildern hinter dem Ofen hervorlocken kannst? Die wissen doch genauso gut wie du, worüber die Leute hier schimpfen!«
»Ein Mosaik«, pflegt er dann zu sagen, »besteht aus vielen Steinchen, und sie sind sehr interessiert an unseren Beiträgen, glaub's mir!«
Aber er ist nicht naiv genug, um nicht selbst Zweifel zu bekommen. Bei manchem Kontaktmann spürt er auch milde Ironie, wenn er den stichwortartigen Bericht gelesen hat, doch läßt ihn die Höflichkeit, mit der sie ihn behandeln, spüren, daß sie ihn selbst für wichtiger halten als das, was er abliefert.
Von Geld ist keine Rede. Fünfzig Mark Spesen im Monat, wenn's hochkommt. Trinkgeld. Er nimmt's und ist

eigentlich froh darüber, daß sie dafür nun auch wirklich nicht mehr verlangen können. Vielleicht ist es tatsächlich der Oberst Jordan, der ihn vor gefährlicheren Aufgaben bewahrt.
Aber von dem hört er nichts mehr. Nichts Direktes zumindest. Doch als er im Herbst nach Karlsruhe kommt, steht sein Champagner im Kühlschrank und beweist, daß er noch tätig ist im Hause Eisemann.
Und Tressel kann sogar einfliegen, verzichten auf den Interzonenpaß, wenn er in Tempelhof das Flugzeug nach Frankfurt nimmt. Immerhin, der Staatssicherheitsdienst registriert das. Da geht's wieder zu wie im Film, und tatsächlich ist es der Film, der die Hauptrolle spielt. Jeder, der in Tempelhof aus der Maschine steigt, wird fotografiert, und wenn der Stasi eine Vernehmung im Sinn hat, legt er ihm das Foto mit Datum vor. Da hilft kein Leugnen. Aber Tressel wird nie vorgeladen. Sein Onkel Karl David Eisemann ist der DDR nicht suspekt, und wenn man die Charité dazuzählt, ist dieser Arzt über jeden Verdacht erhaben. Der Oberst Jordan hat gut kombiniert.
Und der Onkel nimmt das Kuckucksei an, das er ihm ins Nest gelegt hat. Ja, er, Eisemann, der nur über den Krieg gekommen ist, weil er zum Meister des konspirativen Spiels wurde, arrangiert Zusammenkünfte seines Neffen mit Geheimdienstlern, die nun allerdings konkreter werden als die Westberliner Kontaktleute

Das Jahr 1954 war eben bei der Hälfte angelangt, als die Bundesrepublik Deutschland mit einem 3:2-Endspielsieg gegen Ungarn in Bern Weltmeister im Fußball wurde. Bundesrepublik? Die Zone feierte so gewaltig mit, daß ein Schulterschluß in der Luft lag. Kein Aufstand war's, ein Überschwappen nationaler Gefühle eher, das sogar auf die Volkspolizei übergriff. Taub stellte sie sich, wenn die erste Strophe des Deutschlandlieds aus Kneipen und Privatwohnungen dröhnte, und die Herrschenden ver-

fluchten den kleinen Lederball, der so glückhaft geflogen war für die Westdeutschen. Sie hätten den Ungarn, wären sie ihrer Favoritenrolle gerecht geworden, die Füße geküßt.
Jetzt hieß es nicht, Volkes Zorn, sondern Volkes Freude unter Kontrolle zu halten.
Und just in diesem Moment saß Günther Tressel im Hause des Onkels in Karlsruhe, und es war ein Mann zu Besuch, der größeres geheimdienstliches Format besaß als die Westberliner Kontaktleute.
Nachdem er Tressel gute, ja sogar vorzügliche Arbeit bescheinigt hatte mit der schmeichelhaften Begründung, daß ein Intellektueller kein Schwafler sei, sondern den Blick fürs Wesentliche habe, kam er bei einem Glas Jordan-Champagner zur Sache.
»Gerade jetzt, lieber Doktor, sind Sie besonders wichtig für uns. Diesmal ist es ein Fußballspiel, das den Herren drüben viel Kummer macht. Ein 17. Juni wird sich zwar kaum wiederholen, aber sie wagen es offenbar auch nicht, dem Volk das Maul zu stopfen. Da ist jede Information ein Mosaiksteinchen für das Bild, das wir zusammenfügen müssen, und Leute Ihres Formats sind, wenn Sie mir dieses Lob gestatten, wertvoller als Schwärme von Mittelmäßigen, mit denen wir, leider, auch arbeiten müssen.«
Er hat noch was auf der Pfanne, dachte Tressel, weil er soviel Schmalz hineinlegt. Und er brauchte nicht lange zu warten.
»Sehen Sie, lieber Doktor, es ist von großer Bedeutung, dem Volk aufs Maul zu schauen, aber haben Sie nicht manchmal auch das Gefühl, daß Sie Ihre Möglichkeiten gar nicht ausschöpfen?«
Da war er wieder, der Ton, der herausforderte. Er hatte mit so etwas gerechnet, weil man ihn gewiß nicht zum fröhlichen Champagner-Umtrunk nach Karlsruhe hatte kommen lassen.
»Hm. Ich verstehe Sie nicht ganz.« Die grauen Augen verengten sich. »Ich bin Arzt und habe aus Gründen, die

ich Ihnen nicht explizieren will, weil sie außer mir niemanden etwas angehen, für Sie eine Art von außerberuflicher Tätigkeit ausgeübt. Sie sagten, Sie seien zufrieden damit, und deshalb muß ich Sie bitten, mir die Reste meines persönlichen Friedens zu lassen. Wenn ich Sie recht verstehe, reden Sie plötzlich von anderen Aufgaben. Warum überlassen Sie die nicht Ihren Profis, die dafür entsprechend honoriert werden?«
»Aber ich bitte Sie, lieber Doktor, über Geld können wir immer reden.«
»Nein, das können wir nicht. Die Charité bezahlt mich vielleicht nicht so üppig, wie es eine renommierte westdeutsche Klinik täte, und wenn Geld mich interessieren würde, wäre ich längst weg. Fragen Sie meinen Onkel.«
Karl David Eisemann nickte. »Ich habe mich bei seinem ersten Besuch erboten, ihm den Weg im Westen zu ebnen, aber es gibt kein Rezept gegen ostpreußische Dickschädel.«
»Darauf«, sagte Tressel, sein Glas hebend und mit einem Grinsen, das den Geheimdienstler wurmte, »können Sie ruhig einen Schluck nehmen. Ich mag in einem unfreien Land leben, aber ich bin immer noch frei in meinen Entschlüssen.«
Doch als die Gläser auf dem Tisch standen, hatte auch der andere wieder Boden unter den Füßen. »Seien Sie nicht albern, Doktor. Wir kennen Ihre Einstellung und wissen, daß sie nicht in Einklang mit einer Diktatur zu bringen ist.«
»Das«, sagte Tressel trotzig, »ist immer noch meine Privatsache!«
Und dann machte ihn ein Hauch von Ironie im Lächeln des anderen noch wütender. Will der damit andeuten, daß er gar nicht mehr aussteigen kann, wie man's immer wieder liest in den Spionagegeschichten?
Aber der Profi hatte Gespür. Mehr als diese kleinen Westberliner Kontaktleute, die sich umgaben mit wichtigtuerischer Geheimniskrämerei und ihn manchmal so-

gar in ein Kino bestellten, um im Schutz der Dunkelheit einen Bericht entgegenzunehmen. Wie in einem lächerlichen Schmierentheater war er sich da vorgekommen.
Geheimniskrämerei aber auch hier. Erst jetzt fiel ihm auf, daß er nicht einmal den Namen seines hartnäckigen Gesprächspartners kannte.
Dafür wurde ihm Erstaunliches kundgetan. Nachdem der Mann mit der randlosen Brille und dem Vollmondgesicht, das ihn aussehen ließ wie eine Mischung aus Himmler und Beria, noch einmal betont hatte, daß überhaupt kein Risiko für ihn im Spiel sei, weil ein ausgeklügeltes Sicherheitsnetz es ermögliche, jeden Mitarbeiter im Osten – er sagte nicht Agenten – vorzuwarnen, falls er Verdacht erregt habe, kam er zur Sache.
»Sehen Sie, Doktor, Sie haben vorzügliche Arbeit geleistet. Aber muß ich wirklich wiederholen, daß sie unter Ihren Möglichkeiten lag?«
»Ich bin ja nicht taub!«
»Eben. Und was uns angeht« – er spreizte ihm die Handflächen entgegen wie einer, der für eine absolut logische Sache um Verzeihung bittet – »was uns angeht, so sind wir nicht dumm. Einer wie Sie, der über jeden Verdacht erhaben ist und frei zirkuliert, kann, um es mal in der Fachsprache zu sagen, auch einmal auf ein anderes Objekt als auf Menschen angesetzt werden.«
»Interessiert mich so wenig wie Ihre Fachsprache.« Tressel blieb reserviert und kühl.
Aber die Augen hinter der randlosen Brille blieben von fast warmer Jovialität. »Es gibt da in Nordbrandenburg ein Objekt, das uns sehr interessiert. Wirklich sehr.«
»Und warum?«
»Nun, es gehört zum Luftverteidigungsring von Berlin. Berlin-Ost«, fügte er mit feinem Lächeln hinzu. »Und was uns interessiert, ist eine ganz simple, aber unerhört wichtige Sache.«
»Und die wäre?« Neugier schlich in Tressels Zurückhaltung.

»Tja, haben Sie denn nichts davon gehört, daß an strategisch wichtigen Punkten von konventionellen Waffen umgerüstet wird auf Raketen?«
»Ist mir, wenn Sie's genau wissen wollen, ziemlich schnuppe. In der Charité wird konventionell, aber trotzdem effektiv gearbeitet, und das ist es, was *mich* interessiert.«
Die Augen hinter der randlosen Brille wurden noch schmäler, aber die Zunge blieb glatt.
»Sie sind ein guter Schwimmer, oder?«
»Sie scheinen«, knurrte Tressel, »alles von mir zu wissen, und das wundert mich auch gar nicht mehr, seit ich hineingerochen habe in Ihren Laden. Aber Sie vergessen, daß es nicht mehr ganz so ist wie früher. Ich habe nur noch eine Lunge.«
»Richtig, verzeihen Sie. Ich weiß aber auch, mit welchem Geschick Sie Ihre Probleme gelöst haben. Das kann man nicht lernen, und es wird Ihnen auch bei diesem Auftrag helfen.«
»Hab ich vielleicht schon einen?«
»Er wird Sie, schätze ich, reizen.« Die Augen hinter der randlosen Brille fingen zu zwinkern an. »Schwimmen müssen Sie, weil das Objekt nur über einen See erreichbar ist, aber keine Angst, er ist vergleichsweise klein und kein Ärmelkanal.«
»Glauben Sie, ich will, nach allem, was ich hinter mir habe, jämmerlich ersaufen oder von Vopos abgeknallt werden? Sind eure Profis zu kostbar oder zu blöd für die Sache?«
Eine Hand legte sich auf seinen Arm, und väterlich behutsam wurde die Stimme: »Die paar hundert Meter schaffen Sie leicht. Wir haben uns auch schon ausgedacht, wie's geht. Bis zur Mitte des Sees riskieren Sie gar nichts, weil man am offenen Ufer baden darf.«
»Und dann?«
»Nun, dann schwimmen Sie halt weiter. Aber natürlich nicht bis zum bewachten Ufer. Der Trick ist, daß Sie den

Ertrinkenden spielen und von den Vopos gerettet werden. Gerettet werden müssen, verstehen Sie?«
»Was für ein Scheißspiel«, grunzte Tressel. »Wer sagt Ihnen denn, daß die das müssen? Und woher wollen Sie wissen, daß ich hineinkomme in die verbotene Zone?«
»Vom Ufer aus sind Sie ja gleich drin, Mann, und dann machen Sie die Augen auf! So einfach ist das!«
»Und dann kommt wohl die Führung, was? Dürfen wir wissen, woran der Herr am meisten interessiert ist?«
»Bleiben Sie vernünftig, Doktor! Sie haben den Blick fürs Wesentliche, und als Arzt der Charité sind Sie über jeden Verdacht erhaben.«
»Soll ich vielleicht meinen Ausweis aus der Badehose ziehen?«
Ein nachsichtiges Lächeln des Experten war die Antwort. »Am anderen Ufer steht Ihr Auto, in dem Sie die Klamotten lassen.«
»Und meinen Hund. Der paßt auf.«
»Von mir aus auch Ihren Hund. Die Genossen Vopos werden Sie, da Sie in Seenot waren und keinen Verdacht erregen, hinüberrudern oder hinüberfahren und sich möglicherweise auch Ihre Papiere ansehen. Sie wissen ja, Vertrauen ist gut, Kontrolle ist besser.«
»Eben! Finden Sie es genial, ein solches Ding zu drehen und sich dann auszuweisen?«
Wieder das Lächeln. »Als Charité-Arzt sind Sie doch unantastbar für ihre Landsleute! Nichts anderes hat mich auf die Idee gebracht.«
Statt einer Antwort blies Tressel die Backen auf und grunzte etwas von einem Hammer, für den er Champagner brauche. Und als die Gläser gefüllt waren: »Ich habe gewußt, daß euch meine blödsinnigen Stimmungsberichte zu langweilig werden!«
»Nicht doch, mein Lieber! Sie waren glänzend und werden weiter gebraucht.« Und nach einer Pause, mit vertraulichem Zwinkern: »Diesmal natürlich nicht für die üblichen Spesen!«

»Kommt überhaupt nicht in Frage! Ich bin nicht euer Söldner, und ich habe nicht gesagt, ich mach's. Aber wenn, dann mach ich's aus Gründen, die Sie meinetwegen sportiv nennen können. Oder, wenn Sie das besser verstehen, als Amateur. Und Amateure nehmen kein Geld.«
Der andere hob sein Glas. »Ich respektiere Ihre Einstellung, Doktor Tressel. Trinken wir auf ein gutes Gelingen.«
Karl David Eisemann trank mit, sagte aber nichts. Erst als der Geheime gegangen war, sprach er noch eine Weile mit seinem Neffen.
Er riet ihm ab. Ja, er beschwor ihn sogar inständig, die Finger davon zu lassen, weil er ein sicheres Gefühl für Gefahr und Illegalität besaß, die sich wie ein böser roter Faden durch sein Leben gezogen hatten.
Aber er konnte den Virus des Abenteuers nicht abtöten, der in Günther Tressel rumorte.

Über den Schwarzwald zogen die ersten Herbstwinde, und die Sommergäste reisten ab. Abends, auf der Terrasse des Kurhauses, wurde es kühl, und denen, die dem Wind trotzten, flatterten die ersten gelben Blätter auf den Tisch. Der Wissler-Wirt schloß seine Wirtschaft. Günther Tressel wußte, daß dem Alten nicht mehr viele Herbste blieben und daß er ihm fehlen würde.
Aber Helldorf war wieder heraufgekommen. Er liebte den Wind, der die Bäume bog und zauste. Für Tressel war es die Zeit der Jagd. Er hatte sich eine kleine Holzhütte bauen lassen, und das Öfelchen darin liebte er mehr als den Kachelofen des alten Wissler, weil er es selbst versorgte mit Holzscheiten, die so trocken waren, daß sie eine pulvrige weiße Asche gaben.
»Es gibt kein angenehmeres und schöner flackerndes Feuer«, sagte er zu Helldorf, »und oft denke ich an den russischen Winter, wenn ich hier so sitze. Und auch an das Glück, ihn überstanden zu haben.«

Helldorf nickte. »Ja, es war das Holz der russischen Wälder, das uns gerettet hat. Wenn es naß war, haben wir's mit Benzin gefügig gemacht, und wenn dann noch in einer Bauernkate ein Samowar summte, sind's Festtage gewesen, die man nicht vergessen kann. Selten genug waren sie, und erklären kannst du's keinem.« Er schnitt sich mit dem Taschenmesser einen dünnen Fidibus von einem Holzscheit, hielt ihn übers Feuer und zündete sich eine Zigarre an.
»Riecht gut«, sagte Tressel. »Damals roch's nach Petroleum und Machorka, aber es war Parfüm für unsere Nasen, die auftauten und den Rotz laufen ließen wie der Gletscher sein Frühlingswasser. Und wenn du noch einen Wodka dazu aufgetrieben hattest, war der Krieg plötzlich weiter weg als der Mond.«
»Stimmt. Aber er ist schnell zurückgekommen. Und mehr als zehn Jahre später hat er dich ja wieder eingeholt.«
»Hm. Du willst wissen, wie's weiterging, als ich von meinem ›Auftrag‹ am märkischen See zurückkehrte?«
»Genau das. Schließlich hat man in Westberlin doch deinen Bericht gewollt, oder?«
Tressel grinste und ging zu dem alten Bauernschrank, dem einzigen Schmuckstück seiner Jagdhütte. »Laß uns einen Himbeergeist vom Wissler darauf trinken. Hausmarke natürlich, die ein Gast nicht bekommt. Riech mal.«
Das hätte er gar nicht zu sagen brauchen, denn kaum, daß er den Korken gelöst hatte, strömte der starke aromatische Himbeergeruch durch den kleinen Raum. »Alles echt, mein Lieber, ohne diese Essenzen, mit denen die Fabriken ihr Geschäft machen!«
»Den nenne ich echt. Glatt die Luft nimmt er dir weg! Aber jetzt sag endlich, wie echt der Bericht war, den du vom Objekt am See nach Westberlin geliefert hast.«
Tressel legte, als ob er nachdenken müßte, Holz nach, und als er die Ellenbogen auf die grobe Tischplatte

stemmte und das Kinn auf die Fäuste drückte, daß die Lippen ganz dünn wurden, sagte er: »Keine Zeile haben sie bekommen.«

»Aber du mußtest doch einen Bericht liefern!«

»Das schon. Mündlich hab ich's gemacht und den Kontaktmann wissen lassen, daß ich elend ersoffen wäre, wenn mich nicht im letzten Moment Samariter herausgezogen hätten. ›Leute‹, habe ich gesagt, ›die ihr verächtlich Vopos und Blödmänner nennt!‹ Und weißt du, was das Arschloch geantwortet hat?«

»Kann mir's fast denken.«

»Mit süffisantem Lächeln hat er messerscharf gefolgert, daß sie hübsch blöd gewesen sein müßten und nur noch ein Blumenstrauß zum Willkommen für mich gefehlt hätte. Kein Wort über die Gefahr und die Rettung in letzter Sekunde! Und kein Hahn hätte nach mir gekräht, wenn ich ersoffen wäre! Das einzige, was den Schwachkopf interessierte, waren die Beobachtungen, die ich seiner Meinung nach ja unbedingt hätte machen müssen. Und dann habe ich die ganze Wut, die hochstieg, in Ironie verwandelt und ihm das Interieur der hundsgewöhnlichen Holzbaracke geschildert, in der sie mich gepflegt haben. Aber solchen Leuten kannst du nicht mit Ironie kommen. Zuerst hat er aufmerksam zugehört, und als nichts mehr kam, hat er den Dampf, den ich abgelassen hatte, übernommen. Ums Verrecken hat er Zeichnungen und was weiß ich noch sehen wollen, und dann hat er mich als Deppen hingestellt und davon gesprochen, daß ich eine einmalige Chance verpaßt hätte. Ich bin furchtbar zornig geworden und habe ihm klarzumachen versucht, wer von uns beiden der Depp war.«

»War aber wohl nicht möglich?«

»Natürlich nicht. Da habe ich ihm eben zugebilligt, daß das Recht auf Dummheit zu den fundamentalen Menschenrechten gehört.«

Helldorf grunzte und grinste. »Es muß wohl am Job

liegen. Vielleicht hat er sich eine goldene Nase mit dir verdienen wollen?«

»Kann schon sein. Auf alle Fälle habe ich gesagt, daß jetzt Schluß sei, und ihn zum Teufel geschickt. Der hat vielleicht Augen gemacht, und was glaubst du, wie froh ich war, daß ich, außer ein paar lächerlichen Spesen, nie etwas genommen hatte!«

»Dann hätten sie dir eine Rechnung aufgemacht, bei der du schlecht ausgesehen hättest.«

»Darauf kannst du Gift nehmen! Aber so, wie die Dinge lagen, war ich der Meinung, die Sache hinter mich gebracht zu haben.«

»Klingt logisch. Erpressung schied ja wohl aus?«

»Oh, es gibt auch die ganz sanfte Tour.« Die Berliner Szene der 50er Jahre war das verrückteste Ost-West-Karussell, das sich ausdenken läßt, und wer erst einmal auf den Karussellpferdchen saß, konnte nicht einfach abspringen und davonlaufen. Immer rundherum und immer wieder an den gleichen Leuten vorbei.

»Wie meinst du das?«

»Sieh mal, die Leute im Westen wußten ganz genau, daß mir unsere Bonzenwirtschaft und die Machtlosigkeit des kleinen Mannes gegen den Strich gingen. Ich hatte ja genug von meinen Gefühlen preisgegeben und dazu Material geliefert, das nicht viel taugen mochte, aber nicht nur Mißstände bloßlegte, sondern auch meine persönliche Meinung. Ich galt als frecher Hund bei ihnen, und wenn ich heute darüber nachdenke, wird mir zweierlei klar: erstens überschätzten sie meine Möglichkeiten, und zweitens hielten sie mich für gewisse Aufgaben für geeigneter als ihre gut bezahlten Profis. Die Charité war eine Art Garantieschein für sie, und ich bin im Osten der Staatssicherheit auch tatsächlich nie aufgefallen. Da war ich die Stecknadel im Heuhaufen. Drüben aber, und das ist es, was ich mit dem Vorbeifahren an den gleichen Leute meine, gab's unauffällige Herren, die mir zufällig über den Weg liefen, weil sie meine Gewohnheiten kannten. Am

Anfang, ich meine, kurz nachdem ich dem blöden Kontaktmann erklärt hatte, daß ich lieber lebe als eine konspirative Wasserleiche zu sein, haben sie mich nur angeblinzelt, um mir zu zeigen, daß ich nicht abgeschrieben war bei ihnen. Aber das dauerte nicht lange. Geheimdienstler sind wie Läuse im Pelz, und es gibt keine Reinigung, zu der du ihn bringen kannst.«
Helldorf drückte seine Zigarette im Aschenbecher aus. Ihre Asche war so weiß wie das der alten Holzscheite im Ofen. Durch die Ritzen der hölzernen Wand schlich Herbstwind, der mit dem blauen Rauch spielte.
»Wie«, fragte er, »haben sie dich wieder rumgekriegt?«
»Das geschah in einem Westberliner Kino. Dort lief ein neuer französischer Film mit Jean Gabin, und da sie fast alles über mich wußten, kannten sie auch meine Schwäche für ihn. Man ging oft ins Kino, weil's noch kaum Fernsehen gab, und sie wußten, daß ich kommen würde. Erst als es dunkel war, setzte sich einer neben mich und drückte mir einen Zettel in die Hand.«
»Wie im Film.«
»Du sagst es. Ich habe oft genug gedacht, daß Spionagefilme manchmal ganz realistisch sind. Übrigens konnte ich den Mann nicht erkennen. Schon nach zwei Minuten war er wieder weg.«
»Und was stand auf dem Zettel?«
»Name und Adresse einer kleinen Kneipe.«
»Du hättest nicht hinzugehen brauchen.«
Tressel legte die Hände so auf den Tisch, daß sich die Gelenke berührten. »Es stand noch ein Satz dabei, der wirkte wie Handschellen.«
»Wie bitte?«
»Es ginge um meine Sicherheit.«
»Hm. Gar nicht so dumm.«
»Eben. Es konnte ja tatsächlich Gefahr für mich bestehen, und so hatte ich gar keine Wahl. Ich mußte hin.«
»Und was geschah?«
»Erstens hatten sie einen recht geschickten Mann ausge-

sucht, den ich noch nie gesehen hatte, und zweitens fing er an mit neuen Sicherungen, die man für die Kontaktleute im Osten eingebaut habe. Er ist mir tatsächlich wie der Vertreter einer Lebensversicherung vorgekommen. Absolute Sicherheit für eine kleine Eigenleistung, verstehst du?«
»Du mußt etwas deutlicher werden.«
»Sagen wir so: es bahnt sich der Schimmer einer Gefahr an. Dann bekommst du eine Postkarte von der Stalinallee mit irgendwelchen Grüßen. Ist die Gefahr größer, kommt ein Telefongespräch ganz bestimmten, aber unverfänglichen Inhalts. Und wenn sie eminent ist, ein Blitzkurier, aber immer noch so rechtzeitig, daß du dich nach Westberlin absetzen kannst. Er sprach von Arbeit mit dem sichersten aller Netze und erwähnte mit keinem Wort, daß ich seinen Kollegen hatte abblitzen lassen. Und dann räumte er ein, daß die Sache mit dem Neubrandenburger See ein Hirngespinst von Dummköpfen gewesen sei. Die gibt's, sagte er, überall, und auch wir sind leider nicht gefeit gegen sie. Darauf ich: Das ist mir leider auch sehr deutlich aufgefallen. Darauf er: Weil Sie nicht auf den Kopf gefallen sind.«
»Man muß«, sagte Helldorf grinsend, »zugeben, daß der Mann Sinn für Humor hatte.«
»Oh, nicht nur das! Zum Beispiel auch ein Gefühl fürs Aufstacheln der Eigenliebe. Ich habe seinen Namen nie erfahren und ihn auch nie wieder gesehen. Auf jeden Fall war er einer der Größeren und ist aus der Zentrale gekommen.«
»Kein Dialekt?«
»Nein, der hatte eine seltsam gestanzte Schriftsprache. Betonungen waren nur angedeutet, aber deshalb um so wirkungsvoller. Und als ob es gestern gewesen wäre, höre ich ihn sagen: Wie konnte man nur einen Mann Ihrer Klasse für so einen Blödsinn aussuchen! Und dieses ›Ihrer‹ ließ er wie Kaviar auf der Zunge zergehen.«
»Und es hat dir geschmeichelt, oder?«

»Vielleicht nicht so sehr, wie du denkst, aber es wirkte. Er meinte, daß unsere nützliche Zusammenarbeit zum Wohle der freien Welt nicht aufhören dürfe wegen eines schwachsinnigen Intermezzos, das er nie erlaubt hätte, und streichelte mich wieder hinein in die alten Stimmungsberichte, wobei nur noch gefehlt hat, daß er mir eine Unbedenklichkeitsbescheinigung ausgestellt hätte, weil ich in der Charité arbeitete.«
»Und danach haben sie dich mit gefährlichen Sonderaufträgen verschont?«
»Nun ja, es kam schon mal ein kniffligeres Ding, aber wenn mir das Risiko zu groß schien, habe ich abgelehnt, und sie haben nicht insistiert. Und ganz kategorisch war mein ›Nein‹, wenn man Gesundheitsbulletins von höheren Funktionären wollte. An der ärztlichen Ethik konnten sie sich meinetwegen die Zähne ausbeißen. Aus der Charité gab's kein Material.«
»Und das alles ging jahrelang problemlos?«
»Absolut. Fast sieben Jahre. Oft genug mußte ich an Walter Flex und seinen *Wanderer zwischen beiden Welten* denken. Daß auch Karl David Eisemann einer gewesen war, habe ich erst später erfahren.«
Helldorf summte »*Wildgänse rauschen durch die Nacht*« und zündete sich eine neue Zigarre an. »Ist auch von Walter Flex, oder?«
»Natürlich. Aber vor allem ging mir der Schluß durch den Kopf.«
»Wie geht der?«
»*Und fahr'n wir ohne Wiederkehr, rauscht uns im Herbst ein Amen.* War sehr symbolträchtig.«
»Aber die Vorwarnung, die man dir versprochen hatte, hat bei deiner Verhaftung nicht funktioniert?«
»Überhaupt nicht. Man kann es ihnen nicht einmal vorwerfen, weil der Teufel bei diesem Geschäft im Detail steckt. In meinem Fall drüben in Neukölln, also im Westen; Hasenheide, wo der Turnvater Jahn anfing. Und auch das Resi stand da.«

»Resi?«
»Ja, Berlins größtes Ballhaus mit den Tischtelefonen und der Rohrpost. Ist längst abgerissen, aber damals hatte es Hochkonjunktur. Jeden Abend gerappelt voll, und je näher das Monatsende heranrückte, um so mehr Mädchen aus dem Osten kamen rüber. Für ein Abendessen konntest du alles haben von denen. Oft genug hab ich Freunde aus der Bundesrepublik hingeführt, die's großartig fanden. So was hatte nicht einmal die Reeperbahn zu bieten.«
»Und da haben sie dich geschnappt?«
»I wo. Wär ja nun wirklich wie im Film gewesen. Banaler als bei mir ging's gar nicht. Einer meiner kleinen Kontaktleute – er war alles andere als ein As – wohnte bei seinem Schwager, einem Schneider in Neukölln, und eines schönen Tages bekamen sie Streit. Der Schneider war ein Hitzkopf, aber leider ging er nicht mit der Schere auf ihn los, sondern er ging nach Ostberlin und zeigte ihn bei der Staatssicherheit an. Du kannst dir leicht vorstellen, was für eine Sternstunde das für die war!«
»Logisch. Aber sie konnten ihn ja nicht einfach in Neukölln abholen.«
»Natürlich nicht. Da war der Mann so sicher wie in Abrahams Schoß, und wie alle seiner Sorte hatte er strengste Anweisung, keinen Fuß auf Ostberliner Boden zu setzen.«
»Und der Schwachkopf ging rüber?«
Tressel schüttelte den Kopf, und die Fäuste gingen mit, weil er das Kinn hineingrub. »Er hat mich mit einem noch viel größeren Blödsinn hineingeritten. Es juckte ihn, zur Leipziger Messe zu fahren, und dort hat ihn die Stasi schon erwartet. Er ist ihr ins Messer gelaufen wie ein Anfänger.«
»Daß ihn sein Schwager verraten hatte, konnte er schließlich nicht wissen.«
»Zugegeben. Aber die DDR war absolut tabu für ihn. Er durfte Westberlin nur per Flugzeug und in Richtung Bun-

desrepublik verlassen. Und ich hatte so wenig Ahnung von seiner Verhaftung wie unsere Geheimdienste. Folglich kam keine Warnung.«
»Und wann war das?«
»Er wurde Anfang März 1960 geschnappt. Auch wenn er dem Sicherheitsdienst aus bodenlosem Leichtsinn ins Messer gelaufen war, so muß ich doch sagen, daß er unheimlich tapfer war und sechs Tage lang keinen Namen preisgegeben hat. Was das bedeutet, habe ich wenig später am eigenen Leib erfahren.«
»Er glaubte, sechs Tage müßten reichen, um dich zu warnen?«
»Allerdings. Tausendmal hatte man uns die Unfehlbarkeit des Warnsystems gepriesen. Aber er war eben nur ein kleiner Vogel, und wenn du an den kleinen Vogel aus Hamburg denkst, der am hellichten Tag auf dem allerheiligsten Roten Platz landete, nachdem er das perfekteste aller Luftwarnsysteme verulkt hatte, erübrigt sich jede Frage.«
»Das«, sagte Helldorf, »überzeugt mich.«

Die Verhaftung

An diesem 10. März des Jahres 1960 macht Günther Tressel früher als sonst Feierabend in der Charité. Eine Verschnaufpause will er sich nach Tagen, die sehr lang in der Klinik geworden sind, gönnen, vielleicht auch mit Waltraud zu einem See hinausfahren, weil ein Hauch von Frühling in der Luft liegt. Bald, denkt er, wird man im Freien sitzen können.
Er ahnt nicht, daß er noch am selben Abend hinter Mauern sitzen wird.
Sie kommen mit großem Aufgebot, als er Jacke und Schlips abgelegt hat und in der Wohnküche ein Bier trinken will. Sind es sechs oder acht? Waltraud Tressel kommt nicht zum Zählen. Sie wohnen im zweiten Stock, und als sie öffnet, sieht sie Männer in Ledermänteln, die das Treppenhaus besetzt halten. Eintritt begehren nur zwei. Sie stehen, ohne die Hüte abzunehmen, schon im Flur, als sie sich immer noch mit einer Hand an die Tür klammert und mit der anderen zum Hals greift, der trokken wie Staub geworden ist, weil sie weiß, daß dies die Verhaftung ist.
Der Größere, ein grobschlächtiger Geselle mit Händen wie ein Schmied und der deformierten Nase eines Boxers, bleibt an der Tür stehen, während der andere mit flinken Schritten das Wohnzimmer durchquert und die Schlafzimmertür öffnet. Dann steht er vor Günther Tressel, der seine Bierflasche öffnet, in der Küche.
Er grüßt auf eine Weise, die bewährt und einstudiert scheint. Mit dem Zeigefinger tippt er die breite Krempe an, daß sich der Hut leicht verschiebt und vorne um einen Zentimeter hebt.
»Doktor Günther Tressel?«
Im schneidigen, selbstzufriedenen Gesicht steht der

Wunsch nach dem Schockeffekt, aber er bekommt ihn nicht auf die gewohnte Weise erfüllt.
Tressel bleibt sitzen und setzt die Bierflasche ab. Unterschwellige Selbsthilfe ist's für den trockenen Hals, und vielleicht auch der Instinkt, daß es das letzte Bier sein könnte. Doch der Mann, der wie ein Offizier aussieht, aber bedauerlicherweise die Montur hat ablegen müssen für diesen Auftrag, sieht das ganz anders.
»Ich habe Sie etwas gefragt!« Um eine winzige Nuance schärfer wird der Ton, und über Augen, die schmäler werden, gibt der Zeigefinger dem Hut einen neuen Schubs.
»Natürlich bin ich's.«
»Stehen Sie auf, wenn Sie mit mir reden!«
Ganz langsam, die Hände auf die Tischplatte gestützt, steht der Mann auf, der weiß, daß dies nicht mehr seine Wohnung ist. Er weiß, daß ›sie‹ auch gar keinen Haftbefehl brauchen wie drüben im Westen. Sinnlos wäre jeder Protest, und jetzt hört er auch aus dem Wohnzimmer die Stimme eines Mannes und das Weinen seiner Frau.
»Warum... warum verhaften Sie mich?«
»Wer sagt denn so was?« Fast jovial wird das Gesicht unter dem Hut, der im Nacken sitzt. Und als ob er zeigen wollte, wie leid es ihm getan hätte, einen Renitenten zur Vernunft bringen zu müssen, sagt er: »Wir haben eine Besprechung mit Ihnen, sonst gar nichts. Wenn Sie mitkommen, ohne Umstände zu machen, ist alles in Ordnung.«
»Und meine Frau?«
»Brauchen wir die?« Er wickelt die Frage in Ironie, aber es ist, als ob er's mit altem Packpapier täte. »Sie bleibt selbstverständlich hier, und wenn sie spazierengehen will, kann sie's tun. Und jetzt nehmen Sie, bitte, Ihre Jacke. Mehr braucht's nicht für eine Besprechung, oder?«
»Nein«, sagte Tressel mit einer Stimme, die von weit herkommt, »mehr braucht's nicht.«

Warum sie ihm Handschellen ersparen, begreift er, als er die im Treppenhaus über die Etagen verteilten Männer sieht.
Aber er weiß auch, daß sie gleich seine Frau abholen werden. Nur drei der Männer mit den Ledermänteln steigen mit ihm ein, ein Auto bleibt stehen. Hinter den Gardinen an den Fenstern bemerkt er Nachbarn, die glauben, weit genug wegzustehen, um von der Straße aus nicht gesehen zu werden.

Die beiden Männer waren in der Morgendämmerung durch die Bodennebel von der Jagdhütte aus auf die Pirsch gegangen. Warme Pullover und solide Jacken brauchte man jetzt schon, und der Wind bog ihnen die Wipfel der Tannen, die die Lichtung begrenzten und an die sich der Hochsitz lehnte, fast bis zu den Gesichtern herab. Noch war kein Büchsenlicht, aber die violettschwarzen Bergkuppen ließen die Sonne schon ahnen.
»Wetten«, sagte Tressel, »daß der Bock in zehn Minuten kommt?«
»Von mir aus.« Helldorf steckte den Kopf unter die geöffnete Jacke und zündete sich eine Zigarre an.
»Du sollst nicht rauchen jetzt!«
»Und du nicht schießen!«
»Warum nicht?«
»Ich weiß nicht. Schenk deinem Bock diesen Tag. Ich habe nicht schlafen können, weil du geschnarcht hast, daß die Hütte fast zusammengefallen ist, und ich habe über vieles nachgedacht. Die Geschichte von deiner Verhaftung hat mich aufgewühlt.«
Tressel nahm den Feldstecher von den Augen und blickte ihn an wie ein Kurzsichtiger, der die Brille ablegt.
»Ich weiß, daß du kein Jäger bist, und ich habe keinen Vortrag über Sinn und Unsinn der Jagd verlangt!« Es klang gereizt.
»Aber vielleicht sollten wir über Sinn und Unsinn von Gefängnissen reden? Ich war überrascht, wie schnell du

einschlafen konntest, nachdem du die Geschichte deiner Verhaftung erzählt hattest.«
»Vielleicht bin ich ein besserer Verdränger als du.«
Tressel spielte mit dem Gewehr, das auf seinen Knien lag und dessen Verschluß die aufgehende Sonne blinken ließ. »Gleich wird der Bock kommen.«
»Dann laß ihn kommen und laß ihn in Ruhe. Ich habe das verdammte Gefühl, daß solcher Kitzel deine Art des Verdrängens ist.«
»Hör auf damit! Ich steh nicht um halb fünf auf, um mit einem Zigarren rauchenden Spinner auf einen Hochsitz zu klettern!«
»Mir ist es egal, wo ich hocke, wenn ich etwas loswerden muß!«
»Dann hättest du's Maul vorher aufmachen können! Spiegeleier mit Speck vom Wissler hätte ich dir gemacht und bei Quasseln und gutbürgerlichem Frühstück wären dir vielleicht ein paar Tränen in den Kaffee gefallen.«
»Du tust doch nur so, Mann, weil deine Methode der Verdrängung Ablenkung heißt!«
»Gut. Jagd fällt aus.« Er nahm die Flinte von den Knien und lehnte sie gegen die groben hölzernen Stangen, die den Hochsitz umrahmten. »Hat dir deine Phantasie, die du beruflich wohl brauchst, vielleicht auch einmal eingeflüstert, daß ich als Arzt mehr menschliche Tragödien erlebt habe als du?«
In diesem Moment trat der kapitale Bock auf die Lichtung, verschwand aber sofort wieder, sei es, weil Tressel zu laut war, sei es, weil er Zigarrenrauch witterte. Gesehen hatte ihn keiner von beiden.
»Ich will«, sagte Helldorf, »daß du endlich einmal diese schnoddrige Tünche ablegst.«
»Was heißt das?«
»Das heißt, daß du, verdammt noch mal, endlich auch mal Gefühle preisgibst!«
»Ein bißchen deutlicher mußt du schon werden, und da

die Jagd versaut ist, gibt es zwei Möglichkeiten: entweder ich hör' zu oder ich geh' heim.«
»Dann hör' halt zu!«
»Gut, der Bock kommt sowieso nicht.«
»Es gibt«, sagte Helldorf und schaute blauem Rauch nach, der sich mischte mit dem aus der Wiese hochsteigenden Dampf, »verschiedene Arten der plötzlichen Freiheitsberaubung. Nimm den Räuber, den Geldschrankknacker von mir aus, der bei der Arbeit gestört wird. Er sagt ›Scheiße‹, hält die Gelenke den Handschellen hin, weil er sich auskennt mit Berufsrisiko und Knast und hat schon das Gespräch mit seinem Anwalt im Kopf, ehe sie ihn eingeliefert haben. Oder denk an Kriegsgefangenschaft. Du gehst mit der Gruppe hinein und behältst zunächst einmal ein bißchen Nestwärme, auch wenn du nicht weißt, was kommt. Aber wenn dein Fall politisch ist und die Zeiten sind, wie sie waren, ist alles ganz anders. Du solltest reden darüber.«
»Und wenn ich nicht will?«
»Ich weiß, du schießt lieber Rehböcke.« Provozierender Zynismus schwang mit.
Aber Tressel ließ sich nicht reizen. Er öffnete den Mund nur, um seinem einzigen Lungenflügel mehr von der sich erwärmenden Luft zu verschaffen.
»Aber ich will, daß du sprichst.«
»Einen Schnaps könnte ich brauchen«, brummte Tressel und spielte mit dem Verschluß seines Gewehrs. Seine Augen wanderten zu den Tannen hinüber, die die Lichtung wie eine schwarze Wand abgrenzten und über die schräges hellrotes Licht strich.
»Lies Solschenizyn«, sagte er schließlich.
»Wie soll ich das verstehen, und was genau soll ich lesen?«
»Aus dem ›Ersten Kreis der Hölle‹ die Verhaftung des Innokentij Wolodin.«
»Gut, werde ich machen. Aber ich lasse dich nicht von diesem Hochsitz herunter, ehe du geredet hast. Es genügt

mir nicht, einen Rehbock vor deiner Büchse gerettet zu haben!«
»Du findest bei Solschenizyn jede meiner Empfindungen; aber nur ihm ist die Sprache gegeben, sie zu beschreiben.«
Helldorf wollte aufbrausen, zwang sich aber zur Ruhe. Ein feines, kaum wahrnehmbares Geräusch ließ ihn hochblicken zum wäßrigblau werdenden Himmel. Ein Passagierflugzeug, es war wohl ein großer Jumbo, verlor, weiße Kondensstreifen hinter sich herziehend, an Höhe, weil es die lange Einflugschneise des Züricher Flughafens erreicht hatte. Aber noch war es ein paar tausend Meter hoch, und in der Morgensonne sah sein weißgrauer Leib aus wie eine der vollgesaugten fetten Läuse, die man in Rußland geknackt hatte, wenn es das Glück wollte, daß man das Hemd an einem Ofen ausziehen konnte.
Woher kam diese Assoziation? Sie mochte in dem Gespräch wurzeln, das sie in der rauchigen Jagdhütte geführt hatten, aber vielleicht hatte sie auch mit der Freiheit des einer Staatsgrenze zuschwebenden Flugzeugs zu tun.
Helldorf wollte Tressel zum Sprechen bringen: über die Demütigung, die der Entzug der Freiheit bedeutet.

Sie ist zeitlos, aber sie hat viele Facetten, Hoffnung gehört dazu, auch wenn sie nur ein unscheinbar glimmendes Fünkchen ist. Doch Günther Tressel sieht nicht das winzigste Licht. Eben noch, es ist keine zwei Stunden her, hat er mit seiner Frau Luft holen wollen an einem dieser Seen, an denen Birken rauschen und wo die Wirte schon die ersten Tische mit den bunten Schirmen ins Freie stellen. Jetzt sitzt er in einem Keller, und seine Lunge quält sich mit feucht-stickigem Brodem aus einem schmalen Schacht, der die Luft nicht einmal von draußen erhält. Noch weiß er nichts vom Innenleben dieses Gefängnisses, weiß nur, daß sie es die Berliner Lubjanka, oder, noch treffender, das U-Boot nennen. Es ist das Untersuchungsgefängnis des Staatssicherheitsdienstes zu Oberschönhausen.

Sein bedeutendster und gefürchtetster Teil ist der Keller.
Erst später, als er Solschenizyn liest, wird ihm klar, wie
akribisch die Stasi nachgemacht hat, was sie bei den Russen gelernt hat.
Korridore von makelloser Sauberkeit hat er durchlaufen,
die ihn an Krankenhausflure erinnerten. Peinlich gehütete
Ordnung und Reinlichkeit strahlen sie aus. Und vielleicht
soll das sogar Gerechtigkeit gegenüber jedermann bedeuten.
Aber Barmherzigkeit ist nicht zu Gast. Das zeigen die
Wärter mit jeder Miene und Geste. Farblose, mürrische
Gesellen mit Augen, die jede Gefühlsregung abschalten
können.
Bewußt wird ihm das nicht, weil er unter einem Schock
steht, für dessen Verlängerung sie trainiert zu sein scheinen. Erst später wird er das simple Geheimnis dieser Augen erfassen: Brutale Gleichgültigkeit heißt es, und es ist
eine einstudierte und wirksame Kombination.

Wie werden sie vorgehen? Natürlich sitzt er alleine in
diesem Loch, damit ihm keiner einen Tip geben kann.
Die drüben im Westen hätten für solche Fälle ruhig einen
Kurs einrichten können für die Leute, die den Kopf für
sie hinhalten. Zweifellos haben sie genug Material über
die Kasematten dieses schauerlichen U-Boots. Die Frage
ist nur, ob die Leute aus dem Osten dann noch mitmachen würden. Aber außer ihrem Gefasel von rechtzeitiger
Warnung haben sie nichts zu diesem Thema beigetragen.
Es ist Nacht geworden. Grell, daß die Augen schmerzen,
wirft die vergitterte Glühbirne ihr Licht von der hohen
Decke, und ein stürmischer Vorfrühlingswind heult jammernd im Luftschacht wie ein in die Falle gestolperter
Wolf.
Der blauweiß-karierte Überzug des Strohsacks von der
Art, wie sie ihn in den Kasernen benützen, ist sauber,
aber aus dem Kübel für die Notdurft strömt ekliger Gestank von Urin und Chlorkalk.

Wie werden sie vorgehen? Und was wissen sie? Daß er denunziert worden ist, liegt auf der Hand, weil er sich keines eigenen Fehlers bewußt ist, aber eine Verteidigung kann er sich nur aufbauen, wenn er weiß, wer dahintersteckt.
Vielleicht geben sie ihm Essen und Zeit? Aber sie arbeiten auch nachts, das weiß man.
Es gibt weder Essen noch Zeit. Was er nicht weiß, ist, daß sie ihren ersten Pfeil vergleichsweise schnell abschießen. Sie wollen den Verhaftungsschock ausnützen, ehe er klaren Gedanken Platz macht.
Nach einer knappen Stunde, in der das Licht in unregelmäßigen Abständen an- und ausgeht, scheint er ihnen reif für eine erste Vernehmung. Schlüssel rasseln im Korridor, und die Tür wird mit einer Heftigkeit aufgerissen, die wohl zur Prozedur gehört.
»Mitkommen!«
Es knallt ihm entgegen wie das »Hinlegen« eines militärischen Schleifers, und was er sieht, ist ein wahres Prachtexemplar dieser Sorte. Ausgesucht wohl für diesen wichtigen ersten Schritt des Delinquenten zur Wahrheitsfindung. Einen Birnenkopf hat er, und die bösen, stechenden Augen sind, wie die Stirn, zu klein für die teigigen grauen Hängebacken.
Sie steigen Treppen hinauf, in die er mit klobigen Stiefeln hineinstampft, hinter Tressel hersteigend, der sich angetrieben fühlt und dem Angst in die Kniekehlen rutscht.
Laut ist der Klang von Macht und Kraft, und du sollst sie im Rücken spüren, damit du weißt, wie schnell man aufs Gesicht fallen kann.

Das Vernehmungszimmer ist von der nüchternen Zweckmäßigkeit einer militärischen Schreibstube. Vor den Fenstern jedoch schwere Eisenstäbe und um einen schmucklosen breiten Schreibtisch vier Stühle. Zwei Offiziere, ein dicklicher Major, der sitzt, und ein junger Leutnant mit verschränkten Armen, der an der Wand lehnt.

Salutierend verschwindet der Birnenkopf mit den stechenden Augen auf ein Zeichen des Majors, der mit einer etwas stärker pointierten Handbewegung auf einen Stuhl deutet: »Nehmen Sie Platz, Doktor.«
Es ist, als ob er zeigen wolle, daß man nunmehr, nachdem die Dienstboten abgetreten sind, unter richtigen Herren sei.
Und für einen winzigen Augenblick glaubt Tressel fast daran, daß sie ihn tatsächlich zu einer Besprechung geholt haben, nach der man vielleicht noch ein bißchen plaudern und dann heimfahren wird.
»Er ist«, fügt der Major auf die geschlossene Tür deutend und fast entschuldigend hinzu, »nicht so schlimm, wie er aussieht, und wir sind's auch nicht, nicht wahr, Leutnant?«
Der antwortet mit einem angedeuteten Lächeln, und dann ist der Begrüßungsakt vorbei. Tressel hat das Gefühl, daß es kühler wird im Zimmer.
»Sie sollten«, fährt der Major fort, »sich jetzt sehr genau überlegen, was Sie sagen.« Es klingt beiläufig und immer noch fast jovial. Er blättert mit demonstrativ mäßigem Interesse in einem Notizbuch, das am Nachmittag noch in Tressels Jacke steckte.
Ein Terminkalender ist es eher, und er weiß, daß er ihnen wenig nützen kann, weil er nichts Verfängliches eingetragen hat. Dienstliche, nachprüfbare Sachen und dazu ein paar harmlose private. Damit legt ihn keiner aufs Kreuz. Aber warum bleibt der Mann an einer Seite hängen und trommelt mit den Fingerspitzen auf die Tischplatte? Tressel reckt sich leicht auf seinem Stuhl, doch sofort hört der Major auf zu trommeln und hält das Notizbuch schräg.
»Hm, komische Rechnung.«
»Ich verstehe Sie nicht.«
»Ich habe Sie auch nichts gefragt, oder?«
Es ist eine unüberhörbare Zurechtweisung, aber gleich wird er wieder jovial. »Macht nichts, Doktor, macht nichts. Wir sind doch keine Kleinigkeitskrämer! Aber

trotzdem muß ich Ihnen, wenn ich ganz ehrlich bin, sagen, daß ich da auf ein paar Zahlen gestoßen bin, die mir nicht ganz so verständlich sind wie Ihre anderen Eintragungen, und um Haushaltsgeld geht's wohl kaum.«
Er legt das Buch auf den Tisch, blättert weiter und dann wieder zurück zu der Seite.
»Seltsam, wirklich. Eigentlich wollten wir ja ganz anders mit Ihnen beginnen, aber jetzt interessiert mich Ihr neckisches Zahlenspielchen doch.«
Tressel versucht, die Gedanken im gepeinigten Kopf zu ordnen. Er spürt die Gefahr und weiß nicht, wie er sie abwehren soll. Zahlenspielchen? Nichts fällt ihm dazu ein, und so viele Eintragungen, daß er Mühe hätte, sich zu erinnern, gibt es aus dem einfachen Grund nicht, weil dieses Jahr 1960 noch keine drei Monate alt ist.
»Würden Sie uns, bitte, das Geheimnis dieser Zahlenkombination erklären?«
Die Stimme, die hinter dem Schreibtisch hervorkommt, wird dienstlich und hört sich nicht mehr nach der Besprechung an, der ein Dämmerschoppen folgen könnte. Und sie betont jedes Wort, als sie fortfährt: »Ich habe mich hoffentlich deutlich genug ausgedrückt. Sie sollten sich sehr gut überlegen, was Sie sagen!«
»Aber ich weiß doch gar nicht, was Sie meinen!«
»Gleich werden Sie's wissen.« Die Stimme wird wieder freundlich und sehr zivil, und überhaupt sieht der Major mit den geflochtenen Schulterklappen gescheiter und ziviler aus als der Mann mit Hut und Ledermantel, der ihn verhaftet hat.
Er schiebt das aufgeschlagene Notizbuch über den Tisch.
»Aber kommen Sie bitte nicht mit dem faden Trick, daß das nicht Ihre Schrift sei. Zwar sind es nur Ziffern, aber ich habe sie mit den anderen, die Sie geschrieben haben, verglichen.«
Tressel beugt sich vor und gleich wieder zurück, damit er die Arme anwinkeln kann und die Hände nicht zittern.
Es handelt sich um die Nummer eines Westberliner Kon-

taktmanns, die er blödsinnigerweise ins Büchlein geschrieben hat. Allerdings mit gebotener Vorsicht. Chiffriert sozusagen, nach seinem eigenen Code. Im Januar schon war's gewesen, und er hatte es tatsächlich vergessen.
Er las: 65362/17/53876/29.

Addiert man diese Zahlen, ergibt sich die Westberliner Kontaktnummer, aber das kann der Major nicht ahnen, der sich mit dem Daumen die Spitze der Nase reibt und dann über ihren Rücken hochfährt bis zur Wurzel. V-förmig gräbt sich eine Falte, wie ein Zeichen verkniffenen Nachdenkens, unter die welligen Runzeln der Stirn.
Der Mann schnuppert, und jetzt erst fällt Tressel auf, daß das verbindliche Lächeln nicht hinaufsteigt in die Augen. Halb geschlossen sind sie, und sie scheinen den Mann, der vor ihm sitzt, vergessen zu haben und irgendeinen Punkt an der Wand zu fixieren.
»Komisch«, brummt er tonlos. »Zwei zweistellige Zahlen zwischen zwei fünfstelligen. Ergibt keinen Sinn. Keine Rechnung, keine Gleichung. Also will der Schreiber etwas verbergen.«
Es ist, als ob er mit der Wand spräche, und auch der Leutnant hat die Augen abgewendet von dem Mann, der nur indirekt gefragt worden ist, und betrachtet die Spitzen seiner Stiefel mit unpassender Gründlichkeit.
Aber die Frage ist gestellt, und Tressel weiß, daß er jetzt weder stottern darf, noch hilflos phantasieren. Sie werden ihn quasseln lassen und sofort zuschlagen, wenn er sich verheddert. Und sie werden ihm keine Zeit lassen, ein Märchen zu erfinden. Das Verhör hat ganz anders begonnen als vorgesehen, aber er hat einen schlechten Einstand, wenn er bei dieser Hürde versagt.
Die Kontaktnummer zugeben? Warum eigentlich? Hier tappen sie im Dunkeln. Sie haben sie ja erst nach seiner Verhaftung gefunden, und die müssen sie begründen, auch wenn sie in ihrer demokratischen Republik auf demokratische Rechtsgrundsätze pfeifen.

Klar, daß sie etwas von seiner illegalen Tätigkeit wissen. Also könnte er die Nummer, die sich aus der Addition der Ziffern ergibt, zugeben, zumal sie mit einiger Sicherheit längst gelöscht und ersetzt worden ist. Vor eineinhalb Monaten schon hat er die Eintragung gemacht. Noch ist er nicht angeklagt, aber wenn sie so anfangen, dann sollen sie auch ihr erstes Gefecht haben und sehen, daß er sich nicht überrumpeln läßt. Fast eine sportliche Herausforderung ist das, die die Gedanken freier und die Frechheit größer werden läßt. Der Major hat ihm unfreiwillig ein gutes Stichwort geliefert.
»Sehen Sie«, sagt er in das Schweigen hinein, das nicht größer werden darf, »neben den beiden großen Zahlen stehen zwei kleine, 17 und 29. Es handelt sich, bei dem, was sie ein komisches Zahlenspiel nennen, um nichts anderes als um unser Barvermögen. Die beiden kleinen Zahlen kommen ganz einfach daher, daß ich es am 17. und am 29. Januar geprüft habe. Am 17.«, seine Hand geht zum Büchlein auf dem Schreibtisch, ohne daß ihn der Major hindern würde, »am 17. besaßen wir 6536,2 Mark. Das Komma vor der letzten Ziffer habe ich, da es sich um eine private Eintragung handelt, die niemanden etwas angeht, weggelassen. Am 29. Januar waren es nur noch 5387,6 Mark. Hat mich ganz schön geärgert.«
Und er erlaubt sich sogar den Luxus, dieses »Niemanden etwas angeht« langsamer und betonter auszusprechen.
Die Wirkung ist bemerkenswert. Verdutzt schauen sich die beiden Offiziere an, und es wird klar, daß sie sich diesen Eröffnungszug wirkungsvoller vorgestellt haben. Entweder stimmt die Erklärung, oder der Kerl ist ein ungeheurer Schnellschalter. Der Leutnant, der bis jetzt wie unbeteiligt und mit verschränkten Armen an der Wand gelehnt hat, nimmt Tressel das Notizbuch aus der Hand, prüft nach und schiebt es wieder dem Major zu.
»Die Zahlen stimmen.«
»Gut«, sagt der Major. »Ob die Erklärung stimmt, wird sich zeigen.« Und zu Tressel gewandt: »Kein Grund zur

Freude, Doktor. Wir haben viel Zeit, müssen Sie wissen, und Kontrolle ist besser als Vertrauen.«
Und der Leutnant dreht eine schweigsame Runde um den Schreibtisch.
»Anlaß zu Vertrauen«, fährt der Major fort und bläst Tressel Rauch ins Gesicht, haben wir in Ihrem Fall nun wirklich nicht. Schließlich haben wir den Staat zu schützen, den Sie verraten haben. Also gestehen Sie, Doktor!«
»Was soll ich gestehen?«
»Aber, aber!« Er setzt wieder das joviale Lächeln auf, das nicht bis zu den kühlen Augen dringt. »Muß ich Ihnen das vorsagen? Muß ich Ihnen sagen, daß Sie Spionage getrieben haben?«
Endlich ist es raus. Nichts als ein retardierendes Moment für Tressels Situation ist das halbgelungene Vorgeplänkel gewesen.
Wieviel wissen sie? Das ist die Frage. Fest steht aber, daß sie tage- und nächtelang weitermachen, bis sie ein Geständnis haben, denn genau wie die Russen inszenieren sie keine Indizienprozesse, und er wird etwas zugeben müssen, um sich ein Minimum an Ruhe zu erkaufen. Man weiß, daß ihnen die hartnäckigsten Leugner in die Falle gegangen sind. Wenn sie einen nach allen Regeln ihrer Kunst fertiggemacht haben, kann er nichts mehr für sich behalten und gibt mehr zu, als er getan hat. Ich muß, das denkt und spürt er noch deutlicher als vorher und in allen Poren, denunziert worden sein von einem, der bei ihnen einsitzt. Nur wenn ich weiß, wer es ist, weiß ich, was er von mir weiß.
Ein Telefongespräch des Majors, das erst im dritten Anlauf klappt, schenkt ihm Zeit. Schwirrende Gedanken versucht er zu bändigen, aber er kann sie nur zur Logik zwingen, nicht zur Suche nach dem Denunzianten.
Einen Fachmann fürs Dechiffrieren scheint der Major, der die Macht und die Möglichkeiten zum Delegieren hat, zu wünschen, und als er ihn am Apparat hat, spricht er vor Tressel ganz offen mit ihm über die Ziffern im Notiz-

buch. Dann gibt er's dem Leutnant und schickt ihn weg.
»Und vergessen Sie nicht, dem Hauptmann zu sagen, daß er den Dingsda hinzuziehen soll. Der hat schon die verrücktesten Dinger geknackt!«
Vor Gefangenen dürfen keine Namen genannt werden. Drei oder vier Minuten sind verstrichen, und die Pause hat Tressel eine dieser Eingebungen zugeweht, die sich, aus dem Unterbewußten kommend, festsetzen. In den letzten Wochen hat er wenig für den Westen gearbeitet und eigentlich nur mit Kost zu tun gehabt, dem Schwager des Schneiders aus Neukölln. Kein großes As und bestimmt keine Intelligenzbestie. Immerhin waren dessen Aufträge hübsch dotiert und ganz anders geartet als die seinen. Und von denen hatte Kost so wenig Ahnung, daß er dem Stasi nicht viel hat erzählen können.
»Gestehen Sie, Doktor! Sie können nichts Vernünftigeres tun!« Wie ein freundschaftliches Angebot klingt es, aber es schwingt Macht mit, jene zeitlose Macht, die den, der das Gesetz hütet, zum Übermenschen und den, der es bricht, zum rechtlosen Untermenschen macht.
Es war immer so, und es wird immer so sein, auch wenn die Methoden der Wahrheitssucher vielfältig sind. Der Sadist jedenfalls ist berechenbar, sein Händereiben ist Vorfreude, gleicht dem Wetzen des Messers. Gefährlicher indes kann der Heuchler sein, der den gutmütigen Onkel spielt und plötzlich das Messer in der Hand hat, weil die von ihm aufgebaute Falle zugeschnappt ist.
Wie halten sie's? Tressel zwingt sich zur Ruhe. Sie brauchen jetzt erst einmal ein Geständnis, und wenn es ihm gelingt, die Sache einzugrenzen auf das Wissen des Mannes, der ihn vermutlich verraten hat, ist ein Nahziel erreicht. Darum und um nichts anderes geht's in dieser Nacht. Aber der Major läßt ihm keine Zeit zum Ordnen der Gedankenfetzen.
»Nun hören Sie mal gut zu. Wir«, er deutet auf den Leutnant, der sich hingesetzt hat und seine Fingernägel betrachtet, »wir werden uns mit Ihnen unterhalten, so ver-

nünftig es geht, aber in zwei Stunden, vielleicht auch in drei, gehen wir schlafen, und es kommen andere. Und dann wieder andere. Und der einzige, der in der ganzen Nacht kein Auge zumacht, sind Sie. Jetzt mache ich Ihnen ein sehr menschliches Angebot, und ich halte Sie für klug genug, das zu erkennen.«
Gutmütiger Onkel oder raffinierter Fuchs? Plausibel klingt's auf alle Fälle, auch das, was nun kommt.
Der Major deutet auf ein langes, stockartiges Lineal auf dem Schreibtisch. »Hören Sie mal.«
Er nimmt es in die Hand, hebt den Arm, als ob er Tressels Kopf anvisiere und läßt es mit voller Wucht auf die Tischplatte sausen. Tressel zuckt unter dem peitschenden Knall zusammen, und die beiden Offiziere lächeln.
»Wir nennen das unseren Wecker. Sie dürfen sicher sein, daß es auch den müdesten Mann nicht einschlafen läßt. Also, gestehen Sie, Doktor!«
»Was?«
Wieder das Lächeln. Es ist wissend und wie ein Vorhang, der durchsichtig vor ihrer Macht hängt.
»Nun, zum Beispiel, daß sie am 28. Februar bei Schultheiß an der Gedächtniskirche den Westagenten Pohlmann getroffen haben. Und nicht nur zum Plaudern. Sie haben ihm etwas übergeben.«
Tressels Hirn arbeitet mit computerhaftem Tempo. Pohlmann, Schultheiß, Gedächtniskirche. Orgelmusik für sein Gedächtnis ist's, und eine Ruhe kommt über ihn, die fast heiter wäre, wenn das passen würde zu Moment und Umgebung. Der Auftrag war tatsächlich über Kost gekommen. Fast genauso wichtig wie dieser Hinweis ist es, daß der Mann mit dem Tarnnamen Pohlmann eher bedeutungslos war, genau wie der Bericht von einer Ärztetagung der DDR, den er ihm übergeben hatte.
»Kann ich eine Zigarette haben?«
Er will gar keine. Will nur ein bißchen Theater spielen und aussehen wie einer, der Schlagwirkung zeigt.
Und erzeugt freudige Selbstzufriedenheit. Zigaretten-

schachtel und auch Streichhölzer kommen über den Tisch, als ob sie Beine hätten. Der erste Zug – er inhaliert nicht, sondern pafft nur – ist für die beiden Offiziere der Eröffnungszug des Geständnisses, und sie kaschieren es nicht.
»Es stimmt«, sagt er, und der ungewohnte Rauch läßt ihn husten.
»Ein großer Raucher«, grunzt der Major, »sind Sie nicht. Aber nun weiter.«
»Es stimmt nicht ganz, weil ich den Mann nicht um 16 Uhr, sondern um 17 Uhr traf.«
Neues Lächeln hinüber zum Leutnant. »Detailfanatiker, was? Kann ja ganz nützlich sein bei gefährlichen Spielchen. Aber viel mehr interessiert uns natürlich, was Sie dem sauberen Herrn Pohlmann überbracht haben.«
»Einen Bericht von der DDR-Ärztetagung.« Und da er viel besser im Stuhl sitzt als am Anfang, erlaubt er sich eine kleine Dreingabe: »Hat sich wohl kaum um ein nationales Geheimnis gehandelt.«
»Überlassen Sie die Bewertung der Sache gefälligst uns!« Statt eine Antwort zu geben, beugt er sich weiter vor und drückt die halb gerauchte Zigarette im Aschenbecher der Offiziere aus. »Zu stark für mich. Habe nur eine Lunge.« Schulterzucken. »Halten Sie das im Moment für wichtig? Vielleicht interessiert's den Arzt, den Sie morgen sehen. Sie sind nämlich, falls Sie es noch nicht bemerkt haben sollten, Häftling – seit Ihrem Geständnis.«
Und dann gibt der Leutnant, der inzwischen in einem Aktenordner geblättert hat, dem Major Feuer für eine neue Zigarette. Und hinter der Hand, mit der er das Flämmlein des Sturmfeuerzeuges schützt, flüstert er, daß auch Rudi von Ärztetagung gesprochen habe.
Aber er ist nicht leise genug. Tressel hat den Namen verstanden und damit eine amtliche Bestätigung bekommen. Denn der Kost heißt Rudi. Und er kann nichts auspacken über ihn, weil er verflixt wenig weiß.
Was sie noch flüstern, versteht er nicht, aber gleich wird

er es merken. Dem Gesetz ist Genüge getan, sie haben ihr Geständnis, und der Mann kann im Namen des Volkes eingebuchtet werden. Das Verhör wird beendet, er muß ein Protokoll unterschreiben, wie jedesmal, wenn ein Verhör beendet ist, und er darf in seine Zelle zurück. Von einer nahen Kirche dringen zwölf dünne Mitternachtsschläge durch die Mauern.

Auf der sonnenüberfluteten und weit ausladenden Terrasse des Privatsanatoriums, die laut Prospekt den Blick vom Schwarzwald auf das Alpenmassiv bis zu Mönch, Eiger und Jungfrau freigibt und es manchmal sogar in Wirklichkeit tut, saßen Leute, die keine Kur hatten beantragen müssen, sondern es sich leisten konnten, dieses Haus frei zu wählen. Freilich, die meisten waren spät dran, alte Bäume, in die die große Axt der Zeit schon mehr hineingeschlagen hatte als Kerben. So mancher, das sah man, rechnete nicht mehr in Jahren, sondern höchstens noch in Jahreszeiten, wie der alte Professor, der ein Freund von Karl David Eisemann gewesen war und dem Tressel und Helldorf einen Besuch abgestattet hatten.
Nachdem der alte Herr vor der grellen Sonne in sein Zimmer geflüchtet war, blieben sie noch auf der Terrasse, die mit ihren bunten Sonnenschirmen von weitem den Anblick einer farbenfrohen Pilzkultur bot.
»Wir zählen«, sagte Helldorf, »zu den Jungen hier, und das ist gar kein schlechtes Gefühl. Kaum unter Sechzig die Jüngsten, um die Neunzig die Senioren. Wenn du einige Söhne und Töchter abziehst, liegt der Schnitt bei Fünfundsiebzig, und wenn wir in diesem Alter unsere Kur hier machen, liegen wir noch gut im Rennen.«
Tressel nickte. »Nicht jeder ist ein Karl David Eisemann, der mit 82 stolz wie ein Gockel über diese Terrasse stelzte und noch schöne Erfolge einheimste.«
Eine der vornehmen alten Damen, die am Nebentisch Bridge spielten, zwinkerte ihm zu, und Helldorf verkniff sich ein Grinsen nicht. »Du kannst gleich zupacken, wie

ich sehe. Der Apfel fällt nicht weit vom Stamm, aber paß auf! Den faulen hebt niemand auf!«

»Blödmann! Solltest mal sehen, wie ich in meiner Klinik manchmal dem Ansturm trotzen muß, aber dem jugendlichen, bitteschön!«

»Es wird auszuhalten sein.«

»Immerhin haben wir noch ein bißchen Zeit vor uns, das gibst du doch zu, oder?«

Helldorf sah dem Rauch seiner Zigarre nach, der sich unter dem Sonnenschirm fing, und sein Grinsen verschwand. »Was man vor sich hat, weiß man nie.«

»Schien denn das Leben, als wir jung waren, nicht unendlich zu sein wie unser Optimismus? Doch wenn du jetzt die Hälfte von dem, was uns noch bleibt, wegdenkst, hast du, wenn überhaupt etwas, verdammt wenig in der Hand. Und ich wiederhol's, schau dich um! Die meisten, die hier sitzen, sind schon in die Verlängerung der normalen Spielzeit gegangen, aber der große Schiedsrichter wird auch die bald abpfeifen.«

»Deine Philosophie in Ehren«, knurrte Tressel, »aber wenn du dir alles kaufen könntest, würden nur die Armen sterben. Das ist die einzige Gerechtigkeit, die ich kenne. Und wenn du von Spielzeit redest, dann will ich dir sagen, daß ich immer noch ans Toreschießen und nicht an den Abpfiff denke. Dir und mir ist etwas geschenkt worden. Haben wir nicht, weil wir aus dem dicksten Dreck herausgekommen sind, intensiver leben können als die blutarmen und gejagten Karrierejäger von heute, denen die Angst so im Nacken sitzt, daß sie sich an der großen Futterkrippe die Köpfe zerbeulen? Glaubst du, daß sie sich noch freuen können wie wir an der primitiven Wärme eines Bettes oder an den kleinen und großen Freiheiten, von denen wir nur zu träumen wagten und die für sie langweilige Selbstverständlichkeit geworden sind? Kommst du dir nicht auch lächerlich vor beim Versuch, jungen Leuten zu erklären, wie groß Freuden sein können, die ihnen nicht einmal winzig erscheinen, sondern

inexistent, weil sie nie da unten lagen, wo Freude und Hoffnung zertreten werden? Der Mensch paßt sich ganz einfach den Verhältnissen an, in denen er lebt.«
»Wir nennen's menschlich«, sagte Helldorf, »und das Wort ist dehnbar bis ins Unendliche. Unzulänglichkeit und Größe stecken drin, aber vor allem das erste.«
»Sieh an, du hast's getroffen! Kamerad, würde ich jetzt sagen, wenn mir das Wort nicht so stinken würde. Erst neulich hab' ich's hundertmal gelesen in einem Buch über den Krieg. Als ob die Landser so gesprochen hätten! Den Kadavergehorsam hat man ihnen einbläuen können, aber vor einem so hochgestochenen Wort hat ein verlaustes Frontschwein heilige Scheu gehabt. Wenn du mich fragst, so hab ich's zwei- oder dreimal bei Sterbenden gebraucht, denen auch ein besserer Arzt als ich nicht mehr hätte helfen können. Kameraden? ›Die sind gefallen‹, hat der Landser höchstens gesagt.«
»Weil«, sagte Helldorf, »die Ablehnung des Pathetischen eines seiner wenigen Rechte war. Ein Rest von Intimsphäre, den man ihm ließ, weil er ungefährlich war.«
»Kann stimmen.« Tressel zog die Jacke an, weil der Wind, der von den Bergen kam, sich mischte mit dem, der aus den Tälern stieg. Es wurde kühl auf der Terrasse, und neben ihnen legten die Damen die Bridge-Karten weg und rechneten ab. Eine von ihnen, sie sah mit ihrem spitz zulaufenden Hut wie Lord Nelson aus, pfiff, wohl in Erinnerung eines Erlebnisses, das nie mehr wiederkommen würde, Yellow Submarine. Sie hatte gewonnen.
Helldorf grinste. »Kaum zu glauben, oder?«
»Was?«
»Na, daß sie vom U-Boot pfeift. Bist du taub? Man könnte glauben, sie hätte uns zugehört.«
»Das«, sagte Tressel und linste hinüber zur aufbrechenden Bridge-Runde, »ist durchaus möglich. Sie ist eine deutsche Jüdin aus Südamerika und kennt einen hüb-

schen Teil meiner Geschichte. Gescheite Frau übrigens. Und hat viel mitgemacht. Das Wort Kameradin wäre nicht unangebracht.«
»Keine Ablenkungsmanöver, mein Lieber. Einen Krug nehmen wir noch, weil uns der Wind nicht wegweht wie alte Weiber, und du sagst mir, wie's im U-Boot weiterging.«

Tressel hob beide Hände wie einer, der eine Debatte abschließen will, aber der andere blieb störrisch. »Du hast nach deinem ersten Geständnis noch für Monate im U-Boot eingesessen, also in Untersuchungshaft, und wenn ich recht unterrichtet bin, ist es die strengste in der ganzen DDR gewesen. Das kannst du nicht einfach übergehen!«
»Ja, es war eine ausgeklügelte Geständnis-Maschinerie, aber wenn du glaubst, es seien einem Vernehmer irgendwann einmal die Nerven durchgegangen, irrst du dich. Denen brannte höchstens mal die Sicherung durch, wenn die Maschine wegen Überbelegung stillstand und sie däumchendrehend in ihren Zimmern saßen, weil kein Häftling vorgeführt wurde.«
»Warum denn das?«
»Weil«, sagte Tressel und hob die Schultern, »bei heftigem Gefangenenverkehr in den Katakomben das rote Licht alle Wege blockierte. Ich habe dir ja gesagt, daß es eine Ampelanlage gab. Bei Normal- oder gar Unterbelegung funktionierte sie vorzüglich, aber wenn ständig Bewegung im Laden war, wurde das rote Licht zum Dauerbrenner in den Gängen, und es gab keinen Zugang vom Keller in die oberen Etagen, weil kein Gefangener einem anderen begegnen durfte. Die Russen, die das System erfunden haben, nehmen es nicht so genau, weil sie nitschewo sagen können, was so ziemlich der schlimmste Affront gegen die deutsche Gründlichkeit ist. Gelitten haben aber nicht nur die Vernehmungsoffiziere darunter, sondern auch wir Häftlinge, weil sich unser halbstündiger

Aufenthalt im Freien, der sogenannte Freigang, auf zehn Minuten reduzierte. Entsprechend haben sich die Wärter bei der Durchsuchung unserer Zellen nach verbotenen Dingen beeilen müssen. Auch sie sind nicht vom heftigen und ständigen Schluckauf des U-Bootes verschont worden, aber sie konnten es weitergeben: Wenn sie ihren Anschiß von den Vernehmern kassiert hatten, kamen wir dran.«
»Den Letzten beißen die Hunde.«
»Genau so war's. Sie haben uns unsere Schadenfreude mit Schikanen vergolten, aber manchmal hat es geholfen, wenn wir uns dumm stellten. Auch das ist, wenn du so willst, menschlich. Du lernst im Knast viel mehr darüber als bei Phrasendreschern draußen in der Freiheit.«
»Kein Widerspruch«, sagte Helldorf mit einem Lächeln, das sehr fein und wissend war. »Auch der bösartigste Aufseher zeigt menschliche Züge, wenn du seine Eigenliebe richtig pflegst.«
»Sagen wir mal, er hat lichte Momente, weil er dich für so demütig und dusselig hält, daß dir seine eigenen Probleme entgehen. Es ist wie beim Militär, aber mit dem Unterschied, daß der Rekrut ein paar kleine Rechte hat und ein bißchen mehr hören und sehen kann als der Eingesperrte.«
»Er wird also menschlicher behandelt?«
»Vielleicht«, brummte Tressel, »gibt es kein anderes Wort, das vieldeutiger ist. Wer menschlich sagt, denkt an Mitgefühl, Mitleid oder auch an Irrtümer, aber sind Dummheit, Humorlosigkeit, Egoismus, Gleichgültigkeit und Grausamkeit nicht viel stärker verbreitet und deshalb eigentlich viel menschlicher? Jeder, der im U-Boot saß, war ein *Politischer*, ein Volksfeind also, bewacht von Männern mäßigen Verstandes, die in der Tiefe des Kellers ihre Bedeutung erhielten durch eine dem Volkswohl dienende Aufgabe. Der Engstirnige braucht keine spezielle Anweisung zur Sturheit.«
»Aber in den oberen Etagen war Verstand am Werk. Hast du ja auch schon zugegeben.«
»Logisch«, sagte Tressel. »Bei einer Wahrheitsfindung, wie

sie im U-Boot betrieben wurde, steigt der Geist sozusagen mit den Stufen empor, weil das eben eine sehr menschliche Sache ist. Wenn ein Mensch einem anderen ein Geständnis entreißen will, kann er ihn entweder foltern oder seinen Verstand einsetzen, wozu er sowohl einen solchen als auch die nötige Zeit braucht. Es gab in den oberen Etagen genug intelligente und geschulte Leute, und wenn der Humor ein seltener Gast war, so liegt das schlicht daran, daß sogenannte menschliche Regungen unpassend waren. Auf jeden Fall kannten sie alle Kniffe des effektiven und gewaltlosen Verhörs, und schon am zweiten Tag haben sie mir, ausnahmsweise lächelnd, die Telefonnummer des Westberliner Kontaktmannes präsentiert, die ich in meinem Notizbuch so gut getarnt zu haben glaubte.«
»Also schon ein zweiter Beweis nach dem Bericht vom Ärztekongreß.«
»Das schon, aber die Nummer war inzwischen wertlos geworden. Das habe ich ihren Gesichtern angesehen. Es ist unheimlich wichtig, in Gesichtern zu lesen und stets konzentriert zu sein, aber es war nicht immer möglich bei ihrem infernalischen Rhythmus. Ohne Schlaf und mit miesem Essen kann das schlimmer als Prügel sein. Und wenn das Lineal nachts um zwei auf den Tisch knallt, reißt es dir zwar die Augen auf, aber das hilft dir nichts, weil du nichts mehr wahrnimmst.«
»Folglich haben sie noch mehr aus dir herausgeholt.«
Helldorf blickte ihn mit Spannung an, als ob es gälte, den Beweis für wache Augen zu liefern.
»Wenig von Bedeutung. Es war ein unschätzbarer Vorteil, daß ich meinen Denunzianten kannte. Ein kleiner Fisch, der mit Ausnahme von Belanglosigkeiten so gut wie nichts von meiner Arbeit wußte. Mehr hatten sie nicht, und viel mehr bekamen sie nicht. Du darfst nicht vergessen, daß auch ich kein großer Fisch gewesen bin, bei dem sie genug Ansatzpunkte gefunden hätten. Trotzdem bin ich fast an ihrer Hartnäckigkeit krepiert, weil es

eben sehr menschlich ist, daß der Mächtige wütend wird, wenn ihm der Wehrlose nicht gibt, was er will.«
»Staatlich verordnete Rollenverteilung zwischen dem Mächtigen und dem Ohnmächtigen.«
»Genau das. Und für viele Leute ist es ein maßgeschneiderter Handschuh, ein Traumberuf, wenn du willst. Staatliche Rückendeckung und Staatssicherheit kommen aus dem gleichen Topf, und die Meister des Verhörs arbeiten auf kleiner Flamme wie erfahrene Köche, die ihrem Werk Zeit geben und nichts anbrennen lassen. Und wirksamste Zutat ist der Entzug des Schlafes. Sie holen dich abends um halb zehn, also eine halbe Stunde, nachdem Nachtruhe befohlen ist, aus der Zelle, und zurück kommst du morgens um halb fünf, eine halbe Stunde vor dem Wecken. Kaum hast du dich auf den Strohsack geworfen, holen sie dich wieder runter, und nach Muckefuck und Rübenmarmelade torkelst du ins neue Verhör. Mit anderen und frischen Vernehmern freilich. Sie haben ein gutes Teamwork.«
»Aber wochenlang geht das doch nicht!«
»Gut, es hat auch Freinächte gegeben, aber nie ohne Schikane. In unregelmäßigen Abständen haben sie das verflucht grelle Licht an der Decke eingeschaltet, und nach vier Wochen war ich fertig. Nur noch Haut und Knochen.«
Der auffrischende Wind des fortgeschrittenen Nachmittages ließ viele Leute frösteln und aufstehen, aber Helldorf beachtete die von Westen heranziehende Wolkenwand nicht und hielt den anderen zurück. »Du warst doch wohl längst nicht mehr in einer Einzelzelle, oder doch?«
»Natürlich nicht. Üblich war die Dreierzelle, und dies mit Berechnung. Zwei könnten ein Komplott schmieden, aber der dritte Mann ist dabei meist der Störenfried.«
»Oder der Spitzel.«
»In gewissen Fällen ja. Aber ich glaube nicht, daß ich mit einem die Zelle geteilt habe. Mauern schärfen die Sinne.«

»Und wie war's mit den wichtigeren Dingen, die sie nicht erfahren haben?
Tressel zuckte die Schultern und breitete die Hände aus.
»Alles ist relativ in diesem Geschäft. Was heißt also wichtig? Du glaubst, eine Riesenmeldung auf der Pfanne zu haben, und dann erklärt dir der Kontaktmann fast mitleidsvoll, daß das schon kalter Kaffee sei. Es fehlt dir ja jeder Einblick in die irre und oft so lächerliche Sammelwut, die sie haben. Für eine Sache habe ich allerdings viel Lob bekommen, und es ist durchaus möglich, daß ich sie als erster gemeldet habe. Ich war bekannt mit einem Redakteur der CDU-Zeitung Ost, und der wiederum war ein Vertrauter des DDR-Außenministers Dertinger. Über diesen Kanal erfuhr ich von einem geheimen Zusatzabkommen beim Freundschaftsvertrag zwischen der DDR und Polen, dessen wichtigster Punkt die Anerkennung der Oder-Neiße-Linie war. In diesem geheimen Zusatzabkommen stand, daß dieser Vertrag nur für die DDR gelte und nicht bindend sei für ein wiedervereinigtes Deutschland. Ich habe es auf dem üblichen Weg nach Westberlin gegeben.«
»Und im U-Boot kam's nicht zur Sprache?«
»Nein. Sie hatten keine Anhaltspunkte, und weder meine Frau noch Kost wußten etwas davon. Es war mein Glück, daß ich das für mich behalten hatte.«
»Aber du hast erfahren, daß deine Frau auch im U-Boot saß?«
»Sie haben es bei einem Verhör unwissentlich verraten. Außerdem stellten sie Fragen, die sich nur auf Aussagen von ihr stützen konnten. Wir saßen im gleichen Boot. Der Außenminister Dertinger bekam übrigens lebenslänglich wegen Hochverrats. Aber damit hatte ich nichts zu tun.«
»Und das Leben in der Zelle? Sie haben dich immerhin noch vier Monate in U-Haft behalten, nachdem sie deine Geständnisse hatten.«
»Sie wollten«, sagte Tressel, »noch vieles wissen, aber das

ging dann humaner vor sich und zielte auf das Durchleuchten von Verwandten und Bekannten. Und auch von Kollegen. Ich habe die Charité zu einem wahren Hort des Sozialismus gemacht, bis sie genug hatten.«
»Sonst nichts Besonderes?«
»Doch, da war schon noch etwas ganz Besonderes. Da war nämlich Schorsch.«

Schorsch und das Dynamit

Schorsch ist ein Fall für sich. Er ist Rennfahrer. Radrennfahrer. Meister der DDR auf der Straße. Nachfolger des legendären Täve Schur. Das ist schon eine Visitenkarte, die man vorzeigen kann und mit der sich's leben läßt.
Vielmehr leben ließ, denn der Schorsch hat die vorgezeichneten Bahnen verlassen und sehr eigenwillige Kurven gefahren. Wenn sie ihn für das bestrafen, was sie ihm vorwerfen, wird er vielleicht sein ganzes Leben sitzen. Aber nie mehr auf einem Sattel.
Bloß, er kann es einfach nicht glauben. Zu verrückt ist alles, was sie ihm vorwerfen, auch wenn er hier in der Dreierzelle des U-Bootes zugibt, daß sich nicht alles, was er gemacht hat, mit der Würde eines Meisters des Sports verträgt, wie sie der Genosse Ulbricht sieht. Aber ist ihm nicht gnädig von höchster Stelle versichert worden, daß alles vergeben und vergessen sei?
In den Westen war er abgehauen, ohne viel mehr dabei zu denken, als daß dort das Geld auf der Straße liegen müsse für einen guten Rennfahrer. Aber er hat nicht viel davon aufgehoben und ist gar nicht über Westberlin hinausgekommen. Nicht an Klasse hat's ihm gefehlt, sondern an anderem: zum Beispiel an guten Beratern. Es gab keine westdeutschen Profi-Rennställe, und vom Sechstagerennen im Sportpalast kann man nicht ein ganzes Jahr leben. Einen Manager mit Verbindungen nach Belgien oder Frankreich hätte er gebraucht, um Tritt zu fassen und das Heimweh zu vergessen.
So aber kehrt er nach ein paar Monaten reumütig zurück, und sie vergeben ihm die unbedachte Eskapade, weil es für junge Leute, die der Westen lockt, gar nicht schlecht ist, wenn ein Meister enttäuscht zurückkehrt. Für den Arbeiter- und Bauernstaat soll er die Räder wieder rollen

lassen, und sie lassen ihm sogar das mitgebrachte West-Auto. Es ist eine Großherzigkeit, die den Schorsch rührt, und jedem, der es wissen will, erklärt er, daß er seinen Platz kenne.
Den staatlichen meint er. Weniger genau nimmt er's mit dem häuslichen, weil er nicht nur Rennfahrer, sondern auch Mensch ist und es manchmal lustiger sein könnte als bei der Frau am eigenen Herd. Und wenn ein Rennfahrer so aussieht wie der Schorsch, muß er nicht lange nach Mädchenaugen suchen, die ihn bewundern.
Sturmfreie Buden freilich sind rar in dieser Zeit der Ostberliner Wohnungsnot, und jetzt, wo der Winter in den Frühling übergeht, gibt es unbequemere Rendezvous-Plätze als das geräumige Westauto.
Haste was, biste was, sagt sich der Junge vom Prenzlauer Berg, wo die Arbeiter in den gleichen miesen und verräucherten Kneipen ihr Bier trinken wie drüben im Wedding und auch nicht mehr herunterbeißen können von der ein wenig größeren Freiheit, die ihnen der Westen bietet. Über ihnen der gleiche Himmel, und um sie herum das gleiche muffige, graue Häusermeer mit seinen notdürftig geflickten Kriegswunden. Hüben wie drüben gibt es keine Parknot vor den Kneipen, weil auch der Werktätige des Westens erst anfängt, vom Auto zu träumen, das sich der Schorsch mit seinen Beinen erstrampelt und herübergeholt hat.
Und ungleich freudvoller ist der Genuß, im Osten über einen solchen Schlitten zu verfügen. Schorsch zieht, wenn er abends mit der Freundin hinausfährt in die Wälder des Berliner Nordens, zur richtigen Würdigung des Vergnügens sogar seine Rennhandschuhe an, die die Finger freilassen und deren Leder eigentlich nur zum Schutz der Handflächen da ist, wenn die Rennmaschine auf der Hallenbahn abgebremst werden muß. Die Hand, die aufs Vorderrad drückt, ersetzt ihre fehlenden Bremsen.
Jetzt, in der Dämmerung und auf der Fahrt hinaus zu den Wäldern, führt die Linke lässig das Steuer, und in wohli-

ger Vorfreude kuschelt sich das Mädchen so an ihn, daß die Rechte über ihre Schulter zum Busen reicht und die nackt aus dem Leder ragenden Finger schöne Bewegungsfreiheit genießen im weißgelben Mondlicht, das zwischen den Wipfeln der Kiefern einfällt. Und im Abendwind weht ein Hauch von Frühling und feuchtem Moos mit. Schorsch ist ein Romantiker, aber auch, von den Rennbahnen her, Spezialist mit untrüglichem Gefühl für Freiheit und Enge bei der Bewegung. Millimeterarbeit ist das in den Kurven, wenn dein Reifen am Hinterrad des Gegners zu kleben scheint und dein Ellenbogen im Pulk den des Gegners streift. Und deshalb ist er auch ein Artist am Steuer, der den Wagen, ohne mehr zu streifen als Zweige zwischen den Baumstämmen, auf eine winzige Lichtung dirigiert, die wie ein städtischer Stellplatz für ihn geschaffen ist.
»Na, was sachste? Besser geht's nich, oder?«
Und noch ehe sie umsteigen auf den breiten Rücksitz, hat er mehr abgestreift als die Rennhandschuhe. Das Moos duftet wie der leibhaftige Frühling, aber arg feucht wäre es für sie, so, wie sie jetzt sind.
Fast bequem haben sie's auf der Bank, und der Schorsch ist ein trainierter Athlet, der zur Sache kommt, daß der Wagen schaukelt, als ob ihn Schlaglöcher quälten.
Hören kann man ihn sogar, aber wenn der Schorsch solchermaßen am Werk ist, nimmt er keine Geräusche wahr. Und in der Vorfreude hat er auch nicht gemerkt, daß er das Kunststück des Einparkens direkt an die Zonengrenze gelegt hat. Bedeutung hat sie kaum, weil es hier ja nichts abzusuchen gibt wie am Westberliner Stadtrand, aber sie existiert, und auch nachts sind hier Routine-Streifen der Volkspolizei unterwegs.
Zwei Vopos bleiben plötzlich stehen, weil sie das Ächzen des nicht mehr ganz neuen Wagens hören, aber sie müssen tüchtig suchen und schleichen, bis sie ihn durch die Zweige im Mondlicht blitzen sehen. Zwei- oder dreimal zuckte er noch wie der Schorsch, und dann steht er so

ruhig da, als ob er Atem holen müsse wie die beiden Vopos.
Einer von ihnen will gleich hin, weil er es nicht nur durchaus berechtigt, sondern auch nötig findet, die Wagenschüttler zu überprüfen. Aber der andere winkt ab: »Mir liegt das nicht. Die sind doch gar nicht angezogen!«
»Na und? Das Recht ist bei uns.« Er sagt es flüsternd, und in den Augen ist ein Blitzen, das Sturmangriffen vorausgeht.
Doch der andere greift seinen Arm. »Und wenn's ein Bonze ist?«
»Jeder muß sich ausweisen, und ein Westwagen ist's auch noch!«
»Aber mit Ostnummer. Wenn wir sie notieren und Meldung machen, haben wir unsere Pflicht auch getan. Und was haben die schon getan! Bist du vielleicht neidisch?«
Er setzt sich durch gegen den Neugierigen, und sie gehen weiter ihre Streife.

Vier Tage später bekommt der Schorsch Besuch. Es ist einer von denen, die man nicht abwimmelt, weil sie zum U-Boot führen. Alle Medaillen und Pokale in der Siegesvitrine nützen nichts. Ein Gespräch wollen sie mit ihm, und es ist kein Haar anders als beim Besuch, den Tressel hatte. Bloß hat der gewußt, warum sie kamen. Der Schorsch aber zermartert sich in der Einzelzelle den Kopf, ehe sie ihm beim Verhör die verrückteste aller Anklagen vorlegen.
Oh, sie fangen fast freundlich an, amüsieren sich über sein Schäferstündchen im Mondenschein, und einer pfeift ein paar Takte von »Im Wald und auf der Heide« vor sich hin.
Und dann sagt er gönnerhaft: »Stimmt ja alles, Schorsch, stimmt ja alles. Nach der Arbeit das Vergnügen, nicht wahr? Hat ja auch gar niemand was gegen, außer Ihrer Frau vielleicht.«
Seine Frau? Hat sie ihn angezeigt? Die Sache ist so ab-

surd, daß er sie in drei Sekunden abtut. Die halbe Republik säße im U-Boot, wenn es darum ginge. Natürlich haben sie etwas anderes auf der Pfanne.
Aber was?
Sie ziehen ihm das bißchen Boden, das er unter den Füßen spürt, so schnell weg, daß er ins unbegreiflichste und schwärzeste aller Löcher zu purzeln glaubt.
Sagen ihm, daß sie sich für sein Vergnügen nicht interessieren, wohl aber für seine Arbeit, und daß sie ihm so eine verheerend schlimme Arbeit nun wirklich nicht zugetraut hätten.
Einen Lokaltermin haben sie gemacht, haben sich die winzige Lichtung an der Zonengrenze angeschaut, wo das Auto gestanden ist, und an die Räder hat sich der gleiche feuchte Dreck geklebt.
Und sie sagen, daß sie dieser feuchte Dreck viel angeht und ihn auch. Von frisch aufgegrabenem Boden stamme er, der das Fischlein, das sie da aus dem Wald gezogen haben, zum riesigen Hai macht, weil beim Graben Unfaßliches ans Tageslicht gekommen ist.
Zehn mit Dynamit gefüllte Kanister sind herausgebuddelt worden, genug, um den ganzen Alex in die Luft zu jagen. Das ist kein dicker Hund mehr, das ist ein Elefant mit zehn Stoßzähnen.
»Gesteh', Schorsch!«
Der Schorsch bringt das Maul nicht mehr zu und japst nach Luft wie ein Rennfahrer am steilsten Berg. Aber die Vernehmer verstehen das falsch, sie sonnen sich in ihrem Einfallsreichtum und glauben, er mache den Schorsch sprachlos.
Drei Tage und drei Nächte hält er durch, erträgt das auf den Tisch knallende Lineal und die bohrenden Fragen und schwört, daß er nie im Leben mit Sprengzeug zu tun gehabt habe.
Aber die Indizien schreien nach einem Geständnis, und nur wer gesteht, kriegt Ruhe.
Und der Schorsch braucht Ruhe. Er weiß, daß er umfällt

oder durchdreht, wenn sie die Tortur fortsetzen. Alles, was sie ihm vorwerfen, gesteht und unterschreibt er.
Doch es geschieht Merkwürdiges. Weil er keine Komplizen oder Hintermänner preisgibt, observiert die Stasi das Dynamitversteck. Es dauert nicht lange, bis die Männer erscheinen, die es angelegt haben und offenbar wieder ausheben wollen. Und dann wird es ganz verrückt: Keiner weiß etwas vom Schorsch, dessen Unschuld die Katakomben des U-Boots in jungfräulichem Weiß durchstrahlt.

Ein Hammer ist das schon, und der Schorsch wird zu einem Verhör geführt, das eigentlich gar keines ist und bei dem kein Lineal auf den Tisch knallt. Danach kommt er in die Dreierzelle zurück wie ein Hotelgast, der gleich den Koffer vor die Tür stellen und dem Portier klingeln wird. Es ist Festtag für die Kumpels: Salzheringe, die einzige Delikatesse im U-Boot, gibt's heute, und er verschenkt seine beiden, die sofort in hartes, graues Toilettenpapier gewickelt werden, weil man mit solchen Kostbarkeiten nicht umgeht wie mit Rübenmarmelade und muffiger Blutwurst.
»Eigentlich«, sagt Tressel, müßten sie dir einen Orden geben, weil du mit Sicherheit ein kapitales Verbrechen verhindert hast. Aber das können sie natürlich nicht. Immerhin kommst du frei.«
»Da wäre ich nicht so sicher.« Orje, der dritte Mann in der Zelle, lutscht Heringsfett vom Daumen und hebt den Zeigefinger. Er ist Student und mit 22 der Jüngste. Für Amnesty International hat er die Gebräuche in den DDR-Gefängnissen erforschen wollen, und nun haben sie ihn hineingeschmissen und er kann studieren. Ziemlich lange wahrscheinlich.
»Da sich die Stasi«, sagt er, »nicht irren kann, wird sie ihm etwas anderes anhängen. Die können sich doch nicht einfach entschuldigen und ihm womöglich Haftentschädigung geben!«

»Da«, sagt Tressel und kratzt sich am Kinn, »könnte was dran sein.«
Der Schorsch spürt ein flaues Gefühl im Bauch und ärgert sich, daß er zwei Heringe verschenkt hat.
Aber der Student vom Amnesty liebt nicht nur den Salzhering, sondern auch den Humor und setzt eins drauf:
»Moral: Ne Nummer in Ehren,
kann keener verwehren,
doch isses gegen alle Regeln,
im Wald auf Dynamit zu vögeln.«
Tressel biegt sich vor Lachen, und sogar der Schorsch muß grinsen, obwohl der Student eben eine kräftige Breitseite gegen seinen Optimismus abgefeuert hat. Und recht hat er vermutlich auch, weil es sich die Staatssicherheit einfach nicht leisten kann, auf einem erpreßten und absolut hirnrissigen Geständnis sitzenzubleiben.
Außerdem, und das kommt erschwerend dazu, ist er nicht der Herr Kleinschmidt vom Prenzlauer Berg, sondern ein nicht unbekannter Sportler, der gewissermaßen öffentliches Interesse auf sich zieht. Man kennt ihn, und man kennt auch seine schnoddrige Schnauze, die er gewiß nicht halten wird, wenn sie ihn draußen nach seinem Ausflug ins U-Boot fragen. Die Stasi sitzt selbst auf dem Dynamit, das sie ihm unter den Hintern hat schieben wollen.
Andererseits ist der Schorsch so wichtig nun wieder auch nicht. Man braucht nichts zu überstürzen, weil er nicht plaudern kann, solange er sitzt. Das ist bewährter Brauch und gibt Zeit zum Überlegen.
So vergehen die Tage. Der Schorsch bleibt auf Tauchstation, obwohl seine Unschuld nachgewiesen ist. Das macht ihn reizbar und läßt ihn sogar ans Unmögliche denken.
Das Unmögliche ist der Ausbruch. Aus dem U-Boot ist noch keinem die Flucht gelungen, und Tressel und der Student von Amnesty International müssen sie ihm mit Engelszungen ausreden.

Müssen ihm sagen, daß er erstens das ausgeklügelte Sicherheitssystem nicht überlisten kann, daß er ihnen zweitens auf dem Servierbrett einen Grund zur Verurteilung liefern würde und daß schließlich sie, die beiden Zellengenossen, der Komplizenschaft bezichtigt würden.
Das wirkt. Aber friedlicher macht es den Schorsch nicht. Warum man in der Hauptstadt der DDR Häftlinge noch viel schärfer überwacht als in der Provinz, liegt auf der Hand. Es gibt 1960 noch keine Mauer, und im Handumdrehen könnte sich ein Ausbrecher nach Westberlin absetzen. Ein Kinderspiel nach der Hauptarbeit.

Aber der Schorsch, der sich verraten und verkauft fühlt, ist nicht vergessen. Der Sport, sagen sich die Leute vom Stasi, ist nicht nur eine völkerverbindende, sondern auch eine männerverbindende Angelegenheit. Also wird es gut sein, einen Sportkameraden einzuschalten. Sportler haben Vertrauen zueinander und meist die gleiche Wellenlänge. Besonders gut verstehen sie sich, wenn sie Lorbeeren von Bedeutung gepflückt haben. Man muß den idealen Gesprächspartner für den Schorsch finden, und man braucht nicht lange zu suchen.
Wolfgang Behrendt, 1956 in Melbourne mit der gesamtdeutschen Mannschaft Olympiasieger im Boxen, ist als Offizier der Staatssicherheit der rechte Mann am rechten Platz.
Bei den harschen Sitten des U-Bootes ist es in diesem letzten mauerlosen Berliner Sommer ein bemerkenswert humanes Ereignis, daß der Landesmeister des Straßenrennsports zusammengeführt wird mit dem Olympiasieger im Boxen.
Wärmende Sportkameradschaft durchweht einen fast gemütlichen Raum, durch dessen unvergitterte Fenster die Sonne wie ein Vorbote der Freiheit scheint. Sie schlagen einander auf die Schultern, und eigentlich fehlen nur noch die Umarmung und der Sportpalastwalzer.
Wie ein Rennfahrer, der alle hinter sich gelassen hat und

den Zielstrich sieht, fühlt sich der Schorsch. Aber der Olympiasieger in Uniform ist fürs richtige Timing. »Sieh mal, Schorsch«, sagt der in der Art eines Boxers, der nach der Begrüßungszeremonie zur Sache kommen muß, »wir haben da Mist gebaut, aber Mist kann es beim Stasi nun einmal nicht geben, das begreifst du doch, oder?«
»Logisch!« Der Schorsch sagt es grinsend und mit der Großzügigkeit eines Mannes, der schon wieder überlegen darf, wo er sein Bier trinkt und wann er mit der Freundin ins Grüne fährt. Bloß besser aufpassen wird er, wo er die Karre hinstellt.
Aber der Sportkamerad grinst nicht mit und reibt sich über den aufgestützten Ellenbogen die Handflächen.
»Im Grunde genommen hast natürlich du den Mist gebaut, Schorsch, aber wir werden dir helfen.«
»Aber du hast doch gesagt...«
»Redensart, Schorsch! Du hast ein falsches Geständnis abgelegt, und wir geben dir Gelegenheit für ein anderes. Ein richtiges, sozusagen.«
»Ein richtiges?« Schorsch hört mit dem Grinsen auf und starrt den Sportkameraden verständnislos an. Der Hauch von Freiheit, den er eben gespürt hat, wird wieder zum Zellenmief.
Doch beruhigend greift die Hand, die so gut boxen kann, nach seinem Arm. »Reine Formsache, Schorsch! Du sitzt jetzt im vierten Monat hier, stimmt's?«
Der Schorsch nickt, und dann sagt er noch, daß das eine Sauerei sei, weil er ja keinen normalen Offizier vor sich hat, bei dem man jedes Wort auf die Goldwaage legen muß, sondern einen Sportkameraden.
Und der sagt ihm, daß diese vier Monate gut seien. Sehr gut sogar.
Was den Schorsch zu der respektlosen Frage veranlaßt, ob er spinne.
Aber er löst damit nur ein nachsichtiges Lächeln und eine erstaunliche Antwort aus: »Sieh mal, Schorsch, man wird dir nicht mehr als drei oder vier Monate verpassen, und

die hast du ja schon abgesessen mit der Untersuchungshaft.«
»Ich komm' also raus?«
»Klar. Wir brauchen halt ein Geständnis, damit alles seinen rechten Gang geht.«
Das sieht der Schorsch ein. Eine Hand wäscht die andere. Bleibt bloß noch die Frage, was er gestehen soll. Und auch da ist der Sportkamerad hilfreich und gut. »Wie wär's mit einem verbotenen kleinen Konto in Westberlin drüben?«
«Hab' ich aber nicht.«
Wieder das nachsichtige Lächeln. »Spielt doch überhaupt keine Rolle, Schorsch! Du gestehst das einfach, kriegst dein Prozeßlein und deine drei Monate und spazierst aus dem U-Boot hinaus wie ein Herr!«
»Und die Hausmusike spielt dazu«, grinst der Schorsch.
»Nun ja, ganz so feierlich wird's nicht sein, aber die Hauptsache ist, daß du begriffen hast.«
Sportkameradschaft ist eben doch eine feine Sache, denkt der Schorsch und kehrt in seine Zelle zurück wie einer, der hier noch für ein paar Tage zu Besuch ist.

Er bekommt auch schnell seinen Prozeß, aber sein Ausstieg vom U-Boot ist ganz anders als der, den er erträumt hat. Sie verpassen ihm zweieinhalb Jahre wegen eines Westkontos, das gar nicht existiert, und er wird jeden Tag davon absitzen.
In der Zelle, die er als freier Mann hat verlassen wollen, führt dieser Abgang zu heftigen, aber auch depressiven Diskussionen. Was blüht uns, fragen sich Tressel und der junge Student, wenn der Schorsch für nichts und wieder nichts zweieinhalb Jahre kassiert? Der Student kommt aus den Aufregungen über den Olympiasieger im Boxen überhaupt nicht heraus und würde ihm am liebsten den Hals umdrehen, was Tressel zu der Bemerkung veranlaßt, daß er gar nicht an diesen Hals herankomme, sondern einen dieser Kinnhaken einfangen würde, nach denen man sehr lange schläft. Vielleicht sogar ewig.

Das ist eine dieser Tatsachen, über die sich nicht streiten läßt. Aber Tressel, längst nicht mehr so ungestüm wie sein junger Kompagnon und besser vertraut mit Gepflogenheiten, die jener erst zu studieren im Begriff ist, weiß mehr beizusteuern.

Er stellt ganz schlicht die Schuld des zum Stasi-Offizier gewordenen Olympischen Sportkameraden in Frage. Es könnte, so argumentiert er, nämlich sein, daß der von höherer Stelle nur als Werkzeug benutzt wurde. Im Fall Schorsch steckt auch im übertragenen Sinn Dynamit, und es kann nur Gras darüber wachsen, wenn man den Mann einbuchtet. Wer will denn wissen, ob der Sportkamerad eingeweiht war? Vielleicht war er tatsächlich der Überzeugung, dem Schorsch eine goldene Brücke in die Freiheit zu bauen, und konnte nicht ahnen, daß man höheren Orts schon beschlossen hatte, sein erschmeicheltes Geständnis in eine Grube zu verwandeln.

Arzt im Knast

Und dann verschwand der Schorsch aus den Gesprächen so, wie er aus dem U-Boot verschwunden war. Es gehört zum Leben im Knast, daß man nicht mit dem Unabänderlichen hadert, sondern sich ganz vordergründig mit den eigenen Problemen befaßt. Und daß man, unbewußt, Instinkte entwickelt, die man nicht braucht draußen in der Freiheit.
So kam es, obwohl kein Vernehmungsoffizier und schon gar kein Aufseher die geringste Andeutung machte, daß Tressel den eigenen Prozeß nahen fühlte. Wenn sie ihn nach oben holten, spürte er, wie das Interesse an ihm erlahmte, eine Routine, die auf das nahende Ende seiner U-Boot-Zeit hinwies. Die Anklage schien zu stehen, und damit wohl auch das Strafmaß, obwohl zwischen diesen beiden Polen noch ein ordentlicher Prozeß stattzufinden hatte. Mit Rechtsbeistand, selbstverständlich.
Allerdings konnte man sich den nicht aussuchen. Anwälte verkehrten im U-Boot nicht. Und der Kurzbesuch des Pflichtverteidigers ist für den Delinquenten weniger mit Hoffnung verbunden als mit der Gewißheit, daß die Wartezeit vorbei sei.
Drei Tage vor dem Prozeß kam er zum ersten und einzigen Mal zu Tressel. Der hatte eher das Gefühl, ein Gasableser sei zu Besuch als ein Beistand, erfuhr aber immerhin, daß er zusammen mit seiner Frau verurteilt und daß die Sache in Potsdam stattfinden würde.
Der Mann sagte verurteilt, weil er es für sinnlose Zeitvergeudung hielt, von Chancen zu reden.
Und ebenso sinnlos fand es Tressel, dem eiligen Herrn diesbezüglich Fragen zu stellen.
Und doch kommt dem, der aus dem U-Boot steigen darf, die Grüne Minna vor wie die halbe Freiheit. Sie rollt, und

er weiß, daß sie endlich ins Rollen bringt, worauf er monatelang gewartet hat.
Sie rollte zwei Stunden, weil man ja nicht durch Westberlin fahren konnte, sondern bei Adlershof raus mußte. Ein nach U-Boot-System ausgeklügelter Transport. Man fuhr nicht wie in einem Bus, sondern wurde einzeln verpackt und bekam eine winzige Einzelzelle mit schmalem Sitz und keinem Ausblick. Zehn solcher Kabuffs und dazwischen ein Gang mit den Wachposten. Aber zum erstenmal seit der Verhaftung sah Tressel einen winzigen Moment lang seine Frau. Sie ist schmal geworden, dachte er, und gerne hätte er gewußt, ob ihr das kaum angedeutete Lächeln sehr schwer gefallen war.
Zu Lachen gab's nichts. Er konnte nur hoffen, daß ihre Anklageschrift milder ausgefallen war als die seine. Die war ihm zur Kenntnisnahme übergeben worden in einer Einzelzelle, damit niemand Einsicht nehmen konnte. Und sie war niederschmetternd: »Spionage unter Ausnutzung einer leitenden ärztlichen Stellung.«
Diesem Kernsatz folgte eine Menge anderer, und der schlimmste davon hieß »gemäß Strafergänzungsgesetz nach Paragraph 12«.
Was nichts anderes bedeutete als lebenslänglich oder Todesstrafe.
Doch ein Major des U-Bootes hatte ihn, gepackt von einer menschlichen Regung, vor der Abfahrt nach Potsdam noch einmal zu sich kommen lassen und ihm erklärt, es sei nicht unbedingt nötig, den Paragraphen 12 so ernst zu nehmen. Und er hatte auch angedeutet, daß das Urteil wohl schon feststehe, aber so schlimm nun auch wieder nicht ausfallen werde, obwohl natürlich ein Exempel statuiert werden müsse. Ganz besonders für die Ärzteschaft. Tatsächlich waren fünfzig Ostberliner Ärzte zum Prozeß ins Potsdamer Gericht eingeladen worden. Geladen, besser gesagt. Es war ein Pflichttermin.
Und günstig vielleicht war es, daß das Urteil schon feststand. Denn was Waltraud, mit der er ja kein einziges

Wort hatte wechseln können, sagte, erwies sich als wenig vorteilhaft für die Verteidigung, die sich ihr Mann zurechtgelegt hatte.
Sie schoß ehrlich dazwischen, aber falsch. Weil sie die Ehrlichkeit, die ihr der Richter, wie alle Richter der Welt, empfohlen hatte, falsch auffaßte. Wenn du keine Lüge willst, mag sie gedacht haben, sollst du eben die Wahrheit wissen.
Und so kam es zu eher provozierenden als günstigen Antworten auf Fragen, die vergleichsweise leicht zu umschiffen gewesen wären.
»Angeklagte, was haben Sie gelesen?«
»Hauptsächlich Westzeitungen, Herr Richter.«
Klug war das nicht, aber da der Richter kein Unmensch war und die Westpresse im offenen Berlin sozusagen vor der Tür lag, versuchte er ihr ein goldenes Brückchen zu bauen.
»Nun, es gibt ja auch noch Fernsehen und Kinos. Wie war's denn damit?«
»Ganz einfach. Im Fernsehen lief der Westkanal, und zum Kino fuhr ich nach Westberlin.«
Da wäre die Luft im Gerichtssaal fast ausgegangen, weil alle nach ihr schnappten.
Und das »Warum?« des Richters kam wie ein rhetorisches Stöhnen.
»Weil hier«, sagte Waltraud Tressel mit einer in dieser Umgebung fast königlich wirkenden Unbekümmertheit, »alles mit der Soße einer stumpfsinnigen Propaganda übergossen wird.«
Ihr Mann wurde weiß im Gesicht, und die Köpfe des Gerichts schimmerten in allen Nuancen der Farbpalette, die es zwischen zartem Rosa und dem Rot der vollreifen Tomate gibt.
Es gab einen geharnischten Verweis, den Frau Tressel mit entwaffnender Logik – »Ich soll doch die Wahrheit sagen« – beantwortete. Abschmetterte, könnte man fast sagen.
Zwei Tatsachen mögen es gewesen sein, die das Gericht

bewogen, die Frau fortan zu ignorieren. Wenn ein Urteil schon feststeht, ist es durch Insubordination schwer umzuwerfen. Außerdem war sie nur Nebentäterin, und es empfahl sich, den Haupttäter vorzunehmen.
Also widmete man den ersten Tag voll und ganz der Beweisaufnahme. Am zweiten folgten die Plädoyers, und der dritte brachte die Urteilsverkündung.
Sieben Jahre Gefängnis für den Mann, vier Jahre für die Frau. Dazu Beschlagnahmung der Spionage-Utensilien: Auto, Schreibmaschine und Fotoapparat.
Als ob diese drei Gegenstände ohne ihre Besitzer etwas hätten anstellen können.

Alles ist anders als im Frühjahr bei der Einlieferung ins U-Boot. »Wie werden sie vorgehen?« hatte sich Tressel damals als Gefängnis-Novize gefragt. Viel hat er gelernt im Sommer, der darüber hinweggegangen und übergegangen ist in die so elend kurze und so wundervolle Zeit, die der Berliner Kurt Tucholsky in einem unvergleichlichen Essay als die fünfte Jahreszeit beschrieben hat. Die Nazis haben seine Bücher verbrannt, aber man kriegt sie jetzt wieder in den DDR-Läden, weil er dem Regime so genehm ist, daß man seine Emigration nach Schweden mit der Walter Ulbrichts nach Moskau vergleicht. Daß er vor Ulbricht ebenso geflüchtet wäre wie vor Hitler steht auf einem anderen Blatt. Aber das ist in keinem seiner Bücher zu lesen.
Auch Günther Tressel findet im Kabäuschen der Grünen Minna keine Antwort auf die Frage, was sie jetzt mit ihm anstellen werden. Sieben Jahre sind nicht überschaubar. Spätestens bei dreien hört das auf.
Und es ist auch, nach lächerlich kurzem Wiedersehen, ein langer Abschied von seiner Frau. Daß sie ihr vier Jahre aufgebrummt haben für das bißchen Schreibarbeit wurmt ihn um so mehr, als er sie dazu überredet hat. Andererseits ist er stolz auf ihr freches Mundwerk, mit dem sie den Richter sprachlos gemacht hat. Für weniger haben

andere mehr eingefangen. Immerhin waren schon vorher zwei staatliche Schließfächer für sieben und vier Jahre angemietet.

Aber wie geht das vor sich? Bestimmt nicht so feierlich wie in diesem alten Spandauer Kasten, in dem sich Amerikaner, Engländer, Franzosen und Russen mit enormem Aufwand ablösten, um Hitlers Stellvertreter, Rudolf Hess, zu bewachen wie das Gold von Fort Knox. *Tant de bruit pour une omelette!* Aber haben die Franzosen nicht den noch viel älteren Marschall Pétain in eine Festung gesteckt, bis er tot war, und das nur, weil er, schon senil, unter Hitlers Herrschaft die Regierung übernahm, die kein anderer wollte?

Und wen hat's interessiert? Wer soll da ein Länzlein brechen für den jämmerlich unwichtigen Tressel, der seine sieben Jahre vielleicht gar nicht durchsteht mit nur einer Lunge?

Im U-Boot konnte man über so etwas nicht reden, doch jetzt, im Strafvollzug, muß es ja einen vernünftigen Arzt geben, der einen anhört.

Alle diese Gedanken überfallen ihn während einer nur zehnminütigen Fahrt, weil die Haftanstalt höchst praktisch in der Nachbarschaft des Gerichtes liegt. Aber dieses ehemalige preußische Militärgefängnis Nummer 1 in der Otto-Nuschke-Straße ist noch älter als der Spandauer Knast, in dem Rudolf Hess einsitzt, und bald wird Tressel auch erfahren, daß darin Knastgeschichte geschrieben wurde. In grauer Vorzeit ist ein gewisser Vater Philipp, der bei aller Strenge ein schnurriges Original gewesen sein muß, Direktor dieser Haftanstalt gewesen, und sein Wirken war so bemerkenswert, daß »Vater Philipp« in ganz Deutschland zum Synonym für Knast wurde.

Aber davon weiß Günther Tressel nichts, als sich das eiserne Tor öffnet. Und schon gar nichts ahnt er davon, wie sich die Sache mit dem Arzt entwickeln wird, auf den er wartet.

Er wundert sich nur, daß seine Frau mit ihm aussteigt, als ob es ein Hotel wäre, in dem sie ein Doppelzimmer bestellt haben.
Und dann geschieht noch viel mehr Unerwartetes und liefert den Beweis dafür, daß ein Knastologe nicht so viel denken soll, weil doch alles anders kommt, als er denkt. Erstens ist dies gar keine Anstalt für den Strafvollzug, sondern das Untersuchungsgefängnis der Staatssicherheit des Bezirks Potsdam.
Warum wieder Untersuchungsgefängnis? Ist das Urteil womöglich gar nicht rechtskräftig? Wird es einen neuen Prozeß geben?
Oder haben sie sich verfahren? Gibt es nicht genug Beispiele dafür, daß die Ordnung bei Ordnungshütern aller Art manchmal zu kurz kommt?
Schnell zeigt sich jedoch, daß dies keine versehentliche Einlieferung ist. Erwartet werden die Tressels, und kein anderer als der Anstalts-Chef steht in voller Majors-Montur und mit Stiefeln, die die herbstliche Sonne blitzen läßt, im Hof. Und der Vergleich mit einem nicht unfreundlichen Hotel-Empfangschef ist gar nicht so weit hergeholt.
»Nehmt dem Herrn Doktor doch endlich die Handschellen ab!«
Er hat tatsächlich ein Herr vor den Titel gesetzt, etwas, das Tressel seit Monaten nicht gehört hat. Entweder, denkt er, will er mich verarschen, oder es entwickelt sich Günstiges.
»Kommen Sie in mein Büro«, sagt der Major, und es klingt eher nach Einladung als nach Befehl. Und es nimmt Hemmungen.
»Und meine Frau?«
»Kann mitkommen.«
Schlecht klingt das nicht. Hervorragend sogar, wenn man an die Töne im U-Boot denkt.
Und auch das Büro hat zivilere Tupfer. Aber all das verschwindet hinter der gleichsam aus der Hüfte geschossenen

Frage des Majors: »Wären Sie bereit, die ärztliche Versorgung der Anstalt zu übernehmen?«
Tressel möchte sich am Ohr zupfen wie einer, der fürchtet, sich verhört zu haben, aber er blickt nur hinüber zu seiner Frau und sieht große runde Augen.
»Natürlich nicht umsonst«, sagt der Major, als ob er Angst vor einem Nein hätte.
Warum nichts riskieren, denkt Tressel deshalb.
»Und meine Frau?«
»Auch daran«, sagt der Major, halb diskret, halb erleichtert lächelnd, »habe ich gedacht. Ich nehme sie in die Reinigungskolonne. Das erspart ihr einen Strafvollzug mit Kriminellen und gibt Ihnen beiden die Möglichkeit, einander zu sehen. Und«, fügt er hinzu, »sogar zu sprechen. Ein seltener Fall, wie Sie zugeben werden.«
Wie beschenkte Kinder nicken sie, weil Großherzigkeit dieser Art nach den harschen Bräuchen im U-Boot für sie kaum zu fassen ist, aber der Major ist noch gar nicht fertig. Den dicksten Brocken, den er zu verteilen hat, hat er sich aufgehoben bis zuletzt.
»Ich brauche Ihnen nicht zu sagen, Doktor, daß dies kein Sanatorium ist. Andererseits gehört ein Arzt in ein Haus, das man nicht verlassen kann, stimmt's?«
»Dem«, sagt Tressel, »ist schwer zu widersprechen. Sogar im U-Boot hatten wir einen. Aber zu sagen hatte er weniger als der Sanitätsgefreite Neumann.«
»Ich sehe das anders. Der Arzt im Haus erspart Ärger. Ich bilde mir ein, Simulanten ganz gut von wirklich Kranken unterscheiden zu können. Doch man kann sich täuschen, und dann gibt's Zoff. Dies ist ein Untersuchungsgefängnis wie das U-Boot, aber wir sind Provinz und Ärzte sind knapp. Vor allem solche, die im Knast arbeiten wollen. Als ich nun von Ihnen hörte, kam mir die Idee, Sie anzufordern, obwohl sie ja als Verurteilter gar nicht hierher gehören. Und Sie sehen, es hat geklappt. Vorausgesetzt natürlich, daß Sie annehmen.«
Tressel spürt, was der Major hinter seinem Schreibtisch

nicht sehen kann, den Fuß seiner Frau auf seinen Zehen, aber es ist um so weniger nötig, als der Major jetzt den ganz dicken Brocken auffährt.
»Sie bekommen das Gehalt eines Facharztes, 1800 Mark.«
Und jetzt glaubt er wirklich zu träumen, 1800 Mark. Das stimmt. In der Charité gibt's nicht mehr.
Der Major hat Spaß an der Überraschung und läßt sie ein wenig wirken, ehe er fortfährt: »Natürlich nicht auf die Hand. Das werden Sie begreifen. Tausend Mark behalte ich für Unterkunft und Verpflegung zurück und 720 kommen auf ein Konto, das wir für Sie einrichten. Bleiben achtzig Mark, über die Sie frei verfügen können.«
»Was heißt das?«
»Nun, Sie können dafür einkaufen lassen, was sie wollen, Alkohol natürlich ausgenommen. Und es ist ein hübsches Sümmchen, wenn Sie bedenken, daß die übrigen Häftlinge gar nichts bekommen und die Frauen der Arbeitsbrigade 50 Pfennig am Tag. Macht nach Adam Riese fünfzehn Mark im Monat.«
Wieder der Fußdruck auf seinen Zehen, und er kennt seine Frau gut genug, um zu wissen, was er jetzt zu fragen hat.
»Darf ich meiner Frau etwas abgeben davon?«
»Hm.« Der Major hebt die Hände wie einer, der einem Begriffsstutzigen auf die Füße helfen will. »Im Prinzip nein, aber ich habe Ihnen doch gesagt, daß Sie kaufen können, was Sie wollen. Sie geben ihr also kein Geld, nehmen aber ihre Wünsche entgegen. So einfach ist das. Bloß, sie sollten sich auf Lebensmittel beschränken. Kosmetika, Spiegel und solchen Kram gibt's nicht. Wir sind keine Schönheitsfarm.«
»Wie wahr«, sagt Tressel und denkt an die abgeschabten Militärhosen, die sie den Frauen zuteilen, und an die blauen Hemden, die verkehrt herum angezogen werden müssen, mit dem Halsausschnitt auf dem Rücken, damit man keine Knöpfe öffnen kann, die die männliche Be-

gehrlichkeit erregen. Ein gutes Drittel der hundert Insassen von »Vater Philipp« sind Frauen, und es sind sehr ansehnliche darunter.
Das ist eine kleine, aber nicht unbedeutende Dreingabe zur immer noch schwer faßbaren Offerte des Anstaltschefs. Weil ein Arzt, logischerweise, für alle da sein muß. Manchem Wachmann wird noch das Wasser im Mund zusammenlaufen, wenn er erfährt, daß Tressel in dem richtigen Ordinationszimmer, welches man ihm, unter teilweiser Verwendung seines Gehaltes freilich, einrichtet, Mädchen und Frauen von der gehobenen Güteklasse untersucht. Und das unter Ausschluß aller Augen, die hier zuständig sind zur Bewachung von allem und jedem. Ziemlich mickrig kommt man sich da vor als Hüter des Gesetzes gegenüber einem, der es gebrochen hat.

Es war ein Thema, das auch den Journalisten Helldorf packte. Das ihn beinahe faszinierte nach den elenden und aller Menschlichkeit entbehrenden Monaten des U-Bootes. Es war eine Rückkehr, wenn nicht in die Freiheit, so doch ins Leben, und darüber wollte er so viel wissen, daß Tressel wieder einmal eine Nacht beim Wissler-Wirt opfern mußte.
Ein richtiges Männerthema war's, das aus alten Knaben junge machte. »Wenn ich's recht sehe«, sagte Helldorf, »warst du noch keine Vierzig damals.«
»Stimmt, achtunddreißig.«
»Also ganz schön im Saft.«
»Vergiß das U-Boot nicht. Mieses Essen und wenig Luft. Ich habe ausgesehen wie eine Bohnenstange und Angst vor einem Rezidiv der Tuberkulose gehabt, was ich mir nicht leisten konnte. Es war nicht mehr wie damals, als ich durch einen großen See zur Ärztin Marion Weißner geschwommen bin.«
»Kann ich mir schon denken, und jetzt fällt mir auch auf, daß du nie wieder über sie gesprochen hast.«
Tressel zuckte mit den Schultern. »Das Risiko war ein-

fach zu groß, und sie hat es begriffen. Sie war die Frau eines Politoffiziers, und ein richtiges Verhältnis anzufangen wäre um so leichtsinniger für uns beide gewesen, als ich Agent geblieben bin. Du weißt ja, wie alles gekommen ist.«
»Du hast sie nie wiedergesehen?«
»Doch, gelegentlich. Wir sind Freunde geblieben. Auf Distanz sozusagen. Erlebnisse, bei denen das Leben am dünnsten aller Fäden hängt, knüpfen einen Knoten, den nichts zerreißen kann.«
»Dann hat sie von deiner Verurteilung gewußt?«
»Klar. Da hat sie gar nicht bei der Charité nachfragen müssen. Ich bin doch an den Pranger gestellt worden. Fünfzig Ostberliner Ärzte waren bei meiner Verhandlung zugegen.«
»Richtig. Hatte ich vergessen. Und es ist sehr fair und vernünftig gewesen, daß du diese Marion nicht in deine Probleme verwickelt hast.«
Helldorf machte eine Pause, biß die Spitze einer Zigarre ab und zündete sie umständlich an. Seine Augen zwinkerten hinter der Rauchfahne. »Aber, sag mal, in deinem neuen Vater-Philipp-Knast mußt du als ärztlicher Versorger von Männlein und Weiblein doch zum Supermann geworden sein?«
Auch Tressels Augen lachten. »Deine Phantasie geht mit dem Pegasus durch! Sag' doch gleich, daß unter den Eunuchen der Eineiige König ist! Aber so romantisch, wie du dir das vorstellst, ist's nicht zugegangen beim Vater Philipp. Wenn du dich ein bißchen mit der Psychologie der Frauen befaßt hast, und das solltest du eigentlich getan haben in deinem Beruf, dann weißt du auch, daß sie die Mäuler nicht halten können und daß ein Schäferstündchen im Ordinationszimmer so ziemlich das letzte war, was ich mir im Knast leisten konnte. Ich hätte mehr aufs Spiel gesetzt als meine Privilegien.«
»Aber rausgeschmissen hat man ja wohl noch keinen

aus dem Gefängnis.« Helldorf grinste ein bißchen maliziös, weil er Interessanteres erwartet hatte.
Doch diesmal funkelte Ärger zurück. »Jetzt spiel nicht den Deppen! Sie hätten mich nach Bautzen oder was weiß ich wohin gebracht, und meine Frau, der's nicht schlecht ging in der Putzkolonne, wäre natürlich auch irgendwo verschwunden.«
Er ließ die Faust auf den Eichentisch sausen, daß der Wissler-Wirt auf seinen Pantoffeln heranschlurfte, weil er das für die Bestellung eines neuen Kruges hielt. Die Gaststube war leer, weil er schon im Spätherbst seine Winterpause machte, und Tressel beruhigte sich.
Er bestellte einen neuen Krug und fuhr in ruhigerem Ton fort: »Wenn du schon was von den Frauen wissen willst, so mußt du erst einmal bedenken, daß es keine Kriminellen waren. Staatsgefährdend waren sie, weil dies ja ein Untersuchungsgefängnis der Staatssicherheit war. Die meisten waren intelligent, und so habe ich oft genug nicht nur meine Männlichkeit im Zaum halten müssen, sondern auch meine Zunge.«
»Wie meinst du das?«
»Ist doch klar! Aussprechen wollten sie sich, weil ihnen der Arzt auch den Pfarrer ersetzen mußte, aber ich hatte strengsten Befehl vom Major, zu verheimlichen, daß ich ein Häftling war.«
»Aber das gibt's doch nicht! War doch überhaupt nicht möglich!« Ungläubig starrte ihn Helldorf an.
»Man sieht«, sagte Tressel geduldig, aber voller Ironie, »daß du keine Ahnung von den unbegrenzten Möglichkeiten der begrenzten Welt der Gefängnisse hast.«
»Könntest du das auch verständlich ausdrücken?
»Warum nicht? Vom U-Boot her weißt du, daß die Zellengenossen, jeweils drei, keinen anderen Gefangenen zu Gesicht bekamen. Auch beim Freigang im Hof waren sie unter sich, und das gleiche System galt für Potsdam. Sogar die roten Vekehrsampeln waren in den alten Kasten eingebaut worden. Nie konnten sich Insassen verschiede-

ner Zellen in den Gängen begegnen. Du darfst nicht vergessen, es war U-Haft und nicht Strafvollzug.«
»Gut, aber wer als Patient zu dir kam, mußte dich als Gefangenen erkennen.«
»Eben nicht. Ich war der einzige, der Zivil tragen durfte. Richtigen Anzug, Krawatte und alles. Mein Major war kein Dummer. Hatte sich alles sehr gut überlegt.«
Helldorf zog an seiner Zigarre, als ob er Gegenargumente über den Tisch blasen könnte. »Sie mußten doch merken, daß du abends nicht heimgehst, sondern in eine Zelle! Außerdem hast du ja wohl das gleiche Essen bekommen.«
»Stimmt. Wenn man davon absieht, daß ich Zusatzverpflegung kaufen konnte. Da kann man mit 80 Mark viel machen, auch wenn die Frau noch dranhängt. Wir haben oft gelacht, wenn ich ihr sagte, daß sich eigentlich gar nichts geändert habe. Sie bekam, wie vorher, ihr Haushaltsgeld.«
»Aber ihr wart doch nicht zusammen. Jetzt brauchst du nur noch von einer Gemeinschaftszelle zu reden!«
»Wär' schön gewesen. Sie war natürlich bei den Frauen der Putzbrigade untergebracht, aber sie konnte sich in Grenzen frei bewegen und hatte die Erlaubnis vom Major, mir mein Essen ins Ordinationszimmer zu bringen. Das war selbstverständlich zu den Zeiten, in denen keine Patienten kamen. Kein Häftling hat irgend etwas davon erfahren.«
»Aber du hast ja wohl nicht geschlafen dort?«
»Nein, aber ich hatte eine Liege für die Untersuchungen, auf der ich mich ausruhen konnte. Ich durfte dort bleiben bis in den späten Abend hinein. Dann haben sie mich in meine Zelle gebracht, die sich in nichts unterschied von den anderen. Aber das Licht wurde nicht von außen bedient. Ich hatte meinen eigenen Schalter und konnte lesen, solange ich wollte.«
»Langsam«, sagte Helldorf, »begreife ich, daß du vom U-Boot in einen Luxusdampfer umgestiegen bist.«
»Man könnte es, da alles relativ ist, so nennen. Und jetzt

wirst du auch begreifen, daß ich all dies nicht mit Dummheit aufs Spiel setzen wollte. Es wäre ein leichtes gewesen, die eine oder andere Dame, die nicht nur Hunger nach der Tagessuppe hatte, aufs Kreuz zu legen, weil die Frauen auch nichts anderes denken als eingesperrte Männer. Und vergiß nicht, daß es ja nicht nur um die Privilegien ging! Mit ihrem puritanischen Denken hätten sie mir noch glatt einen neuen Prozeß anhängen können.«
»Ein Prost auf deine Standhaftigkeit«, grinste Helldorf und hob sein Glas. »Wie ich dich kenne, mußt du daran so schwer getragen haben wie am ganzen U-Boot-Krieg!«
»Nicht ganz«, sagte Tressel und ließ die Gläser klirren. »Man wird zum praktischen Philosophen im Knast.«
Sie ließen das Licht sein funkelndes Spiel mit dem Wein treiben, ehe sie tranken. Und als Tressel sein Glas absetzte, fiel ihm die Sache mit dem Leutnant ein.
»Etwas muß ich dir noch erzählen, weil du unbedingt hast wissen wollen, ob ich mir eine gepackt habe. Ich mußte nämlich einen behandeln, der gepackt worden ist und ganz schön daran zu tragen hatte!«
»Einen Homosexuellen?«
»Im Gegenteil. Aber hör' zu: Wir hatten da einen schneidigen Leutnant, der eine Dienstreise in den Roten Ochsen nach Halle machen mußte, und der Rote Ochse, mußt du wissen, ist das größte Frauengefängnis der DDR. Ausschließlich von Frauen verwaltet und bewacht. Wer da einsitzt, bekommt nicht einmal von weitem einen Mann zu sehen. Für viele Insassen dauert das Jahre. Du kannst dir vorstellen, was sich da anstaut.«
»Immerhin soll lesbische Selbsthilfe ganz phantasiereich sein.«
Tressel winkte ab. »Auch Muckefuck wird Kaffee genannt, oder? Stell' dir lieber meinen Leutnant vor, der da hinfährt und wohl auch ein bißchen angeben will mit seiner schneidigen Männlichkeit. Er stand dicht vor seiner Entmannung, und ich hab's mir genau ansehen können.«

»Warst du vielleicht dabei?«
»Leider nicht. Oder sagen wir besser, zum Glück nicht. Aber ein paar Tage später ist er, gebeugt wie ein Zittergreis, in mein Ordinationszimmer geschlichen, und was ich da gesehen habe, hat alle Rekorde gebrochen. Die Hoden waren so geschwollen, daß ich an einen Stier hab' denken müssen, und um das ganze Gehänge herum Blutergüsse in allen Farben des Regenbogens! Wie die Teufel müssen sie zugepackt haben, und ich habe vierzehn Tage gebraucht, um ihn wieder fähig für die Fortpflanzung zu machen. Er war mir sehr dankbar, weil er mit diesem Ding natürlich zu keinem anderen Doktor gehen wollte.«
»Kann ich mir denken. Aber wie hat's passieren können?«
»Oh, es wäre leicht vermeidbar gewesen, aber der Teufel hat ihn geritten. Er hat es mir gebeichtet wie einem Pfarrer, weil er's sonst niemandem zu sagen wagte. Stell' dir vor, wie sich seine Kollegen den Bauch gehalten hätten vor Lachen!«
»Aber nicht an der gleichen Stelle!« Helldorfs breites Grinsen wurde zum schallenden Männerlachen.
»Nun sag schon, wie's gekommen ist!«
»Also, paß auf. Ich sagte ja schon, daß der Rote Ochse ein sehr großes Gefängnis ist. Mein Leutnant hatte einen umständlichen Weg zu gehen, als er das große Tor hinter sich hatte, weil die Gefangenen ja keinen Mann sehen sollten. Aber er entdeckte eine Abkürzung. Sie führte durch einen Hof, in dem gerade zwanzig Frauen, umschlossen von hohen Mauern, ihren Freigang hatten. Und plötzlich war er im Käfig. Nur einen Moment lang waren sie verdutzt, dann stürzten sie sich auf ihn wie Hyänen. Fast alle, wenn man von ein paar zahnlosen Alten absieht.«
»Aber es mußte doch eine Wache da sein!«
»Sicher. Eine dicke Frau Feldwebel, deren einzige Waffe eine dünne Stimme war. Und die Mauern waren dick. Sie schrie, die Häftlinge schrien, und er schrie auch, weil sie

ihn da packten, wo er am empfindlichsten war. Als die Feldwebelin endlich Verstärkung erhielt und er entkommen konnte, war ihm außer Hosenknöpfen zwar nichts abhandengekommen, aber mit seiner Männlichkeit sah's böse aus.«
»Für die Damen wohl auch, oder?«
»Das«, sagte Tressel milde lächelnd, »siehst du ein bißchen zu eng. Die Feldwebelinnen haben ihm menschenfreundlich erste Hilfe geleistet und vielleicht sogar Spaß daran gehabt. Und dann haben sie beschlossen, die Sache nicht an die große Glocke zu hängen, weil das weder für sie noch für ihn gut gewesen wäre. Schließlich hatte er eine verbotene Abkürzung genommen.«
»Und wäre beinahe mit einer männlichen Verkürzung herausgekommen!« Helldorf lachte glucksend.
»Du hast's begriffen.«
»Und auch, daß du eine wirklich bedeutende Position bei deinem Vater Philipp in Potsdam gehabt hast!«

Es gibt Tage, die der auf nicht alltägliche Weise zum Anstaltsarzt gewordene Günther Tressel beinahe mit den Gefühlen eines freien Mannes verbringt. Befriedigende Arbeit, keine Sorgen ums tägliche Brot und die Familie. Der Staat sorgt für eine einfache, aber, wenn man ans U-Boot denkt, beruhigende Sicherheit, was mit Staatssicherheit sehr wenig, aber mit simplem Wohlbefinden ungemein viel zu tun hat.
Erhöht wird es noch dadurch, daß die beiden sechs- und vierjährigen Tressel-Kinder Stefan und Hans-Hendrik in Sicherheit sind. Die Oma hat den Schock der Verhaftung schnell verdaut und sich mit den beiden Buben nach Westberlin abgesetzt. Dort haben Dr. Felix und kein anderer als der Onkel Karl David Eisemann, Spezialist im Ausschleusen gefährdeter Personen, die Sache in die Hand genommen. In Dortmund-Lünen, wo er ein Krankenhaus leitet, hat Dr. Felix eine Wohnung für die Oma und die Kinder besorgt. Die Kinder sind dort in Sicher-

heit, eine beruhigende Tatsache, die die Eltern im U-Boot niemals erfahren hätten. Vom Major selbst weiß Tressel es, und seither nennt er ihn insgeheim den guten Vater Philipp. Nicht, daß der Major ihm das als Freudenbotschaft übermittelt hätte. Von Republikflucht und dergleichen hat er gegrantelt, aber das war eben dienstlich, wie es sich im Dienstzimmer gehört.
Der Major hat auch Kinder. Und wenn er die Tür des Dienstzimmers zumacht, ist es, als ob er den Uniformrock aufknöpfte. Auch Vater Philipp soll so gewesen sein, aber was nützen dir alte Zeiten, wenn du fertig werden mußt mit der harschen Gegenwart!
Und der Major ist ein Provinzfürst, der sich größere Entscheidungs- und Bewegungsfreiheit leisten kann als die Herrschenden vom U-Boot. Die belauern einander fast so mißtrauisch wie sie die Einsitzenden belauern, und schnell ist einer, der lasche Regungen zeigt, versetzt oder gar abgesägt.
Aber trotz aller Privilegien, die er genießt, traut Tressel seinen Ohren nicht, als ihn der Major eines Tages zu sich nach Hause einlädt.
»Ich ... ich soll ...?«
»Sie sollen nicht, sie müssen. Das ist ein Befehl!«
Doch schnell korrigiert er sich. »Sie haben das Recht, ihn zu verweigern. Wenn man's genau nimmt, ist's nur ein Vorschlag.«
Und dann fährt er, an Tressels großen Augen vorbeiblickend, fort: »Ich fürchte, mein siebzehnjähriger Sohn hat Lungenkrebs, und unser Hausarzt weiß nicht mehr weiter. Und da ist mir eben eingefallen, daß ich einen Lungenspezialisten der Charité als Pensionär habe. Also, kommen Sie mit?«
»Hier raus, einfach so?« Tressel denkt an die Grüne Minna, die ihn hierher gebracht hat, und auch an Handschellen.
»Ganz richtig, einfach so.« Der Major schmunzelt, als ob er seine Gedanken erraten hätte. »Sie tragen einen ordent-

lichen Anzug, und gegen mein Auto werden sie nichts einzuwenden haben. Und abhauen werden Sie unterwegs auch nicht, oder? Wäre nicht schön für Ihre Frau.«
Eine ziemlich entwaffnende Logik ist das, und außerdem ist man nicht in Ostberlin, sondern in Potsdam. Keine Chance für eine Trittbrettfahrt in den Westen.
Und Tressel lächelt zurück. »Wenn ich ablehnen würde, wäre das, vom ärztlichen Standpunkt aus, eine unterlassene Hilfeleistung.«
»So ist's richtig. Auf was warten wir noch? Ziehen Sie Ihren schönen weißen Kittel aus und machen Sie Ihren Schuppen dicht. Kranke Kinder sind wichtiger als Ihre Simulanten, für die ich teure Medikamente einkaufen muß!«
Als der erstaunte Wachhabende das Tor für den Major und seinen Beifahrer öffnet, fällt Tressel die HNO-Kinderabteilung der Charité mit dem Patienten des 17. Juni, Karl-Eduard von Schnitzler, ein.

Diese Autofahrt ist wie eine Rückkehr ins Leben. Überall freie Menschen, die hingehen, wohin sie wollen. Wie ein freier Mensch sitzt er neben dem Major, der das gar nicht zu genießen scheint und bei jeder Ampel, die ihn aufhält, flucht, als ob es zu spät sein könnte, wenn er mit dem Arzt zum kranken Sohn kommt.
Aber Tressel denkt gar nicht an den kranken Jungen. Denkt nur, daß diese Fahrt, die ihm Restaurants zeigt und Geschäfte und Leute, die da aus- und eingehen, Stunden dauern sollte für einen, dem graue Mauern den Blick verstellen auf das alles.
Aber Potsdam ist nicht Berlin, und schnell erreicht man in kleinen Städten sein Ziel.
Es ist ein altes Zweifamilienhaus am Stadtrand, an dem der Putz bröckelt und ausfransende fleckige Fensterrahmen nach Farbe schreien, aber wenn man es herrichten würde, wäre es eine ansehnliche Vorkriegsvilla. Der Vater Philipp, mit dem er da fährt, ist ein Knastchef mit Beziehungen.

Aber die nützen nichts, wenn der Sohn im Bett liegt und ein Doktor von Krebs redet.
Er hat den Mann, der den Umgang mit Schlüsseln gewohnt ist, noch nie so nervös gesehen wie beim Öffnen der Haustür.
Und die Frau, deren Augen nicht verheimlichen können, daß sie geweint hat, reißt schon die Glastür auf, als der Schlüsselbund noch klimpert.
»Endlich! Ich warte schon seit zwei Stunden! Du hast doch gesagt ...«
»Was ich gesagt habe«, zischt ihr Mann, »ist jetzt völlig unwichtig und wurscht!« Und zu Tressel: »Diese Weiber haben vielleicht Nerven! Denken, daß man den Arzt aus dem Knast zaubert wie das Kaninchen aus dem Hut!«
Ganz verloren, denkt Tressel, hat Vater Philipp seinen Humor noch nicht.
Und dann steht er am Bett des Jungen, der auf dem Weg ist, ein Mann zu werden – falls ihn der Sensenmann nicht beim Wickel hat, wie es sein Vater befürchtet. In diesem Moment vergißt er Umgebung, Umstände und überhaupt alles, was ihn in diese absolut unvorhersehbare Lage gebracht hat.
Günther Tressel, Gefangener der Staatssicherheit und damit Staatsfeind, ist nur noch das, was er tatsächlich ist.
Ein Arzt.
Er läßt sich, ehe er sich dem Kranken zuwendet, der unter seiner Bettdecke zu frieren scheint und dessen Jungengesicht vom Fieber gerötet ist, die Röntgenaufnahmen der Lunge zeigen.
Dafür hat er einen Blick, der mit eigener körperlicher Erfahrung zu tun hat. Und der an der Charité geschärft worden ist.
Die Aufnahmen lösen keinen Alarm aus. Eher löschen sie ihn. Und dann kommt die Untersuchung des Jungen. Die Eltern, die er nicht hinausschicken kann, weil er nicht als praktizierender Arzt, sondern als Gefangener gekommen ist, stehen daneben. Da gibts nichts zu kommandieren.

Die geübten Finger fühlen die Drüsenschwellung am Hals. Auch der Hausarzt muß sie gefühlt haben, und es ist ihm kein Vorwurf zu machen wegen seiner Diagnose. Allerdings kann man auch kein Spezialistentum von ihm verlangen. Höchstens beschimpfen kann man ihn, weil er so voreilig den Krebs an die Wand gemalt hat.
Natürlich könnte es auch das sein. Aber da hält man sich vor den Eltern erst einmal zurück und äußert seinen Verdacht einem Spezialisten gegenüber.
Der aus dem Knast hervorgezauberte Spezialist zieht nach Abhören und Abtasten des Jungen die Decke ganz zurück und schaut sich die Beine an. Bläulichrote Flecken sieht er an ihnen, Farben, die ihn erfreuen wie die, die ein alter Meister seinem Gemälde gegeben hat.
Dann wieder das Röntgenbild und dann wieder ein Abtasten. Die geschwollene Milz gefällt ihm besonders gut.
In seinen Mundwinkeln sehen die Eltern ein ganz feines, kaum angedeutetes Lächeln.
Damit können sie zwar nichts anfangen, aber sie spüren Hoffnung, und der Major, mehr ans Befehlen gewöhnt denn an geduldiges Warten, kann sich nicht länger zurückhalten.
»Machen Sie endlich das Maul auf, Doktor, verdammter Mist! Uns ist es, falls sie es nicht bemerkt haben sollten, bei Gott nicht zum Grinsen zumute!«
»Weiß ich, Herr Major«, sagt Tressel, sich aufrichtend. »Mir übrigens auch nicht. Aber ich bin, um es ganz präzise zu sagen, erleichtert. Ihr Sohn hat mit an Sicherheit grenzender Wahrscheinlichkeit keinen Krebs, sondern eine akute Sarkoidose.«
»Und ... und was ist das?« Mann und Frau blicken ihn an mit Augen, in denen sich neue Hoffnung mischt mit alter Angst.
Das Wort sagt ihnen gar nichts, aber es klingt nach Operation und Krankenhaus und Sanatorium.
Daß es nicht nach Krebstod klingt, ist noch keine Beruhigung.

»Wollen wir nicht Platz nehmen?«
Es sind nur zwei Stühle im Zimmer des Jungen. Während der Major, der äußerst zivil aussieht, seit er den Uniformrock abgelegt hat, in forschem Tempo einen dritten Stuhl herbeiholt, schaut sich Tressel die Sportfotos an den Wänden an. Fußball dominiert, aber auch Bilder vom Radsport sind dabei, und auf einem ist kein anderer als der Schorsch beim Überfahren des Zielstriches zu erkennen.
Schorsch, den sie eingebuchtet haben, weil sie ihn bei illegaler Liebe auf illegalem Dynamit erwischt haben.
So ist das Leben. Ich könnte ihm, denkt Tressel, viel helfen, wenn er in meinem Potsdamer Knast wäre. Weil ich im Begriff bin, ein Sonderfall für meinen Vater Philipp zu werden.

Eigentlich ist die Krankheit der Sonderfall, und er ist sicher, daß er sie richtig diagnostiziert hat. Er hat sich viel damit beschäftigt in der Charité und weiß, daß dieser akute Fall von Sarkoidose viel harmloser ist, als er den Eltern jetzt erklären wird. Der Himmel hat ihm das geschickt, und wenn er jetzt als Retter auftritt, ist ihm mehr sicher als das Wohlwollen des Majors, das er ja schon hat. Man könnte sagen, die Situation ist ausbaufähig.
Er hat sein Thema fest im Griff, und es kommt nur darauf an, die Eltern und den Jungen nicht mit medizinischen Fachausdrücken zu überschwemmen. Populärwissenschaftlich muß er vorgehen und ihnen einhämmern, daß ihnen kein größeres Glück über den Weg hätte laufen können als der verurteilte, aber enorm kenntnisreiche Doktor Tressel.
So können Krankheiten sich in unbezahlbare Glücksfälle verwandeln.
»Die Sarkoidose«, sagt er, »entsteht aus krankhafter Überreaktion der körpereigenen Abwehrmechanismen.«
Aber sofort merkt er an den gespannten Gesichtern, daß er sie überfordert. Dozieren bringt hier nichts. Vor Stu-

denten würde er jetzt von einer immunologisch determinierten, systemischen, inhalativ ausgelösten Reaktionskrankheit bei genetischer Disposition sprechen.
Zwecklos. Diesen Leuten muß man Bilder und Vergleiche bieten, und deshalb nimmt er einen neuen Anlauf.
»Wenn ich von Abwehrmechanismen spreche, dann meine ich die körpereigenen Polizeikräfte.« Er macht eine Pause, um den Vergleich wirken zu lassen, ehe er mit leiser Ironie fortfährt: »Man könnte auch Körpersicherheitsdienst sagen, so, wie man Staatssicherheitsdienst sagt. Jeder Organismus braucht seinen Schutz, ist doch klar, oder?«
»Ich will«, knurrt der Major, »nicht gereizt, sondern belehrt werden!«
Aber auch da schwingt ein Hauch Ironie mit. Erstens hat er den Vergleich verstanden, und zweitens ist er bereit, dem Mann, der helfen soll, weitgehende Freiheiten einzuräumen.
Und der nützt sie: »Wir haben es hier mit dem Gegenteil einer Immunschwäche zu tun, und um das zu erklären, möchte ich die Polizei als treffliches Beispiel anführen. Es kommt vor, daß sie auf nervöse Weise überreagiert und brave Bürger prügelt oder zumindest ungerecht behandelt, stimmt's?«
»Von mir aus! Aber wenn Sie mich auf den Arm nehmen wollen, anstatt zur Sache zu kommen, werde ich sauer!«
Die Ironie ist weg, und die Knöchel der Faust, die der Major auf dem Tisch ballt, werden weiß.
»Sehen Sie, schon haben wir die Überreaktion auf etwas Eingeatmetes. Das ganze Geheimnis der Sarkoidose in einer Nußschale!«
Der Major hebt die Faust, aber nur, um sie auf die Tischplatte zurücksausen zu lassen, daß es kracht. »Sagen Sie mir lieber, ob Sie diese Nuß knacken können. Verdammte Scheiße!«
Ich darf ihn, denkt Tressel, nicht überfordern. Und ein Blick auf die ängstlichen Augen der Frau bestätigt es.

Ganz Arzt wird er wieder. »Ich garantiere Ihnen, daß es sich weder um Krebs noch um Tuberkulose handelt und daß auch keine Ansteckungsgefahr besteht.«
»Und wie ist's mit der Heilung?« Die Frage kommt unmittelbar und ungeduldig.
»Eine berechtigte Frage, Herr Major.« Er könnte jetzt sagen, daß die Heilung fast sicher ist bei entsprechender Behandlung, weil diese akuten Fälle vergleichsweise harmlos sind gegenüber den chronischen, aber Tressel hat hier eine Chance, die nie wiederkehrt und aus der er jeden erdenklichen Vorteil ziehen muß.
»Wir kombinieren Cortison mit schmerzstillenden Rheumamitteln.« Er verhält sich wie ein niedergelassener behandelnder Arzt, der nur den Rezeptblock zu zücken braucht.
Und sieht Dankbarkeit und Erleichterung in drei Augenpaaren.
»Ist es wirklich so, Doktor?« Die Faust, deren Knöchel weiß waren, öffnet sich, und Tressel spürt Finger, die fast streichelnd an seinem Unterarm spielen.
»Es ist so. Wir haben das mit großem Erfolg an der Charité praktiziert.«
»Aber wir sind Provinz. Haben keine Spezialisten und wahrscheinlich nicht einmal Cortison!« Die Finger gehen von Tressels Arm zurück und fangen an, auf die Tischplatte zu trommeln.
Aber lächelnd zieht Tressel einen neuen Trumpf aus dem Ärmel. »Gehen Sie ins katholische Krankenhaus von Potsdam. Ich bin mit dem Chefarzt befreundet. Bei dieser Gelegenheit können Sie ihm auch gleich sagen, daß ich bei Vater Philipp sitze und mich, den Umständen entsprechend, wohl fühle.« Und nach einer kleinen Pause: »Dank Ihrer Hilfe, natürlich.«
»Er hat Cortison?«
»Mit Sicherheit. Sie brauchen nicht nach Westberlin, und in ein paar Monaten ist die Sarkoidose Ihres Sohnes vergessen.«

»Können Sie das garantieren?«
»Die absolute Garantie gibt es nicht, aber nach meinem Kenntnisstand, der recht umfassend ist, riskiere ich diese Prognose!«
»Darauf«, sagt der Major lachend und steht auf, »riskiere ich auch was!«
Und die fragenden Blicke seiner Frau und Tressels machen ihn noch lustiger. »Los, kommt ins Wohnzimmer. Wenn das kein Grund zum Köpfen einer Flasche Sekt ist, gibt's überhaupt keinen! Und dieser Trottel von Hausarzt hat von Krebs gefaselt! So was läuft frei herum, und . . .« Aber er verschluckt den Rest des Satzes, weil das, was er jetzt tut, schon genug der Ehre für einen Gefangenen der Staatssicherheit ist.
Einen schönen Trinkspruch bringt er aus, und seine Frau, die jetzt ganz helle Augen hat, nippt mit. Es ist überhaupt heller geworden im Haus.
Und dann klingelt das Telefon.

Daß die Flasche noch halb voll ist, ist ein Segen, denn was da über den Major hereinbricht, will verdaut sein. Sofort ins Ministerium nach Berlin muß er, und der Dienstwagen ist schon unterwegs. Kann in fünf Minuten da sein. Aber da ist auch noch ein Häftling, der gar nicht da sein darf und zurück in den Knast muß. Und absurd ist der Gedanke, dem Fahrer beizubringen, daß man ihn abzuliefern hat. In der blödsinnigsten aller Mausefallen sitzen Major und Doktor.
Und noch fünf Minuten bis zur Ankunft des Fahrers.
Eine fremde Frau im Ehebett ist ein Klacks dagegen. Das Ministerium läßt sich nicht vertrösten, und der Doktor läßt sich nicht in Luft auflösen. In einen Schrank kann man ihn sperren, wenn der Fahrer kommt, der es nicht gewohnt ist, auf der Straße zu warten. Der Major ist ein leutseliger Vorgesetzter. Und das hat er jetzt davon.
»Abräumen!« schreit er die Frau an und deutet auf Fla-

sche und Gläser. Dann zieht er Tressel ins Schlafzimmer, um die Sache unter Männern zu besprechen.
»Es geht um Kopf und Kragen, Doktor! Wenn die beim Ministerium erfahren, was hier los war, bin ich erledigt. Berlin ist nicht Potsdam, das wissen Sie vom U-Boot her.«
»Und wenn ich hier warte, bis Sie zurückkommen?«
»Blödsinn!« Der Major, der den Uniformrock wieder aufknöpfen muß, weil er sich in der Aufregung vergriffen hat um einen Knopf, schüttelt den Kopf wie ein wütender Stier, dem der Torero die Banderillas in den Nacken gestoßen hat.
»Es kann Mitternacht oder noch später werden, bis ich zurückkomme. Bis dahin haben sie längst Alarm geschlagen in der Anstalt! Nein, Doktor, es gibt nur eine Lösung.«
»Welche?«
»Sie fahren mit meinem Privatwagen zurück.«
»Ich ... ich soll ...?«
»Natürlich sollen Sie! Stellen Sie sich nicht an wie das letzte Rindvieh, Mann! Es ist der einzige Ausweg, und wir können keinen anderen suchen. Erstens, weil wir keine Zeit dazu haben, und zweitens, weil es keinen gibt. Haben Sie jetzt verstanden?«
»Aber ich kann doch nicht alleine mit ihrem Auto ankommen und klingeln!«
Auf diesem Ohr hört der Major und runzelt die Stirn. Aber nur eine Sekunde. Dann rast er hinaus zum Telefon und beim Wählen ruft er ins Schlafzimmer hinein: »Ich melde Sie beim wachhabenden Offizier an, und Sie lassen sich in Ihre Zelle bringen, ohne Erklärungen abzugeben. Alles andere regle ich morgen, ist das klar?«
Tressel sagt, es sei klar, macht die Schlafzimmertür zu und setzt sich auf einen Bettrand. Auf die Jungfrau Maria blickt er, die mit dem Jesuskind auf einer Wiese sitzt und sehr gütig hinunterblickt auf das Lager, auf dem sich der Schützer des Staates von schweren Aufgaben zu erholen pflegt. Ein Atheist ist er nicht, denkt er. Und dann murmelt er ganz leise Jesus Maria vor sich hin.
Der Major am Telefon ist lauter, aber sehr kurz angebun-

den, weil die Hausglocke in sein Gespräch mit dem wachhabenden Offizier hineinläutet. Der Fahrer ist da, und alles geht sehr schnell. Tressel hört nur noch, wie der Major in der Art eines Mannes, der sein Haus bestellt hat, zur Eile treibt.
Und dann ist er dran. Die Unwirklichkeit der Situation, die bleischwer auf ihn gedrückt hat, fällt ab, als die Frau ins Schlafzimmer kommt. Angst steht wieder in ihren Augen, und er merkt, daß er vom Doktor, der Freude gebracht hat, wieder zum Sträfling geworden ist, der Ärger bringen kann.
»Fahren Sie so schnell wie möglich!« Sie flüstert es fast, als ob der Fahrer es noch hören könnte, aber vielleicht denkt sie auch an den kranken Sohn, der nicht zu wissen braucht, wie kompliziert jetzt alles geworden ist.
Sie gehen ins Wohnzimmer, aber sie bietet ihm keinen Stuhl mehr an. Statt dessen bekommt er die Autoschlüssel, und er nimmt sie mit so viel selbstsicherer Fröhlichkeit entgegen, daß sie stutzt.
»Sie ... Sie werden doch kein krummes Ding drehen?«
Lachend streckt er ihr die Hand hin. »Wollen Sie mein Ehrenwort? Ich gebe zu, daß dies keine Fahrt wie jede andere ist, aber alles andere als in den Knast zu fahren wäre Wahnsinn. Ich habe meine fünf Sinne beisammen, glauben Sie mir, und von meiner Seite wird es keine Probleme für Sie und Ihren Mann geben.«

Der Major hat den Wagen direkt vor dem Haus geparkt, weil er ja auch wieder hat wegfahren wollen mit ihm. Ein alter Mann sieht verwundert, wie Tressel einsteigt, und grüßt. Klar, denkt Tressel, der hält mich für einen Stasi-Offizier.
Als er den Motor anläßt, sieht er für einen Moment das Gesicht der Frau Major, die am Vorhang zupft. Hat wohl Angst ums Auto, das 1961 noch ein ganz hübscher Luxus ist.
Die Scheinwerfer muß er einschalten, weil es schon dämmert, und jetzt erst merkt er, wie lange er im Haus war.

Und klar wird ihm auch, was ein Unfall bedeuten würde. Nicht auszudenken, wenn er Papiere vorzeigen müßte! Außerdem hat er keinen Stadtplan, und es ist ein Glück, daß er bei der Herfahrt die Augen aufgemacht hat, um die Stadt zu fühlen und das Leben, das in ihr pulsiert.
Jetzt sieht er sie mit ganz anderen Augen, weil er nichts falsch machen darf. Aber auch andere Gedanken schwirren durchs Hirn. Weit hat er sie von sich gewiesen und auch sein Ehrenwort angeboten, daß er kein krummes Ding drehen wird.
Doch verführerisch ist so ein Gaspedal, das du nur ein bißchen zu drücken brauchst, um dem Wagen Kraft und Tempo zu geben. Und wie schnell kannst du dann in Berlin sein, die Karre wegstellen und in die S-Bahn springen, die in den Westen fährt!
Und kaum ein Jahr von sieben ist abgesessen. Der Fuß müßte krank sein, wenn er nicht jucken würde.
Aber er zähmt sich. Läßt ihm nur sanftes, streichelndes Spiel mit dem Pedal, weil ein Glück, das andere ins Unglück stürzt, nichts wert ist.
Sie haben, sagt er sich, meine Frau als Pfand, und vom Major und seiner Familie wollen wir gar nicht reden. Keinesfalls käme er mit Degradierung davon. Mit dem U-Boot müßte er sein hübsches Häuschen vertauschen, und sie würden ihm Fluchthilfe für einen Staatsfeind anhängen. Was das bringt? Zehn Jahre? Zwanzig Jahre? Lebenslänglich?
Er wird, als er das denkt, so langsam, daß hinter ihm einer, der's eiliger hat, hupt.
Er winkt ihn vorbei und muß über wütende Augen lächeln. Wenn du wüßtest, Genosse, wohin ich fahre, würdest du mir vielleicht einen roten Teppich legen!
Aber man kann ja mit keinem reden in seiner Situation.
»Gestatten, Staatsfeind Tressel, gerade unterwegs zum Knast.« Er muß grinsen und bekommt tatsächlich Lust auf ein Bier an einer Theke, wo man mit Leuten reden

kann und mit Sicherheit nicht in eine Kontrolle hineinläuft.
Soll er? Es wäre ein hübscher Abschluß des Ausfluges, und auf die halbe Stunde kommt's jetzt nicht mehr an, auch wenn ihn der Major beim wachhabenden Offizier avisiert hat.
Und die 0,0 Promille, die die DDR ihren Autofahrern verordnet? Er hat das immer als Gemeinheit gegen den kleinen Mann empfunden, weil die Bonzen mit Chauffeur fahren und sich vollaufen lassen können, noch dazu in russischen Limousinen mit Vorhängen zum Zuziehen. Da kannst du, wenn du die Sekretärin mitnimmst, beim Fahren mehr machen als Briefe diktieren.
Und nun hat er, ohne anzuhalten, die Otto-Nuschke-Straße erreicht, und trotz der spärlichen Beleuchtung erkennt er schemenhaft die massigen grauen Mauern von Vater Philipp.
Uralt ist der Kasten, aber das Portal ist auf den neuesten technischen Stand gebracht, so wie die Verkehrsregelung mit den roten Ampeln in den Gängen, auf daß kein Häftling den anderen zu sehen bekommt.
Hell genug beleuchtet ist es auch, damit man von innen mit Hilfe einer Spezialanlage alles erkennen kann, was sich von außen nähert. Außerdem haben die Posten auf ihren Hochsitzen freie Sicht.
Elektrizität vollbringt, was der alte Vater Philipp noch mit dem großen Schlüsselbund tun mußte. Lautlos öffnet sich die schwere metallene Schiebetür, und dann, sechs oder acht Meter weiter, die zweite in der zweiten Mauer. Keine Maus, die nicht dazugehört, käme hinein.
Und Tressel wird gepackt vom schizophrenen Gefühl einer geglückten Heimkehr, das noch verstärkt wird vom sofortigen und schneidigen Auftritt des wachhabenden Offiziers.
Es ist kein anderer als der Leutnant, dem er die Eier kuriert hat, als er mit lädierter Manneskraft vom Roten Ochsen aus Halle zurückgekehrt ist.

Das Glück, denkt Tressel, ist ein Rindvieh und läuft mir nach. Und dann muß er dem Mann nachlaufen, der fast ein Ochse geworden wäre und nun wieder ein Stier ist.
In seinem Dienstzimmer, das schmucklos ist wie das Wachlokal einer Kaserne, entschuldigt sich der Leutnant fast. »Ich habe auf Eile gedrängt, weil wir keine dumm glotzenden Soldaten brauchen können, stimmt doch?«
Er sagt es mit einem fast komplizenhaften Augenzwinkern, aber Tressel hört auch den Wunsch nach Aufklärung heraus, weil es ein unerhörtes und nie dagewesenes Ereignis ist, daß ein Gefangener im Privatwagen des Chefs um Einlaß bittet. Und daß dieser Chef ihn sogar angemeldet hat.
Mehr allerdings nicht. Ein sehr kurzes und nervöses Gespräch ist's gewesen, und die Leitung war tot, bevor der Wachhabende um eine Erklärung bitten konnte, die man bei einer so irrsinnigen Sache nun wirklich verlangen kann.
Jetzt muß sie kommen, und er gibt sich überhaupt keine Mühe, seine Neugier zu verbergen. Man ist sozusagen verbunden durch die Rote-Ochsen-Tour, über die kein Mensch etwas von Tressel erfahren hat. Der Doktor hat, da beißt keine Maus den Faden ab, Berufsethos.
Aber zur großen Enttäuschung des schneidigen Leutnants hat er es auch jetzt. Hat er dem Major nicht versprechen müssen, die Schnauze zu halten?
»Der Major«, sagt er in ein Gesicht hinein, das große Kinderaugen kriegt, »wird Ihnen morgen alles erzählen. Oder sagen wir, das, was nötig ist.«
Er denkt, daß es kein Fehler ist, den Leutnant daran zu erinnern, wie turmhoch der Kommandant eines Gefängnisses über ihm steht.
Und der Leutnant zeigt, daß er nicht nur schneidig ist, sondern auch ein schneller Denker. Wenn der Gefangene auf höheren Befehl nicht reden darf, wäre es ein gewaltiger Fehler, ihn auspressen zu wollen. Obwohl es außerordentlich reizvoll wäre, das Geheimnis einer Eskapade

zu erfahren, von der ein Häftling im Auto des Chefs zurückkehrt.
Er ist nahe daran, zum Philosophen zu werden, weil er im Begriff steht, zu erfassen, daß es Dinge gibt, die es gar nicht geben kann. Also geht man über zum Praktischen, zum Begreiflichen.
»Haben Sie schon gegessen?«
»Es war«, sagt Tressel wahrheitsgemäß, »keine Zeit dazu.«
Das verstärkt des Leutnants Vorstellung von einer unerhört delikaten Mission, die Tressels außergewöhnlichen Gefangenenstatus so erhöht, daß es vorteilhaft sein kann, ihm gefällig zu sein.
»Darf ich Sie einladen? Ich habe mich gut eingedeckt für den Nachtdienst, und die ewige Blutwurst vom Vater Philipp ist auch nicht der wahre Jakob, stimmt's?«
»Kann man wohl sagen!« Die günstige Entwicklung der Dinge läßt Tressel seinen Hunger spüren, und als der Leutnant neben frischem Weißbrot Hühnerschenkel und eine Flasche Bier auf den Tisch zaubert, fühlt er sich mehr als entschädigt dafür, daß er einem Kneipenbesuch widerstanden hat.
Nichts ist besser, sagt er sich, als seinem Instinkt zu vertrauen.
Festes weißes Hühnerfleisch kauen sie, das nicht schwammig ist wie das aus den Tiefkühltruhen, und der Leutnant erzählt von einer Tante, die auf dem Land lebt und ihn wacker mitleben läßt, wenn sie in die Stadt kommt. Und danach läßt er seinen Gast noch ein Trumm Käse fast alleine aufessen und tut, als ob er der Beschenkte wäre.
Später, in seiner Zelle, freut sich Tressel noch lange über diesen ungewöhnlichen Tag und sein Erfolgserlebnis, das bewiesen hat, daß er sehr Nützliches zu tun imstande ist. Selten genug können Häftlinge das von sich sagen. Auch die Bewahrer der Sicherheit des Staates sind Menschen.

Die Mauer

Zu dieser Zeit begab es sich, daß Staatschef Walter Ulbricht erkannte, mit seinem Staatssicherheitsdienst sei kein Staat mehr zu machen, wie er ihn sich wünschte. Berlin war zu einem Sieb geworden, durch das Ströme von Menschen nicht mehr nur in den Westen sickerten, sondern in einem Maße hineinquollen, das schlimmste Befürchtungen für den Bestand seiner jungen Republik rechtfertigte. Und obwohl das Volk das Sagen hatte, was er nie müde wurde, ihm einzubläuen, hielt er es für nützlich, das Berliner Sieb mit einer Mauer abzudichten.
Er ließ, die Ferienzeit der westlichen Imperialisten einkalkulierend, am 13. August 1961 mit dem Bau beginnen. Und als man sich dort von der Überraschung erholt hatte, konnte man schon keinen mehr zu sich herüberholen. Das Sieb war verstopft, und aus einer großen Stadt waren zwei geworden.
Nun bleibt vieles, was draußen passiert, in den Gefängnissen der Staatssicherheit unbekannt, aber eine Staatsaktion von solchem Ausmaß war unabdingbarer Pflichtlehrstoff für Staatsfeinde, die schon vorher, und aus gutem Grund, hinter Mauern saßen.
Sogar Zeitungen – natürlich keine westlichen – passierten, wie von Zauberhand gelenkt, die Tore des Potsdamer Knasts, und wie alle Gefängniskommandanten sorgte der Major dafür, daß alle Insassen ausreichend informiert wurden über das großartigste staatsschützende Bauwerk aller Zeiten.
Daß er zuvor seinem Doktor zu dessen unerschrockener Heimfahrt gratuliert hatte, ging niemanden etwas an. Nicht einmal den Leutnant, den er angesichts der neuen Lage viel kümmerlicher abspeiste, als es der an jenem kritischen Abend mit Tressel getan hatte.

Thema Eins war die Mauer. Sie stand und blieb stehen entgegen allen Latrinenparolen, die durch die Gefängnismauern drangen. »Die westlichen Alliierten«, so war zu hören, »lassen sich das nicht bieten. Jetzt hat der Spitzbart den Bogen überspannt, und wenn die von drüben in ein paar Tagen aufmarschiert sind, sprengen sie das Ding, daß Funken und Fetzen fliegen!«
Aber die westlichen Alliierten blieben in gebührendem Abstand staunend davor stehen wie die Leute im Zoo vor dem Löwenkäfig.
Im Knast gingen derweil die Verhöre weiter. Mancher bekam Schadenfreude mit auf den Weg in die Zelle, doch nicht jeder biß sich gehorsam auf die Zunge dabei. So einer war der Schneider Zielke mit seiner schnoddrigen Berliner Schnauze. Wohnhaft war er im Osten, aber gearbeitet hatte er mit hübschem finanziellen Vorteil in einer Westberliner Bekleidungsfabrik für Herren, und ein bißchen Kuriertätigkeit hatte sich auch ergeben dabei.
»Wieviel man Ihnen aufbrummen wird, Zielke«, sagte der Vernehmungsoffizier, »weiß ich nicht. Ich weiß nur, daß Sie Ihren Westberliner Arbeitsplatz nie wiedersehen und keine West-Mark mehr machen werden! Gerechtigkeit kehrt ein bei den Werktätigen!«
»Bei den Bonzen aber auch«, hatte der Zielke gebrummt. Wie er das meine?
»Oh«, hatte Zielke gegrinst, »ich habe einer ganzen Reihe von unseren Hochgestellten Maßkonfektion besorgt. Feinstes Kammgarn und manchmal sogar aus England! Herr Schnitzler trägt das sehr gerne, wenn er im Fernsehen über den Westen meckert.«
Der Hauptmann warf ihn hinaus, aber dann zog er die Stirn in Falten und überlegte sich, ob mit dem Zielke nicht gelegentlich ein lockeres Gespräch über derartige Bekleidungsgepflogenheiten geführt werden sollte. Es gibt bei Verhören Abfallprodukte, aus denen sich Karrieren bauen lassen. Selbst schuld ist der, der nichts anzufangen weiß mit seinen Vorteilen.

Der Arzt Tressel vergeudete die seinen nicht. Es kam, als die Mauer Alltag wurde, zu weiteren und nicht alltäglichen Ausflügen.
Beim Majorssohn hatte die von ihm empfohlene Behandlung der Sarkoidose angeschlagen, und wenn ihn der Major ins Haus holte, sah er auch die Mutter aufblühen wie die Rose im frischen Wasser. Für einen Wunderdoktor hielt sie ihn, und er hütete sich, ihr zu sagen, wie einfach alles gewesen war und daß dieser Routinefall seine Besuche eigentlich nicht mehr erforderte.
Sie waren allemal nahrhaft und brachten ihn seinem Gefängnischef näher, als es die Vorschriften vorsahen.

Im Hochschwarzwald tanzten, als Helldorf wieder hinauffuhr zu Tressel, die ersten Schneeflocken des 87er Winters aus bleigrauen Wolken, die ein steifer Westwind über den Rhein trieb. Sie rieben sich an den Flanken der Berge, und nur ihr höchster, der Feldberg, ragte in die Sonne des in den Winter übergehenden Spätherbstes.
Aber das konnte Helldorf nicht sehen. Licht brauchten die Autos, obwohl der Nachmittag erst angebrochen war, und in den Kurven zermalmten sie die weiße Pracht zu tückischem braunem Matsch.
Es war angebracht, langsam zu fahren, aber nicht alle schienen Zeit dazu zu haben. Junge Leute, Studenten wohl, die vier Paar Skier aufs Dach geschnallt hatten, überholten ihn hupend in einer alten Kiste, die auf Sommerreifen rutschte – und dann umkippte. Glücklicherweise nicht am Abhang, sondern an der Bergseite, deren schroffer Fels sie abstützte. Helldorf stoppte, aber als alle vier aus der Karre krabbelten, die aussah wie eine zerbeulte Sardinenbüchse, fuhr er an ihnen vorbei, weil sie keine erste Hilfe nötig hatten, sondern bloß mehr Vernunft und ein neues Auto.
Noch vorsichtiger ging er in die Kurven, die sich in weiten Serpentinen hinaufwanden nach Hinterzarten. Er dachte an seine Schulzeit, in der man auf andere Weise

zum Skilaufen gefahren war. Mit der Straßenbahn nach Günterstal und dann mit der Schwebebahn auf den Schauinsland. Das brauchte seine Zeit, aber man kam auch an und rammte keine Felswände.

Aber viel zu schnell, und gerade, als man anfangen wollte, Mädchen mitzunehmen, war der Krieg ausgebrochen, und die ganze Klasse hatte sich freiwillig gemeldet, wofür es zwei Gründe gab: erstens stand man vor den anderen nicht als Drückeberger da, und zweitens waren die Prüfungen sehr locker beim Kriegsabitur.

Allerdings konnte man, mit knapp achtzehn Jahren, ohne eigentlich ein Mann zu sein, schon ein toter Mann sein. Man konnte aber auch, wie Günther Tressel, als gestandener Mann noch mitten im Krieg stecken. Diese verrückte deutsch-deutsche Angelegenheit war es, die Helldorf in den Schwarzwald hinauftrieb. Und zum erstenmal wurde ihm bewußt, daß diese Südwestecke der von Tressels ostpreußischer Heimat am weitesten entfernte deutsche Landstrich war.

In jenem 61er Jahr, als die Berliner Mauer hochgezogen wurde, stand Tressel, grob gerechnet, in der Mitte seines Lebens – und saß im Knast. Von seiner Strafe hatte er noch nicht viel mehr heruntergerissen als eines von sieben Jahren. Helldorf wußte sehr wohl, daß ihm die sieben erspart geblieben waren, aber Tressel hatte nie über die Umstände geredet, hatte nie Stein um Stein seines deutsch-deutschen Mosaiks zusammengesetzt.

Sie saßen im Wohnzimmer der Tressels, aber Helldorf hatte sich vorgenommen, mit dem Freund durch den Schnee zum Wissler-Wirt zu stapfen, weil er sich keinen behaglicheren Platz für dieses Gespräch vorstellen konnte als die Bank mit den flachen geblümten Kissen vor dem alten Kachelofen.

Doch in der hereinbrechenden Dämmerung wirbelte der Schnee heftiger, und Frau Tressel winkte resolut ab. »Diesen Unsinn lasse ich nicht zu! Ihr tut, als ob ihr zwanzig wärt, und morgen habe ich zwei unvernünftige

ältere Herren zu pflegen! Ihr bleibt hier und trinkt Tee. Von mir aus mit Rum, damit ihr euch nicht vorkommt wie alte Weiber, aber mehr Zugeständnisse gibt's nicht!« Sie ging in die Küche, um Wasser aufzusetzen.
»Im Grunde«, grinste Helldorf, »hat sie recht, obwohl wir uns ja gar nicht vorkommen wie zwanzig. Vorhin hätten sich beinahe vier solcher Tausendsassas die Köpfe eingerannt, weil sie mich nicht schnell genug überholen konnten, und jetzt sitzen sie auf einem Schrotthaufen.«
»Nichts weiter passiert?«
»Nein. Und ein guter Vati wird eine neue Kiste hinstellen, damit's ihnen nicht langweilig wird.«
Tressel winkte ab. »Spiel nicht den Moralisten. Wären wir anders gewesen, wenn man uns diese Chancen geboten hätte?«
Es gab keine Diskussion darüber, weil Waltraud Tressel Tee und Rum brachte. Und beide gaben zu, daß Behaglichkeit auch ohne die Strapazen eines Marsches zum Wissler-Wirt möglich sei.
Helldorf lernte nun den Potsdamer Knast endlich auch aus der Sicht der Frauen kennen, denen ein lebenswichtiges Element genommen war.
Denn es gab im Revier der Frauen keine Spiegel. Auch nicht bei der sechsköpfigen Putzkolonne, der anzugehören ein Privileg der Frau des Arztes war.
Das war eine harte Zusatzstrafe. Eine Frau, die sich nicht sieht, kann sich kaum als Frau fühlen. Die Männer hatten die mit dem Vorteil eines Spiegels verbundene Rasur, welche wegen Selbstmordgefahr in Anwesenheit eines Wärters auszuführen war. Bärte waren verpönt, und geradezu unvorstellbar war die Idee, daß sich ein Langzeitgefangener Karl-Marx-artig schmücken könne.
So konnten sich die Männer also im Spiegel sehen; die Frauen brauchten eine Regenpfütze, um sich zu betrachten.
Waltraud Tressel, die Lehrerin gewesen war, hatte eigenwillige, aber auch höchst begreifliche Ansichten über die

Gründe, deretwegen Frauen im Knast größeren Demütigungen ausgesetzt waren.
»Bis zu den Hexenverbrennungen gehe ich da zurück«, sagte sie, den Männern Tee nachgießend. »Seit dem Mittelalter sind Hexen verbrannt worden, aber hat man je von Hexenmeistern auf dem Scheiterhaufen gehört?«
»Sie wurden gefoltert, geteert und gefedert«, warf Helldorf ein.
»Vergewaltigt wohl auch, was?« Ihre Augen fingen zu funkeln an, und ein Tritt Tressels an sein Schienbein belehrte Helldorf darüber, daß er dabei war, sie in eines ihrer Lieblingsthemen hineinzutreiben, das schwer zu unterbrechen war.
Aber schon war sie nicht mehr aufzuhalten. »Die Frau ist im Knast machtlos und tiefer gedemütigt als der Mann, verdammt noch mal! Ich weiß, wovon ich spreche! Beim Rasieren fängt's tatsächlich an, weil die Herrn nicht wie Landstreicher aussehen sollen. Aber was glauben Sie, welche Freude unsere ungepflegten strähnigen Haare und unsere grauen Gesichter in die Kuhaugen unserer fetten Feldwebelinnen zauberten? Und die alten Militärhosen, die uns am Bund drückten und unten schlotterten! Vogelscheuchen haben sie aus uns gemacht, weil sie uns so sehen wollten, und selbst die simpelste Creme für ein Gesicht, das weder Luft noch Sonne bekam, stand auf dem Index.«
Helldorf wagte einzuwerfen, daß er die Sache so natürlich noch nicht betrachtet habe. Es fiel ihm aber auch ein, daß sie an den für Gefängnisverhältnisse nicht unbeträchtlichen Geldmitteln ihres Mannes partizipiert hatte.
Dafür bekam er einen neuen Stoß ans Schienbein, weil es wieder der falsche Einwurf war. Waltraud Tressel kam noch mehr in Fahrt.
»So? Und was habe ich denn gehabt von seinen Ausflügen mit dem Major? Sogar in Kneipen hat er ihn geschleppt, weil er ihn für den großen Wunderheiler gehalten hat!«
»Stimmt das?« Helldorf nahm die Zigarre aus dem Mund, und blankes Staunen stieg in seine Augen.

»Du darfst das nicht so ernst nehmen und sie vor allem nicht reizen«, sagte Tressel schmunzelnd und mit Ironie, die sie, zu Helldorfs Erleichterung, bereitwillig übernahm.

»Sie wissen ja, Herr Helldorf, daß jeder eine kleine Makke aus dem Knast mitnimmt. Meine kommt nun mal von diesen perfiden Nadelstichen gegen Frauen, von denen der Mann gar nichts merkt. Mir ist es durch Günther immerhin viel besser gegangen als den anderen, weil wir monatlich 80 Mark zu teilen hatten.«

Lachend griff Tressel zur Flasche. »Nimm Rum, bevor sie ihn rationiert! Auf jeden Fall hat sie sich vorzüglich aufs Teilen verstanden. Aber Kosmetika hat ihr die Feldwebelin nie eingekauft, und das hat sie ihr nie verziehen.«

»Ich hab's eben gemacht wie die anderen: ein Teil der Margarine kam nicht aufs Brot, sondern ins Gesicht. Man hilft sich, wie man kann, und so haben wir uns wenigstens einbilden können, etwas für unsere Haut zu tun. Wir haben uns gegenseitig alle Fältchen um die Augen weggelogen.«

»Ranzig gestunken habt ihr«, brummte Tressel.

»Und du nach Schnaps, wenn du vom Major kamst«, schnippte sie zurück. »Außerdem war's mir recht, wenn deine Patientinnen nicht nach Kölnisch Wasser dufteten!«

»Bei ihrem Lieblingsthema redet sie ohne Punkt und Komma«, grinste Tressel und griff zur Flasche. »Tee, der nur nach Tee duftet, ist Weibertrank!«

»Aha! Ich brauche nur an den Mut der Herren Aufseher zu denken, wenn die Schäferhunde knurrten! Die mochten nämlich ihre schönen Uniformen nicht. Und dann haben sie uns Frauen gebeten, die Hunde zu beruhigen. War das kein Treppenwitz?«

»Aber«, wollte Helldorf von Tressel wissen, »hat dein Major dich wirklich in Kneipen geführt?«

»Nun ja, gegen Ende ist's vorgekommen. Da war sein Junge wieder gesund, und auch an unserer Lage hatte sich einiges geändert. Aber Saufereien waren das nicht. Ganz

konkrete Absichten steckten dahinter, und wahrscheinlich hat er's sogar mit höherer Genehmigung getan.«
»Mit Genehmigung?«
»Dazu«, sagte Tressel, »muß man die Sachlage kennen«, und sein Lächeln kam von weit her. Es stieg heraus aus einem Potsdamer Wirtshaus, in dem ihm der Major erstaunliche Dinge erzählt hatte, und es schloß zwei Männer von krassester Gegensätzlichkeit ein: den früheren ss-Arzt Dr. Felix, dem er seine erste Stellung verdankte, und den mit seiner Rührigkeit unschlagbaren jüdischen Onkel Karl David Eisemann.
Von beiden wußte der Major nichts. Aber was er wußte, hing mit ihnen zusammen. Sie waren in Sachen Tressel aktiv geworden hinter dem Vorhang, den man den Eisernen nennt.

In der Potsdamer Kneipe sitzen nur ein paar Rentner, weil es noch früher Nachmittag ist und die Werktätigen beschäftigt sind vor dem Feierabendbier. Der Major teilt seinem erstaunten Doktor mit, daß man eben ein wenig plaudern wolle und es vielleicht gar nicht schlecht sei, dies mal zur Abwechslung in bürgerlicher Freiheit zu tun, die ja wohl nicht ewig auf sich warten lassen werde. Obwohl das eigentlich recht bedauerlich für ihn sei, weil er sich den tüchtigsten aller Ärzte herangezogen habe und ihn nur ungern verliere. Höchst ungern sogar!
Tressel zupft sich am Ohr. Was bedeuten diese nie gehörten Töne?
Ungewöhnliches in der Tat.
»Zunächst die Fakten«, sagt der Major. »Eigentlich darf ich dem Oberstaatsanwalt, der Sie morgen besuchen wird, nicht vorgreifen, aber Sie werden nicht so töricht sein, sich anmerken zu lassen, daß er Ihnen keine Neuigkeit bringt. Ist das klar?«
»Schon, aber...«
»Lassen Sie mich weiterreden, Doktor, weil Sie dann klüger sein werden als nach der staatlichen Visite.« Er legte

die Hand auf Tressels Unterarm, als ob er starken Strom in schwachen verwandeln müßte.
»Gestehen Sie, Doktor!«
»Was?«
»Daß Sie meinen Sohn gesund gemacht haben! Er fährt wieder Rad und spielt Fußball, und in zwei Monaten geht er auf die Universität.«
»Auch andere hätten ihm helfen können!«
»Eben nicht! Hab's doch probiert! Wollen Sie endlich gestehen?« Er hebt sein Glas, und die Fältchen in den Augenwinkeln zwinkern mit.
»Aber was soll ich nun morgen vom Oberstaatsanwalt erfahren?«
Er wird Ihnen mit der gebührenden Feierlichkeit erklären, daß Ihre Strafe von sieben auf vier Jahre reduziert worden ist. Ist das was?«
»Hm. Soll ich ganz ehrlich sein, weil Sie es ja auch sind?«
»Ich bitte darum.«
»So, wie Sie hier angefangen haben, habe ich mir etwas mehr erhofft. Langsam anfangen mit bürgerlicher Freiheit und so. Ich trink ja gern ein Bier und bin Ihnen auch dankbar dafür, aber mit Freiheit haben vier Jahre verdammt wenig zu tun, oder?«
»Langsam, langsam, Doktor!« Wieder griff die massige Hand nach seinem Arm, und sie packte ihn fester und bewegte ihn.
»Wir sind ja hier, damit ich Ihnen erklären kann, was los ist und was das bedeutet. Der Oberstaatsanwalt wird Ihnen etwas von Walter Ulbrichts unendlicher Güte und seinen weisen Ratschlüssen vorflöten, aber ich möchte Ihnen den Durchblick verschaffen, den Sie jetzt verdammt nötig haben, klar?«
»Bis jetzt noch nicht.«
»Dann hören Sie mal gut zu. Mit sieben Jahren sind Sie Langsträfler, das wissen Sie?«
»Bin ja nicht blöd! Das lernt jeder Trottel in den ersten Tagen!«

»Und davon müssen gesetzlich mindestens zwei Drittel abgesessen werden.«
»Auch bekannt.«
»Bei vier Jahren«, fährt der Major lächelnd fort, kann aber eine sofortige Begnadigung auf Null erfolgen.«
»Stimmt, daran habe ich nicht gedacht. Aber ...«
»Nichts aber! Ich behaupte ja nicht, daß Sie bereits übermorgen begnadigt werden, dafür aber sage ich Ihnen etwas anderes.«
»Und das wäre?«
»Man setzt sich im Westen für Sie ein. Es stand sogar in den Zeitungen drüben.«
»In den Zeitungen?«
»Ja. Offenbar haben Sie einen Mann am richtigen Hebel. Erstens hat das nicht jeder, und zweitens haben die unseren das gar nicht gern.«
Karl David Eisemann, fährt es Tressel durch den Kopf. Aber kann das wirklich sein? Er sagt nichts und trinkt Bier.
»Auf jeden Fall«, fährt der Major, immer noch lächelnd, fort, »kann man nur jemanden freikaufen, der eingesperrt ist, klar?«
»So ziemlich. Aber ...«
»Sie stehen auf der Leitung, Mann! Diese Reduzierung auf vier Jahre bedeutet nichts anderes, als daß man jetzt freie Hand hat, einem Freikauf durch eine Entlassung zuvorzukommen. Sie werden keinen Scheffel Salz mehr bei Vater Philipp essen, glauben Sie mir. An Ihrer Stelle würde ich lieber einen Schluck nehmen, als mir den Kopf zu zerbrechen. Prost!«
Besser schmeckt das Bier plötzlich und größer ist der Schluck.
»Und meine Frau?«
»Glauben Sie, man läßt sie sitzen, wenn man Interesse daran hat, einen guten Arzt zu behalten? Machen Sie sich darüber keine Gedanken. Lieber wäre es mir, Sie würden sich andere Dinge überlegen.«

»Zum Beispiel?«
Der Major stützt das Kinn in die Hand und angelt mit der anderen eine Zigarette. »Zum Beispiel: Sie könnten in Potsdam bleiben. Von mir aus sogar bei Ihrem Freund im katholischen Krankenhaus. Ich könnte da was drehen und mir eine Kombination vorstellen, die für uns beide gut wäre.«
»Für beide?«
Die Augen wenden sich ab vom Rauch, der in den Schirm der Lampe kriecht, und suchen die von Tressel. »Sie können gelegentlich reinschauen. Einen Arzt wie Sie kriege ich nie mehr. Und da wäre noch was.«
»Noch was?«
Er zerdrückt die Kippe im Aschenbecher und hebt die Hände wie ein Dozent, dem es schwer gemacht wird, leicht Verständliches an den Mann zu bringen: »Die Provinz ist viel ungefährlicher für Sie als Berlin.«
»Warum?«
»Ist das so schwer zu erraten? Gewisse Leute, die Sie in die Lage gebracht haben, in der Sie sich jetzt befinden, könnten wieder Verbindung mit Ihnen aufnehmen wollen. Sie dürfen nicht vergessen, daß Ihre Entlassung mit Bewährung verbunden sein wird.«
»Von Kurierdiensten bin ich kuriert!«
»Das«, brummt der Major und zieht die Schultern hoch, »hat schon mancher gesagt.« Und dann wechselt er brüsk das Thema.
»Wissen Sie eigentlich, daß wir vom gleichen Jahrgang sind?«
»Das nicht. Aber ich denke mir, daß Sie auch im Krieg waren.«
Der Major nickt. »Mittelabschnitt; Smolensk, Wjasma, Gschatsk, Istra, Wolokolamsk, bis dicht vor Moskau eben im einundvierziger Winter.«
»Ich war noch dichter vor Leningrad.«
»Weiß ich aus Ihren Akten. Und wenn Sie nicht gegen den Strom geschwommen wären, säßen wir nicht hier!«

»Vielleicht hätten wir beim Adolf gegen den Strom schwimmen sollen, meinen Sie nicht?«
»Dann«, knurrt der Major und beweist erneut, daß er nicht ganz humorlos ist, was in seinem Metier einiges heißt, »säßen wir auch nicht hier.«
»Akzeptiert. Aber muß man ewig akzeptieren? Darf man sich keine Gedanken darüber machen, daß wir jetzt zwei verdammt verschiedene Deutschlands haben?«
»Gedanken schon. Die sind zollfrei. Aber es gibt viele Haltestellen zwischen dem Gedanken und der Tat. Russisches Sprichwort, falls Sie es nicht kennen sollten. Und viel älter als Stalin.«
»Aber die Bauarbeiter der Stalinallee haben es nicht gelernt oder zumindest vergessen im Juni 53, oder?«
Doch das ist zuviel für den Offizier, der mehr gesagt hat, als er darf. Schmal werden die Augen, und zwischen die Runzeln der Stirn gräbt sich eine senkrechte Falte wie ein Ausrufungszeichen über die Nasenwurzel. Weit genug ist er schon gegangen mit einem, der gar nicht hiersitzen dürfte, und gleich wird es noch verbrüdernde Veteranengespräche geben.
Rauch jagt er ihm ins Gesicht, den er als steifen Ostwind spüren soll. »Ich mache Ihnen hier Angebote, die kein Vorgesetzter riechen dürfte, und Ihnen fällt nichts Besseres ein, als polemisch zu werden!«
Aber obwohl Tressel merkt, daß dies nicht der Moment für harsche Dialektik ist, hakt er nach, weil er einen unverhofften Hauch von Westwind gespürt hat, den ein Gefängnischef weder blasen noch lenken kann.
Der Onkel aus Karlsruhe, der so viele Schicksale in die Hände genommen hat, die eigentlich gebunden waren, mag tatsächlich mit diesem Westwind zu tun haben. Diese Flucht nach Straßburg im Winter 1933 fällt ihm ein. Zu seinem alten Feldwebel hatte es ihn getrieben, mit dem er für den Kaiser vor Verdun gekämpft hatte. Und daß 1918, als der Krieg für die Franzosen gewonnen und für die Deutschen verloren war, der Wirt vom Hailich Graab für

Frankreich und Karl David Eisemann für Deutschland optiert hatte. Jeder hatte die freie Wahl gehabt, und das gehört jetzt auch auf den Tisch dieser Potsdamer Kneipe, in der er sitzen darf dank der Großzügigkeit seines Oberwächters. Deshalb macht Tressel aus dem deutsch-deutschen Gespräch ein europäisches.
»Sehen Sie, Herr Major, wir haben vorhin von unserem gemeinsamen Rußlandfeldzug gesprochen. Ich habe einen Onkel, der im Elsaß aufwuchs und folglich für den Kaiser in den Ersten Weltkrieg ziehen mußte. Als das Elsaß dann wieder französisch wurde, ging er heim ins Reich.«
»Das möchten Sie jetzt wohl gerne vergleichen, was? Alte Kamellen vom Ersten Weltkrieg passen nicht in unsere Zeit, mein Lieber!«
»Krieg ist Irrsinn, und er produziert Irrsinn.«
»Teil eins Ihres Satzes ist richtig; Teil zwei ist Quatsch!«
Tressel verkneift sich eine Anspielung auf die dialektische Schulung, die zur Ausbildung der Offiziere bei der Staatssicherheit gehört. Raisonnierende Häftlinge, sagt er sich, gefallen keinem, und einen Gefallen tun sie sich selbst auch nicht.
Und schon knallt's zurück, weil er dem anderen Munition geliefert hat: »Krieg kann sehr wohl Vernunft produzieren, auch wenn das nicht in imperialistisch-kapitalistische Schwachköpfe hineingeht! Unser Staat wird nie einen angreifen, aber er wird immer seine Errungenschaften verteidigen!«
Diesmal muß sich Tressel nur ein einziges Wort verkneifen. Es heißt Amen.
Da er indes schon sein drittes Bier hat, das zwar nicht sehr stark sein mag, aber ungewohnt ist, platzt er in diese Errungenschaften hinein und fragt, ob sie vielleicht was mit errare zu tun haben könnten.
Aber das geht über die genormte Dialektik hinaus und ärgert den Major aufs neue.
»Haben Sie vielleicht nicht eine erstklassige Ausbildung bekommen?«

»Hm.« Tressel zieht den Kopf ein, als wollte er wegtauchen unter den Rauchfahnen, die über den Tisch wehen. »Studiert und dann auch praktiziert habe ich eigentlich unter Adolf, dem größten Feldherrn aller Zeiten. Mein Beruf hat ziemlich wenig mit dem jeweiligen Regime zu tun, meine ich.«
»Und die Charité, hat die Ihnen nicht weitergeholfen?«
»Wenn Sie meinen«, sagt Tressel, sich wieder aufrichtend, »daß Sauerbruch, dem das gesamte Berliner Gesundheitswesen unterstand, eine Rolle spielte, gebe ich Ihnen recht. Aber ich nehme an, Sie wissen auch, daß der Professor ganz gut mit Hitler zurechtgekommen ist, weil dieser außergewöhnliche Arzt nur seiner Aufgabe und Berufung lebte. Die Amerikaner hätten die gleiche Achtung vor ihm gehabt wie die Russen.«
»Und was wollen Sie damit sagen?« Die Frage klingt lauernd.
Tressel wischt sich mit dem Handrücken frischen Bierschaum von den Lippen und spürt überhaupt keine Hemmungen mehr.
»Sehen Sie, Herr Major, Sie sollten mir nicht ständig vorwerfen, ich sei undankbar einem Staat gegenüber, der mich in seiner berühmtesten Klinik hat arbeiten lassen. Es könnte ja sein, daß er dort keine Flaschen brauchen kann.«
»Ja, das könnte in der Tat so sein.« Der Ton wird wieder konzilianter. Mag sein, daß der Major an seinen Sohn denkt, der auf recht ungewöhnliche Weise von der Verhaftung des Doktors profitiert hat. Das bringt ihn auf einen anderen Aspekt des Themas.
»Haben Sie schon einmal darüber nachgedacht, daß die Berliner Mauer keineswegs eine Schandmauer ist, wie im Westen behauptet wird, sondern eine Schutzmauer?«
Klingt nach Lehrgangsdialektik, denkt Tressel. Sie betreiben im Ministerium Schulung für Leute wie ihn.
Und schon geht's weiter: »Wenn Faulpelze abhauen, die sich dann ganz schön wundern, daß ihnen im Westen

keine gebratenen Tauben ins Maul fliegen, kann uns das wurscht sein. Aber bei qualifizierten Ingenieuren, Wissenschaftlern oder Ärzten ist das eine sehr ernste Sache, die wir uns nicht länger leisten können. Unter intelligenten Leuten bedarf das wohl keiner Erklärung, oder?«
»Eigentlich nicht.«
»Eben. Deshalb ist Schwarzarbeit im Knast auch keine Aufgabe für Sie, obwohl mir das persönlich gefällt. Außerordentlich gut sogar! Aber Staatsraison geht über Egoismus. Ich habe nur versucht, Ihnen klarzumachen, daß es bei einer Entlassung kein Nachteil für Sie wäre, in Potsdam zu bleiben.«
»Bis jetzt«, brummt Tressel, »habe ich immer noch Mauern um mich, die gar nichts mit der Berliner Mauer zu tun haben, und ich verdanke sie dem, was Sie Staatsraison nennen. Klingt verdammt preußisch, nicht wahr? Und wenn Sie von Entlassung reden, fällt mir ein, daß die Preußen so schnell nun auch wieder nicht schießen.«
Der Major winkt mit einer Hand ab und hebt die andere für die Kellnerin. »Wird Zeit, daß wir gehen, weil wir uns im Kreis drehen wie beim Freigang im Knast. Was ich weiß, weiß ich, aber Sie wissen gar nichts, wenn Ihnen der Oberstaatsanwalt morgen eröffnet, daß Sie kein Langzeitler mehr sind, ist das klar?«
Günther Tressel sitzt nicht mit euphorischen Gefühlen neben dem Major, der seinen Wagen zu Vater Philipp lenkt, aber sie sind ungleich besser als bei jener Fahrt, die er einmal alleine und mit feuchten Händen hat machen müssen.

Zweimal Berlin-Budapest

Karl David Eisemann hatte die Sechzig überschritten. Er war nun Präsident des Verwaltungsgerichts Mannheim und bereitete sich auf den Ruhestand vor. Den wohlverdienten, wie die Leute in diesen Fällen zu sagen pflegen. Aber es gab selbst in seiner nächsten Umgebung nur wenige, die wußten, daß dieser Gemeinplatz einem Leben nicht gerecht wurde, das schon in seinem Frühling im Zeichen des Außergewöhnlichen gestanden hatte – und im Herbst nicht aufhörte damit.
Dabei hätte es nach menschlichem Ermessen spätestens in seinem Sommer aufhören müssen. Besser gesagt: nach unmenschlichem Ermessen.
Der kleine Mann, dessen Haar weiß geworden war und dann licht, besaß einen Kopf, in dem natürlicher Gerechtigkeitssinn eine gar nicht so natürliche Verbindung mit der Toleranz für menschliche Unzulänglichkeit eingegangen war. Phantasie und Sensibilität mischten sich da auch, Eigenschaften, die für Erfolgsmenschen, für die Karrieren von Managern und Politikern, eher hinderlich sind.
Vom Begriff ›orthodox‹ hielt Karl David Eisemann gar nichts. Er aß am Sabbat, was ihm paßte, und wenn der Tag des Ruhens Arbeit brachte, dann erledigte er sie, ob sie ihm schmeckte oder nicht.
Doch mochte der Rabbi so finster blicken, wie er wollte, Eisemann, der höchst erfolgreich mit einem Gestapochef zusammengearbeitet hatte, um Juden in die Schweiz zu schleusen, hatte eine andere Religion, und so störte es ihn nicht im geringsten, Umgang, wenn auch nicht gerade innige Freundschaft, mit einem gewissen Dr. Felix zu pflegen, der ss-Arzt gewesen war. Kennengelernt hatte er ihn über seinen Neffen, und er wußte, daß Felix Gün-

ther Tressel auf recht unorthodoxe Weise drüben im Osten den Weg ins Berufsleben geebnet hatte.
Bekannt war ihm aber auch, daß kein anderer als Professor Sauerbruch ihm für die Heirat mit dem Mädchen, das er liebte, den Weg über die ss empfohlen hatte, weil es für den Siebenbürger Deutschen Felix keinen anderen gab, um die deutsche Staatsangehörigkeit zu erhalten.
Eisemann hatte nicht die Mentalität eines Kriegsgerichtsrates, sondern war ausgestattet mit dem Commonsense eines britischen Richters der oberen Güteklasse.
Als er über Felix von der Verhaftung seines Neffen erfuhr – es war an einem Sabbat, an dem er hätte ruhen müssen –, begann er mit Unrast an einer Sache zu arbeiten, die anfänglich ganz und gar hoffnungslos schien.
Aber war es, wenn man die Sachlage betrachtete, nicht auch ein Ding der Unmöglichkeit, daß dieser im Westen lebende Felix mit Antennen ausgestattet war, die ihm Tressels Einlieferung ins bestgehütete Ostberliner Untersuchungsgefängnis zutrugen?
Der Mann, der weder vor den Nazis kapituliert hatte noch vor den schweizerischen Einwanderungsbehörden, die es schätzten, Menschlichkeit mit Bankgarantien zu verbinden, wollte auch nicht kapitulieren vor DDR-Potentaten, die den Westen verachteten, aber nicht seine Finanzkraft. Für Geld, und das war schon nach kurzer Zeit bewiesen, war die Mauer durchlässig.
Wenn sie Menschen nicht aufhalten konnte, wurde geschossen. Auch das war schon nach ganz kurzer Zeit bewiesen. Aber Geld schlug durch wie Panzergranaten und erreichte sein Ziel.
Karl David Eisemanns Lächeln bei diesem Gedanken war von leiser Ironie durchzogen, deren Bitterkeit sich in den Grenzen hält, die sich der kluge Mann steckt, um mit klarem Kopf weiterdenken zu können.
Aber auch zurück dachte er. An Leo Wohleb beispiels-

weise, mit dem er Badens Entnazifizierung betrieben hatte. Aber der Mann der ersten Stunde war tot, konnte keinen Gegendienst mehr erweisen.
Jetzt, 1961, war schon die zweite Welle da, Männer, deren Weste nicht unbedingt vom vorzeigbaren 1945er Weiß war. So mancher von ihnen hatte erst einmal entnazifiziert werden müssen, und es entbehrte nicht der Pikanterie, daß Baden-Württembergs amtierender Ministerpräsident Kurt Georg Kiesinger Hitlers Parteigenosse gewesen war.
Nicht, daß Eisemann, der Schlimmeres erlebt hatte, das als intolerabel empfunden hätte. Er empfand den Ministerpräsidenten einfach nur als weniger geeignet für sein Vorhaben als den quirligen DDR-Flüchtling Felix, was zu Deutsch der Glückliche heißt, und gestattete sich einige tiefgehende Gedanken über die Zeit und die Wenden, die sie mit sich bringt.
Aber mit Betrachtungen über die Zeit kann sich nicht aufhalten, wer handeln will. Kein anderer als Dr. Felix schien ihm der rechte Mann am rechten Platz.
Hatte der nicht, noch ehe er, Eisemann, den Schimmer einer Ahnung von allem hatte, die Sache in die Hand genommen? Hatte er nicht die Großmutter und die beiden Tressel-Kinder aufgefangen, als sie unmittelbar nach der Verhaftung der Eltern nach Westberlin geflüchtet waren? Alles hatte er, ohne jemanden zu informieren oder gar zu fragen, organisiert, und längst war das Trio in der Bundesrepublik untergebracht und versorgt, ehe er, Eisemann, davon erfuhr.
Mit Felix mußte er sich verbünden, aber er vergaß auch seinen Straßburger Schulkameraden Jordan nicht, der seinen Neffen lächelnd und als ob es eine amüsante Zirkusvorstellung wäre, in das blödsinnige Spionage-Abenteuer gejagt hatte.
Ich hätte es, sagte er sich mit grimmigem Selbstvorwurf, verhindern müssen.
Und dann führte er Gespräche mit Felix und Jordan. Bei-

de zeigten sich kooperativ, doch reservierter als der Arzt aus dem Osten blieb der französische Geheimdienstler. Von politischen Rücksichten, die er zu nehmen habe, sprach er, und auch davon, daß man sich eben Zeit nehmen müsse für delikate deutsch-deutsche Probleme dieser Art. Doch er werde sich, da möge der alte Schulfreund ganz beruhigt sein, etwas einfallen lassen.
Dr. Felix sah das anders und war für Soforthilfe. Er hatte gute und zuverlässige Verbindungen in Ostberlin, aber er selbst konnte sich nicht hinwagen, und das Telefon war zu gefährlich für eine so heiße Sache. Arrangieren jedoch konnte er drüben ein Treffen des Bundesbürgers Eisemann mit einem Gewährsmann, denn für den Westtouristen war eine Tagesvisite in Ostberlin problemlos.
Als Eisemann in Tempelhof landete, kamen die Zeiten zurück, in denen er nicht Gerichtspräsident war und mit einem kaum glaublichen Dauervisum einfuhr in den Badischen Bahnhof von Basel. Für ein paar Stunden hatte sich eine Gefängnispforte geöffnet, durch die er Menschen in die Freiheit brachte. Jetzt ging es darum, einen aus der Unfreiheit zu holen.
Gesetzliche Vorschriften, die eine recht wechselhafte Bedeutung in seinem Leben gespielt hatten, stellte er wie eine unnütze Bürde am Grenzübergang Bahnhof Friedrichstraße ab. Und hätte er sich im Spiegel sehen können, wäre ihm der eigenartige Ausdruck von demütiger Freundlichkeit aufgefallen, mit dem er den Blick der Volkspolizistin erwiderte, die ihm sein Tagesvisum für Ostberlin ausstellte.
Es war der Badische Bahnhof von Basel, der von seinen Augen stand.

Der Mann, den Dr. Felix von seinem Blitzbesuch unterrichtet hatte, wartete nicht gleich hinter der Sektorengrenze, aber auch nicht in einem Lokal. Sie trafen sich Unter den Linden unweit des Brandenburger Tors und blieben im Strom der Passanten, um zu besprechen, was zu besprechen war.

Der Mann mußte solche Unterhaltungen gewöhnt sein. Sachlich und konzentriert sprach er, tat es jedoch mit der natürlichen Beiläufigkeit des vom Wetter redenden Spaziergängers.
Und er war gut unterrichtet. Erstaunlich gut sogar für Eisemanns Vorstellungen von einem Staat, der nichts durch die Mauern seiner Gefängnisse dringen ließ.
Doch er stellte keine Fragen deswegen. Spürte, daß sie als naive Neugier gewertet und unbeantwortet geblieben wären. Eisemann hatte den Blick für Kontaktleute dieser Sorte, die mit knapper Sachlichkeit in fünf Minuten mehr sagen als andere in zwei Stunden.
U-Boot, Verurteilung und Tressels Bestallung zum Hausarzt beim Potsdamer Vater Philipp benötigten nur ein Schlendern über kaum hundert Meter auf dem breiten Trottoir, und nach weiteren hundert war so gut wie alles gesagt, einschließlich der Vergünstigungen, von denen die Anwesenheit der Waltraud Tressel unter dem gleichen Dach nicht die geringste war.
Es hätte schlimmer kommen können. Als es Eisemann jedoch wagte, die übermäßig lang erscheinende Haftdauer von sieben Jahren anzuschneiden, stieß er auf Ablehnung.
Der Mann zischte, als ob er ausspucken wollte:
»Ich habe meinem Freund Felix ein Informationsgespräch versprochen, sonst nichts!«
»Aber sieben Jahre sind doch Irrsinn!«
»Er wird sie nicht absitzen. Darüber gibt es auch Informationen. Ich werde zu gegebener Zeit Felix benachrichtigen. Aber für heute ist Schluß. Ich kann nicht stundenlang diskutieren mit Ihnen.«
Er blickte auf die Uhr und wollte sich grußlos verabschieden.
Doch Eisemann blieb, den Schritt beschleunigend, an seiner Seite. »Mit Dr. Vogel wollte ich sprechen.«
Der andere stockte, wäre fast stehengeblieben, zog ihn dann aber mit.

»Sind Sie noch bei Trost? Alleingänge sind das letzte, was Sie sich jetzt leisten sollten.«
»Aber dieser Anwalt Dr. Wolfgang Vogel ist doch der einzige, der imstande ist, einen Freikauf einzuleiten!«
»Zu früh«, sagte der Kontaktmann und schüttelte den Kopf mit der Bestimmtheit des Sachkenners. »Der Westen hat noch nichts unternommen, und wenn Sie jetzt einen inoffiziellen Alleingang starten, läuft überhaupt nichts!«
Eisemann, der seit jeher, schon aus Berufsgründen, komplizierte Situationen schnell begriff, wußte, daß Argumentieren oder gar Raisonnieren jetzt falsch gewesen wäre. Der Mann, das war klar, hatte eine präzise Kenntnis der Angelegenheit und einen ebenso präzisen Verstand. Man durfte ihn nicht verärgern, und jedes weitere Wort war überflüssig.
Auch ein Abschiedswort. Er verschwand, ohne Händedruck, im Strom der Passanten, der sich über die ganze Breite des Trottoirs schob.
Zurück blieb ein einsamer kleiner Mann, der an die Rheinbrücken von Basel während der Kriegszeit dachte, über die er Menschen in die Freiheit geführt hatte zu anderen Menschen, die hier Haus- und Siedlungsrecht hatten und in den Taschen Silbergeld, das noch im vorigen Jahrhundert geprägt worden war.
Einen anderen Blick und einen anderen Tritt als die Ostberliner hatten sie gehabt. Unbeschwertes Flanieren war's gewesen, wenn er den Vergleich zog, aber vielleicht, dachte er, seh ich's auch zu verklärt, weil ich unter umgekehrten Vorzeichen gekommen bin.
Er ging zurück zur Mauer und passierte die Kontrollen. Er sah sich den zerstörten und vom Verkehr umbrausten Turm der Gedächtniskirche an, ehe er, mit Schritten, die beschwingter wurden, das Hotel am Zoo aufsuchte.
Beim Portier kaufte er sich drei Zeitungen, und er hatte seine Zimmertür noch nicht aufgeschlossen, als er wußte, daß doch noch etwas zu tun war vor dem Abflug.

Die Zeitungen. Sie gingen durch die Mauer wie das Geld, und bei der Staatssicherheit waren sie Pflichtlektüre. Dort liebte man es gar nicht, wenn westliche Blätter mit präzisen Details über Verhaftungen aufwarteten, von denen im Ostteil der Stadt kein Mensch etwas erfahren hatte. Berliner Zeitungen, sagte er sich, sind, wenn es einen Arzt der Charité betrifft, besser geeignet als alle anderen.
Zehn Minuten später saß er im Taxi. Er besuchte die Redaktionen der beiden auflagenstärksten Blätter, und es erwies sich als günstig für sein Vorhaben, daß er sich als Gerichtspräsident ausweisen konnte. Nicht um die große Reportage, sondern um die kurze, aber detailgetreue Meldung ging's ihm, und in beiden Fällen zeigten sich die Redakteure interessiert und hilfsbereit.
Mit zwei druckfeuchten Zeitungen, in denen am rechten Platz stand, was er für rechtens hielt, stieg er am nächsten Morgen ins Flugzeug. Es waren die Meldungen, die den Potsdamer Gefängnismajor bei einem unstatthaften Kneipenbesuch mit dem Häftling Tressel zu der nicht unbegründeten Vermutung veranlaßten, daß man sich im Westen um seinen Fall kümmere.

»Als du«, sagte Helldorf, »von deinem Major erfahren hattest, daß sich aus Bonn ein Freikauf ankündigte und du dir auch vorstellen konntest, wer dahinter steckte, warst du, wenn ich es richtig verstehe, gar nicht mehr scharf auf Entlassung, oder?«
»Richtig. Freikauf paßt zu einem Häftling, aber nicht zu einem in Freiheit praktizierenden Arzt. Ich habe da ziemlich schnell durchgeblickt.«
»Aber nie erzählt, wie alles gelaufen ist, und hier und heute spuckst du's aus!«
Sie saßen in Tressels Jagdhütte, holten Kirschwasser und Schinken vom Wissler aus einer kalten Abstellkammer und fanden runzlige Äpfel, die sie zum Braten auf den eisernen Ofen legten.
Ihr Duft mischte sich mit dem Geruch von Harz und

Helldorfs Tabakrauch, der hochkringelte zur rußgeschwärzten Decke, über die bizarres Licht züngelnder Flammen huschte, wenn Tressel Holz nachlegte. Und ein fast grimmig heulender Wind, der an den hölzernen Fensterläden rüttelte, steigerte ihr Gefühl behaglicher Geborgenheit.

»Ist sie nicht«, fragte Tressel, »ein Geschenk, diese Rückkehr zum einfachen Leben?« Er nahm einen Apfel vom Ofen, dessen Haut da, wo sie das Eisen berührt hatte, schwarze Blasen trug, und ließ ihn, um ihn abzukühlen, wie ein Jongleur in beiden Handflächen hüpfen.

»So ist es.« Helldorf schenkte Kirschwasser in Gläser, die keine Fingerhüte waren und mit denen sie sich am Morgen die Zähne putzen würden. Es hatte, was selten in diesem 88er Winter war, angefangen zu schneien, und keiner hielt etwas von einer Rückkehr durch Neuschnee unter einem sternenlosen Himmel.

»Natürlich«, fuhr er fort, ist die Rückkehr zum einfachen Leben ein Geschenk, obwohl viele Zeitgenossen das gar nicht begreifen können. Aber du weißt ganz genau, daß wir nicht hiersitzen, um zu philosophieren. Ich will jetzt endlich von dir wissen, wie sich deine Rückkehr zu dem vollzogen hat, was ich einmal das normale Leben nennen will!«

»Von mir aus. Tressel biß in den warmen, sulzigen Apfel und griff mit der freien Hand nach dem Glas wie der andere. »Laß uns erst mal einen drauf trinken!«

»Auf Normalität, die man schätzt, wenn man sie nicht hat, und die man verflucht, wenn sie mit ihrer ganzen Langeweile da ist.«

»Ich glaube«, sagte Tressel wie im Selbstgespräch, »daß die letzten Wochen bei Vater Philipp die kurzweiligsten meines Lebens waren, und es ist dann tatsächlich nur noch um Wochen gegangen, so eilig hatten sie's plötzlich. Und ich habe einfach Angst vor einer zu schnellen Entlassung gekriegt.«

»Übertreib nicht!«

»Um es zu begreifen, mußt du dich in diese verrückte Situation versetzen. Täglich gab es neue Anspielungen vom Major, ja sogar von niedrigeren Dienstgraden, über wohlwollendes Interesse ›höchster Stellen‹ an mir. Immer klarer wurde, daß sie dem Freikauf mit der Entlassung zuvorkommen wollten.«
»Du mußt dir wie ein Pfau vorgekommen sein.«
»Aber ich habe nicht radgeschlagen. Frecher bin ich geworden, zugegeben, und sie haben mir's nicht schwer gemacht. Stell dir bloß das Ding mit dem Leutnant vor. Es war der, dem die Weiber im Roten Ochsen beinahe die Eier zerquetscht hätten.«
Grinsend biß Helldorf in einen Bratapfel. »Kam wohl mit einem Tripper, weil er protzte mit seiner neuen Manneskraft?«
»Falsch. Sagen wir, er hatte sie falsch eingesetzt.«
»Homo? Soll im Knast ja nicht nur auf Insassen beschränkt sein.«
»Auch das nicht. Er hatte einen Gefangenen geschlagen.«
»Na und?«
Tressel lächelte dünn: »Ich könnte dir jetzt einen langen Vortrag über den sogenannten humanen Strafvollzug halten, aber ich will mich kurz fassen. Sie können viel mit dir anstellen, aber sichtbare Spuren dürfen nicht sein. Er kommt also zu mir wie damals, als er schwer an seinem Gehänge trug, und sagt, Doktor, Sie müssen mir helfen. Ich habe einen Gefangenen geschlagen.«
»Nicht schlecht!« Helldorf zog so genußvoll an seiner Zigarre, daß der Ausstoß des Rauchs den anderen einnebelte.
»Nicht schlecht«, äffte der ihn nach. »Weißt du, was er von mir verlangte?«
»Psychiatrische Behandlung vielleicht?«
»Du bist«, sagte Tressel, mit seinem Allzweckmesser den mit Tannenreis und Holunder geräucherten Wissler-Schinken bearbeitend, »gar nicht weit weg davon. Er hat

verlangt, daß ich ihm Streß attestieren soll, der im Knast nun einmal größer ist als draußen in der Freiheit.«
»Auch wieder nicht schlecht, weil schwer zu bestreiten.«
»Richtig. Allerdings mußt du die Lage genau sehen und begreifen, daß es ziemlich ungewöhnlich ist, wenn ein Gefängnisarzt einen seiner Bewacher in Kur schickt.«
»Das hast du getan?«
»Ich hab's riskiert, und er ist für vier Wochen in ein Sanatorium im Harz geschickt worden. Und der Major hat mir dazu gratuliert. Da habe ich gewußt, daß ich schon beinahe ein freier Mann war.«
»Junge, Junge, und du hast sitzen wollen, damit man dich freikaufen konnte!«
»Genau. Und dann habe ich auch noch die Quittung dafür präsentiert bekommen, daß sie mich nicht von meiner Frau getrennt hatten. Wie ein Blitz aus heiterem Himmel kam ihr Entlassungstermin, und als ob es Zufall gewesen wäre, bekam ich, am gleichen Tag, Besuch von der Potsdamer Bezirksärztin Dr. Cäcilie Blum. Wir waren befreundet und sogar per du, und sie tat, als ob sie erst jetzt von meiner Inhaftierung gehört hätte. Und versäumte nicht, hinzuzufügen, daß sie als Abgeordnete der Volkskammer einen langen Arm hätte.«
»Die gute Fee im Märchen. Jetzt sag bloß noch, sie hat dir eine Stelle angeboten!«
»Du liegst absolut richtig.« Tressel nickte mit dem Kinn in der aufgestützten Hand wie einer, der am Unerwarteten schwer trägt. »Rausschmeißen wollten sie mich, und Dr. Blum hat in den höchsten Tönen von einem Krankenhaus an der Havel geschwärmt. Alles war schon eingefädelt. Ein richtiges Wettrennen mit dem Westen haben die gemacht, aber ich konnte ja nicht darauf pochen, daß ich noch ein wenig länger gebucht hatte bei Vater Philipp!«
Helldorf verschluckte beim Kichern seinen Zigarrenrauch und hustete. »Aus dem Knast fliegen! Traum jedes Häftlings!«

»Kannst du sagen. Und sogar mit Urlaub! An der Pforte stand meine Frau mit der lachenden Volkskammer-Abgeordneten Dr. Cäcilie Blum, und in einem schönen Auto ging's ab an den Rahmer See. Professor Arnold, der mir damals in Perleberg auf Felix' Veranlassung geholfen hatte, stellte uns für vierzehn Tage sein Wochenendhaus zur Verfügung. Juli '62 war's und ein Urlaub wie aus dem Bilderbuch. Am ersten August habe ich dann in Brandenburg als Oberarzt angefangen.«
»Ist da nicht das große Zuchthaus, in das die Nazis Erich Honecker gesperrt hatten?«
»Richtig. Hat mich auch immer daran erinnert, daß ich Freiheit mit Bewährung hatte.«
»Aber du hast dich bewährt?«
»Ich schon. Leider war der Chefarzt ein versoffener Morphinist, und ich habe feststellen müssen, daß man viel leichter mit einem vernünftigen Gefängnismajor auskommt als mit einem Arschloch dieser Sorte. Ich habe es meinen Major wissen lassen, und der ist angefahren gekommen mit einem neuen Angebot. Ein unheimlich wendiger Bursche, sage ich dir! Chefarzt einer Lungenklinik im Bezirk Potsdam sollte ich werden, aber die Cäcilie Blum hatte ihre Finger im Spiel, und wohl auch noch andere. Wir hatten inzwischen Besuche aus dem Westen gehabt und waren sehr präzise über die Aktivitäten von Eisemann, Jordan und Felix informiert. Sie hatten Bonn für einen Freikauf interessiert. Mich aber schickte man zuerst einmal in die tiefste Provinz. Nach Sommerfeld am Rande der Schorfheide. Fast idyllisch ist's gewesen. Am ersten Januar '63 hab' ich da angefangen, und ich habe zum erstenmal begonnen, vernünftig zu rechnen mit meinen Lebenserwartungen.«
»Im Knast hast du das nicht getan?«
»Auf andere Weise schon. Aber da begann ich so etwas zu spüren wie eine bedingte Freiheit auf Zeit, wenn du das verstehst.«
»Ich denke schon.« Helldorf nickte und goß den Rest des

Kirschwassers vom alten Wissler in die hohen Gläser. Er bedeckte nur eben noch den Boden.
Und Tressel sagte mit schwer werdender Zunge, daß ihm das Matratzenlager jetzt lieber sei als idyllische Geschichten aus Sommerfeld am Rande der Schorfheide.

Auch dort finden sie ihn. Verschlungen und im Ansatz oft gar nicht erkennbar sind die Wege der Geheimdienste. Karl David Eisemann ist es gelungen, nicht nur den Dr. Felix einzuschalten, sondern auch seinen Straßburger Schulfreund Jordan. Der Name fällt nicht bei einem Besuch, der aus dem Westen in die Schorfheide kommt, aber es gibt Anzeichen dafür, daß der Franzose an dem geheimnisvollen Coup beteiligt ist, der Tressel für Silvester 1963 vorgeschlagen wird.
Späte Wiedergutmachung? Will Jordan einem helfen, den er zu einem Abenteuer verführt hat, das sein Ende hinter Mauern fand?
Den Tressels wird ein Schlupfloch in den Westen angeboten, und die Sache ist von der filmreifen Agentenphantasie, die lockt und abschreckt zugleich. »Sie sind«, sagt der Mann, der nicht recht weiß, wie er zu der Ehre gekommen ist, Oberarzt in Sommerfeld zu werden, »wie Kinder, denen ihre Spielzeuge nicht verrückt genug sein können.«
Aber er kann auch nicht verheimlichen, daß die Sache ihn mehr reizt als seine skeptische Frau. Das fängt schon damit an, daß er gerne reist. Vorzugsweise ins Ausland natürlich, doch selbst Reisen in die benachbarten Volksrepubliken sind rar am Ende dieses Jahres 1963.
Nach Budapest soll die Reise gehen, die Jordan vorgeschlagen zu haben scheint, aber erst dort wird man sich der Tressels so annehmen können, daß das Retourbillett überflüssig wird. Verlockend klingt das Arrangement des staatlichen Reisebüros: Drei Tage im ehrwürdigen alten K.u.K.-Hotel Gellert, von Silvester über Neujahr, unter der selbstverständlichen Voraussetzung, daß es den Tres-

sels gelingt, sich zwei Plätze zu ergattern. Dabei kann man ihnen nicht unter die Arme greifen.
Aber dann!
Von einem geheimen Weg nach Österreich ist die Rede, über den man sie sicher führen wird, und es versteht sich von selbst, daß sie nur mit leichtem Gepäck reisen dürfen, das jeder Kontrolle standhält. Bloß nichts, was nach Abhauen aussieht, auch wenn Wertvolles zu Hause bleibt. Freiheit hat ihren Preis.
Die Einwände seiner Frau schmettert er ab: »Du kannst immerhin deinen Schmuck mitnehmen. Kein Zöllner hat etwas gegen Frauen, die alles zeigen, was sie haben. Aber ich bin sicher, daß sich gar niemand interessieren wird für die Klunker.«
»Was soll das heißen? Erbstücke sind dabei!«
»Und wir haben eine Erblast vom Knast! Hast du vergessen, daß unsere Strafe zur Bewährung ausgesetzt ist?«
Hier liegt der Haken. Wer in provisorischer Freiheit lebt, darf gar nicht ins Ausland. Nicht einmal in eine befreundete Volksdemokratie.
Aber dumm stellen darf man sich. Sie werden kaum jeden Antrag auf eine Silvesterreise nach Budapest unter die Lupe nehmen. »Wir probieren's«, sagt er und überzeugt seine Frau davon, daß das nicht strafbar ist. Wird der Antrag abgelehnt, ist eine kleine Illusion kaputt, mehr nicht.
Nach vierzehn Tagen, im November, kommt ein positiver Bescheid und die Aufforderung, zu zahlen. Und kurz darauf neuer Besuch aus dem Westen. Als ob der auch bestellt wäre. Fast eine Spur zu prompt kommt ihm das vor, und als der Mann, der sich als Vertrauter von Dr. Felix ausgibt, mit geheimnisvoller Miene zwei Kämme aus der Tasche zieht, sieht er aus wie der Regisseur eines Spionagefilms.
Eine Falle? Wenn die Staatssicherheit dahintersteckt, durchzuckt es ihn, kann das eine sehr lange Reise werden, und in den Augen seiner Frau sieht er, daß sie das gleiche denkt.

Ob der Mann nichts merkt oder nur so tut? Liebevoll fast betrachtet er die beiden Kämme, die er auf den Tisch gelegt hat. Keine Einheitsware, aber auch nicht so außergewöhnlich, daß man sich verlieben könnte in sie. Aus rötlichglänzendem echten Horn sind sie, und der Mann streichelt sie wie seltene Kostbarkeiten mit den Fingerspitzen.
»Das sind die Erkennungszeichen.«
»Wie bitte?« Tressel spielt seine Verwunderung nicht. Aber an der Feierlichkeit des Burschen ist etwas, das die Gedanken an die Stasi verscheucht. Er tut, als ob zwei Schlüssel für das Tor in die Freiheit auf dem Tisch lägen. Und mit konspirativer Geschäftigkeit fährt er fort: »Im Foyer des Hotels Gellert befindet sich eine große Toilette, überhaupt nicht zu verfehlen, ja?«
»Wird wohl stimmen«, brummt Tressel und zuckt mit den Schultern.
»Sie werden sie am Silvesternachmittag um 15 Uhr aufsuchen, Hände waschen und sich dann kämmen. Mit diesem Kamm.« Er deutet auf den, der rechts liegt.
»Und dann?«
»Und dann«, doziert der andere mit dem feinen Lächeln des Zauberers, der sich dem unfehlbaren Trick nähert, schauen Sie sich um nach einem Herrn, der sich mit diesem Kamm kämmt.« Er deutet auf den, der links liegt.
»Den nehmen Sie also wieder mit?«
»Logisch.«
Er greift auch schon danach und läßt ihn in der Tasche verschwinden. Aber das selbstgefällig in seinen Mundwinkeln hängende Lächeln reizt Tressel.
»Der Mann soll mich dann wohl ansprechen? Oder führt er mich gleich in ein Klo mit einer Schleuderbrille, die mich auf einen fliegenden Teppich katapultiert?«
Das Lächeln verschwindet. Humor dieser Art ist Geheimdienstlern fremd, und mit eng werdenden Augen zeigt er es an. »Ob Sie mir dankbar sein wollen oder nicht, ist Ihre Sache, Doktor. Aber dies ist eine verdammt

ernste und mit Felix abgesprochene Sache. Und es ist« – seine Augen werden zum Sparbüchsenschlitz, durch den nichts mehr herausgeht, was hineingefallen ist – »Ihre ureigene Angelegenheit, das Spiel zu spielen oder nicht. Man gibt sich viel Mühe mit Ihnen, und Sie sollten es eigentlich gemerkt haben!«
In diesem Moment fällt der Groschen. Tressel spürt nicht mehr den geringsten Zweifel an der Glaubwürdigkeit dieses Kuriers, auch wenn er in Felix plötzlich einen Zirkusdirektor sieht, der mit zweifelhaften Clowns und Zauberern arbeitet.
Aber einer wie Felix muß wissen, was er tut. Vielleicht muß der Ablauf illegaler Abreisen wirklich so aussehen. Doch so schnell kuscht man nicht vor den forschen Organisatoren der Freiheit, wenn man im U-Boot und in Potsdam eingemauert war.
»Und wenn«, fragt er und versucht, den Naiven zu spielen, »in dieser Gellert-Toilette kein Mann mit einem solchen Kamm zu entdecken ist?«
Da findet der große Organisator wieder das Lächeln, das den Kleingeist mitreißt. Einfach mitreißen muß. »Er wird zu entdecken sein. Aber nehmen wir, zu Ihrer Beruhigung, den Sonderfall an. Bei Aktionen dieser Art arbeiten wir natürlich nicht mit hundertprozentiger, sondern mit hundertfünfzigprozentiger Sicherheit. Narrensicher, wenn Sie das besser verstehen.«
»Ich verstehe höchstens, daß Sie einen Narren in mir sehen.« Aggressivität verdrängt Naivität.
Aber sie greift nicht. Der Mann, der einen der Kämme wieder eingesteckt und den anderen auf dem Tisch hat liegen lassen wie ein unfehlbares Passepartout, nickt freundlich.
»Die Nerven, mein Lieber, die Nerven! Unsereiner versteht sie auszuschalten, aber einer wie Sie kann schon närrisch werden, wenn die Freiheit winkt. Volles Verständnis habe ich dafür, wirklich!«
Die Blicke, die Tressel mit seiner Frau wechselt, nimmt

der Kontaktmann nicht zur Kenntnis und fährt fort:
»Wenn sich um fünfzehn Uhr tatsächlich niemand mit diesem Kamm« – er klopft an die ein bißchen ausgebeulte Hosentasche – »neben Ihnen kämmt, verlassen Sie das Örtchen mit der Miene eines Gentleman, der Wichtigeres im Kopf hat... wenn Sie verstehen, was ich meine.«
»Bin ja nicht blöd. Aber was kommt dann?«
Wieder das Lächeln des Lehrers über den Prüfling, der blöd genug ist, Angst zu haben.
»Dann kommt eine Stunde gar nichts. Sie gehen an die Bar, auf Ihr Zimmer, oder von mir aus auf die Straße. Nur nichts Verrücktes tun – keine Panik zeigen, meine ich.«
»Freistunde wie im Knast, sozusagen.«
»Bravo! Sie fangen an, zu begreifen. Und Punkt sechzehn Uhr sind Sie wieder auf der Toilette.«
»Und kämme mich.«
»Und dann sehen Sie den gleichen Kamm bei einem Herrn, der das gleiche tut. Ob er schwarz oder blond ist, weiß ich jetzt noch nicht. Aber auf jeden Fall nicht kahl, haha!«
Er lacht meckernd, wie ein Ziegenbock.
Aber Tressel lacht nicht mit, weil er das alles gar nicht lustig findet. Seine Augen fixieren den rötlichen Kamm auf dem Tisch, und Lust packt die Finger, ihn durchzubrechen in der Mitte: Hier, nimm die Hälfte! Warum seid ihr nicht auf die glorreiche Idee gekommen, mich auf diesem Budapester Scheißhaus nach ihr suchen zu lassen? Wäre noch viel origineller!
Wie aus einem blödsinnigen Lustspiel, das eigens für ihn geschrieben wurde, kommt ihm alles vor, aber er hat keine Lust, die Rolle eines Hampelmanns im Kasperltheater zu spielen.
Seine Augen wenden sich vom Kamm ab, streifen die seiner Frau und bohren sich dann in die des anderen.
»Und wenn sich, ›bittärscheen‹, um 16 Uhr auch keiner neben mir mit dem anderen Kamm kämmt?«

Mit einem Anflug von Galgenhumor hat er das ungarische ›bittärscheen‹ eingeflochten, aber Geheimdienstler scheinen auch dieser Sorte von Spaß nicht zugänglich zu sein.
»Bis zwanzig Uhr«, sagt der andere mit unbewegtem Gesicht, »gehen Sie zu jeder vollen Stunde in die Toilette. Wenn sich bis dann nichts getan hat, ist die Aktion abgeblasen.«
»Abgeblasen! Und ich?«
»Nun, Sie haben auf völlig gefahrlose Weise erfahren, daß nichts läuft.«
»Nichts läuft?«
»Eben, gewisse Unabwägbarkeiten sind immer gegeben, und der Kontaktmann taucht halt nicht auf, wenn ein Risiko besteht. So einfach ist das, und für Sie gibt's keinen Schimmer von Gefahr. Alles durchdacht, mein Lieber!« Er lacht wieder mit der selbstgefälligen Ironie, die den Lehrer zum Riesen vor dem Prüfling macht.
Doch Tressel will den Zwerg nicht spielen. Oft genug hat er sich über das geheimnisvolle Theaterspiel Westberliner Kontaktmänner lustig gemacht. Und wo ist denn die westliche Hilfe geblieben, als sie ihn eingebuchtet hatten? Im sozialistischen Ausland, wo die Staatssicherheit Unterstützung der Behörden hat, geht es vielleicht um mehr Zuchthausjahre, als ihm Lebensjahre vergönnt sind. Er sagt das nicht so direkt, sondern auf seine Weise.
»Wissen Sie eigentlich, was mich dieses Scheißspiel mit zwei Kämmen kosten kann?«
Im Gesicht des anderen steht blanke Verständnislosigkeit, obwohl er die einschlägigen Spielregeln kennt. Ein Spezialist eben, der sich auf seinem Sektor bewährt und durchaus recht hat mit der Antwort, die er in legitimem Zorn herausschleudert: »Ja, wissen Sie eigentlich, was mich das Schauspiel mit Ihnen kosten kann?«
Da ist was dran. Tressel sieht das Nicken seiner Frau, das ihn zu moderateren Tönen auffordert. Der Mann ist aus dem Westen gekommen, um ihm zu helfen, und wenn ihn

die Stasi schnappt, nützt es gar nichts, daß Eisemann, Felix und Jordan hinter ihm stehen. Wenn jetzt die Männer mit den Ledermänteln anklopfen, marschiert er mit Handschellen ins U-Boot, und niemand kann ihm helfen. Man darf ihn nicht reizen, sondern muß ihm zeigen, daß man vernünftig und dankbar ist.
»Wenn also«, sagt er, bemüht um einen lockeren Ton, der die Spannung vertreibt, »auch um zwanzig Uhr sich keiner mit dem richtigen Kamm neben mir kämmt, läuft nichts mehr.«
»Ganz richtig.« Sein Besucher nickt und scheint das Einlenken zu schätzen.
»Und was machen wir dann?«
»Sie feiern Silvester, Mann! Und Sie werden staunen, was die Ungarn alles zu bieten haben!« Und nach einer kleinen Pause, lächelnd: »So oder so werden Sie feiern. Ihre reservierten Plätze dürfen ja nicht leer bleiben, aber Sie können sicher sein, daß Sie zu diesem Zeitpunkt von Ihrem Kammschwager längst und präzis über das Programm des Grenzübertritts informiert sein werden. Möglicherweise sind Sie in Österreich, ehe der Morgen graut, aber das ergibt sich eben erst an Ort und Stelle. Im Augenblick kann ich Ihnen nur Zurückhaltung bei den feurigen ungarischen Weinen empfehlen, weil Sie kühlen Kopf bewahren müssen, ist das klar?«
Tressel nickt, und er weiß, daß es keinen Sinn hat, jetzt noch zu argumentieren. Der Mann ist ein Risiko für ihn eingegangen, und sie hätten ihn nicht ausgewählt, wenn er nicht Fähigkeiten in anderen Fällen bewiesen hätte. Man muß die Dinge sehen, wie sie sind. Dazu gehören auch Methoden, die in der Natur einer nicht gerade natürlichen Sache liegen.

Der Schnellzug Berlin–Budapest rattert durch die Nacht. Zwei komfortable Wagen für die Teilnehmer der Sonderreise hat man ihm angehängt, und die Nacht auf Rädern hat den Vorzug, daß man eine Übernachtung spart und

gleich mit der Stadtrundfahrt beginnen kann. Gut und praktisch ist die Organisation, und lange nach Mitternacht wird sie in den beiden Waggons noch gelobt, in denen man dösend, aber auch kartenspielend und diskutierend hineinfährt in den letzten Tag eines Jahres, der einer dieser Festtage ist, von denen man träumt.
Einfach alles zurücklassen. Sich loslösen vom Alltag. Feiern und nichts denken sonst. Man sieht den Gesichtern die Entschlossenheit dazu an. Man fühlt sich privilegiert, weil man ausgetretene Pfade verlassen hat.
Aber es ist etwas ganz anderes, wenn man gar nicht mehr zurück will auf diese Pfade. Die Tressels haben nichts gemeinsam mit Thüringern, Sachsen und Berlinern, die einem Erlebnis entgegenrollen, dessen Kürze sie mit Intensität würzen wollen.
Ob die Staatssicherheit mitfährt? Man muß es einkalkulieren, und Tressel hat schon am Bahnhof die Augen aufgemacht. Drei oder vier Typen sind ihm aufgefallen, und er ist sich fast sicher, obwohl sie nicht in den obligaten Ledermänteln reisen. Dafür lachen sie wenig und auch anders, und sie reisen alleine, ohne einander zu beachten. Sehr originell findet er das nicht, aber das geschulte Auge sieht auch, daß das Abteil sicher ist. Ehepaare, bei denen Trauschein und auch sonst alles stimmt, und dazu ein Pärchen, bei dem nur die Liebe in Ordnung geht. Dafür aber richtig. Und die Dicke, von der alle nach fünf Minuten wissen, daß sie den größten HO-Laden von Zwickau leitet, flüstert ihrem Alten so laut ins Ohr, daß es alle hören, es möchte sie schon interessieren, wie man in solchen Fällen sein Doppelzimmer kriegt.
Aber sie läßt auch eine große Likörflasche kreisen, und das Pärchen hält brav mit, als ob es taub wäre. Und die Stimmung steigt mit der Zahl der Kilometer.
Mit Schlaf ist nicht viel, und man sieht am Morgen bleiche Gesichter bei der Budapester Stadtrundfahrt. Doch da der Nachmittag zur freien Verfügung steht, wird man sich noch erholen können vor dem großen Fest.

Theoretisch könnte das auch Waltraud Tressel. Ihr Mann will nicht, daß sie nach dem Mittagessen mit ins Foyer geht. Aber um Viertel nach drei hält sie es nicht mehr aus im Zimmer und geht hinunter. In einen Bienenstock, der in allen Sprachen der Welt zu summen scheint, und sie stellt sich vor, daß auch in der Herrentoilette ein Gedränge herrscht, selbst wenn sie so groß sein sollte wie der Speisesaal. Das haben die klugen Erfinder des Plans nicht einkalkuliert.
Sie entdeckt ihren Mann in der Nähe der Tür zwischen Leuten, die schon festlich gekleidet sind, und sieht sofort, daß es nicht geklappt hat. Und es ist nicht die Wärme in der Halle, die ihr den Puls schnell und die Hände feucht macht.
Mit den Augen winkt er sie auf die Straße, und was ein Schlendern sein soll, wird zum nervösen Hasten, als ob sie schon auf der Flucht wären.
»Nichts«, sagt er.
»Vielleicht war's zu voll, zu viele Leute? Ist ja ein furchtbarer Auftrieb!«
Er schüttelt den Kopf. »Ein halbes Dutzend nur, aber mein Kamm nicht.«
»Hast du dir auch genug Zeit genommen?«
»Logisch! Hab mich fast zehn Minuten gekämmt!«
»Hoffentlich ist's niemand aufgefallen!« Sie blickt von der Seite hoch zu ihm, und nervös flattern ihre Augen.
»Unsinn! Sonst wären wir kaum hier auf der Straße.«
»Man kann uns gefolgt sein. Observieren heißt das wohl, oder?«
Er blickt sich tatsächlich um auf dem belebten Trottoir, sieht aber nur Leute, die nichts anderes im Sinn zu haben scheinen als letzte Einkäufe vor dem Silvesterabend. Die Schaufenster sind viel voller als in der DDR. Und dann bleibt er brüsk stehen.
»Jetzt hör mal gut zu, Frau! Es ist abgemacht worden, daß ich die Sache erledige und nicht du! Du bist dabei, weil dies unsere Flucht ist, aber du hast keine Aufgabe.

Folglich gehst du jetzt wieder aufs Zimmer und wartest, bis ich meine Sache erledigt habe, verdammt noch mal!« Er brüllt es fast, und ihr weiblicher Instinkt erwacht. Schon bei der Stadtrundfahrt hat er Nerven gezeigt, und von der Fischer-Bastei hat er mit leeren Augen auf die Donau hinuntergestarrt. Alles kann schiefgehen, wenn sie ihn jetzt aufregt, anstatt ihn aufzumuntern.
Sie blickt auf die Uhr. »Fünfzehn Uhr vierzig, Günther. Um vier läuft die Sache, ich spür's!« Und sie reißt sich zusammen, um ihm eine gute Frau zu sein.
Es ist notwendig, weil er wieder den Blick von der Fischer-Bastei hat und eher wie ein Schlafwandler weitergeht als ein Mensch mit klarem Verstand und einem Ziel. Resolut packt sie ihn am Arm, und er dreht sich wie ein Roboter, der neu eingestellt werden muß. »Wir geh'n jetzt zurück, ich geh aufs Zimmer und du gehst zum Kämmen.«
Und der humorvolle Schwenker hilft ihm mehr als langes Gefasel. Es ist der richtige Ton, der ihn den richtigen Schritt finden läßt. Drei Minuten vor vier sind sie wieder im Foyer des Gellert, und aus der Distanz schaut er zu, wie sie sich an der Rezeption den Zimmerschlüssel geben läßt und zum Aufzug geht. Es gibt keine Schlange mehr wie vorhin, als zwei größere Gruppen von Amerikanern und Westdeutschen angekommen waren.
Papiere wie die müßte man haben, denkt er und geht in die Toilette für Herren.

Diesmal ist sie weniger frequentiert, und die Enttäuschung ist herber. Dreimal wäscht er sich die Hände, ehe der erste sich an einer der Schüsseln erleichtert und ihn dann bekümmert, weil er sich mit einem hundsgemeinen schwarzen Kamm kämmt. Der nächste läßt drei Minuten auf sich warten und kämmt sich überhaupt nicht. Und er kann hier nicht wie ein Idiot warten, bis der Messias mit dem rötlich-braunen Kamm kommt. In eine der Kabinen geht er, in denen der Mensch Größeres erledigt, weil er

dann weg ist von der Bildfläche, aber gut hört, wenn einer kommt.
Es kommen, gleichzeitig beinahe, zwei. Jetzt oder nie! Es ist sechzehn Uhr sieben, als er die Spülung laufen läßt und heraustritt. Einer läßt, als er die Tür zuschlägt, einen dieser im Reservat der Männer erlaubten Pinkelfürze fahren, und wie eine forsche Begrüßung will ihm das erscheinen. Der Mann, das spürt er, wird sich mit einem rötlichbraunen Kamm kämmen.
Aber das Ekel wäscht sich nicht einmal die Hände und ist verschwunden, ehe Tressel zur neunten Waschung ansetzt. Und der andere ist ein unergiebiger Glatzkopf mit einem ärgerlichen Sauberkeitsbedürfnis am Waschbecken.
Es ist sechzehn Uhr elf, und man kann sich, wenn man eben aus einer Kabine gekommen ist, nicht gleich wieder in eine solche zurückziehen, ohne Aufmerksamkeit zu erregen. Also wäscht Tressel zum zehntenmal seine Hände, aber er hat nicht mehr die Geduld, auf den Kahlköpfigen zu warten, der schon im festlichen Smoking steckt und nun eine Wasserwaage bräuchte, um seiner Fliege die richtige Stellung am Hals zu verordnen.
Fast übermächtig wird die Versuchung, ihn mit dem Handtuch zu erdrosseln, aber er beherrscht sich und steht 13 Minuten nach vier wieder in der Halle. Wie soll's nun weitergehen? In der Halle warten, aufs Zimmer zur Frau gehen oder die Zeit bis 17 Uhr auf der Straße totschlagen? Er entschließt sich fürs Zimmer, weil er weiß, daß sie auf Kohlen sitzt, und reden kann auch ein bißchen helfen in dieser blödsinnigen Lage.
Aber kann man überhaupt offen reden? Die Idee, eine Wanze könnte im Zimmer versteckt sein, durchzuckt ihn. Viel gesprochen von der Sache haben sie im Zimmer bisher nicht, aber wenn sie abgehört werden, reicht's zehnmal für die Verhaftung. Deshalb legt er, als er die Tür zugemacht hat, den Zeigefinger senkrecht vor die Lippen, und das läßt sie hochspringen vom Sessel.

Bloß, sie deutet's falsch. Glaubt, daß er sich mit Erfolg gekämmt hat da unten, um im nächsten Moment zu erschrecken über sein fahriges Kopfschütteln. »Nichts gewesen«, flüstert er, »aber was ist, wenn Wanzen im Zimmer sind?«
»Wie kommst du denn darauf?« Sie flüstert es auch, und ganz groß vor Angst werden ihre Augen.
»Laß uns auf die Straße gehen!« Das Zimmer mit den hohen Wänden, das ihm so groß und behaglich erschienen war, schrumpft zusammen zu einer Zelle im U-Boot.

Die Dämmerung hat den letzten Tag des Jahres schon aufgefressen, und Nebelschwaden schleichen aus dem Bett der Donau. So hat er sich London immer vorgestellt. Wie sorglos ließe sich's feiern, wenn man dort sein könnte! Oder wenigstens in der Schorfheide. Verdammte Hilfsbereitschaft! Dieses Scheißspiel kann nur von Idioten ausgeklügelt worden sein!«
Gelbes Licht der Straßenlaternen spiegelt sich auf nassem Asphalt, und fast leer ist das breite Trottoir jetzt. Er hat den Mantelkragen hochgeschlagen und fröstelt bei dem Gedanken an Menschen vor warmen Öfen in sicheren Stuben. Und schaut beim Gehen alle zwei Minuten auf den unverschämt langsam vorrückenden Uhrzeiger.
»Wenn um fünf nichts ist, hör ich auf.«
»Das kannst du nicht machen!« Energisch schüttelt Waltraud Tressel den Kopf und hakt sich ein bei ihm. Spüren soll er, daß er nicht allein ist in diesem Nervenkrieg und daß es keinen Grund gibt, Vernunft und Hoffnung aufzugeben. Und wieder schafft sie's, bringt ihn zurück zum Hotel als einen, dem man nicht auf zehn Meter die Angst ansieht. Zwischen Damen, deren Versuche, elegant zu wirken, teils geglückt und teils mißglückt sind, und Männern, die mit weißer Brust und schwarzem Sakko wie Pinguine aussehen, steuert er auf den für ihn wichtigsten Raum des Hotels zu. Zu einer Mischung von Ironie und Sarkasmus ringt er sich durch und muß an »Dinner for One« denken. »Same

procedure«, murmelt er, und es ist leiser als das Tröpfeln von Wasser.
Es ist mehr Betrieb als vorhin. Drei an den Schüsseln, drei an den Waschbecken, und vorzüglich schon beherrscht er langes und umständliches Verweilen an der Schüssel.
Zwei sind beim Kämmen, zwei folgen. Aber kein rötlicher Kamm. Und nachdem er sich selbst unter großem Zeitaufwand die Haare gerichtet hat, bleibt nur noch der Trick mit der Kabine übrig.
In diesem Moment erstarrt er. Forschen Schrittes betritt einer der Einzelreisenden seiner Gruppe, hinter denen er Stasi-Leute vermutet, den Raum. Es ist der Schneidigste von allen.
Ist die Falle zugeschnappt? Stehen schon die Ledermäntel draußen? Oder hat's der Mann bloß so eilig, wie er tut? Von der Seite betrachtet, drückt sein Gesicht eher Erleichterung als Jagdlust aus. Und die Länge seiner Verrichtung deutet auf eine ausgedehnte Vorfeier hin. Es gibt eine hervorragend sortierte Bar im Hause.
Ruhig bleiben. Bloß keine Panik jetzt. Tressel geht mit feuchtgewordenen Händen zum Waschbecken zurück, und ein paar Sekunden später steht der andere am übernächsten. Dazwischen schiebt sich ein schlanker Jüngling mit pechschwarzen Locken. Er sieht aus wie ein Zigeunerprimas.
Ganz langsam trocknet sich Tressel die Hände, und fast übermächtig wird das Gefühl, daß einer von beiden den Kamm ziehen wird. Er wagt nicht, hinzusehen, als er den seinen umklammert und ihn aus der Tasche nimmt, einem Befehl des Unterbewußtseins und nicht der Vernunft gehorchend.
Aber dann arbeiten beide mit nichtssagenden Kämmen; der Primas mit der Sorgfalt eines Beaus, der andere mit flüchtiger Nachlässigkeit, ohne auch nur den Schimmer eines Blicks herüberzuwerfen. Und er verschwindet so schnell, wie er gekommen ist.

Ein Stasi-Mann? Ausgeschlossen. Geschwankt hat er zwar nicht, aber ganz nüchtern ist er auch nicht, das haben die Augen verraten. In zwei Stunden, folgert Tressel, ist der voll, und wenn er im Dienst ist, kann er sich das nicht leisten. Sind ja wohl Kollegen dabei, und die Burschen passen aufeinander auf, das weiß er vom U-Boot und von Potsdam. Wäre die letzte Auslandsreise für ihn.
Vergleichsweise ruhig verläßt er die Toilette, und die Enttäuschung ist nicht mehr so groß wie bei den ersten Versuchen. Wenn dem Kontaktmann etwas dazwischen gekommen sein sollte, muß das nicht unbedingt Gefahr bedeuten.
Gefährlich ist eher dieser stündliche Toilettengang. Seine Erfinder, überlegt er sich, haben das einfach nicht bedacht, weil sie davon ausgegangen sind, daß das erste Rendezvous klappt. Kein Mensch geht zu jeder vollen Stunde pissen, und er wird das jetzt ganz einfach abblasen.
Er sagt es seiner Frau, die im Abendkleid vor dem Spiegel steht, und sie ist einverstanden, weil er auch noch den Mann aus der Reisegruppe erwähnt. Ob Stasi oder nicht, man muß zurückfahren mit ihm und wird sich jetzt so benehmen wie alle anderen. Allerdings bleibt man beim Flüstern. Wenigstens die Wanze, ob es sie nun gibt oder nicht, läßt sich durch Vorsicht ausschalten.
Und dann starren beide zur Tür: Ganz leis und dünn ist das Pochen, so, als ob Finger flüstern würden, und Sekunden später rutscht ein weißer Umschlag über den Teppichboden.
Es ist acht Minuten vor sechs, und der Beweis, daß sich jemand, auf welche Weise auch immer, um sie kümmnert, ist ins Zimmer gekommen.
Er drückt das Ohr an die Tür, hört aber keine Schritte, weil sie wohl aufgesogen werden vom dicken Läufer. Dann bückt er sich nach dem Brief. Das linierte Papier scheint aus einem Schulheft gerissen, und das Schriftbild

ist flüssiger als das Deutsch: »Akzion abgebrochen. Spatzieren gehen Richtung Parlament. Herr allein, 18 Uhr. Brief vernichten.«
»Was sagst du dazu?« Er flüstert so leise, daß er's an ihrem Ohr wiederholen muß.
Sie hat gar nichts zu sagen, weil ihr Hals trocken geworden ist und die Hände zittern, die gerade die Perlenkette ihrer Mutter mit dem edlen rosafarbenen Schimmer anlegen wollten. Die fliegt jetzt aufs Bett, und sie möchte sich daneben werfen und heulen.
»Wir sind erledigt, Günther!«
»Wieso das? Wir haben endlich ein Zeichen bekommen, und man will uns helfen!«
»Trennen will man uns, merkst du das nicht?«
Jetzt, das spürt er, ist er es, der beruhigen muß. Er zieht sie aufs Bett und fährt ihr behutsam übers Haar. »Sieh mal, es ist etwas dazwischengekommen, und sie haben eingesehen, daß diese Toilettentour hirnrissig ist. Also will man uns das ersparen und uns etwas Wichtiges mitteilen. Daß du nicht dabei sein mußt, ist doch ganz logisch.«
Er blickt auf die Uhr. »Vier vor sechs. Auf Neudeutsch heißt das Timing. Wenn ich jetzt auf die Straße und in Richtung Parlament gehe, weiß ich in fünf Minuten, was los ist, und ich kann dir nach dem ganzen Scheißtheater dazu nur sagen, daß es mich unheimlich erleichtert. Schneller, als du denkst, bin ich zurück.«
»Meinst du?« Sie will daran glauben, und da sie im Knast mehr hinter sich gebracht hat als andere Frauen, begreift sie, daß es keine andere Wahl gibt in ihrer Lage. »Aber laß dich in kein Haus locken, bleib auf der Straße!«
Er nickt, zerreißt den Brief in kleine Fetzen und drückt lange auf den Knopf der Toilette.

Es ist dunkler und nebliger geworden, und fast leer sind die breiten Gehwege. Wenn sie mich entführen wollen, denkt er, haben sie sich die ideale Zeit ausgesucht. Er

sieht das sattsam bekannte Auto aus dem Krimi vor sich, in das einer hineinbugsiert wird, ehe er schreien kann. Aber die wenigen Autos fahren zügig, weil die Beleuchtung den Nebel noch durchdringt. Flott, aber nicht hastig, geht er, hinter jedem der wenigen Passanten den Ansprechpartner witternd. Pärchen, das ist klar, scheiden ebenso aus wie einzelne Frauen.
Aber leicht denkt der Illegale zu viel. Eine ältere Frau mit Kopftuch ist's, die von der anderen Straßenseite herüberkommt und fast zusammenstößt mit ihm. Ein bißchen atemlos ist sie, weil sein Tempo wohl zu schnell gewesen ist für sie, und sie entschuldigt sich, bevor ihr Ellenbogen den seinen so streift, daß es kein Zufall sein kann.
»Kommän Sie.«
Das ist Deutsch, wie es Ungarn sprechen, und sie biegt in eine Seitenstraße ein, die dunkler ist. Fast unhörbar geht sie auf den Gummisohlen ihrer Pelzstiefel, und als sie dreißig Schritte gegangen sind, bleibt sie auf dem schmalen, leeren Trottoir stehen. Die Bogenlampe an der Kreuzung sieht aus wie der bleiche, wolkenverhangene Mond. Die alte Frau mit dem Kopftuch und der Hakennase kommt Tressel vor wie eine Figur aus dem Zigeunerbaron.
»Wäg nach Österreich nicht frei, Doktor Trässäl. Abär keine Gäfahr für Sie und Frau. Habe ich Auftrag Ihnen zu sagen, daß werden Sie feiern Silvester in Hotel Gällärt mit Reisegruppe von DDR und zurückfahren, bittärscheen.«
»Und es kann nichts passieren? Ich meine, niemand weiß etwas?«
»Niemand.« Das Lächeln springt aus tausend Runzeln, aber er sieht kein Hexengesicht mehr wie vorhin unter der Lampe, sondern ein sehr mütterliches, als sie ihn am Arm faßt und langsam weitergeht.
»Schadä für Sie. Abär ich soll sagän Grieße von Doktor Fälix und hat er schon vorbäreität nächstä Flucht. Ganz sicher Sie kommen nach Wästen.« Und nach einer Pause,

in der sie wieder stehenbleibt: »Alte Zigeunerweisheit sagt es.«
Bis jetzt, denkt Tressel, war ich der Meinung, eine Silvesterfeier gebucht zu haben und keinen Theaterplatz. Gleich kommt eine Arie aus dem Zigeunerbaron. Mich würd's nicht wundern.
Und da kommt sie auch schon, die Weisheit des fahrenden Volkes, nicht gesungen, aber sähr feiärlich gesprochen, und ganz Budapest wird zur Operettenkulisse: »Wenn die Wölfe um Mitternacht den Mond anheulen, fliegen die Tauben immer nach Westen.«
Eine Windböe läßt weißgraues Haar aus dem Kopftuch flattern und macht eine Zigeunerbaronin aus der Hexe. Ehe er sie halten kann, ist sie mit erstaunlicher Behendigkeit im Nebel verschwunden. »Feiärn Sie Silvästär ohne Angst«, hat sie noch gesagt.

Es wird ein glanzvolles Fest, und Waltraud Tressel läßt sich anstecken von der Stimmung ihres Mannes, die gegen Mitternacht von Optimismus in Euphorie übergeht. Das alte Gellert scheint, obwohl die Zeiten so rosig nicht sind, die fröhlichen, unbeschwerten Tage der österreichisch-ungarischen Monarchie zurückzuholen. Zur vornehmen Dame wird das Hotel, die alten Schmuck an- und neues Rouge aufgelegt hat, und die Töne, die der Zigeunerprimas aus seiner Geige schmeichelt, machen sozialistische und kapitalistische Augen feucht und werden zu großen Gleichmachern. Vom schlimmsten Tag, den das Hotel Gellert erlebte, weiß keiner etwas. Es war 1945 deutsches Lazarett, und als die Rote Armee die Stadt eingenommen hatte, wurden alle Verwundeten, Ärzte und Schwestern erschossen, um die Räumung zu beschleunigen.
Die Ober kassieren so viele Dollar, Westmark und Franken, daß sie sich entschließen, auch DDR-Gäste mit der rachitischen Ostmark als Menschen zu behandeln. Nicht einmal auf einen großzügigen Zuschlag von Kaviar für die sozialistischen Brüder kommt es ihnen an.

Der Alltag ist schon wieder im Anmarsch. Halten wir ihn auf für einen süßen kleinän Momänt...

Indes kommt für Tressel, und nicht nur für ihn, der Moment, in dem er mit dem Stil des Glases, in dem der Wein vom Plattensee duftet, kämpfen muß, weil er da plötzlich zwei vor sich sieht. Oh, er weiß als trinkfester Mediziner genau, daß dies das Ende der Euphorie und die Vorstufe des Katzenjammers bedeutet, aber er will, verdammt noch mal, auch genießen, daß ihm in dieser Silvesternacht die Freiheit des Genießens geschenkt worden ist.

Als Ersatz für die andere Freiheit, die wirkliche.

»Man muß«, sagt er zu seiner Frau, »die Freiheiten nehmen, wie sie kommen.« Seine Stimme ist genau um jene Spur zu schwer, die sie hellwach macht. Gespräche dieser Art sind in solcher Runde gefährlich.

Und so kommt es, daß Waltraud Tressel, nachdem die guten Wünsche verteilt und die Mitternachtsglocken verstummt sind, das Verlassen der fröhlichen Runde ins Auge faßt. Es gibt noch eine freundliche Begegnung, als ein Westdeutscher an ihren Tisch kommt, um auf das Wohl aller Deutschen in einem friedlichen neuen Jahr zu trinken.

»Der Mann«, flüstert Waltraud Tressel ihrer Nachbarin zu, »hat Takt. Mit der Wiedervereinigungs-Tour hätte es Ärger geben können.«

»Ganz rischtisch, meine Liebe, obwohl de meesten besoffen sind.«

»Gerade deshalb! Da werden sie unberechenbar.« Sie blickt besorgt auf ihren Mann, der mit dem ebenso freundlichen wie angesäuselten Westler ex trinkt.

Aber alles geht gut, und der Mann verabschiedet sich mit einer fast korrekten Verbeugung.

»Netter Kerl mit Manieren, da jibts nuscht«, sagt Tressel. Doch wenn ihm Ostpreußisches in den Zungenschlag fließt, wird seine Frau noch wacher.

»Da jibts nuscht«, wiederholt er und streift ihre Hand von seinem Arm.

Aber dann gibt's doch was, weil ein anderer Westler an den Tisch kommt und sich ausgerechnet neben Tressel stellt. Aus einer krokodilledernen Brieftasche zieht er einen blauen Hunderter und legt ihn auf den Tisch. »Hier, Leute, mit gutem Geld läßt sich mehr anfangen als mit guten Wünschen, stimmt's? Reicht glatt für 'ne Runde, sogar bei dem beschissenen Kurs, den das Hotel zahlt!« Alle schauen auf Tressel, und der hat nicht die geringste Lust, vor dem protzigen Onkel mit den Froschaugen den armen Vetter zu spielen. Ganz andere Lust packt ihn, und ehe ihm seine Frau in den Arm fallen kann, hat er den Schein zerrissen und dem anderen vor die Füße geschmissen. »Hau ab, Dickwanst, auf deine Almosen ist geschissen!« Kühn und kernig macht der Wein seine Rede.
Einige am Tisch ducken sich, und mancher hätte das Geld nicht ungern genommen. Aber es gibt auch aufmunterndes Gemurmel und Kopfnicken für Tressel, und an den Nebentischen werden Stühle gerückt für bessere Sicht. Wollen sich da zwei oder vielleicht sogar mehr ins neue Jahr hineinprügeln?
Aber der Dicke zieht sich unsicheren Schrittes zurück, und auf halbem Weg haken sich zwei Freunde bei ihm ein, damit er nichts umwirft und sein Gang gerade wird. Es ist gut gegangen, und der Unterdirektor des Hotels, der sich schon einem gutgetarnten Telefon genähert hatte, bleibt noch ein Weilchen an der Saaltür stehen und tupft sich mit dem weißen Tüchlein aus seiner Brusttasche den Schweiß von der Stirn. Man hätte, denkt er, die Deutschen weiter auseinandersetzen sollen.
Tressel aber weiß, obwohl ihm der Kopf brummt, daß er, wenn die Stasi am Tisch sitzen sollte, Punkte gesammelt hat, und willig folgt er seiner Frau aufs Zimmer. Es ist ein männlicher, fast eindrucksvoller Abgang, bei dem sogar geklatscht wird.
Später muß sie ihm den Mund zuhalten, weil er sehr laut an ganz anderes denkt als an Wanzen. »Wenn die Wölfe um Mitternacht den Mond anheulen, fliegen die Tauben

immer nach Westen.« Und erklärend fügt er hinzu, daß dies eine alte Zigeunerweisheit sei.

Merkwürdig genug hätte das drunten im Saal geklungen, und es ist ein Glück, daß er gleich einschläft und man nicht früh aufstehen muß, um sich auf einem sogenannten sicheren Weg nach Österreich bringen zu lassen.

In dieser Nacht entschließt sich Waltraud Tressel, obwohl sie großes Heimweh nach ihren Kindern im Westen hat, keine Ausreise dieser Art mehr zu versuchen, selbst wenn Eisemann, Felix und Jordan das sicherste aller Komplotte schmieden. Ganz anders ist die Praxis als die Theorie in ihren gescheiten Köpfen.

Sie erleben eine problemlose Heimreise, bei der Tressel noch einiges Lob kassiert für das Geld, das er nicht kassiert, sondern zerrissen hat. Doch erst als in Sommerfeld am Rande der Schorfheide eine Woche ereignislos verstrichen ist, sind sie sicher, daß der ungarische Ausflug kein Nachspiel haben wird. Und Tressel muß an den Radrennfahrer Schorsch denken, der für ein viel harmloseres Spielchen ein so böses Nachspiel bekommen hat.

Westwärts

Es gab in diesem 88er Januar so wenig Schnee im Schwarzwald, daß Tressel und Helldorf keine Langlauflatten brauchten, um den alten Wissler zu besuchen. Nicht Schnee, sondern Dreck brachten sie ihm ins Haus, und am Kachelofen tranken sie heißen Tee und vergaßen den Rum nicht, dessen Duft sich mit dem von harzigem Holz mischte und mit dem Rauch von Helldorfs Zigarre. Es war männlicher Stallgeruch, den sie mochten und mit geröteten Nasen einsogen. Rachitische Eiszäpfchen hingen von der Dachrinne zu den Fenstern hinunter, auf die kalte Winterpinsel keine Eisblumen gemalt hatten. Dem alten Wissler schlug die fehlende Kälte auf den Kreislauf. Silvester war vorbei, und das Jahr 1988 noch ein Säugling, von dem keiner wußte, was aus ihm werden würde. Aber weder vom kranken Dollar sprachen sie, noch von Spekulanten, denen die Kursverluste aufstießen. Und auch nicht von Gorbatschows Reformen, die wundersame Blüten in den Hirnen der Kreml-Astrologen trieben. Keinen Platz für Stammtischgeschwätz sahen sie am schweren, blankgescheuerten Eichenholz des Wissler-Wirts. Insbesondere Helldorf nicht. Vor ihm stand das Nest Sommerfeld am Rand der Schorfheide im Januar 1963, in das der Freund zurückgespült worden war. Und eine ganze Menge Glück hatte er in seinem Pech gehabt, denn, wie sich später herausstellte, war der geheime Fluchtweg von Budapest nach Österreich vierundzwanzig Stunden vor der Flucht entdeckt worden. Zur scharfbewachten Falle war er geworden, und so war es kein Wunder, daß der Kontaktmann mit dem rötlichen Kamm ausgeblieben war. Ein Wunder war's, daß sie noch die alte Zigeunerin zur Benachrichtigung der Tressels aus einer Zauberkiste hatten springen lassen.

Er verlor alle Nonchalance und wurde sehr vorsichtig. Trotzdem verstärkte sich der Drang nach Westen. Auch bei seiner Frau. Heimweh nach den Kindern war's vor allem.
Er, mehr realistisch als emotional denkend, sah Alarmzeichen in der latenten Wirtschaftskrise der DDR und dem neuen Parteistatut auf der Grundlage des demokratischen Sozialismus. Die Übersetzung dieses Parteijargons bedeutete nichts anderes, als daß die großen Genossen von den kleinen mehr verlangten, ohne ihnen mehr zu bieten. Er versuchte, Helldorf dieses Phänomen in seinem Bericht zur Lage in der DDR am Beginn des Jahres 1963 zu erklären. Aber der interessierte sich viel weniger für Politik als für die Erlebnisse der Tressels, die nun in ihre entscheidende Phase traten.
»Den demokratischen Sozialismus kannst du dir an den Hut stecken! Ich will wissen, wie du dich verabschiedet hast von ihm! Soviel ich weiß, haben sie dir ja kein anderes Loch in Ungarn oder sonstwo aufgemacht, oder?«
»Ich hätte mich nach diesem Kasperltheater auch durch kein anderes mehr zwängen lassen. Das geht mehr an die Nerven, als du denkst. Du darfst nicht vergessen, daß wir auf Bewährung entlassen waren. Bös hätten sie uns die Republikflucht unter diesen Umständen angekreidet!«
»Und Freikaufen? Ging doch eigentlich gar nicht bei einem, der frei herumlaufen konnte wie du!«
»Das«, sagte Tressel und goß heißen Tee als genußreiches Pendant zur bulligen Wärme des Kachelofens nach, »darfst du nicht so eng sehen. Im Westen waren keine Anfänger am Werk, und zu ihnen gehörte Karl David Eisemann. Über sechzig war er jetzt, und fast möchte ich behaupten, daß so ein Kampf für die Freiheit anderer eine Verjüngungskur für ihn war. Auf jeden Fall eine Herausforderung, die ihm keine Ruhe ließ.«
»Hattet ihr Verbindung?«
»Indirekt, ja. Er organisierte unverfängliche Westbesuche für uns, und immer brachten sie wichtige Nachrichten.«

»Und die Stasi hat nichts gemerkt?«
»Hm. Nester wie Sommerfeld werden nicht von der Elite kontrolliert, und ich hatte den Ruf eines zuverlässigen Arztes, den auch solche Leute brauchen konnten. Aber sie hatten natürlich auch unsere Akten, und Zufall war es nicht, daß man uns immer mal wieder empfahl, unsere Kinder kommen zu lassen. Eine entsprechende Wohnung wurde uns sehr großzügig angeboten.«
»Ihr wärt dann unbeweglicher gewesen.«
»Genau. Aber man wird auch unschlüssig bei solchen Angeboten. Wir waren hübsch installiert, hatten Freunde und lebten gut für DDR-Verhältnisse. Und als Arzt pflegst du Menschen, die hüben wie drüben die gleichen sind, mit der gleichen beruflichen Befriedigung. Deshalb hat mich auch die materielle Seite der Angelegenheit nicht gereizt. Was mir gegen den Strich ging, waren Bonzentum und der Witz von der sozialen Gerechtigkeit, obwohl mir sogar Bonzen einiges Wohlwollen entgegenbrachten. Es mag die Achtung des Aufgestiegenen vor dem Studierten gewesen sein. Sie wußten natürlich, daß ich aus dem Knast kam, aber bei einem Arzt war's eher ein Kavaliersdelikt, und er sollte ruhig ein bißchen teilhaben an ihren Privilegien. So durfte ich zusammen mit dem Parteisekretär und dem Gewerkschaftschef des Kreises Oranienburg den damals in den Führungsschichten sehr begehrten Jagdschein machen. Alle Scheine aus der Nazizeit waren für ungültig erklärt, und der Prüfling mußte sich auch in Gesellschaftskunde bewähren. Ich habe da, wie in allen Fächern, als Bester abgeschnitten, und die Bonzen haben es mit bemerkenswertem Humor hingenommen, daß sie von einem Knastologen in Gesellschaftskunde geschlagen wurden. Kein anderer als der Parteisekretär hat das Rätsel gelöst mit der Erkenntnis, daß einer Bescheid wissen muß, der drei Jahre im Knast sitzt und nur Ostzeitungen zu lesen bekommt!«
»Klingt gut«, sagte Helldorf und biß grinsend eine Zigarrenspitze ab.

»Aber nicht gut genug, wenn man abhauen will. Man wird nicht jünger beim Warten.«
»Sie haben euch also 1963 nicht rübergeholt?«
»Keine Spur. Immer wieder Besuche zwar, die bestätigten, daß man sich mit uns befaßte, aber elend langsam schleicht die Zeit, wenn du auf dem Trittbrett stehst und sich nichts rührt. Du sitzt nicht drin und nicht draußen und kriegst das verdammte Gefühl, daß die Zeit nicht für, sondern gegen dich arbeitet.«
»Das ging über Jahre?«
»Bis zum Sommer '66. Aber dann ist die Sache auch mit einem Schlag ganz konkret geworden. Plötzlich waren da keine Kontaktleute mehr im Spiel, sondern Dr. Felix tauchte in Ostberlin auf. Er rief uns eines Tages an und lud uns zu einem Treffen ein. Das hätte er nie getan, wenn es mit Gefahr für ihn oder uns verbunden gewesen wäre. Höchste Stellen mußten eingeschaltet worden sein, und an diesem Abend haben wir mit Krimsekt gefeiert.«
»Kann ich mir denken!« Helldorf goß den Rest der Rumflasche in den Tee, und das Gluckern weckte den Wissler-Wirt. Er hob den Kopf, der die Tischplatte angeschnarcht hatte, und aus müden wäßrigen Äuglein sprang Vorwurf.
»Ihr könnt unmöglich zurück. Aus dem Regen ist Schnee geworden.«
»Kaum zu glauben«, grinste Tressel. »Dann schlafen wir eben hier. Schließ ab und geh ruhig ins Bett. In deiner Bruchbude kennen wir uns aus.«
»Aber besauft euch nicht und laßt das Feuer nicht ausgehen!« Kopfschüttelnd und gähnend schlurfte der Alte auf dicken Hausschuhen hinaus.
»Erzähl weiter. Dieser Felix ist also ganz offiziell aufgetaucht in Ostberlin?«
»Klar. Deutsch-deutsche Angelegenheit auf höherem Level. War schon eine erstaunliche Type, der alte ss-Doktor. Nach dem Krieg hat er mein Staatsexamen angebahnt und jetzt meine Ausreise. Nicht Flucht, wohlgemerkt. Davon hatte auch er genug seit Budapest. Aber um die

Sache niet- und nagelfest zu machen, hat er eben seine Zeit gebraucht.«
»Und vielleicht auch Eisemann und Jordan, oder?«
»Aber natürlich! Und was daran unnatürlich aussieht, liegt im Widersinn der Epoche, in die wir hineingeboren wurden. Les extrêmes se touchent, hätte Jordan gesagt.«
»Wie meinst du das?«
»Absurdes vermählt sich mit Absurdem und wird normal. Vorausgesetzt, daß das Spiel von normal arbeitenden Köpfen gespielt wird. Oder sagen wir für normal besser vernünftig. Schau her, in den Anfangsjahren meines Lebens im Westen ist das auch für mich alles diffus gewesen, aber dann hat das Bild immer schärfere Konturen gewonnen, weil sich der Nebel gehoben hat. Nimm dieses seltsame Trio Eisemann–Jordan–Felix. Paßt normalerweise überhaupt nicht zusammen. Doch was ist normal? Hunger nach politischer Macht vielleicht? Denk nur an Schleswig-Holstein, und du weißt, was ich meine.«
»Akzeptiert. Aber mich interessiert mehr das Trio, von dem du redest.«
»Ziemlich absurde Zusammensetzung. Geht von deutsch-deutschen Problemen in europäische über.«
»Wieso?« Helldorf blies Schwaden von Rauch über den Tisch, und seine Stimme wurde aggressiv. »Überspannst du die Dinge jetzt nicht ein bißchen selbstgefällig?«
»Überhaupt nicht! Ich habe sehr intensiv nachgedacht über alles und dabei Erkenntnisse gewonnen, die nicht jedem zugänglich sind.«
Die Ironie war nicht zu überhören, aber der andere reagierte nicht darauf.
»Mach weiter!«
»Bitte sehr. Geh erst mal zurück bis 1918 und versetz' dich in die jüdischen Straßburger Schulkameraden Jordan und Eisemann. Der eine optierte für Frankreich und der andere für Deutschland, aus dem höchst einfachen Grund, weil er sich als Deutscher fühlte und nicht in einem französischen Elsaß leben wollte. Und genau um-

gekehrt war's beim anderen. Keiner von beiden konnte wissen, daß Jordan 100:1 mehr Überlebenschancen hatte als sein Schulfreund aus dieser doch recht eigenartigen elsässischen Region, die als Zankapfel zwischen Deutschen und Franzosen hin- und herwanderte, oft mißverstanden vom jeweiligen Besitzer und stets begehrlich vom anderen beäugt.«

»Geschichtsunterricht«, brummte Helldorf, »habe ich nicht bestellt!«

»Sei nicht so einfältig! Du weißt so gut wie ich, wie tief sich historische Zusammenhänge in unser Leben hineinverästeln. Mein Leben wäre ganz anders verlaufen, wenn Eisemann 1918 Franzose geworden wäre wie Jordan.«

»Aber wohl auch dann, wenn Eisemann den Holocaust nicht überlebt hätte.«

»Sicherlich. Und du kannst ebenso sicher sein, daß er nicht mit einem Dr. Felix paktiert hätte, wenn er sich nicht Toleranz bewahrt hätte, die ihm angeboren war, und die schlimmen Nazi-Jahre nicht seine Instinkte geschärft hätten für das Machbare. Deshalb sagte ich vorhin, daß das Trio Eisemann–Jordan–Felix ein Widerspruch in sich ist. Aber sie haben sich zusammengefunden zu einer konzertierten Aktion, weil sie keine Herdenmenschen waren, sondern Individualisten von hohen Graden, die sich nicht in die Zwangsjacke eines Systems pressen ließen und die Mächtigen auf ihre Weise unterliefen, anstatt zu buckeln vor ihnen.«

»Hat Felix nicht vor den Nazis gebuckelt?«

»Sagen wir, er hat sich bemüht und sich seine Vorteile daraus gezimmert. Man kann sehr verschiedener Meinung darüber sein, aber für mich zählt, daß er sich auch sehr selbstlos um andere gekümmert hat. Und wenn du jetzt ein Budapester da capo erwartest, muß ich dich enttäuschen. Die Sache ist sozusagen auf offizieller Schiene abgerollt. Keine Frisierübungen auf Toiletten und dergleichen.

»Ganz ohne Angst und Nervenkitzel?«

»Das nicht gerade. Wer lange auf dem Trittbrett steht, dem zittern die Knie allemal.«

Die Sache fängt auch eher wacklig an. Zwar weiß Tressel, daß das gesamtdeutsche Ministerium in Bonn dahintersteht, aber Bonn ist sehr weit weg von der Kneipe in der Ostberliner Friedrichstraße, in die Dr. Felix ihn und seine Frau bestellt hat. Sie merken sofort, daß Felix keine überschwengliche Begrüßung wünscht, sondern eine förmliche, und ein kaum angedeutetes Kopfnicken zeigt ihnen, daß er zufrieden mit ihrer Reaktion ist. Sie spielen das Spiel mit, tun, als ob man sich jeden Tag träfe, bestellen zwei Bier und reden Belangloses dazu. Und Felix bezahlt, als die Gläser noch halbvoll sind.
Erst auf der Straße kommt er zur Sache. »Ihr seid mit dem Auto da?«
»Klar«, sagt Tressel. »Steht gleich um die Ecke.«
»Gut, fahren wir ein Stück und reden wir. Fein, daß ihr da seid, und sogar pünktlich. Warten ist abscheulich in solchen Fällen.«
»Ich weiß«, sagt Tressel und denkt an Budapest. Und als sie im Auto sitzen: »Für uns war's ja kein Problem. Aber daß du da bist...«
Felix, immer noch drahtig, obwohl das Haar fast weiß geworden ist, unterbricht ihn. »Keine Ovationen, bitte! Gefeiert wird drüben, und jetzt habt ihr einen wichtigen Gang vor euch. Fahr ein bißchen spazieren, und wenn du eine Zelle siehst, hältst du an zum Telefonieren.
»Mit wem?«
»Mit dem Mann, der jetzt am wichtigsten für euch ist. Felix sagt es mit leichtem Schmunzeln, den Blick auf die Straße heftend, als ob er nicht Beifahrer wäre, sondern am Steuer säße. Gleich wirst du Dr. Vogel anrufen.«
»Dr. Wolfgang Vogel?«
»Wen sonst? Glaubst du, ich zitiere euch wegen Bagatellen aus eurem Nest nach Berlin? Gute Arbeit, oder?«
Stolz und Selbstzufriedenheit schwingen mit.

Vogel ist der Rechtsanwalt, über den die Freikäufe der Bundesrepublik laufen, und wenn Felix tatsächlich einen heißen Draht zu ihm hat, haben die Tressels schon ein Bein über der Mauer.
Aber gibt's diesen Draht und dazu das nötige Geld? Eine sechsstellige Summe muß es schon sein, wenn's um zwei Personen geht. Doch Felix, der die Fragen ahnt, läßt sie nicht zu. Er hat eine Telefonzelle entdeckt, und man kann halten, weil es 1966 noch keine großen Parkplatzprobleme gibt in Ostberlin.
Die Männer gehen in die Zelle, und Waltraud Tressel bleibt im Auto.
Felix nimmt einen Zettel aus der Tasche. »Hier ist die Nummer. Du brauchst euch nur anzumelden, er weiß Bescheid.«
»Anwaltspraxis Dr. Vogel.« Die Stimme der Sekretärin jagt jene unnahbare Förmlichkeit durch den Draht, die Bittstellern in die Knie fährt. Aber es ist, als ob der Name Tressel sie milder, wenn nicht gar freundlich stimme.
»Doktor Tressel aus Sommerfeld? Einen Moment, bitte.«
»Herr Tressel?« Männlich sonor klingt die Stimme, aber auf nicht unsympathische Weise gesprächsbereit. »Ja, ich erwarte Sie. Wo stecken Sie? Können Sie gleich kommen?«
Tressel hat die Muschel nicht ans Ohr gepreßt, sondern ihr so viel Raum gelassen, daß Felix, der sich von der Seite an ihn preßt, mithören kann.
Und er wedelt mit der ausgestreckten Hand und schüttelt den Kopf. »Eine Stunde«, flüstert er und drückt die andere Hand auf das Sprechteil des Hörers.
»Sagen wir in einer Stunde? Ich bringe meine Frau mit.«
»Sehr gut, Herr Tressel, also bis gleich.«
»Gut«, sagt auch Felix, als der Hörer in der Gabel hängt. »Da vorne ist eine U-Bahn-Station. In fünf Minuten sitze ich im Zug, und in einer guten halben Stunde bin ich in Westberlin. Du darfst das nicht als Flucht se-

hen, aber ich bin es gewohnt zu gehen, wenn ich meine Arbeit getan habe.«

Und weg ist er. Mit dem Trenchcoat und dem breitkrempigen Hut sieht er von hinten aus wie Humphrey Bogart in »Casablanca«.

Die Adresse hat er Tressel in die Hand gedrückt. Richtung Grünau muß er fahren, und es ist nicht weit, weil sie sich schon im Südosten der Stadt befinden. In zehn Minuten kann er dort sein, aber er muß Felix, dem Zuverlässigen und Einfallsreichen, Zeit zum Abgang lassen. Nie ist der Spruch von der einen Hand, die die andere wäscht, besser angebracht gewesen, nie gab es mehr Gründe, ihn zu beherzigen.

Seine Frau ist überrascht, daß er nicht einsteigt, sondern sie aus dem Wagen winkt. »Wir gehen«, sagt er und deutet auf eine Kneipe, »noch ein Bierchen trinken.«

»Noch eines?«

»Ja, wir haben Zeit.« Und auf dem Weg in die Kneipe erzählt er ihr, was in einer Stunde passieren wird beziehungsweise passieren soll. Garantien gibt's nicht, und Budapest ist noch nicht vergessen.

Das macht Waltraud Tressel einige Sorgen und veranlaßt sie, an der Theke kein Bier, sondern einen Likör zu nehmen.

Es ist eine ältere Berliner Villa mit Vorgarten und Patina; Jahrhundertwende etwa und in einem jener residentiellen Viertel gelegen, die in Westberlin Grunewald oder Dahlem heißen.

»Er wohnt standesgemäß«, sagt Tressel und klingelt.

Die Kanzlei, großzügig, aber mehr auf Funktionsfähigkeit angelegt als auf Repräsentation, liegt im Parterre: Sekretariat, Wartezimmer und Chefbüro. Aber sie müssen nicht warten. Eine Sekretärin führt sie sofort ins Büro, und sie ist nicht nur freundlich, sondern sie sieht auch gut aus. Kassenpatienten, sagt sich Tressel in ärztlicher Denkweise, sind wir nicht.

Und Dr. Wolfgang Vogel kommt hinter seinem Schreibtisch hervor zur Begrüßung. Das macht man bei Bittstellern im Osten so wenig wie im Westen. Und der Mann, ein fast sportlicher Vierziger mit ausdrucksvollen klugen Augen, trägt einen eleganten Maßanzug mit dezenter Krawatte. Ehe er wieder Platz nimmt an seinem Tisch, schiebt er zwei Sessel über den weichen Teppich, damit man sich näher kommt.
So nahe, daß man lesen kann, was auf dem grünen Aktendeckel, der auf der leeren Schreibtischplatte liegt, steht: Dr. Tressel und Frau.
Mit seinen Fingern, die Waltraud Tressel zusagen – sie schaut auf die Finger, wenn sie Menschen taxiert –, trommelt er auf dem Deckel, ohne ihn zu heben. Ganz anders eröffnet er das Gespräch, als die Tressels es erwarten.
»Wir können, denke ich, gleich zur Sache kommen. Hier«, er läßt die Hand einen Moment auf dem grünen Aktendeckel ruhen, »habe ich alles, was ich zu Ihrem Fall wissen muß. Und ich weiß natürlich auch, daß Sie... hm, sagen wir doch besser gleich ›wir‹, dieses Zusammentreffen Dr. Felix verdanken. Kurzum, unnötige Vorreden können wir uns sparen. Übrigens dürfte er sich jetzt«, er warf einen Blick auf seine Armbanduhr, »bei meinem Westberliner Kollegen Stange befinden, mit dem ich zusammenarbeite. Ganz unbürokratisch, wenn Sie verstehen, was ich meine.«
Die Tressels nicken synchron und mit dem Gefühl, beim rechten Mann am rechten Platz zu sein.
Sieht aus, als ob er im nächsten Moment die Ausreisepapiere aus der Schublade zaubern würde. Aber das tut er nicht. Statt dessen irritiert er sie.
»Also da wäre«, fährt er fort, die Ellenbogen auf die Akte stützend und die Hände faltend, »die Großmutter in Dortmund-Lünen, die bei Ihrer Verhaftung mit den beiden Kindern getürmt ist und sie nicht herausgeben will für die Familienzusammenführung.«
Waltraud Tressel, emotional wie sie ist, will etwas sagen,

aber sie spürt die Hand ihres Mannes mit gar nicht sanftem Druck auf der ihren und erinnert sich an seine beschwörenden Worte bei der Abfahrt: »Red' bloß nicht wieder dummes Zeug wie bei der Potsdamer Verhandlung, sondern laß mich machen!«
Und im Gegensatz zu ihr ist ihm auch Dr. Vogels kaum angedeutetes Augenzwinkern nicht engangen.
Kann er abgehört werden? Gibt's Wanzen im Büro? Anzunehmen ist es nicht, aber was gibt's nicht alles, und was bildet man sich nicht alles ein, wenn man lange genug im Knast war und in einem Budapester Hotelzimmer aus Furcht vor Wanzen nur geflüstert hat?
In der Zeit, die man für ein Augenzwinkern braucht, beschließt er deshalb, das Spiel des Anwalts mitzuspielen.
»Mit Schwiegermüttern«, sagt er und drückt noch einmal auf die Hand seiner Frau, damit sie weiß, daß es jetzt nichts Blödsinnigeres gäbe als Widerrede, »ist das eben so eine Sache. Die meine begleitet das Sorgerecht für die Kinder mit dem Gegacker einer Glucke. Das kann man nicht abstreiten!«
Und sofort sieht er, daß das die richtige Tonlage ist. Freundlicher Blick des Anwalts, gefolgt von der vieldeutigen Feststellung, Schwiegermütter seien, wenn vielleicht auch keine Rasse, so doch eine Kaste für sich.
Damit ist, wenn auch ein bißchen verklausuliert, gesagt worden, daß die Ausreise beziehungsweise Abschiebung der Tressels in den Westen mit nichts anderem deklariert werden wird als mit Familienzusammenführung.
Aber Waltraud Tressel, emotional und hilfsbereit wie sie ist, setzt noch eins drauf, das so überflüssig ist wie ein Kropf und kleine blaue Adern an den Schläfen ihres Mannes schwellen läßt: »Geld, Herr Doktor, spielt keine Rolle. Das hat uns Felix versichert!«
Ihr Mann findet ihre Hand nicht, weil sie sie wie zur Beschwörung des Anwalts hochgehoben hat. Aber der will die Hand nicht sehen.
Und das merkt sie nun auch. Der Anwalt wackelt mit

dem Kopf und fährt sich mit dem nach oben gestreckten Zeigefinger über seine schmal werdenden Lippen. Geld ist das allerletzte, über das hier zu reden ist. Es wird auf den Tisch kommen, aber nicht auf den seinen und auch nicht auf den derer, die da vor ihm sitzen.
Tressels ziemlich hilfloses Schulterzucken zeigt ihm, daß er wenigstens mit ihm auf der gleichen Wellenlänge liegt, und das hilft ihm zurück zu Jovialität und Geschäftsordnung.
»Ich kann Ihnen«, fährt Dr. Vogel fort und legt die Hände auf die Akte wie auf eine abgeschlossene Sache, »mitteilen, daß Ihr Fall günstig steht. Sie können noch in diesem Herbst mit Ihrer Ausreise rechnen.«
»Wann... wann denken Sie?« Tressels Stimme klingt belegt, weil sein Hals trocken wird wie früher beim Verhör.
»Im November.«
»Können wir uns darauf verlassen?«
»Nun hören Sie mal gut zu, Doktor Tressel.« Vogel zieht die Hände vom Schreibtisch und spreizt sie in der Art eines Händlers. »Ich bin weder ein Zauberer, noch bin ich die Regierung, aber als ich Sie herbestellt habe, bin ich davon ausgegangen, daß Sie meine Vermittlerrolle kennen.«
Tressel nickt und bedauert seine naive Frage. Nichts ist dümmer, als einen solchen Mann zu verärgern, und das liest er auch in den Augen seiner Frau. Ich dachte, du hättest dich so gut unter Kontrolle, sagen sie.
Und Vogel, wieder jovialer werdend: »Wenn ich sage November, können Sie davon ausgehen, aber ich empfehle Ihnen, nicht zu hausieren in Ihrem Nest mit dieser Ausreise. Prahlen kann sehr unangenehm werden in solchen Fällen!«
Der Wink ist deutlich genug, aber nachdem die Rüge geschluckt ist, fühlt Tressel sich doch noch berechtigt zu einer praktischen Frage. An wen soll er sie sonst richten?
»Man darf nur mitnehmen, was man mit beiden Händen tragen kann?«

»Logisch. Wollen Sie einen volkseigenen Möbeltransporter bestellen?« Die Ironie springt wie Funken über den Tisch, aber sie ist mehr koboldhaft als aggressiv.
Und das ermuntert Tressel zum Weitermachen. Nach Budapest ist man mit kleinem Gepäck gefahren, aber jetzt, wo die Ausreise auf dem silbernen Tablett winkt, wird man wohl an einiges denken dürfen, das einem liebgeworden ist. Die Möbel kann man vergessen. Man wird wieder arbeiten dafür, und man wird Freunde und Kredit haben.
»Es gibt die Post«, sagte Dr. Vogel in seine Gedanken hinein.
»Sie meinen...«
»Natürlich meine ich. Leben Sie in einem Negerkraal oder in einem zivilisierten Staat?«
Bloß nicht argumentieren, sagen Waltraud Tressels Augen. Sie hat ihre Lektion gelernt und bringt es fertig, mit völlig verschiedenen Blicken ihren Mann zu überwachen und den anderen nicht zu vergrämen.
»Sie meinen also«, faßt Tressel nach, »daß man postalisch so manches nach drüben bringen könnte?«
»An Ihrer Stelle würde ich anfangen damit. Es müssen ja pro Tag nicht gleich zehn Pakete sein.«
»Und Sie meinen, alles kommt an?«
»Nun, wir lassen alles raus. Aber verlangen Sie jetzt bitte keine Garantie von mir, daß die drüben auch alles ausliefern. Ich habe Ihnen einen Rat gegeben und auch sonst alles getan, was ich für Sie tun kann. Und ich habe das verdammt sichere Gefühl, daß Sie sich nicht beklagen können!«
Wieder der bestätigende Blick von der Frau. Gleich zweimal fühlt er sich in die Defensive gedrängt, weil sie Vogels Spiel mitspielt und souverän vergißt, daß er sie als Sicherheitsrisiko betrachtet hat.
Es ärgert ihn, aber es steckt eine gewisse Logik dahinter. Frauen wird, zumindest von Psychologen, in kritischen Situationen mehr davon bescheinigt als Männern.

Tressel schluckt's. Man wird sich später darüber mit ihr unterhalten. Und wenn sie dem Vogel jetzt Augen macht, wird's abendfüllend.
Aber der Anwalt scheint dafür keine Antenne zu haben und bleibt von beruhigender Sachlichkeit: »Sie fahren jetzt nach Sommerfeld zurück und warten auf Anweisungen. Und die werden, verlassen Sie sich darauf, kommen. Unter der selbstverständlichen Voraussetzung, daß Sie nicht darüber reden. Es gibt Vernünftigeres zu tun für Sie.«
Das klingt, sehr bestimmte Konditionen voraussetzend, nach Garantie.
Höchst positiv also für einen, der das U-Boot und Potsdam hinter sich hat. Und auch das wichtigste aller Gespräche mit dem Mann, der hier an den Fäden zieht, auf die es ankommt. Dann steht Dr. Wolfgang Vogel hinter seinem Schreibtisch auf und gibt zuerst ihr und dann ihm die Hand.
»Sympathischer Mann«, sagt Waltraud Tressel, als sie im Auto sitzen. »Und so vornehm.«
»Sehr, wirklich. Und vielleicht hast du auch gemerkt, daß vornehme Leute nicht über Geld reden.«
»Und mit dummen Fragen wollen sie auch nicht provoziert werden. Oder ist dir das nicht aufgefallen?«
Um sie nicht genüßlich im Oberwasser plätschern zu lassen, das er ihr vorlaut verschafft hat, haut er krachend den ersten Gang rein, daß der Wagen einen Satz macht. So wird sie still, weil sie sich festkrallen muß. Der Krach, den Getriebe und Motor miteinander veranstalten, ist ihm wurscht. Die Karre muß sowieso hierbleiben. Man kann sie weder mit der Post vorausschicken noch mitnehmen.
Die Freiheit wird zwar vom Westen bezahlt, aber man hat auch was dazuzulegen.

In Sommerfeld geht der Alltag weiter, aber es ist nicht mehr der gleiche wie vorher. Manchmal, in der Klinik,

ertappt sich Tressel bei seltsam makabren Berechnungen. Wird die Schwindsucht mit dem alten Ölschläger davongaloppieren, oder wird ihn sein Nachfolger auf bessere Tage vertrösten, die nie kommen werden? Wenn's im November klappt, wie Dr. Vogel versprochen hat, erlebt er Tressels Auszug noch. Aber der Winter nimmt das letzte Blatt von seinem Lebensbaum.
Alles, denkt Tressel, ist relativ. Ich habe ein Riesenglück mit meiner Tuberkulose gehabt in einer Zeit, die den Ärzten außer dem Skalpell nicht viel in die Hand gab. Jetzt können sie viel tun, aber nicht mehr beim alten Ölschläger. Der Krieg ist's, der ihm die paar Jährchen genommen hat, die ihm noch zugestanden hätten. Auf die Sechzig ist er zugegangen, als sie ihn in den Volkssturm steckten, um die Russen aufzuhalten, und wenn man an die Idiotien denkt, mit denen ein Verrückter Unaufhaltsames aufhalten wollte, möchte man jedem in die Fresse hauen, der da noch vom Feldherrn spricht.
Tressel, vor der Ausreise wegen Familienzusammenführung stehend, wie ihm vom Anwalt Vogel auf leicht verständliche und präzise Weise erklärt worden ist, beschäftigt sich aber auch noch auf andere Weise mit moderner Geschichte in diesem Herbst 1966.
Einundzwanzig Jahre liegt der Krieg zurück; in der Nationalen Volksarmee und in der Bundeswehr stehen Rekruten, die damals geboren wurden, und die Mauer braucht Hunde, Minen, Wachtürme und Schießbefehl, weil sie sonst nichts taugen würde.
Im friedlichen Sommerfeld verdrängen die Leute das. Die Älteren haben es bei den Nazis geübt, und sehr früh lernen die Jungen, daß das Heil in diesem Lande liegt und der westliche Imperialismus des Teufels ist. Und wer über alles nachdenkt, tut es nicht laut.
Wer's nimmt, wie's kommt, hat seine Ruhe. Allein, die Frau von der Post wird doch ein bißchen unruhig, als immer mehr von den Tressels kommt, das sie nehmen muß. Es gibt da ja keine offiziellen Begrenzungen, aber

die Frau Doktor kommt jetzt mit so vielen schweren Paketen, daß es nicht mehr normal ist. Aber schon gar nicht! Natürlich meldet man so etwas nicht, aber man könnte ruhig mal mit jemand darüber reden.
So erfährt die Staatssicherheit von der nun wirklich ungewöhnlichen Postbenützung der Tressels. Die Frau von der Post fängt sogar an, die Stückzahlen zu notieren, weil ungewöhnliche Beobachtungen durchaus von staatlicher Seite geschätzt werden, aber sie wird weder gelobt, noch passiert etwas. Und so gewöhnt sie sich daran, daß die Frau Doktor immer etwas zu schleppen hat, wenn sie kommt.
Und Ende Oktober kommt der Anruf von Dr. Vogel aus Berlin: »Es wird um den 10. November sein.«
Schon am nächsten Tag fordert die Volkspolizei Fotos für Interzonenpässe an. Blitzartig geht alles, und jetzt erfährt auch Tressels Chefarzt offiziell, daß er einen neuen Oberarzt bekommen wird.
Die Pässe sind in Oranienburg abzuholen, und ein kurzes Begleitschreiben erklärt den Empfängern, daß sie die DDR innerhalb von drei Tagen zu verlassen haben. An diesem Abend fassen sie ein Abschiedsfest mit Freunden ins Auge. Aber es ist schnell gestrichen, weil ihnen Budapest einfällt. Auf dem Vulkan hat man da ein verrücktes Fest gefeiert, und bei den Tressels sträubt sich etwas gegen ein Fest, bei dem andere keinen Grund zum Feiern haben.
»Ich käme mir lausig vor«, sagt er, und sie sieht es auch so und setzt mit fraulichem Instinkt noch eins drauf: »Wir haben keinen Grund, andere mit unserer Chance zu provozieren. Es wäre geschmacklos und auch kein gutes Omen.«
Er will sagen, daß er sowieso erst daran glaubt, wenn der Zug über der Grenze ist, aber er verkneift es sich und geht in den Keller. Ein paar Flaschen Champagner sind noch da, die der Onkel geschickt hat und die für eine große Gelegenheit zurückgehalten worden sind. Jetzt ist sie gekommen.
»Wir trinken eine und verschenken den Rest«, sagt er.
Aber es werden mehr, weil sie mithält wie ein Mann. An diesem Abend will sie die Vergangenheit ablegen und mit

einer Zukunft flirten, deren Konturen sich abzuzeichnen beginnen, ohne daß man sie fassen kann.
Die Flucht mit dem überfüllten Schiff im eisigen Winter 1945 aus Ostpreußen kommt zurück, dann die Angst der Gefängnisse und schließlich der Seiltanz ohne Netz von Budapest. Sehr ruhig ist es nicht zugegangen im Leben der Waltraud Tressel mit einem Mann, der nicht mit der Herde laufen mochte.
Und es ist, als ob er ihre Gedanken erriete. »Wir dürfen«, sagt er, sein Glas hebend, »ausreisen, weil wir stören, weil wir nicht vorgesehen sind, verstehst du? Auch mein Onkel Karl David ist nicht vorgesehen gewesen. Was der Mann mit seiner Zähigkeit und seinem Einfallsreichtum unter den Nazis fertiggebracht hat, ist phänomenal, und er hat nicht aufgehört damit, als die aufhören mußten. Trinken wir auf ihn, aber ruhig auch auf Felix und Jordan!«
Das helle Klirren der böhmischen Kristallgläser klingt wie Freiheitsglocken, aber Waltraud Tressel ist, bei allem, was einstürmt auf sie, auch die praktische Hausfrau geblieben.
»Weißt du noch, wo wir sie gekauft haben?«
»In Prag, Ostern war's.«
»Und schön auch. Wir werden nie mehr hinkommen. Ich hätte die Gläser vorausschicken sollen.«
»Fang nicht mit Erinnerungen an! Hast du Heimweh nach Prag oder nach den Kindern?«
»Du wirst immer gleich unsachlich, Günther!«
»Und du romantisch.« Er läßt das Bleikristall im Licht der Lampe funkeln, ehe er nachfüllt. Schaum klettert den Kelch hoch und sackt zusammen.
»Champagnerperlen sind schöner als die schönsten leeren Gläser, stimmt's vielleicht nicht?« Und mit einem Zug, der den Adamsapfel hüpfen läßt, leert er das Glas. Und die Zunge wird schwerer. »Die alten Deutschen haben aus Zinnbechern getrunken. War viel praktischer.«
»Wieso?«

»Deshalb«, grunzt er und wirft das Glas mit Wucht an die Schrankwand. In tausend Stücke zersplittert es krachend, und am Holz bleibt ein feuchter Fleck.
»Du bist betrunken! Warum machst du das?«
»Erstens«, sagt er langsam und bemüht, den Zungenschlag zu verdecken, »gehört es mir. Bis übermorgen wenigstens und dann vielleicht einem Bonzen, der es sich unter den Nagel reißt. Aber das da nicht, ha, ha!« Er deutet auf die Scherben und will ein neues Glas holen, aber sie hält ihn zurück.
»Schluß jetzt! Willst du alles kaputtmachen?«
»Zweitens«, fährt er fort, und macht sich frei mit Händen, die stärker als ihre sind, »zweitens ist Stellungswechsel. Wie im Krieg, verstehst du? Was wir nicht mitnehmen konnten, haben wir kaputtgemacht, und der Adolf hat's genauso gehalten. Diesem Verrückten verdanken wir, daß es zwei Deutschlands gibt und wir jetzt verreisen. Wenn ihn die Wiener Akademie zum Studium zugelassen hätte, wäre die Kunst um einen Unbegabten reicher geworden, und der Welt wäre der schlimmste aller Tyrannen erspart geblieben. Ich wäre Arzt in Ostpreußen, der Onkel würde gelegentlich im Hailich Graab zu Straßburg zusammen mit Jordan deutsche und französische Trinklieder singen, und Felix wäre ein zufriedener Doktor in Siebenbürgen. Oder sagen wir, von mir aus, ein wohlbestallter. Hat vielleicht zuviel Pfeffer im Arsch für bürgerliche Beschaulichkeit.«
»Du aber nicht!«
»Das«, sagt er grinsend und schenkt das einzige Glas voll, das noch auf dem Tisch steht, »ist jetzt keine Diagnose, die zu klären wäre. Wichtig ist allein, daß die Deutsche Demokratische Republik die Akte Doktor Tressel und Frau geschlossen hat.«
»Und daß es weitergeht, ist wohl auch wichtig!«
»Du brauchst«, brummte er gähnend und ohne die Hand vor den Mund zu nehmen, »immer das letzte

Wort.« Dann stemmt er sich so wuchtig hoch, daß der Tisch wackelt.
»Tritt nicht in die Scherben!«
»Siehst du«, sagt er und macht einen etwas unsicheren Bogen um die Schrankwand, während sie Schaufel und Besen holt.

Die Fahrt mit dem Interzonenzug ist keine Bahnfahrt wie jede andere. Sie hat zwei Teile, und der kleinere ist der längere. Er hört an der Zonengrenze bei Marienborn/Helmstedt auf, und es kann sein, daß dann auch die Reise aufhört. Was ist, wenn im letzten Moment jemand querschießt, wenn die Staatssicherheit eine Meldung vorausgeschickt hat, die die Tressels an der Grenze festhält und zum Bleiben verdammt? Vielleicht sogar ins Zuchthaus schmeißt, weil ihr Budapester Ausbruchversuch durch einen blödsinnigen Zufall ans Licht gekommen ist? Oder weil ein bösartiger Neidhammel etwas konstruiert hat gegen sie? Sie versuchen, sich einzureden, daß sie sozusagen versichert sind mit der beträchtlichen Summe, die Bonn für sie in Ostberlin einbezahlt hat, aber die nervöse Spannung weicht nicht, solange die Räder auf östlichen Gleisen rattern.
Und dann rollt an der Grenze im fast leeren Waggon die Prozedur der Ausreise mit verblüffender Harmlosigkeit ab. Sie spüren, daß sie avisiert sind und erwartet werden, und nachdem die Papiere überprüft sind, wird souveränes Desinteresse an ihrem großen Gepäck fast zur Höflichkeit.
Und der Himmel wird heller, obwohl das lichte Grau des November-Vormittags schon kämpft mit der bleiernen Schwere des Abends, in die der Zug hineinfährt zu dem, was sie drüben als Familienzusammenführung deklariert haben.
Drüben. Man hat das immer umgekehrt gesehen, und jetzt bleibt zurück, was Heimat gewesen ist, obwohl man es nicht als solche hat akzeptieren wollen.

Wegen Dingen, die einem nicht gepaßt haben. Seien wir ehrlich. Aber gibt es eine neue Heimat, in der einem alles paßt?
Der Zug frißt sich in die Dämmerung hinein, und es kommen Reisende ins Abteil, die mit sich selbst beschäftigt und deshalb nicht bereit und fähig sind, diese Frage zu klären. Es ist wichtig, denkt er, daß ich einen Beruf erlernt habe und auch noch einiges dazu. Und seine Frau denkt an die Kinder. Auf dem Dortmunder Bahnsteig warten sie winkend mit der Oma, und sie springen aus dem Zug, noch ehe die Räder stillstehen.

Kinder zu umarmen ist eine Selbstverständlichkeit für eine Mutter. Aber es nimmt dir Worte und Atem, wenn du total kontaktlos und hinter Mauern drauf gewartet hast. Und nie wußtest, ob du es jemals wieder tun würdest. Wir kommen von weither, denkt auch Günther Tressel und weiß, daß seine eigene Kraft viel zu schwach gewesen wäre, um diese scheinbar so reibungslose Bahnfahrt durch Deutschland zu machen.
Aber dies ist nicht der Moment zum Ausdeuten des Wunders. Eher kommt ihm der Fronturlaub in den Sinn, der ihn einmal aus der Schneewüste vor Leningrad nach Elbing in Ostpreußen gebracht hat.
Diese ersten Stunden in der kleinen Wohnung der Schwiegermutter in Lünen bei Dortmund atmen mit der knisternden Wärme des Ofens tatsächlich die Geborgenheit des Elternhauses. Aber er ist nicht mehr der für ein paar Tage von elender Kürze heimkehrende Junge, sondern ein Familienvater, der, außer einer Familie, für die es zu sorgen gilt, nichts besitzt.
In einem anderen Land. Es hat ihm geholfen zu kommen, aber jetzt muß er sich selbst helfen, und er ist sich im klaren darüber, daß er niemand zur Last fallen darf und sich mit Leistung zu bedanken hat. Mit 43 Jahren und einem bemerkenswerten medizinischen Fachwissen hat man Ansporn genug, um die Ärmel hochzukrempeln.

Aber zuerst sind die bürokratischen Hürden der Ämter zu nehmen. Als Freigekaufter wirst du zwar nicht unter die Lupe genommen wie ein gewöhnlicher Flüchtling, aber das heißt noch lange nicht, daß sie dir einen weißen Ärztekittel auf dem Servierbrett reichen.
Zum Beispiel muß das Staatsexamen auf deutschem Boden gemacht sein. Auf einem Boden zumindest, der 1939, als der Krieg ausbrach, deutsch war. In Rostock ist's gewesen, und so kann es keine Probleme geben.
Denkt er. Aber der Regierungsrat, dem er in Düsseldorf gegenübersitzt, runzelt die Stirn. Jung und schneidig ist er, doch zum geteilten Land scheint er ein eher gespaltenes Verhältnis zu haben.
»Hm... äh... sagen Sie mal, Herr Doktor, lag Rostock 1939 innerhalb der deutschen Reichsgrenzen?«
Tressel ist verblüfft. Macht er Witze oder weiß er's wirklich nicht? Wenn's einer, der hier zuständig ist für seine Arbeitserlaubnis, nicht weiß, wie soll's da ein Inspektor wissen oder der Bäcker an der Ecke? Die haben uns, denkt er, schon ziemlich vergessen, und merkt gar nicht, daß dieses »uns« nicht mehr stimmt, weil er im Begriff ist, ein Hiesiger zu werden.
Ob der Mann an Rostow am Don denkt?
»Rostock ist nie etwas anderes als deutsch gewesen, und seine Universität ist 500 Jahre alt«, sagt er, und mit leiser Süffisanz fügt er hinzu, daß der Herr Regierungsrat mit Sicherheit schon auf einem Rheindampfer gefahren sei, der in Rostock gebaut wurde. Mit einem Bundesligaklub könnte die Stadt allerdings nicht dienen.
Der andere räuspert sich eine kleine Verlegenheit weg, und sein Nicken ist eine Spur zu heftig. »Selbstverständlich, Herr Doktor, für Sie ist alles klar!«
Wenn ich draußen bin, denkt Tressel, greift er sich ein Lexikon. Die deutschen Scharniere sind ausgehängt.
Laut aber sagt er, daß er sich bedanke für die unbürokratische Abwicklung im Kultusministerium und sich nun melden werde beim Sozialamt und beim Ärztebund.

»Ich wünsche Ihnen«, sagt der Regierungsrat mit dem feierlichen Timbre eines Standesbeamten, »einen glückhaften Einstand in der freien Welt.«
Und Tressel hat ein Rendezvous ums andere mit der Bürokratie, die ihm wie ein Hebel dieser Freiheitsmaschinerie vorkommt, der erst umgelegt werden muß. Bis er soweit ist, daß er im Ärzteblatt eine Annonce aufgeben kann.
Als Internist bietet er sich an, um mit Spezialistentum den Kreis der Interessenten nicht einzuengen, und wenn er an seine Sägearbeiten in Rußland denkt, dann fühlt er sich als durchaus tauglicher Allgemeinmediziner.
Das erste Angebot kommt postwendend. Und es kommt mit fast atemberaubender Dringlichkeit. Die große Hamburger Haftanstalt Fuhlsbüttel braucht einen wie ihn. Schon morgen kann er anfangen, wenn er will.
Bloß, er will nicht. So ätzend ist die Ironie, daß er die Faust krachend auf den Tisch der Großmutter fallen läßt, unter den er die Füße streckt, weil mit der Arbeitslosenunterstützung kein eigener Hausstand zu gründen ist.
Es ist genau wie drüben. Wer was taugt, wird nicht Gefängnisarzt, und es ist ihm klar, daß die Hamburger informiert sind über sein medizinisches Gastspiel im Potsdamer Vater Philipp.
»Anspruchsloser Flüchtling mit einschlägiger Erfahrung!« brüllt er los, daß die beiden Frauen große Augen kriegen und die Kinder sich ducken. »Das könnte denen so passen! Raus aus dem Knast, rein in den Knast! Wer einmal aus dem Blechnapf fraß!«
Er läßt sich auch nicht beruhigen, weil er um diesen Preis nicht gekommen ist. Erst als er am nächsten Tag eine Eilkonferenz mit Karl David Eisemann und Dr. Felix bewerkstelligen kann, verzieht sich der Schock.
»Es ist besser«, sagt der Onkel, wenn du dich als Lungenspezialist bewirbst, und bring ruhig die Sarkoidose und die Charité ins Spiel. Internisten gibt es wie Sand am Meer, aber das sind Referenzen!«

Felix ist der gleichen Meinung, und das Lachen, das ihn wegen der Mauern von Fuhlsbüttel schüttelt, ist befreiend. Sie setzen die Anzeige auf wie Pennäler, die einen Streich aushecken.
Und acht Tage später muß er sich im südlichen Schwarzwald vorstellen, ganz in der Nähe von St. Blasien, wo am Ende des vergangenen Jahrhunderts eine der ersten Lungenheilstätten Deutschlands entstand. Professor Wurm, keine regionale, sondern eine internationale Kapazität, stellt ihn ein nach einem Gespräch, das nicht länger dauert als die Unterhaltung mit dem Stasi-Major von Potsdam, die ihn zum Arzt im Vater Philipp machte.
Alles ist anders, und trotzdem sind die Gefühle sehr ähnlich, und der Himmel wird heller, wie damals.

Sie stapften durch den Schnee, der naß und klebrig war und aus dem sich bräunlich-apere Flecken herausstahlen.
»Es muß«, sagte Helldorf, »um die Jahreswende 66/67 gewesen sein, oder?«
Tressel nickte. »Aber es lag viel mehr Schnee.« Er streckte den Arm in Gürtellinie aus. »War ein ganz neues Wintergefühl für einen ostpreußischen Flachländer. Aber jetzt ist's, als ob ich geboren wäre hier. Berge und Wälder brauche ich, und wenn der Schnee nicht kommt und geht, wie sich's gehört, ist's ein Jahr außer der Reihe gewesen.«
»Und wie war's mit den Anfangsproblemen? Jeder hat sie, der von drüben über die Mauer kommt, und es gibt genug, die nicht fertigwerden damit.«
»Wenn ich zurückblicke«, sagte Tressel und schaute zur bleichen Sonne hoch, die das Grau der Wolken verdünnte, »sehe ich diese Probleme gar nicht. Man hat mir die Wohnungssuche mit einer hübschen Dienstwohnung abgenommen, von der ich früher nur hätte träumen können, und im Grunde haben sich die Probleme auf das reduziert, mit dem jeder konfrontiert wird, der einen Orts- und Wohnungswechsel macht. Das hängt auch mit dem Beruf zusammen. Ärzte haben eine sehr natürliche

Optik. Als ich im Knast arbeiten durfte, sind die Mauern verschwunden.«
»Einverstanden. Aber du hast doch schließlich gekämpft für einen Mehrwert an Freiheit, und wenn ärztliche Berufung alles wäre, hättest du ja in deinem Nest in der Schorfheide bleiben können.«
Sie kamen aus dem schweren und nassen Schnee des Waldes zurück auf den schwarzglänzenden Asphalt der Dorfstraße.
Tressel schüttelte den Kopf. »Ich bin von Anfang an mit beiden Füßen auf diesem Boden gestanden, mit dem ganz simplen und sicheren Gefühl, daß er bestimmt war für mich. Vielleicht war ich leichter verpflanzbar als andere, weil ich nie ein Herdenmensch gewesen bin. Viele Leute schwimmen ein ganzes Leben lang im Strom, und dann kommt ihnen plötzlich die Einsicht, daß sie alles falsch gemacht haben. Am Jahreswechsel haben sie's mir wieder scharenweise bestätigt!«
»Wieso das?«
»Nun, seit die Rentner 'rüber dürfen, besuchen mich pensionierte Kollegen aus der DDR, und sie kommen vorzugsweise, wenn sich die Feiertage häufen. Da wird das Haus nicht leer, dafür aber mein Geldbeutel, weil jeder sehr präzise Wünsche hat, und am schlimmsten wird's, wenn die Frauen mitkommen. Alter schützt vor Putzsucht nicht!«
Helldorf lachte. »Du bist eben der gute Onkel, der aus dem vollen schöpft und dumm genug ist, noch zu arbeiten.«
»Nein, so darfst du das nicht sehen. Mit den meisten alten Freunden verbringe ich herrliche Stunden, die ich nicht missen möchte. Aber es gibt eben auch Nassauer, die mich für einen mit unverschämtem Glück gesegneten Krösus halten. Diese Sorte, die nie bereit war, einen Preis zu zahlen und im Selbstmitleid badet, mag ich nicht. Und Karl David Eisemann hat's auch immer so gehalten. Er hat sich ja hier eine Wohnung gekauft, als seine Frau

gestorben war, und unsere Streifzüge durch Wälder und Kneipen gehören zu meinen schönsten Erinnerungen. Was ich ihm verdanke, ließe sich nicht aufwiegen mit allem, was ich erarbeitet habe. Er hat mich immer wieder von neuem beschenkt.«
»Aber es macht dir doch auch ein bißchen Spaß, alte Kameraden zu beschenken, oder?«
»Die richtigen allemal. Und das sind, zum Glück, die meisten. Und die wissen auch, daß ich mit hohem Einsatz gespielt habe.«
»Stimmt. Du hast was von einem Spieler.«
»Aber nichts von denen, die du in Baden-Baden im Casino siehst. Hat mich nie gereizt und den Onkel auch nicht. Wir haben mal reingeschaut, aber nach Straßburg sind wir oft gefahren, auch nach Basel und Zürich. Lauter Katzensprünge hier im Dreiländereck, aber für mich waren's Weltreisen. Du kannst dir nicht vorstellen, mit welchen Gefühlen ich meinen ersten Paß in der Brusttasche gestreichelt habe.«
»Du sagtest Straßburg?«
»Und ob! Den Onkel zog das Hailich Graab wie ein Magnet an, kaum daß wir über der Rheinbrücke waren, und schnell waren zwei Liter Riesling weg, wenn wir mit dem Wirt über Europa philosophiert haben.«
»Der Wachtmeister von Verdun?«
»Klar. Er hat noch lange gelebt. Ist nur zwei oder drei Jahre vor dem Onkel gestorben. Muß anfangs der 80er gewesen sein. Ein großartiger Mann mit Humor und dieser elsässischen Toleranz, die man nicht lernen kann. Für mich, der ich aus einem genormten, gleichgeschalteten Land bin, waren's unbeschreibliche Erlebnisse.«
»Ich kann's mir denken. Vielleicht sollten wir mal hinfahren ins Hailich Graab.«
»Warum nicht? Für diese Idee hätte der Onkel dich eine ganze Nacht freigehalten. Kein Platz der Welt hat ihm die alte Winstub in der Goldschmidtgaß ersetzen können, und wenn's spät wurde, ist es vorgekommen, daß er am

Tisch eingeschlafen ist. Mit einem zufriedenen Kinderlächeln, das ich nie vergessen werde.«
»Vielleicht«, sagte Helldorf, »ist das Heimat gewesen für einen, der dazu verdammt war, keine haben zu dürfen. Straßburg hat ihn zurückgezogen, so, wie es ihn damals, 1933, angezogen hat.«
»Aber nicht aufgenommen. Das hat er lange nicht verwunden, und oft genug hat es ihn aggressiv gegen Jordan gemacht. Aber mit dem Alter ist die Toleranz gekommen. Auch gegenüber den Schweizern, die viel mehr aufs Geld als auf den Menschen schauten, als er mit Juden seine abenteuerlichen Kriegsfahrten nach Basel unternahm.«
»Hm. War eben eine Art Freiheit. Wenn auch unter anderen Vorzeichen als bei dir.«
»Woraus du die Macht des Geldes erkennst. Keine Mauer ist so stark, als daß sie mit Geld nicht gestürmt werden könnte. Weißt du, wer das gesagt hat?«
Helldorf zuckte mit den Schultern.
»Kein anderer als Cicero. Und das ist nicht gestern gewesen wie die Dinge, von denen wir reden.«
»Und was wird morgen sein?«
Sie waren vor dem Portal des Sanatoriums angekommen, und Tressel drückte die gläserne Tür mit einem undefinierbaren Lächeln auf.
»Uns ist es nur noch erlaubt, in klitzekleinen Zeiträumen zu denken. Da sind wir denen da drinnen schon sehr ähnlich, obwohl wir's noch nicht wahrhaben wollen. Auch für uns gibt's keinen neuen Anfang mehr wie damals, als uns der Krieg ausspuckte als junges und auf unterschiedliche Weise verwendbares Material. Jetzt sind wir allesamt altes Eisen, das sich bemüht, seinen Rost zu übersehen. Bloß, die Nachrückenden tun's nicht. Sie sehen ihn.«
»Aber wir haben eine Zukunft vor uns gehabt, die sich als lebenswert abzeichnete!« Helldorf wollte in der großen Halle, in der fast alle Sessel besetzt waren, weiterreden, doch Tressel zog ihn in die Ecke, wo er zwei freie Plätze

erspäht hatte. Er bestellte Tee, und Helldorf griff zur Zigarre, die hier draußen erlaubt war, aber nicht im Speisesaal. Es brannte schon Licht, und die Nebelschwaden, die die breitflächigen Fenster anschlichen, erinnerten Tressel auf eigenartige Weise an die nervenden Stunden von Budapest in der Halle des Gellert.
»Von denen«, sagte er, in die Runde blickend, »macht keiner mehr Zukunftsmusik mit den paar Takten, die ihm noch bleiben. Da mußt du schon ins Dorf gehen zu den Jungen und Mittelalterlichen, die zum Wintersport gekommen sind. Findest du nicht, daß sie immer lauter werden?«
»Vielleicht ist es eine Angst vor der Zukunft, die uns abging, weil wir nicht aus dem Wohlstand kamen, sondern aus dem Chaos?«
Tressel nickte. »Da ist genauso was dran wie an der Vergangenheitsbewältigung, die die Alten hier betreiben. Nur noch symbolischen Wert hat das Geld für sie, nach dem die Jungen lechzen, und jeden Tag wird das Stückchen Zukunft, um das sie kämpfen, kleiner. Die Klugen werden demütig dabei, und die Dummen noch törichter. Ich erleb's jeden Tag und lerne viel dabei, wie damals im Knast.«
»Du scheinst mir Philosoph werden zu wollen auf deine alten Tage!«
»Wenn du mal still bist und zuhörst«, sagte Tressel, »können wir uns jede Diskussion sparen.«

Der Alte aus Montevideo

Der Raum strahlte die Gediegenheit der Halle eines großen Hotels aus, aber die Atmosphäre war auf eigenartige Weise familiärer und lauter. Wie eine Börse angekratzter Gesundheit und fliehender Jahre kam sie Helldorf vor. Es war, als ob fallende Aktien mit künstlichem Optimismus gestützt werden müßten, und am lautesten gingen die alten Damen zur Sache. Jede war Bulletin-Verkäuferin von eigenen Gnaden, und wenn in der Stunde vor dem Abendessen die Nebel aus den Tälern stiegen, reichten sich Behaglichkeit und Mitteilungsbedürfnis die Hände. Jede eine unantastbare Expertin der Krankheit, von der sie sprach. Jede aber auch gesegnet mit allem, was der Mensch braucht, um sich zu erheben über Leute, die sich keine Kur dieser Art leisten können.
Und recht international ging's zu. Jetzt erst unterschied Helldorf Deutsch, Schwyzerdütsch, Französisch, Englisch, Spanisch und auch Jiddisch, und über allem schwebte ein Gemeinschaftsgefühl, das mehr auf soliden Bankkonten als auf soliden Beinen ruhte, die ungern mit dem Schnee kämpften und ihn deshalb nicht vermißten in diesen lauen Wintertagen.
Nicht vermissen mochten sie auch diese Stunde des Tees und des Aperitifs in der Halle als Bindeglied von einer Bedeutung, die jungen Leuten entgeht. Und wie jeden Abend ließ sich auch der beingelähmte alte Herr aus Brüssel von seiner Frau im Rollstuhl aus dem Aufzug zu dem Tischlein schieben, das reserviert war für ihn. Ganz dicht rollte er vorbei an ihnen, und Tressel grüßte mit einem Kopfnicken, das große blaue Augen zwischen tausend Fältchen zurücklächeln ließ.
»Er ist ein bedeutender Mann bei der Gründung der EG gewesen«, raunte Tressel. »Er kommt jedes Jahr, und vor

drei oder vier Jahren konnte er noch am Stock gehen. Im Sommer haben wir ihn auf der Terrasse gesehen. Erinnerst du dich?«
Helldorf nickte. »Auf der schattigen Seite saß er.«
»Und wenn wir nicht so weit weggesessen wären, hättest du die auf seinem Arm tätowierte KZ-Nummer von Auschwitz sehen können. Er hat viel mitgemacht, aber seine Ausgeglichenheit und seine Toleranz sind bewundernswert, und er hat mich immer an Karl David Eisemann erinnert.«
»Er hat gute Augen.«
»Ja, Augen sagen viel. Schau dir mal die des Langen am Nebentisch an.«
Aber der Mann zeigte nur ein hageres Profil und hatte einen heftigen Disput mit einem froschäugigen Glatzkopf.
»Ziemlicher Rechthaber, oder?«
Tressel grinste. »Nicht schlecht gesehen. Hat im Dritten Reich große Geschäfte mit den Nazis gemacht und ist auch einer gewesen.«
»Und was macht er jetzt?«
»Stahl. Das heißt, er machte. Ist nicht mehr sehr gefragt.«
»Aber sein Schäfchen scheint er im Trockenen zu haben.«
»Logisch. Schweizer Nummernkonto und so. Die Schweiz ist immer sehr hilfreich. Eisemann würde dir da jetzt einen interessanten Vortrag halten. Der im Rollstuhl könnte es übrigens auch.«
Helldorf blickte mit einigem Erstaunen durch blauen Zigarrenrauch, weil der Lange den Kopf drehte und sich dem Mann im Rollstuhl zuwandte. »Wie geht's heute?« hörte er ihn fragen.
Es klang knarrend, und Helldorf mußte an Kasino und Zitzewitz denken. Die Antwort war nicht zu verstehen, weil der Mann im Rollstuhl offenbar weder Lust noch Ehrgeiz hatte, gegen diesen summenden Bienenstock anzukämpfen. Aber man spürte, daß er mit freundlicher Höflichkeit sprach.

»Seltsam genug, findest du nicht?«
»Was?« Tressel tat, als ob er das Gespräch der beiden Ungleichen nicht registriert hätte.
»Daß... nun, daß die so ungezwungen miteinander reden.«
»Hm. Man merkt, daß du nie dabei warst, wenn Eisemann sich mit dem Stahlmagnaten in der Wolle hatte. Da ging's nicht ganz so höflich zu, und das Schönste war immer die unvermeidliche Kapitulation des alten Nazis vor dem Witz des Onkels. Gebadet in Sternstunden hat er da!«
»Vielleicht hängt's wirklich mit gemeinsamen Krankheiten und der Weisheit des Alters zusammen?«
»Sagen wir, es hat zu tun damit. Und ein Stück Commonsense könnte ja auch dem Mann, der mit der Schweiz anders arbeitet, als es der Onkel tat, mit bedauerlicher Verspätung zugeflogen sein. Und vergiß nicht, daß sich das hier sozusagen im exklusiven Zirkel abspielt und nicht im Fernsehen vor der Nation.«
Helldorf legte sein Kinn in die Handfläche und blinzelte ihn an. »Du meinst eine bestimmte Sendung?«
»Liegt ja nahe, oder? Aber das Thema reizt mich nicht. Wir sind hier nicht beim Früh-, sondern beim Dämmerschoppen, basta.«
»Mit Mineralwasser. Amen. Erinnert mich an die Schoppen von Kindern.«
Die Halle war fast leer geworden, und Tressel stand auf. Vor ihnen tippelte ein gebückter kleiner Mann am Arm einer kräftiger wirkenden Frau in den Speisesaal. »Ein Jude aus Montevideo«, flüsterte Tressel. Er kommt fast jedes Jahr und sagt, es gäbe kein besseres Klima für ihn. Aber in Wirklichkeit ist's Heimweh. Die Dame ist seine Tochter. Sie lebt in Freiburg.«
Später, beim Essen, sahen sie, wie sie dem alten Mann das Fleisch schnitt und zuredete wie einem störrischen Kind. Sie sprachen Französisch.

Jakob Goldmann aus Montevideo war einmal ein wohlhabender Berliner Kaufmann gewesen, und es war ihm nicht an der Spree gesungen worden, daß es ihn an den Rio de la Plata verschlagen würde. Auf vielen Umwegen und mitten im Krieg war das geschehen, und dabei hatte er nur einen kleinen europäischen Sprung geplant, als Hitler am 30. Januar 1933 mit Fackeln durchs Brandenburger Tor gezogen war. Wie Karl David Eisemann hatte er die Gefahr gespürt, und wie er hatte er Frankreich als Zuflucht gewählt.
Aber er war über Straßburg hinausgegangen bis Paris. Und bei ihm hatte alles gestimmt, Geld, Beziehungen und finanzielles Gespür. Nach zwei Jahren war er naturalisierter Franzose, und als der Krieg ausbrach, zählte er in Paris zu den erfolgreichsten Geschäftsleuten.
Es war ein Erfolg, der ihn sehr stolz und ein bißchen unbekümmert machte. In den Salons der großen Pariser Gesellschaft machten sie Hitler zur Karikatur und die Maginotlinie zum unüberwindlichen Festungsgürtel, hinter dem sich gut leben ließ. Frankreich war nicht Polen und hatte England hinter sich.
Daß er falsch gerechnet hatte, merkte Jakob Goldmann in den ersten Tagen des deutschen Blitzfeldzugs gegen Frankreich. Im letzten Moment vor der Einnahme der Hauptstadt gelang es ihm, sich nach Marseille abzusetzen und dort unterzutauchen.
In Marseille versteckt man sich, wenn man Geld hat, leichter als in jeder anderen europäischen Hafenstadt einschließlich Neapel. Es ist anzunehmen, daß der reiche Jakob Goldmann als Einzelgänger die deutsche Besatzung ungeschoren überstanden hätte.
Aber er hatte Frau und Tochter. Diese Verantwortung verbot es ihm, sich bedingungslos zu verbünden mit den Bossen der Mafia, die im unfaßlichen Komödienstadel der Intrigen, die sich um den Vieux Port, den Alten Hafen, rankten, der Gestapo immer um zwei Nasenlängen voraus war.

Weniger für sich als für die Familie buchte er, unter den Augen der Deutschen, die Schiffspassage nach Südamerika.
Und er bekam sie.
Und sie wurden, da das kleine Uruguay damals die Schweiz von Südamerika genannt wurde, in Montevideo wegen des Geldes, das sie mitbrachten, problemloser aufgenommen als die Matrosen des Schlachtschiffs Graf Spee, das gleich nach Kriegsausbruch an der Mündung des Rio de la Plata von einem starken englischen Flottenverband aufgebracht und versenkt worden war.
Jakob Goldmann befreundete sich indes mit einigen von ihnen, und das Heimweh verband sie so sehr, daß sie ein Fest veranstaltet hatten, als er in diesem Winter 87/88 zu einer neuen Kur in den Schwarzwald aufgebrochen war. Vielleicht auch, weil alle wußten, daß er nicht mehr viele vor sich hatte.
Er wußte es auch, und überhaupt wußte er mehr als die meisten Menschen, die alt geworden waren mit ihm in einer Welt, die sich verändert hatte. Nach 1945 hatte er sogar gelernt, in der deutschen Kolonie von Montevideo mit Nazis zu leben, die den Weg nach Südamerika mit einem Geschick fanden, das er ihnen nicht zugetraut hatte.
Damals, in Marseille, hatte er Deutsche oft genug belächelt. Zu schwerfällig und naiv waren sie aufgetreten gegen die großen und kleinen Mafiosi des Hafens, und er, Jakob Goldmann, konnte da mitreden, weil ihn Geld und Beziehungen zusammengebracht hatten mit den beiden legendären Bossen Paul Carbone und François Spirito. Die Gestapo hielt Carbone, den Korsen, für ihren Mann und behandelte ihn mit den Samthandschuhen der Unterwürfigkeit, ohne zu ahnen, daß er mit seinen früheren Mafia-Kollegen der Guerini-Gruppe, die französische Widerstandskämpfer ausrüstete, unter einer Decke steckte.
Aber noch mehr Bewunderung empfand Jakob Gold-

mann mit seinem geschärften Gefühl für Geschäfte in schwieriger Zeit für François Spirito, der ihn versteckte und ihm die Schiffspassage nach Uruguay verschaffte. Bedenkt man, daß viele kleine Kollaborateure nach dem Krieg wegen Bagatellfällen im Gefängnis landeten, dann hätte Spiritos Doppelspiel mit den Deutschen und den Alliierten nur mit der Kapitalstrafe enden können. Aber Spirito setzte sich im rechten Moment nach Südamerika ab, wo er standesgemäß und unbehelligt von den Erträgen seiner Marseiller Bordelle lebte, deren Besucher jetzt nicht mehr deutsch, sondern englisch sprachen und die Umsätze mit harten Dollars verdreifachten. Als die Säuberungswelle Ende der 40er Jahre abebbte, kehrte er nach Marseille zurück und verbrachte seinen Lebensabend als friedlicher Steuerzahler. Jakob Goldmann empfand für solche Leute eine eigenartige Sorte von Respekt, die er den vielen deutschen Opportunisten, die er kannte, nicht entgegenbringen konnte. Eher sportiv denn von kaltem Optimismus gesteuert sah er diese kreative meridionale Einstellung zu momentanen Gegebenheiten. Imagination sagen die Franzosen dazu, und er hatte genug davon, um schon damals, als er Frankreich verließ, zu wissen, daß die großen Collaborateure von Paris und Marseille, die den Deutschen Brei ums Maul schmierten und sich trefflich arrangierten mit ihnen, nach dem Krieg schnell die Kurve kriegen würden.
Denn auch das war ihm klar: Gesäubert wird im Unterholz. Die großen Bäume bleiben stehen, weil sonst der ganze nationale Wald kaputt ist. Die Franzosen brauchten nach dem Chaos ihre erfolgreichen Leute genauso, wie die Deutschen die ihren brauchten.
Jakob Goldmann hatte nicht Jahrzehnte damit verbracht, voll Selbstmitleid in die trüben, lehmigen Fluten des Rio de la Plata zu starren, die sich bei Montevideo in den Ozean ergießen.
Er sah alles sehr klar, was ihn von vielen unterschied, die links und rechts der deutschen Mauer geschlagen wurden von Betriebsblindheit.

Das Chaos hatte zwei Staaten geboren. Einen freien und einen unfreien? Auf den ersten Blick war das unbestreitbar für den klarsichtigen Jakob Goldmann. Aber da er gelernt hatte, den Menschen auf Augen und Finger zu sehen, setzte er auch den zweiten und den dritten Blick ein.
Es war nicht nur schwer denkbar, sondern unmöglich, daß sie drüben, jenseits der Mauer, mit dieser auf unsäglich stumpfsinnigen Transparenten beschworenen unverbrüchlichen Treue am großen roten Bruder hingen.
Bloß, der brauchte sie. Und wenn du den Deutschen von seiner Wichtigkeit überzeugst, hast du schon die halbe Miete in seinem Haus. Und du brauchst dann nur noch Verwaltersleute, die hinriechen dürfen an Vorrechte, von denen der Zwangsmieter nur träumen darf. Dann hast du die deutsche Offiziersmentalität, ohne die Adolf Hitler nie groß geworden wäre, in einer Nußschale.
Gedanken wie diese pflegten das Heimweh des alten Goldmann einzudämmen. Und wenn er an Paris oder Marseille dachte, kamen Reminiszenzen, die ihn lächeln ließen über den Obrigkeitsfimmel der Deutschen.
Aber was sollte er, der sein Leben gelebt und den Umständen angepaßt hatte, anfangen damit? War er nicht schon ein Fossil, denen man mit dieser distanzierten Freundlichkeit entgegenkommt, die man Leuten entgegenbringt, die jenseits von Gut und Böse sind und zahlen können?
Es gibt, sagte er sich, wenn ihn, der in Montevideo am Meer lebte, solche Gedanken plagten, eine Entschuldigung für die Deutschen. Sie haben viel Bevölkerung und sind, von einem kleinen Ozean-Ventil im Norden abgesehen, in Mitteleuropa eingeschlossen zwischen West und Ost. Vielleicht ist es das Ei des Kolumbus gewesen, daß man sie aufgeteilt hat in zwei Hälften.
»Morgen«, sagte er zu seiner Tochter, als das Dessert serviert wurde, »werde ich mit diesem Doktor Tressel darüber reden. Er ist aus der DDR geflüchtet und muß allerhand erlebt haben.«
Und kichernd fügte er noch an, daß die Regierenden des

deutschen Ostens nach seiner Meinung wenig Freude mit dem Reformer Gorbatschow haben könnten, weil da vieles in Frage gestellt würde, was bisher Religion war.
Sie freute sich, daß er zuschlug wie ein Kind, das die Gänge über sich ergehen läßt und nur auf Schlagsahne und Eis wartet.

Doch auch auf anderes wurde gewartet. Als sich Helldorf einen Apfel schälte, sah er, daß an vielen Tischen fast gleichzeitig aufgebrochen wurde, als ob aufgefordert worden wäre dazu.
»Warum diese Hast?« fragte er. »Man könnte meinen, sie hätten Angst, etwas zu versäumen.«
»Pflichtstoff«, sagte Tressel nickend. »In drei Minuten kommt die Schwarzwald-Klinik, und wer drunten im Fernsehraum gute Plätze will, muß sich sputen.«
»Im Ernst?«
»Klar. Sie wollen sich anschnulzen lassen wie Lieschen Müller, und dazu mußt du noch bedenken, daß ihre Auswahl geringer ist. Früher war das anders, aber bei einem gewissen Alter und gewissen Krankheiten ist man der modernen Technik dankbar. Und die Schwarzwald-Klinik ist schließlich ein Thema hier, wie du zugeben wirst.«
»Ohne Zweifel, Herr Professor Brinkmann!«
Tressel verzog das Gesicht. »Der Zelluloid-Kollege hätte längst einpacken müssen mit seiner Serie, wenn er sich ans wirkliche Thema halten würde, meinst du nicht?«
»Hm. Wenn ich so drüber nachdenke, meine ich, daß das, was du zwischen Ostpreußen und Südbaden erlebt hast, ein Stoff ist, den sich Filmfritzen überhaupt nicht ausdenken können. Das Leben ist's doch, das die Stoffe liefert!«
»Und dann hört's auf, und jeder nimmt seinen Stoff mit. Es ist besser, wenn die Traumfabrik weiterrieselt, auch wenn der alte Goldmann mit seinen 90 drüber lächelt.«
»So alt ist er schon?«
»Drunten in St. Blasien gibt es den Hensler. Der ist noch älter und hat mit Maxim Gorki am Stammtisch gesessen.«

»Maxim Gorki?«
»Vor dem Ersten Weltkrieg sind viele vom russischen Geld- und Geistesadel gekommen, um ihre Tuberkulose zu kurieren. War eine schöne, friedliche und besinnliche Zeit.«

»Friedlich und besinnlich in der Tat«, sagte Tressel. »Und weißt du auch, daß der alte Goldmann und der alte Nazi Ordensbrüder sind?«
»Ordensbrüder?«
»Gewiß. Der Bundespräsident hat sie ausgezeichnet mit dem Bundesverdienstkreuz.«
Die Antwort war ein kicherndes Lachen, aber es kam nicht von Helldorf. Mit den Leuten war das Gewirr der Stimmen aus dem Saal gegangen, und sie hatten nicht mit der alerten Aufmerksamkeit des hellhörigen Jakob Goldmann gerechnet. Über zwei Tische hinweg krähte er, es sei doch schön, vaterländische Meriten zu haben. Und der Schalk in seinen Augen half ihnen über die Peinlichkeit hinweg.
»Darf ich Sie zu einem Glas einladen, meine Herren?«
Die Stimme hatte einen Schuß von Unternehmungslust zuviel, der seine Tochter nach seinem Arm greifen ließ, aber er schob die Hand weg: »Will Papi ins Bettchen bringen, die Kleine! Haben keine Manieren, diese jungen Leute, was, Doktor?«
Tressel, froh, so gut wegzukommen, grinste zurück. »Mit Vergnügen, Herr Goldmann!« Und leise zu Helldorf: »Er ist unschlagbar, wenn er in Fahrt kommt. Du wirst es nicht bereuen, und die Tochter schicken wir ins Bett.«

In der großen Halle, die jetzt fast leer war wegen der Schwarzwald-Klinik, staunte Helldorf über die sprühende geistige Beweglichkeit des kleinen alten Mannes, der wie ein widerwilliges krankes Kind zum Essen geführt worden war. Und er sah den jungen Jakob Goldmann vor

sich, der den Nazis zuerst in Deutschland und dann in Frankreich ein Schnippchen geschlagen hatte.
Und Tressel sah den jungen Karl David Eisemann.
Jetzt, dachte er, sollte man einen riesigen Haufen von jungen Leuten um sich haben, die nie wissen werden, was in diesem Land passiert ist in den Jahren, über die selten genug und noch seltener richtig gesprochen wird.
Als der Wein auf dem Tisch stand und die Frau sich verabschiedet hatte mit der Bemerkung, daß der Doktor wissen müsse, wenn es Zeit sei für ihren Vater, sprang neue Ironie aus flinken wäßrigen Äuglein in dem verwitterten Gesicht.
»Sie haben eben über die gleiche Auszeichnung für zwei sehr unterschiedliche Männer gesprochen. Hochinteressantes Thema zum Ende des Jahrhunderts, wirklich! Ich werde es nicht erleben, weil ich noch im letzten geboren bin und gerade zurechtkam für den Ersten Weltkrieg.«
»Wie mein Onkel«, sagte Tressel. »Und Sie wissen, daß Sie viel von ihm haben.«
»Oh, er hat viel Bedeutenderes geleistet.« Der alte Goldmann hob die Hände, mit denen er seine Sprache mit hurtiger Behendigkeit unterstützte, wie zur Abwehr.
»Er war mein Bruder im Geist. Ja, das war er. Aber nie hätte ich den Mut besessen für das, was er getan hat. Ich war in Sicherheit, als er jeden Tag die verrückteste aller Herausforderungen annahm und andere in Sicherheit brachte.«
»Er muß«, warf Helldorf ein, »eine mit außergewöhnlichem Verstand kombinierte Freude an der Herausforderung gehabt haben.«
Tressel nickte. »Aber das ist nur ein Teil davon. Du mußt Psychologie, Phantasie und Einfühlungsvermögen dazunehmen und eine enorme Risikobereitschaft, die ich nicht mit dem verwechselt sehen möchte, was die Nazis Mut nannten und mit Orden belohnten. Dummheit hat er auszunützen verstanden wie kein Zweiter.«
»Womit wir beim Hauptgrund des Judenhasses der Nazis

angekommen wären.« Der alte Goldmann sagte es mit einem hintergründigen Lächeln und nahm einen Fingerhut Wein dazu.
Und Tressel sah wieder den Onkel vor sich. Lage einschätzen und mit höchster Subtilität Spielraum fürs Handeln suchen.
Aber der alte Goldmann, vor einer Stunde noch behaftet mit der Fragilität des Greises, der sich füttern läßt, wischte das Thema, das sich da auftun wollte, mit einer ungeduldigen Handbewegung weg.
»Kein Kolleg über den ewigen Juden, meine Herren! Ist nicht viel interessanter, was 1945 in Deutschland passierte?«
Tressel, der seine Sprunghaftigkeit kannte, war nicht so erstaunt wie Helldorf. Aber was folgte, überraschte auch ihn.
»Sie beide«, sagte der Alte und ließ den Zeigefinger auf der Tischplatte spielen, haben das alles hautnah miterlebt, stimmt's?«
Sie hielten ein Nicken für genug, weil das keiner Antwort bedurfte.
»Und könnte Sie das«, fuhr Jakob Goldmann fort, »nicht ein bißchen betriebsblind gemacht haben? Oh, ich will mich nicht mit größerer Weitsicht aufspielen, weil ich weit weg war, aber vielleicht entwickelt man da, ähnlich dem Blinden, mehr Gefühl für die Dinge. Und da ich viel Zeit zum Nachdenken gehabt habe über die Deutschen, die aus einem wahnwitzigen Chaos herauskamen, ist es mir ungemein bemerkenswert erschienen, daß hier Adenauer und dort Ulbricht das Ruder ergriffen haben, nachdem das alliierte Tranchiermesser Deutschland zerschnitten hatte.«
»Logisch, vielleicht. Aber bemerkenswert?« Tressel zuckte mit den Schultern. »Sie hatten die weißen Westen, die gefragt waren.«
Helldorf grinste. »Schwarz und rot eher.«
»Das, junger Freund, ist Kindergeschwätz! Unreflektier-

tes Zeug, wie ihr es für so viele Gelegenheiten parat habt. Haben Sie nie darüber nachgedacht, warum ausgerechnet ein Rheinländer und ein Sachse die Zügel nahmen?«
Es kam keine Antwort, und er erwartete auch keine.
»Ich will«, fuhr der Alte fort, »einmal das Wort Volksstämme benützen und tunlichst unterstreichen, daß es nichts mit dem gräßlichen Wort völkisch zu tun hat, mit dem euch die Nazis verdummten. Rheinländer und Sachsen, meine Herren, sind von jeher die geistig Hurtigsten im Reich gewesen. Mit intellektuell hat das wenig zu tun, eher mit höchst praktischem Denken. Veritable Hürdenläufer, wenn Sie verstehen, was ich meine, und wenn Sie ein neueres Beispiel wünschen, serviere ich Ihnen den Randsachsen Genscher. Keine Brillanz, aber Stehvermögen, wenn Sie's in einer Nußschale wollen. In diesem zerrissenen Reich der Mitte mußten sie her. Keiner aus dem Norden und keiner aus dem Süden. Ist das vielleicht nicht bemerkenswert?«
»Die Schwaben«, wagte Helldorf einzuwerfen, »haben Theodor Heuss gestellt.«
»Aber nicht als Macher, sondern als Galionsfigur mit würdiger Patina.« Mitleidiger Frust blinkte im Lächeln des Alten.
Er hob sein Glas, genoß die Verdauungsnöte der beiden wie den Wein und blinzelte durchs breite Fenster in die schwarze, windige Nacht. »Eigentlich wollte ich ja über die Verdienstkreuze zweier Männer reden, die verschiedener nicht sein könnten, aber dieses verdammte deutsche Thema stellt sich immer wieder quer, nicht wahr?«
»Weil es dazugehört«, sagte Tressel.
»Ist wohl so, und es wird mich nie loslassen.« Jakob Goldmann machte mit seinen Händen Waagschalen. »Sie beide sind als Jünglinge in den Zweiten Weltkrieg hineingetrieben worden und hatten folglich zwei Leben. Das heißt, eines haben sie ja noch. Es ist das längere, in dem Sie Ihre Existenz aufgebaut haben. Andere haben das noch unter Hitler tun müssen, und nicht wenigen ist es

gelungen, das, was sie als potente Nazis aufgebaut hatten, in die neue Zeit einzubringen. Am Anfang habe ich in Südamerika furchtbar gewettert darüber, aber später bin ich toleranter geworden. Und wenn ich denke, daß man als Ex-Parteigenosse nicht nur ein brauchbarer Demokrat, sondern sogar Bundeskanzler werden konnte, dann kann mich das Verdienstkreuz eines Stahlfritzen vom Rhein kaum jucken, oder?«
Und hundert Fältchen, die in den Augenwinkeln zuckten, zeigten, daß er kein sehr inniges Verhältnis zu Orden und Ehrenzeichen hatte.
Da dachte Jakob Goldmann, der südamerikanische Selfmade-Emigrant, der Deutschland immer noch liebte, nicht sehr deutsch. Aber mit Verve und Weisheit zeichnete der alte Mann auch das Bild vom Menschen unter Pression. In der etablierten Diktatur sah er die große Herde der Duldsamen, die Opportunisten, und als kleinste Kategorie die mutigen Gegner, deren Chancenlosigkeit ein unabänderlicher Jammer ist. Und er wies sowohl auf Tressels Erfahrungen hin als auch auf den eigenen Instinkt, der ihn bei Hitlers Machtübernahme hatte ausbrechen lassen.
Gerettet freilich hatte ihn Frankreich, wo er, im Gegensatz zu Karl David Eisemann, zur rechten Zeit am rechten Platz war.
»Die Franzosen«, sagte er, »hatten ja, nachdem Hitler einmarschiert war, auch ihre Diktatur mit Duldsamen, Opportunisten und Mutigen. Aber ihre großen Opportunisten fuhren doppelgleisig, und dieser gallische Sarkasmus überforderte die Deutschen, weil es einfach unvorstellbar für sie war, daß Marseiller Gangster sowohl mit den Besatzern als auch mit französischen Widerstandskämpfern kollaborierten. Perfekter Komödienstadel, Messieurs!«
Tressel, der an Potsdam denken mußte, durch dessen Straßen er mit dem Auto des Majors in den Knast zurückgefahren war, summte »Üb' immer Treu und Redlich-

keit« vor sich hin und hob sein Glas. »Ich würde gerne auf Sie, meinen Onkel und überhaupt auf die Israelis trinken.«
»Gute Idee, Doktor. Die Welt tut sich schwer, sie zu verstehen.« Aus Jakob Goldmanns Gesicht verschwand das Lächeln.
»Wie meinen Sie das?«
Der alte Mann, eben noch Ironie versprühend, zuckte mit den Schultern. »Das Mitgefühl, das die Welt nach dem Holocaust der Nazis über die Juden geschüttet hat, diese unbeschreibliche Anormalität hat Normales verschüttet. Einfacher gesagt: Man will dem Staat Israel, was beispielsweise seine Probleme mit den Arabern angeht, keine normalen Reaktionen zugestehen, als ob da lauter brave und glückliche Auserwählte versammelt wären, die der Welt für eine Zuflucht dankbar sein müssen. Von Vietnam über Afghanistan bis zum Golf-Krieg darf alles passieren, aber wenn die Juden aufmucken, wird Unrat gewittert. Die Anormalität, in der sie leben müssen, hat weder bei Karl David Eisemann aufgehört, noch bei mir. Das sagt Ihnen einer, der diese Welt schon im vorigen Jahrhundert betreten hat, meine Herren, und nicht neugierig auf das nächste ist. Obwohl es, zugegebenermaßen, nicht uninteressant wäre zu erleben, ob und wie dieses Europa aus seinen Kinderschuhen herauskommt.«
Vom Untergeschoß drang Gemurmel herauf, das lauter wurde. Die Schwarzwald-Klinik war aus. Die Leute kehrten zurück aus der Traumwelt des Bildschirms, und die drei Männer standen auf.

Zu jung aber war der Abend noch für die beiden jüngeren. »Ich muß mir den Kopf auslüften«, sagte Helldorf.
»Ein erstaunlicher Mann, wirklich.«
Tressel nickte. »Viele wie ihn gibt's nicht mehr, und wenn du noch ein paar Tage bleibst, fahren wir mal zum Wissler mit ihm. Sie sind ganz verschieden und passen doch zusammen, und es könnte ihr letzter Winter sein.«

»Meinst du?«
»Man spürt das als Arzt. Und auch als Jäger. Der alte Hirsch kennt seine Zeit. Aber wir könnten noch ein Glas trinken bei mir. Was meinst du? Meine Frau hat ihren Bridge-Abend.«
»Warum nicht? Ich kann sowieso nicht schlafen, und alles, was du noch weißt vom alten Goldmann, interessiert mich.«
»Wenn du meinst, daß man mit Leuten wie ihm bewußter durch diese Scheißwelt geht, liegst du richtig. Weißt du, wie er mir vorkommt?«
»Kluger Mann mit Erfahrung, oder?«
Tressel blieb stehen, obwohl ihnen ein heftiger Wind nasse Schneeflocken in die Gesichter trieb.
»Er kommt mir vor wie ein großer Nachdenker unter kleinen Vordenkern, und deshalb weiß er, daß alles seine Ursachen hat. Auch das, was wir gedankenlos Zufall nennen. Ich werde dir gleich eine ganz typische Geschichte dazu erzählen.«
Sie waren an seinem Haus angekommen, aber er kam nicht dazu. Als er den Korken aus der Flasche gezogen hatte und einschenken wollte, läutete das Telefon.
»Doktor Tressel? Einen Moment, Sie werden aus Wien verlangt.« Und nach dem leisen Knacken, das Verbindungen herstellt: »Hallo Günther, bist du's?«
Er konnte die leicht scheppernde Stimme nicht einordnen, aber er spürte, daß das nicht nur an der Leitung lag, sondern daß Nervosität mitschwang. Und er übernahm sie mit einem Kribbeln im Rücken, das von weit herkam. Aus der Zeit der Unfreiheit.
»Ich bin Marion. Marion Weißner.«
»Und... und wo bist du?«
»In Wien. Bin gestern über Budapest nach Österreich gekommen.«
»Abgehauen?«
»Was sonst?«
Er zog sich einen Stuhl heran und ließ sich drauffallen,

daß Helldorf große Augen machte. Da war kein normaler Anruf ins Haus geflogen.
Marion Weißner, die Ärztin, die ihren Kollegen Günther Tressel gerettet hatte, als ihn Vopos beim dümmsten Streich seines Lebens aus einem märkischen See gezogen hatten, war in den Westen gekommen. Über den gleichen Weg, an dem er gescheitert war. Und die Duplizität war von der Verrücktheit, die sich in einer Nacht nicht verdauen läßt. Auch wenn ein guter Freund da ist.
»War nicht leicht, dich ausfindig zu machen«, sagte sie, »aber ich hab's geschafft.«
Als Tressel aufgelegt und Helldorf alles erklärt hatte, sagte er: »Morgen kommt sie, und ich habe eine Schuld zu begleichen, weil ich nicht hier wäre ohne sie. So einfach ist das, und so klar ist, daß ich ihr helfen muß.«
»Ich helfe mit«, sagte Helldorf.
Tressel schenkte Wein ein und hob sein Glas. »Was gewesen ist, arbeitet weiter, und der alte Goldmann hat recht mit seiner Ablehnung des Zufalls. Und du kannst sicher sein, daß er uns helfen wird, wenn sie kommt.«
»Ja«, sagte Helldorf. »Er ist ein Berliner.«

Inhaltsverzeichnis

Einer geht baden 5

Der jüdische Onkel Karl David 27

Krieg und Ende der Jugend 72

Ein Kranker wird Arzt 87

Heilung und Heirat 98

Ein Wiedersehen mit Folgen 109

Charité, 17. Juni 1953 119

Simulant im Kinderbett 132

Die Reise nach Karlsruhe 141

Ein Agent wird geboren 162

Die Verhaftung 186

Schorsch und das Dynamit 211

Arzt im Knast 222

Die Mauer 251

Zweimal Berlin – Budapest 266

Westwärts 297

Der Alte aus Montevideo 324

Hans Blickensdörfer

Die Baskenmütze
Roman · Sonderausgabe · 384 Seiten · Ln · DM 19,80

Mit diesem Buch ist Hans Blickendörfer zum Welterfolgsautor geworden. Es wurde in 16 Sprachen übersetzt.

»Eine einmalige Geschichte ... von einer mannhaften Zärtlichkeit, von unsentimentaler Empfindsamkeit.«

Weltwoche Zürich

Weht der Wind von Westen
Roman · 400 Seiten · Ln · DM 38,–

»Ein spannender Unterhaltungsroman wird plötzlich mehr und dringt tiefer als üblich in Wesentliches ein.«

Die Furche, Wien

Bonjour Marianne
258 Seiten · Ln · Sonderausgabe · DM 24,–

»Ein Buch, das man lesen sollte, ehe man einen Frankreich-Urlaub antritt. Es räumt auf mit Vorurteilen.«

Berliner Zeitung

Alles wegen meiner Mutter
Wegen Mutter gehn wir in die Luft
Zwei heitere Romane · Sonderausgabe
576 Seiten · Ln · DM 19,80

Im nördlichen Hamburg: »eine Oase in der Ödnis gängiger Unterhaltung.« *Die Zeit*

Im äußersten Westen: »höchst amüsante Geschichten.«

Saarbrückener Zeitung

Im benachbarten Ausland: »süffige Familienstory.«

Neue Zürcher Zeitung

Salz im Kaffee
Roman · Sonderausgabe · 384 Seiten · Ln · DM 19,80

»Salz im Kaffee ist ein Sportroman, und so etwas ist hierzulande so selten wie ein deutscher Sieg bei der Tour de France.«
stern

Pallmann
Roman · 368 Seiten · Ln · DM 36,–

»Eine zugespitzte, scharfe Reportage, warum Fußball ein Nationalsport ist. Auf Spiele, die spannender sind als dieses Buch, muß man lange warten.«
Welt am Sonntag

Schnee und Kohle
Roman · 416 Seiten · Ln · DM 39,80

»In diesem Roman geht es um Machenschaften der Mafia, um Rauschgift und ums Boxen. Diese Seiten mit der Schilderung des großen Fights werden nicht nur Sportfans entzücken.«
Nürnberger Nachrichten

Keiner weiß wie's ausgeht
Unendliche Geschichten vom Sport
336 Seiten · Pb · DM 22,–

»Nicht nur die humorvollen Schilderungen und subjektiven Eindrücke von Weltspielen und Veranstaltungen, sondern auch raffinierte Wortspiele vermögen den Leser zu begeistern.«
Neue Zürcher Zeitung

Champagner im Samowar
Roman eines Lottogewinns
272 Seiten · Ln · DM 28,–

Man genießt die Lektüre wie prickelnden Champagner aus kühler Flasche und dampfenden grusinischen Tee aus dem Samowar ... herzhafter Charme, spontaner Witz.
Das gute Buch

Schneekluth

Walter Sannemann
Siedlerwrg 7
2082 Moorrege